江苏高校哲学社会科学优秀创新团队“江苏文脉·泰州文学史”教学与研究团队建设成果
江苏高校一流专业(品牌建设工程二期)泰州学院汉语言文学专业(苏教高函〔2020〕9号)成果
泰州学院一流本科专业建设点汉语言文学专业(项目编号:19YLZYA03)成果

《江都刘云斋先生诗集》整理研究

贺 闱 著

·南京·

图书在版编目(CIP)数据

《江都刘云斋先生诗集》整理研究 / 贺闹著.—南京:东南大学出版社,2022.4
ISBN 978-7-5766-0017-9

Ⅰ.①江… Ⅱ.①贺… Ⅲ.①古典诗歌—诗歌研究—中国—清代 Ⅳ.①I207.22

中国版本图书馆 CIP 数据核字(2021)第 280714 号

责任编辑:张丽萍　责任校对:张万莹　封面设计:毕真　责任印制:周荣虎

《江都刘云斋先生诗集》整理研究

《Jiangdu Liuyunzhai Xiansheng Shiji》 Zhengli Yanjiu

著　　者:贺　闹
出版发行:东南大学出版社
社　　址:南京四牌楼 2 号　邮编:210096　电话:025-83793330
网　　址:http://www.seupress.com
电子邮件:press@seupress.com
经　　销:全国各地新华书店
印　　刷:广东虎彩云印刷有限公司
开　　本:700 mm×1 000 mm　1/16
印　　张:19.75
字　　数:375 千字
版　　次:2022 年 4 月第 1 版
印　　次:2022 年 4 月第 1 次印刷
书　　号:ISBN 978-7-5766-0017-9
定　　价:69.00 元

本社图书若有印装质量问题,请直接与营销部调换。电话(传真):025-83791830

前 言

刘倬，号云斋，扬州甘泉人，生卒年不详，《北京师范大学图书馆藏稀见清人别集丛刊》录《江都刘云斋先生诗集》。集中有《禅隐轩诗抄》一卷，《吟秋小草》一卷，《澄江小草》一卷，《味蔗轩诗抄》一卷，《梦琴轩诗抄》不分卷，《淮游小草》一卷，《南鸿集》一卷，《紫蘅诗草》等，共存诗两千多首。现所见刘倬诗集为清咸丰年间的线装稿本，共八卷十二册，集中有徐鼒眉批、范凌霜等人的题诗或题字，藏于北京师范大学图书馆，典藏号为善 847.6/893.4。

《江都刘云斋先生诗集》中的诗歌作品，具有极强的纪实性，具体而鲜明地呈现出了晚清诗人刘倬的文学创作、生平交游以及仕宦经历等情况。当前学界对清代文学的研究，多聚焦在明末清初的易代之际，或是乾嘉之间的文学繁盛阶段，对较为知名的文学创作者（流派）、文学家族以及女性文人的创作已经进行了较为充分的讨论。从地域分布的角度来说，长江中下游的江南区域文学创作和文学发展现象较受关注，在诸多层面得到深入研究并且取得了较为丰硕的成果。《江都刘云斋先生诗集》是一部尚未进入学界研究视野的清人别集，目前关于诗集中的作品文本和作者刘倬的研究性论述均未出现。以"刘倬""刘云斋"或"《江都刘云斋先生诗集》"为词条，在中国期刊网均未找到任何搜索结果。故而，以《江都刘云斋先生诗集》的整理和研究为研究对象，是对现有江苏籍作家作品研究的拓展和具体化，同时也具有一定的创新意义和前瞻性。在系统深入地整理《江都刘云斋先生诗集》作品文本的基础上，全面考察刘倬文学创作的文学史意义和文化价值，结合其经行、交游等层面的内容，进一步展现晚清社会历史背景下刘倬及其《江都刘云斋先生诗集》研究的意义和价值。

以《江都刘云斋先生诗集》为代表的刘倬诗作，现仅见于《北京师范大学图书馆藏稀见清人别集丛刊》，其创作及其作品文本并未得到较为集中和系统的整理，艺术面貌与价值的讨论亦无从实现。所以，对作品文本进行细致、深入的整理是研究的首要任务，也是重要的研究方法之一。在深入地开展《江都刘云斋先生诗集》文本整理的基础上，系统呈现晚清诗人刘倬诗歌创作的总体面貌、文学成就以及社会历史意义，是当前江苏文脉工程建设的有机构成，体现了对江苏籍作家作品进行整理与研究的实践意义，为本地区的文学、文化研究提供积极可行的文本资料和方法借鉴，为相同类型或相近范畴研究提供一定的参考价值。简而言之，本书及后续相关研究的学术和应用价值主要体现在：第一，以细致、可信的作品整理与研究为基础，以对刘倬文学创作的深入讨论为契机，开展对江苏籍作家作品的整理和研究。如上所言，当前国内外对晚清时代的文学创作、知名度较低的地域性作家的研究尚有待拓深，通过对《江都刘云斋先生诗集》的整理，使原属“稀见”的作家作品得以较为完整地展示出来，这既是对文学史及其发展过程的尊重，也是对现有研究资源范畴的拓宽。第二，以刘倬及其文学创作的讨论为途径，对晚清时期扬泰地区的文学发展和社会历史背景进行深入考察。通过对《江都刘云斋先生诗集》的初步整理，笔者发现诗作中有着对作者人生经历和社会历史背景的丰富描绘。仅就诗作中所描写的内容来看，刘倬一生的足迹涉及江苏、浙江、安徽、山东、河北、北京等多个地区；经历过水灾、匪祸、太平军等多重忧患；交游的友人既有扬泰本地及周边之士，也有京畿、黔南等地的文客，还有佛道中人。同时，在以本书所呈现文本整理与研究的基础上，后续研究将结合家族、师承（后学）等文学批评的视角，通过对刘倬及其文学创作的系统研讨，能够引起学界对明清时期扬泰地区的文学创作、文化思潮的集中关注，从而呈现出更广阔的研究视野和学术意义。

当然，由于笔者的能力和学力所限，关于刘倬及其诗歌创作的研究还有待于进一步、持续开展。后续的研究工作主要体现在：第一，《江都刘云斋先生诗集》的文本整理。现在所见刘倬的诗歌作品，基本出自广西师范大学出版社出版的《北京师范大学图书馆藏稀见清人别集丛刊》。笔者初步统计，其中所收录的诗作约2 300首，其间的文本整理工作是颇为繁重的。尤其是《紫蘅诗草》的创作，是处于刘倬任六合县训导及与太平军守战的人生最后时期，部分作品可能创作于仓促之间，字迹较为潦草，有颇多涂改的痕迹，这就给文本整理工作制造了疑难和阻碍。第二，刘倬生平及交游考。从《江都刘云斋先生诗集》中的作品内容来看，刘倬一生的经历与活动颇为复杂：他中过科举，担任过地方官职；经行处包括江苏、浙江等处，也游历过山东、河北及北京等地；所结交的朋友有苏浙作家，也有京畿文人；和佛道之士、女性文人也有过诗文赠答。下一步的工作，即在文本整理和分析的基础之上，通过对刘倬及其文学创作的深入考察，勾勒出晚清诗人刘倬的主要人生经历和交游情况，从而对明清时期扬泰地区的文学创作、文人交往及文化思潮进行具体而集中的讨论。第三，刘倬诗作艺术成就与文学价值的讨论。相对而言，晚清时期是当前学界着力较少的时期，知名度较低的地方作家更是容易被忽略或者被认为研究价值和意义不甚突出。今后的研究将以本书所呈现《〈江都刘云斋先生诗集〉》的整理和研究为基础，对晚清诗人刘倬的诗歌创作进行具体而系统的讨论，力图呈现出特定时代背景下文人的文学创作与生存境遇等的深刻内涵，展示作品中的艺术特性与文学成就，从而实现对刘倬及其《江都刘云斋先生诗集》文学审美价值和社会历史意义的深刻体认。

原 序 言

《禅隐轩诗抄》一卷,《吟秋小草》一卷,《澄江小草》一卷,《味蔗轩诗抄》一卷,《梦琴轩诗抄》不分卷,《淮游小草》一卷,《南鸿集》一卷,《紫蘅诗草》不分卷。清刘倬撰。稿本。徐鼒眉批。有徐鼒、李寅清等题词。

刘倬,号云斋,江苏甘泉人。道光十五年(1835年)举人,选六合县训导。咸丰间督率巡防与太平军战,以劳卒于任。《禅隐轩诗抄》前有韩国钧序。

诸集所存诗二千多首,数量极大。从题材上看,几乎涉及了所有适合入诗的生活内容。最具特色的是有关太平天国战争的描写,多收在《味蔗轩诗抄》和《梦琴轩诗抄》中。或记录行程中的所行所感,如:"膏血腹劓三楚恨,烽烟惨淡九江哀"(《味蔗轩诗抄》之《感事》),"朔风卷寒云,白日淡如月。马行不敢前,寒气凛毛发……深丛间荆榛,填委遍枯骨。膏血泚无遗,鼪狐所潜蚝。我时睹此景,谛视不忍卒"(《味蔗轩诗抄》之《徐邳道中杂诗》)。或直接以史诗的笔调描写战争过程,如组诗《新乐府》。除极力渲染战斗的残酷外,也对清军自身的弊端有清醒的分析,并抨击军纪败坏,怯敌避战的行为,如:"漕帅弱,漕兵却;漕帅逃,漕兵骄"(《味蔗轩诗抄》之《新乐府·漕兵哄》),"中军大帅帷幄筹,迁延勿复为国忧。按支校饷日不给,昕夕严促肆括搜。搜括骎寻民力竭,坐甲裹粮贼弗灭"(《梦琴轩诗抄》之《贼据瓜洲二载有余官军虽众不能破也诗以志慨》)。而对于胜仗,也有宏观而精辟的分析:"东南万里此屏翰,昆彝望重逾珪璋。运筹决胜事有本,毋同凡剑轻锋芒。"(《紫蘅诗草》之《贼趋棠城张总统以轻骑扼于龙池大败之诗纪其事》)这种敢于论断的态度也体现在刘倬的其他感时作品中,如:"我思盐池禁,宽猛随时迁。民穷既如此,宜令沉疴痊。汉家贾人子,任术虽或偏。然其所立法,亦使财贿绵……"(《梦琴轩诗抄》之《盐税篇》)除了理性上的清醒,刘倬还屡屡抒发对人民苦难的无限同情,如:"尔民亦何辜,丁此洪流漾。秋禾幸见获,春麦又奚望。阴雷激昏衢,横溃大川壮。"(《淮游小草》之《水灾纪事》)深情与理智、描写与议论珠联璧合、相得益彰的笔法,是其纪事歌行的最突出特色。

从艺术上看,其诗吸取了很多前人的长处。七律受李商隐的影响,吟诵襟怀,写得惊艳:"霜径零烟幕翠苔,闲闺人去梦寥寥。莲虫灯烬蛾脂薄,宝月香残蠹粉销。春恨十年萦豆蔻，秋心几点碎芭蕉。蓬山万里星河远，灵鹊空填宛转桥。”（《澄江小草》之《梦鸳词》）感慨时事，写得拗劲而率真：“淮鹾变法首长沙，条制纷更众议哗。仅有新衔增少府，更多羡利入私家。均输论谢宏羊析，监卖书空卫觊夸。廿载楚材三节钺，避咻无计益咨嗟。”（《禅隐轩诗抄》之《重有感》）五言诗有汉魏诗的浑厚，而属对又不失精警，如：“又作河梁别，离怀两黯然。征书催远道，归思逼残年。云锁江天外，春生杖履前。料应梅信早，高咏继逋仙。”（《南鸿集》之《寄家吟茳伯》）相对于近体，其于古体上用力更勤，有时豪宕沉郁学杜甫：“前年君返棠湖住，烽烟望断扬州路。我方铩羽燕台归，衰落相逢互朝暮。君时意气砚碑消，五岳划削盘胸牢。俯看世事不称意，品量荚莽驱烦嚣。”（《梦琴轩诗抄》之《北湖歌送范膏庵明经》）有时又是酣畅淋漓学吴梅村，如《梦琴轩诗抄》中的《云川曲》《北行至袁浦值黄河水涸驱车过之喜而有作》。总之，刘倬对各种体裁和风格都有较强的驾驭能力，但有时为了学得像而牺牲了内容；其学问底子亦好，在遣词造句上宋人的痕迹很重，有时不免逞才，诗就写得斑驳陆离。

谢　琰

凡　例

一、对《刘云斋先生诗集》的整理研究，包括段落、标点、文字的处理和必要的校勘工作等。

二、诗集文本以《北京师范大学图书馆藏稀见清人别集丛刊》中的第二十四册、第二十五册所录内容为依据。第二十五册中《紫蘅诗草》一卷因抄本、字迹等原因殊难辨认，整理工作持续进行中，将与下一阶段研究成果一并呈现。

三、诗集中所见有题字、题词及评语、按语等形式文字，较为零散，故本次未予以系统收入，将与下一阶段研究成果一并呈现。

四、根据文意，并结合古籍整理在段落、标点、文字等方面的通例，对诗集中的作品文本予以整理、编校。

五、对于诗集文本中个别难以辨认、难以确定的字，以"□"进行标识。

六、作品中所存在缺句、缺字的情况，在文后注中予以说明。

七、对于作品重出、原本自注等情况，文后注中进行简要说明。

八、同一题名诗作重出如存有文字等方面的不同，在后一处进行具体注解说明；如二处文字完全相同，则不再予以文字呈现，以"诗作文本见前集所录"的语句进行注明。

目 录

禅隐轩诗抄

往岁辛未，淮水大涨，溃决二十余处，沉浸数百里，田庐荡然，邵伯[1]尤甚。政府方困于国难不容规此，余以地方之督预其善后，居维扬几一岁计，困处斗室，劳形案牍，仍不时往来[2]视察、规划，一切与夫处灾民商协歀仆，仆几无宁日。诚我生之多辛而海上兵革方起[3]，当局檄军应战，一时数百里间笳鼓相闻，野鸿风鹤当秋共鸣，此一年中盖亦极人天之感矣。一日，邵伯刘君天石，以《梦琴轩诗抄》相示，其伯祖云斋之遗著也，其诗宛委清隽，大似宋人哀感且有玉溪之艳，固近世之所无也。余尤感其水灾诸什，歌咏至再，沉溺之祸今昔若一。其鱼之叹，几曾或免可悲也已。又其少时，曾经洪杨之乱，故诗中有《离之叹》《新乐府十六章》更慷慨言之，所讽者备，其亦杜陵《无家》《石壕》之意。士生当承平诗礼之家，骤膺事变，情怀所发，咏为诗歌，固若是之，温且凄也。视今之日，余耳目见闻，块然于中者何如哉？世变之亟也，举天下之人方将易其视听于声色刍狗中，原之文物何有于诗？夫诗固移情之文也，人之生积郁必噫，不平必鸣求，遂其生诗亦因其抑郁不平而噫之云尔，其美者往往动人于微、吟咏久，而心与之俱不自觉，其随之噫且鸣焉。况己心现有郁与不平者乎！梦琴轩之诗，诗之美者也，独出于今之世，知者希[4]矣，余既读而感之，能无人文今昔之嘅[5]夫？

韩国钧[6]序

【注】

[1] 邵伯，即邵伯镇，属扬州。

[2] “仍不时往来”，原作“仍欲前往”。

[3] 此处，原写作“岛夷方肆虐海上”。

[4] “希”，即“稀”字之意。

[5] “嘅”，即“慨”字。

[6] 韩国钧(1857—1942)，字紫石(亦作止石)，晚年时号止叟。江苏扬州府泰州海安镇(即现今江苏海安)人。清朝光绪年间举人，曾任知县、江苏交涉局会办等官职；1913 年起，任江苏省民政长、安徽省巡按使、江苏省省长、江苏省军务善后事宜督办等职务。1925 年辞官，晚年居乡里。

舟次扬州携家牧斋侄入城观灯还至西园茶社叙别

宝马香车出，春城雾一重。衯裶杂罗绮，曼衍戏鱼龙。山峻金鳌驾，风熏紫麝浓。翛闲寻捷径，联袂快追从。

哄市嚣声远，新吟顾渚茶。相携娱永昼，明日即天涯。萍判波心梗，梅迟陇首花时拟游梅花岭未果。依依情不尽，指点夕阳斜。

湾头夜泊

高浪连云万马腾，荒崖小泊客愁增。天涯一枕华胥梦，佳节匆匆过试灯[1]。

试灯风景是良宵，惆怅天涯路未遥。隔着棠湖[2]三十里，东风消息迟春潮。

【注】

[1] 试灯，唐宋间以正月十三、十四两日赏灯为试灯，相较于正月十五元宵节而言。

[2] 棠湖，即扬州邵伯（今邵伯镇）的邵伯湖。

舟行杂诗

舟行如长河，衔次鱼结队。横风鼓劲气，波浪忽破碎。篙师色然懔，自量力弗逮。呵叱强驱迫，邪许杂唠嘅。三五行次且，中道艰进退。深林接茅屋，炊烟入云内。喧喧棕维引，两两村醪对。嘲讪作谰语，袖手倚篷背。劳逸情则殊，夷险理相代。战兢慎临履，敬矢韦絃佩。荒村远城市，鳞次三五家。高柳压茅脊，秃节横槎丫。黄昏间爆竹，金鼓闻喧挝。我时静无语，春酒浇梅花。慨念转篷根，飘荡天一涯。回首望白云，瑟瑟松楸斜。鹡鸰鸣在原，韡韡[1]棠棣华。饥驱感骨月，令节生咨嗟。阴阴云作雨，愁绪纷如麻。何时归去来，一浣尘与沙。幽兰蔚芳质，阶砌滋灵芽。

篷窗积夜雨，永夕羁客愁。挑灯坐不寐，孤子罕匹俦。石笥有遗稿[2]，展读勤玩搜。昔君诏鸿博，荆璞未见收。孤愤入高咏，激宕成清秋。替人作韩孟，诗骨臞且幽。踟蹰走原野，九陌车尘浮。公卿竞延致，刺威弗屑投。太原古重镇，裘马事壮游。酸风伺鬼伯，埋恨沉林丘。盛名世所忌，奚独为君尤。君兮不可见，慷慨怀百忧。丛兰委病叶，清露凋芳洲。击节三叹息，淅沥如相酬。

朝日笼薄云，村树隐寒绿。忽闻棹歌声，转入长河曲。渔舟挂轻帆，拨橹倚梢促。柔网荇丝偃，潜鳞藻云属。霜鹭栖沙汀，拳立远相瞩。借景补图画，邈然远尘俗。吾生谢罥系，至乐随所欲。旷怀元贞子[3]，庶几葆芳躅。

逆风滞孤棹，小泊临溱潼[4]。罢饭挈俦侣，散步尘市中。双衢颇洞达，百货亦阜丰。谈清憩茶舍，禅悦证梵宫。晚归踏荒陇，晨雾昏濛濛。倦息卧欹枕，人语惊喧讧。灯火耀明昼，蛾闹飞半空。蛮狮肖奇诡，跳掷偕侲童。主人大嗢剧，酬以千青铜。欢歌逞馀态，作势冲长风。客辰病痟首，苦乏山鞠穷。及兹遣岑寂，稍慰纡轸胸。岑寂藉可遣，纡轸靡有终。短歌不成章，皓月升篱东。

【注】

[1] 韡韡，即光明、华美的样子。

[2] 石笥有遗稿，即《石笥山房集》，清道光年间山阴（今浙江绍兴）人胡天游著，今存咸丰二年（1852）刊本。

[3] 元贞子，或为明初文学家宋濂，其曾自号元贞子。

[4] 溱潼，古称秦泓，坐落于苏中里下河地区，位于今江苏省泰州市姜堰区，现有溱潼古镇和溱潼国家湿地公园。

薄醉不能成寐同舟者因述清凉武夷之盛以遣愁抱戏成二律

见说清凉好，奇峰幻五台。地横龙塞远，山抱雁门来。玉雪边亭古，金莲梵宇开。卢敖[1]道迹在，何日剪蒿莱[2]。

昔闻武夷顶，笙管入冥冥。山结虹为市，云霏幔作亭。至今明月夜，环佩聚仙灵。何日清溪曲[3]，东风倚棹听。

【注】

[1] 卢敖（公元前275—公元前195），字雍照，范阳（今河北省定兴县固城镇）人，秦代五经博士，本齐国（一说燕国）方士。传说他曾为秦始皇寻长生仙药，后因秦始皇专横失道而避难隐居。《淮南子·道应训》对卢敖事迹有所记述。

[2] 蒿莱，野草、杂草。

[3] 清溪曲，唐代张旭《清溪泛舟》诗中有“旅人倚征棹，薄暮起劳歌。笑揽清溪月，清辉不厌多”句，作者以下句“东风倚棹听”来呼应，蕴涵羁旅之意。

署西偏碧桃一树妍媚可人惜其地近圂圊[1]延赏者尠爰为诗以慰之

晴云赪艳[2]漾尘红，灼灼秾华小院中。一种娟夭好颜色，夕阳无语怨东风。

丛兰茇刈碍当门，爨下琴桐[3]感劫尘。祝尔芳馨丐灵泽，年年花放占韶春。

【注】

[1] 圂圕，意为厕所。

[2] 赪赩，赤色之意。

[3] 爨下琴桐，即爨下焦桐，原指灶下烧焦的桐材，后用以形容遭受磨难后幸存的人才或事物。

接家书作

一纸黄金值，东风问若何。光阴怜月转，消息负春过。病久参苓诳，愁深涕泪多。知应伤薄命，憔悴对银荷。

遥望天涯久，天涯未得归。风寒欺柳弱，霜重妬[1]花肥。瘦损虚眠食，艰难积怨诽。殷勤重寄语，莫使寸心违。

【注】

[1] 妬，即"妒"字。

清明日作

清明无客不思家青邱句[1]，况值轻寒掩绛纱。宿雨何心滋怨草，尖风无赖病春花。

离愁中酒难胜梦，乡思如云未有涯。惆怅踏青归去晚，远天黯黯掩晴霞。

晴霞黯黯暮云黄，振触无端警客肠。讳疾绿知怜蕙弱，护花强半替春忙。

光阴辗转围雕槛，消息参差叩禁方。乞取天工勤爱惜，莫教憔悴怨兰湘。

作赋年来苦未工，更兼妙手幻空空。附膻有客师旋蚁[2]，驭蹇[3]无方肖蛰虫。

泡影悟从流水外，名心消尽梵声中。何当再结蒲团约，磨蝎[4]殷勤证命宫午后过北极殿[5]，访静涛上人卜六壬[6]，课未值。

旧业重营计已非，青毡[7]振拂壮心违。嫁衣替手劳金线，花样从人较锦机。

孤馆霜寒留印浅，长湖波暖迟书归。哪堪官鼓残宵促，梦醒华胥月映扉。

【注】

[1] 青邱句，为作者自注。

[2] 附膻有客师旋蚁，即"群蚁附膻"，典故出自《庄子·徐无鬼》："羊肉不慕蚁，蚁慕羊肉。羊肉，膻也。"也作"如蚁附膻"，常用以比喻趋炎附势或臭味相投之人追逐名利的行为。

[3] 驭蹇,意为驱策驽马。

[4] 磨蝎,星宿名,黄道十二宫之一磨蝎宫的简称。古时信奉星象之说者,常将生平行事遭遇挫折称为遭逢磨蝎。

[5] 北极殿,位于今江苏盐城大丰草堰镇,传为元末张士诚等人"十八条扁担起义"之地。

[6] 卜六壬,太乙、奇门、六壬是古代预测术三式,开展对于天、地、人等事件的预测。其中,六壬具体是指六十花甲纪年中的壬子、壬戌、壬申、壬午、壬辰、壬寅六地支。

[7] 青毡,青色毛毯。

二月十九日移寓义阡寺[1]用石笥山房[2]飞鸟亦有巢韵五古一首

丈夫志四方,天地皆吾庐。风花任飘泊,焉得有定居。役役牛马走,尘坱时奔趋。米盐治家计,琐屑辛且劬。鹪鹩眷枝借,择木意所须。草堰地窪湿,僻处境一隅。正月买棹来,风浪长河麤[3]。消愁市村酒,其味逊醴醹。诹吉入馆舍,检拂箧内书。督课日少暇,游宴为清娱。故人许叔重谓玉亭,晨夕言笑俱。幻惩塞翁马,券哂博士驴。残更破岑寂,客愁为之驱。所苦地偪狭,衖厐闻喧呼。心猿弗静摄,时乃轶户枢。主人治兰室,莳[4]养花与鱼。鹊巢感鸠占,唾弃犹食馀。署偏有古寺,建自唐李初。嘉树结重荫,曲径闲云纡。房舍绝幽僻,稍稍事洒除。书声出精舍,旦由昃至餔[5]。譬如僧作课,讽诵毋或渝。乘暇骋高步,啖啜趋官厨。东西判食宿,齐女差无殊。独慨日轮迅,传舍惊须臾。黄金掷虚牝,岁月忽已徂。低簷[6]碍眉宇,戚促气不舒。充饥画饼啖,一饱嗤侏儒。炎炎火敲石,晶晶水在盂。世事幻泡[7]耳,吾请师真如[8]。

【注】

[1] 义阡寺,据传寺约于公元7世纪武则天朝时始建,元朝至正年间重建,遗址位于今江苏盐城大丰草堰镇。

[2] 石笥山房,见前文《舟行杂诗》注2。

[3] 麤,即"粗"。

[4] 莳,移植、栽种。

[5] 由昃至餔,由日头偏西至傍晚时分。昃,太阳偏西;餔,通"晡",傍晚、日暮。

[6] 簷,即"檐"字。

[7] 幻泡,佛家语,语出《金刚般若波罗蜜经》,亦作"梦幻泡影",比喻事物之虚幻无常。

[8] 真如,佛家语,译自梵语,意为遍布于宇宙的真实之本体,可引申为一切万有之根源。

壬子春暮留馀春馆[1]小集主人[2]即席赋诗步元韵四首

花草经营课种忙，画簾春暖昼霏香。西园雅集[3]嬴风雅，粉壁新笼锦数行。

一曲猗兰拂素琴，箇中妙谛印心心。花城多少闲桃李，秾艳谁教订赏音。

绿荫悄悄墨纱窗，莺啭如闻水调腔。濠濮暂分庄惠乐[4]，清磁碧藻戏鱼双。

牡丹引艳上书帷，蜂蝶围云作队随。待取琳宫[5]花放日，乞君为赋碧欧[6]诗。

【注】

[1] 留馀春馆，清代常州籍作家孙星衍居金陵时建留馀春馆。但其为乾隆年间文人，生卒年(1753—1818)较刘云斋早，故此处存疑。

[2] 主人，即孙星衍。

[3] 西园雅集，引北宋时李公麟所绘《西园雅集图》典，图中描绘了苏轼、苏辙、黄庭坚、秦观等文士的交游、唱和情形。

[4] “濠濮暂分庄惠乐”句，是指庄子与惠子“濠梁之辩”和庄子垂钓濮水的典故，文字见《庄子·秋水》。

[5] 琳宫，仙宫。后作为道观、殿堂的代称。

[6] 碧欧，即欧碧，牡丹花的一类，花朵为绿色。南宋陆游《天彭牡丹谱》中有“碧花止一品，名曰欧碧。其花浅碧而开最晚，独出欧氏，故以姓著”的记载，因而得名。

三月初八日寄石生[1]

天街云净迥无尘，凉月空明证夙因。一梦广寒仙路隔，人间竟有剩星辰。

【注】

[1] 石生，姓字、家世及生平经历不详。

留馀春馆牡丹六七株蓝[1]而不花诗以嘲之

东风刁刁转春寒，晴日难烘放牡丹。多是化工纤啬[2]甚，不将富贵与人看。

【注】

[1] 蓝，即“蕊”。

[2] 纤啬，即悭吝、吝啬等意。

代牡丹答

菲材生小不禁寒，要乞仙台续命丹。留取含苞养春色，明年富贵待君看。

义阡禅院[1]牡丹盛开徘徊延玩有触旧绪感成七律四章春士言愁殊尟[2]欢趣末章强作排遣亦无聊之极思也苔岑同契当为黯然

梵宇沉沉暮霭寒，魏家赪紫拂经坛。信迟谷雨春无几，香和檀云篆易残。小影竛竮摹艳薄花甚瘦削，东风富贵占花难。无端振触平生事，百感依依独倚阑。

生云垂露暨阳书院轩名，刘石庵先生书辟轩廊，佳种移栽冠洛阳。花圃藏娇金作屋，璚筵招客玉为浆。一从讲院辰星散，回首雕栏暮雨荒李申者，师于暨阳院中，植牡丹数十本，花时招集仝人赋诗饮酒。近闻摧折尽矣，春风旧泽思之黯然。惆怅蓉城春梦断，不堪重忆浣花堂澄江西城杜氏牡丹为一邑冠，今亦尽矣。

斜阳独立晚春天，香国茫茫绮思牵。眼底绛华犹逞艳，天涯紫玉已如烟。郁金裙冷春飘麝，镂碧簪寒钿委蝉。太息画图相对日，衣裳髣髴[3]绘云妍。

消息侵寻老岁华，一春芳事怨夭斜。不须欧碧尘沙记，且共鞓红色相夸。天上明薰送初日，人间仙绮散馀霞。楝风已近酴醿[4]过，犹胜翻阶芍药花。

【注】

[1] 义阡禅院，即前文义阡寺。

[2] 尟，音 xiǎn，即稀有、罕有之意。

[3] 髣髴，音、意同“仿佛”。

[4] 酴醿，花名，亦作“荼蘼”。

留馀春馆牡丹及时末花作诗嘲之主人新购细种十数本置酒招饮眷新植之便娟感旧花之憔悴勉成四截自忏前言并邀同人和焉

曼云流艳放新晴，浅紫深红着眼明。一晌名花增富贵，布金作地锦为城。

祇林岑寂荷相邀，拇阵[1]喧呼拂绮飙。明月昵花花昵月，十分香色佐春韶。

夜永华筵罢酒卮，曲阑延望独移时。天涯一样倾城种，怊怅闲階写怨迟。

绰约娟夭顷刻间，画图未许放春还。金经一卷灵修忏，更与奇方乞驻颜。

【注】

[1] 拇阵，即拇战，旧时酒席间酒令的一种。其法：两人同时出一手，各猜两人所伸手

指合计的数目，以决胜负。

瓶中插牡丹二枝彬甫[1]以绣球配之戏成一截

霞染名花放胆瓶，晚春风漾雪珑玲。何时写入荃鸾笔[2]，画里蛾眉斗尹邢[3]。

【注】

[1] 彬甫，即袁如雯，家世及生平经历不详。

[2] 荃鸾笔，毛笔的美称。

[3] 尹邢，汉时武帝宠妃尹夫人与邢夫人的并称。《史记·外戚世家》记二人因同时得宠，武帝令二人不得相见。

和　作[1]

袁如雯彬甫

清泉春暖漾晶瓶，红艳依依衬玉玲。一样风流双姊妹，香城姻娅结谭邢[2]。

【注】

[1] 本篇为袁如雯所和刘倬《瓶中插牡丹二枝》之作，亦收入本卷。

[2] 谭邢，即姻亲中连襟关系的代称。典故出自《诗经·硕人》篇："齐侯之子，卫侯之妻，东宫之妹，邢侯之姨，谭公维私。"意为卫国夫人庄姜的两个妹妹分别嫁给了谭公和邢侯，后以"谭邢"代称姊妹的丈夫之间所谓连襟关系。

月夜不寐汲天泉水烹茶读长吉[1]乐府尘虑忏除得诗四首凡加三规者，皆原选之作，於每章首句加规以别之

凉月明轩墀，流辉浸书幌。琳宫净无尘，虚白现圆象。夜深钟磬寂，旃檀香盎盎。人生被韁锁，劳劳役氛坱。过时不自悟，智识堕昏网。及兹契禅悦，颇惬尘外赏。清心渺世憲[2]，天地一昭旷。华严誓忏悔，庶几悦俯仰。

祇园植嘉树，枝叶相因依。下有倾城姿，赪紫含芳菲。曼陀示色身，绰约世所希。娟娟明月来，湛湛清露霏。东风饷芳泽，荏苒袭素衣。妙香味静旨，慧谛通幽微。悟彼花水义，忾此尘垢非。情禅一解脱，庶免蚕缚讥。

玉川性嗜茶，荚荈选馨烈。吾生有饮癖，灵芽素耽悦。山僧富天泉，陶甓階墀列。和风深竹间，炉烟漾飘瞥。仙心浥曼云，馡馡味甘冽。娟娟月与花，修持两清

绝。徘徊谢缁尘,愿言葆芳洁。合十师维摩,一尊酹香雪。

香雪浇春愁,茶烟黯销没。孤穗灯作花,挑云对兀兀。一卷协律诗,披读兴飞越。王孙眷宗社,奇思噀空发。忠爱结骚雅,幽怨警毛发。芳草霏空山,千春沉秀骨。我辞绮语债,宝偈证禅窟。官衙报残更,半窗照凉月。

【注】

[1] 长吉,唐代诗人李贺。

[2] 虙,即“虑”,见《敦煌俗字谱》。

咏杜鹃

秭归引怨唤东风,催放名园花一丛。惆怅天涯看不得,怕教衣素染啼红。

鹤林仙戏径三三,淡点芸脂宿露含。夜半月明花未醒,带将香梦过西潭花系程九芗[1]所赠,主人新自西潭移归。

【注】

[1] 程九芗,姓字、家世及生平经历不详。

芍药未花夏令已届戏为催妆诗[1]以促之

洛阳帝子乘风去,紫丝绡障围芸雾。鞓红委地散如烟,凤泊鸾飘不知处。香尉翩翩取绣车,东皇宠命下天家。特司绛节荣三诏,要与琼筵会万花。万花会上星城结,笙歌吹暖晴云热。唐代霓裳锦作瓻,汉家金屋林为肩。霓裳金屋斗婵娟,画粉匀脂衬绮妍。婉婉绿珠辞阁日,盈盈碧玉破瓜年。桃奴媵喜薰兰晓,婪尾[2]杯倾良会好。试听华筵羯鼓催,莫教三七歌梅摽[3]。

【注】

[1] 催妆诗,唐时,成婚前夕,贺者赋诗以催新妇梳妆,称之为催妆诗。两宋时,产生了催妆词。明清文人所作催妆类诗词,或多为酬唱之作,文学意味更为明显,其本来催妆、发嫁之意逐步淡化。

[2] 婪尾,古代行酒情形之一。唐代将宴饮时酒巡至末座称为婪尾酒。

[3] 梅摽,即《诗经·摽有梅》篇。

宿雨初止东风放晴午后偕揭康哉琳[1]袁松友如筠[2]文亭如山[3]彬甫如雯薄游郊外新麦吐秀野菜作花豆荚丛丛被以紫萼逶迤而西过北极殿访静涛上人[4]时階下虞美人初放数枝娟丽之致足供延玩僧静慧[5]烹天泉茶憩饮数刻归循河崕行小艇二三中流放鸭洵嬉娱之妙景寻常点染家不能仿佛其万一也彬甫属为诗以纪之

桑畦过雨送新凉，小朶[6]霏花吐嫩黄。一稜春蔬分秀色，田家风味菜根香。

麦陇霏微洗麹[7]尘，浪云浅碧露华新。东风忽向鳞塍[8]过，赢得香分饼饵春。

小姑携伴撷筠篮，薄采争如食椹甘。刚是江南樱笋好，豆花开过又眠蚕。

杨柳青青带暮霞，寻幽暂访己公家。清溪窈折有禅意，榔栗一枝云外斜。

檀篆笼烟槐日晴，松牌检点证诗盟。参因乞借香花供，一勺天泉分外清。

茜云流艳逞夭斜，楚楚腰肢掌上夸。一卷金经消浩劫，闲階开遍美人花。

采采南山倚夕阳，疏星倒影入禅房。拏空陡作潜蛟怒，古干森云薜荔墙寺有枸杞一株，势甚奇古。

童冠嬉游乐及时，春江水暖绿差差。横波小艇破烟去，一幅徐熙[9]画里诗。

【注】

[1] 琳，即康琳，字哉，家世及生平经历不详。

[2] 如筠，即袁如筠，字松友。据江西《丰城县志》载："袁如筠，字松友，袁坊人，援例授府经厅，分发贵州署普安镇新成县丞，御苗殉难事闻奉。"

[3] 如山，即袁如山，字文亭，家世及生平经历不详。

[4] 静涛上人，北极殿僧人，其事不详。

[5] 静慧，同上。

[6] 朶，即"朵"字。

[7] 麹，本指酒曲上所生菌，其色黄如尘。后以此形容微小的尘土或事物。

[8] 塍，田间土埂。

[9] 徐熙，即南唐时画家徐熙，擅长花鸟画，其画以野逸为鲜明特色和风格。

有　感

闻说宣防庙社忧，重臣持节古诸侯。南艖[1]首定经时策，北地新增塞土愁。六纛[2]风清喧鼓角，三门[3]波涌避蛟虬。汉家竹箭[4]徵求尽，前席重烦借箸筹。

汲郑[5]无功问若何，寸醪理浊近尤多。时危未习芦灰法，地险愁听《瓠子歌》[6]。臣鉴壶闻要白水[7]，天心无奈祟黄河。文襄[8]治绩今谁是，惆怅龙渊一再过。

绣衣柱史[9]峻风裁，帝命分符拥传来。惜费岂曾知大计，贪功毕竟是庸才。横流集议川无楫，撮壤酬恩祸有胎。只恐西风潮汎[10]上，下游争作郢人[11]哀。

丰徐[12]弥望恨茫茫，楚些[13]招魂下大荒。万顷膏腴归浩荡，千村灯火照流亡。捐生莫补沉沦劫，捧土奚问补救方。我亦有图图郑侠[14]，何由被发[15]诉穹苍。

【注】

[1] 鹾，盐的别称。

[2] 六纛，指六面军中大旗。《新唐书·百官志》中有记："节度使掌总军旅……行则建节，树六纛。"宋《太平御览》释曰："古者天子六军，诸侯三军；今天子十二，诸侯六军，故纛有六以主之。"

[3] 三门，古代都城四面各有三门，即库门、雉门与路门。

[4] 竹箭，弓箭的意思，东汉刘熙《释名》中即言"竹之小者曰箭"。

[5] 汲郑，即汉时人汲黯、郑庄，皆以贤德闻名，司马迁《史记》中有《汲郑列传》。

[6]《瓠子歌》，据传是汉武帝刘彻于黄河决口处作的即兴诗作，主要描写了水患的场面和危害。《史记·河渠书》中对此有所收录。诗中文字与《汉书·沟洫志》《水经注》存有不同。

[7] 臣鉴壶闻要白水，中唐诗人白居易《寓意诗五首·其三》中有"促织不成章，提壶但闻声……何以示诚信，白水指为盟"句。

[8] 文襄，是指清康熙朝曾任河道总督的名臣靳辅，因其治理黄河之功，逝后谥"文襄"。

[9] 绣衣柱史，即御史，唐李白《赠潘侍御论钱少阳》中有"绣衣柱史何昂藏，铁冠白笔横秋霜"句。

[10] 汎，同"泛"字意。

[11] 郢人，即楚人。

[12] 丰徐，丰县和徐州。

[13] 楚些，因《楚辞·招魂》是以战国时楚国民间流行的招魂词的形式写成，句尾往往带有"些"字。后常以"楚些"指招魂歌，或泛指楚地乐调及《楚辞》。

[14] 郑侠，北宋时人，《宋史·郑侠传》载其尝绘流民图以奏神宗。后以郑侠图代指流民图。

[15] 被发，即"披发"意。

重有感

西江越石拥旌旄，台省[1]霜棱冠列曹。一疏特申难易辨，三年无补夕昕劳。财徵有令搜齐餍，食品多方料晋獒[2]。天语尊严威咫尺，抚心何以答恩褒。

通衢喧赫榜新章，公局重开节使堂。倡引何嫌官作贾，给剂权藉贩为商。阻挠示禁刑繇肃，裁减无谋利薮荒。却怪纷纷门若市，有谁廉石[3]压轻装。

淮鹾变法首长沙，条制[4]纷更众议哗。仅有新衔增少府，更多羡利入私家。均输论谢宏羊[5]析，监卖书空卫觊[6]夸。廿载楚材三节钺[7]，避咻无计益咨嗟。

年来集议治丝同，噗影含沙伏射工。岂为凋残筹善策，只缘贪黩竞奇功。据津召谤生奚益，造膝[8]徵谋死亦空。太息朱晖[9]竟何事，一番消息误刘聪[10]。

消息虚传贾肆开，借筹无术共徘徊。熬波已竭盐人力，徵价谁招海客来。似此迁延宜续命，如公榷算亦非才。侧闻馈饷[11]天西急，莫遣军书火速催。

豸绣威蛇负一官，连番振触感无端。地更新法贫何补，劫入残棋悔亦难。经济未闻输海国，檀轮[12]只合赋河干。一篇更续《芜城赋》[13]，碧树璇渊入梦看。

【注】

[1] 台省，代指朝廷的中央官职机构。汉时尚书台、三国魏时中书省，皆为代表皇帝发布政令的中枢机构，后以"台省"指政府中央机构。唐时亦有将三省机构和御史台合称为"台省"的说法。

[2] 晋獒，《广雅》中有"殷虞、晋獒、楚茹黄、韩獹、宋猔，并犬名"的说法。

[3] 廉石，引三国吴陆绩典。传陆绩罢官归乡时因行装少，船轻难以渡海，以巨石压舱，人称其廉洁。据说此石后存于苏州文庙。

[4] 条制，条例制度。《晋书・食货志》："今宜通籴，以充俭乏。主者平议，俱为条制。"

[5] 宏羊，是指汉武帝时期大臣桑弘羊，亦作桑宏羊。

[6] 卫觊，三国时魏国人，曾主持国史修撰，喜好古文，精通鸟篆、隶草等。

[7] 节钺，即符节和斧钺，是古时授予将帅以作为加重权力的标志。

[8] 造膝，即"促膝"意。

[9] 朱晖，字文季，东汉时南阳人，以守信义为人所称赞。

[10] 刘聪，十六国时期汉赵政权的统治者。

[11] 馈饷，即粮饷。

[12] 檀轮，即檀车，古代车子多用檀木为之，故有此称。后常用以指役车、兵车。

[13]《芜城赋》，南朝作家鲍照所作，赋中所咏芜城即广陵城，今扬州。

偶　见

芸丝编形罥钗虫，香点轻花飐晚风。一片粉匀娘子白，十分春染女儿红。鞋尖尘印鸳鸯浅，裙钗云描蛱蝶工。桑径阴阴归路远，断霞阑入夕阳中。

夕阳隐隐幂窗纱，闻是潭西第一花。绿荫围云依柳曲，红栏浸水抱溪斜。闲情辗转怜春晚，小字分明占岁华。太息[1]江州白司马，停船未许听琵琶[2]谓韩小溪[3]。

【注】

[1] 太息，即“叹息”。

[2] “太息江州白司马，停船未许听琵琶”句，用唐白居易《琵琶行》典。

[3] 韩小溪，姓、字、家世及生平经历不详。

留馀春馆主人索书生年支干俾日者推焉诗以谢之

韩苏一代之文豪，身宫命宫堕磨蝎。一身贬逐潮海行，一身颠踬镇州别。波涛荡滴诧伟观，雷霆精锐植奇节。岂闻辜磔荣星首，仅许翕张逞箕舌[1]。吾生少小负壮气，词坛腾踔辩才谲。干时自谓抵反掌，造车未暇谋合辙[2]。燕台选骏闭骊骆，大野飞尘起蠓蠛[3]。名字屡干魑魅憎，文章猥受虎鱼巇[4]。中闻星祸过虚耗，后视日轮复倾昃[5]。江海翻翻波起云，头颅转转剌生雪。淮山旧事炊黍幻，蓉水前游梦花瞥。闭关暂遣默尔息，视履勿为行者蹩。赤堇[6]埋精剑潜晦，黄金入橐[7]桂销威。兴酣箸借饼可画，时过筵壶醴弗误。人间猩狒杂笑啼，世事触蛮[8]互侵讦。昨传广肆逐例开，渐令财虏灼中热。蒙虎诳言人戴皮，续貂占作犬为蟹[9]。郑虔[10]官冷我未能，元度[11]席重客何说。颇拟波罗[12]判衰旺，特为迷津树标楬。官星或者示量移，市垣引之备行列。招梗有方炫巫鬼，质剂如贾增笑哑。元经默默奥旨幽，漆桶劳劳生计拙。但宜擿埴冥索涂，奚藉勘枢明启镝。即云先事较三舍，亦止謦言[13]供一吷[14]。日来文室生灭参[15]，夜展楞严空色澈。劫难枭入运悟尘网，风花过眼证禅悦。君言为我兆趋避，我请为君析机捩[16]。一篇辩命孝标[17]论，敬当镌泐[18]奉圭臬。

【注】

[1] 箕舌，簸箕底部伸展向前的宽广处，形状如舌。

[2] 造车未暇谋合辙，南宋周煇《清波杂志》中有“造车合辙”之语。此处反用其典，表达主观想法与客观事实不相符合之意。

［3］蠓蠛，即蠛蠓。

［4］蠛，同"蔑"字意。

［5］倾昃，"倾斜"之意。

［6］赤堇，代指宝剑。

［7］橐，口袋。

［8］触蛮，即"触蛮之争"，典故出自《庄子·则阳》篇，亦作"蛮触"，常用以比喻因小事而争吵的双方。

［9］蠥，即"孽"。

［10］郑虔，中唐时人，号广文。唐代诗人杜甫《醉时歌赠广文馆博士郑虔》中有"诸公衮衮登台省，广文先生官独冷"句。

［11］元度，北宋人蔡卞字元度，蔡京弟。

［12］波罗，即《般若波罗蜜多心经》。

［13］譮言，虚假的、不符合实际的语言。

［14］吷，微小的声音。《庄子·则阳》篇有"吹剑首者，吷而已矣"句。

［15］生灭参，参悟生灭之意。

［16］机捩，即机棙，转变的契机、关键。

［17］孝标，南朝梁刘峻字孝标，著有《辨命论》。

［18］勑，即"勒"字。

予与李绍仔[1]丈述来别二十年矣壬子春杪[2]过程九艺三杰西潭别墅见所画墨梅横幅并闻近在咫尺而不即晤抚今忆昔怆然有怀

春萍泛梗各天涯，南北相思廿载赊。疏雨一簾春入画，故人消息问梅花。

梅花尊酒宴萧斋，坐有淮山旧雨偕谓管印轩[3]。他日兰陵重过访，黄罏[4]风景咽诗怀哲兄心陔丈及幼新印轩诸先生均先后下世。

【注】

［1］李绍仔，清代江苏武进画家李述来，字少仔，一作绍仔。据《扬州画苑录》所载："（李绍仔）工书，善画墨梅，干圈皆运浓墨，自成一格。卒年九十余。有《陈渡草堂集》。"

［2］春杪，即春末。杪，末端、末尾之意。

［3］管印轩，从集中其他诗作或可推断其常往来于常州，但姓字、家世及生平经历不详。

［4］黄罏，即黄垆，典故出自《世说新语·伤逝》中王戎于黄公酒垆前怀念嵇康、阮籍事。后常以此比喻伤逝亲故、悼念友人。

留馀春馆芍药盛开主人招饮索诗率成四截

彤云卅一品重阑，宛宛宫衣淰淰[1]寒。乞与芙蓉三变法，午脂朝粉夜霏丹酒座中有为此论者戏及之。

千金拟掷买花钱，楚艳吴娥思眇绵。一笑东风归去尽，只馀春色殢[2]觥船。

问讯扬州金带花[3]，相公佳兆卜宣麻[4]。即今谁是调梅手，独倚香城望暮霞。

新歌缓缓唱骊驹时袁松友将入部，苔径量阴日易晡[5]。花是将离人小别，一般憔悴累诗臞。

【注】

[1] 淰淰，形容散乱不定的样子。唐代诗人杜甫《放船》中有“江市戎戎暗，山云淰淰寒”句，清代仇兆鳌注曰：“淰淰者，状云物散而不定。”

[2] 殢，滞留、沉溺的意思。

[3] 金带花，即锦带花。

[4] 宣麻，唐宋时拜相命将，常用黄色白麻纸书写诏书，公布于朝堂，称为“宣麻”，后成为诏拜将相的代称。此处与句中“相公佳兆”互为呼应。

[5] 晡，旧时代指下午三点钟到五点钟的时间。

夏旱得雨农田可插秧矣用元道州[1]《舂陵行》韵五古一首

黔黎[2]厄尘劫，忧患无定期。阴阳致灾祲[3]，隐祸厥有司。去年被淫[4]潦，荡潏增伤悲。田庐汇为泽，禾稻靡孑遗。携家背乡井，衰稚相奔随。大府惜财力，赈恤恩弗施。张皇议加赋，县吏朝夕追。膏血剥已尽，存者骨与皮。输将一不继，敲扑仍及之。粜麦费几何，焉能转瘦羸。入夏苦炎旱，土燥膏泽亏。新秧如暍[5]人，甦息知何时。上帝闵艰苦，一雨沾惠慈。侵晨率子妇，莳插勿敢迟。贫家望秋获，用作赋税资。人情藉相慰，天意莫获知。昨闻北河[6]信，龙合[7]期复移。浊流涨即洩[8]，潟潟[9]戕其宜。中田日惆怅，厉階贻自谁。引领眡[10]苍旻，延息藉护持。民穷未肯顾，尔牧奚所为。请仿漫叟[11]意，用代危苦词。

【注】

[1] 元道州，指中唐诗人元结，因其曾任道州刺史而得名。

[2] 黔黎，平民百姓。黔，黔首；黎，黎民。

[3] 灾祲，即灾害、灾异。

[4] 淫，同“淫”字意。

[5] 暍，中暑、伤热的意思。

[6] 北河，黄河北流之水。清朝之前黄河自今内蒙古磴口县以下，分为南北二支。北支约当今乌加河，时为黄河正流，相对南支而言，称为北河。

[7] 龙合，指水势。

[8] 洩，即“泄”字。

[9] 潟，咸水浸渍后的土地。

[10] 眡，同“视”字意。

[11] 漫叟，年长而不受拘束的老人。元结诗歌《漫歌八曲》序言中有“壬寅中，漫叟得免职事，漫家樊上，修耕钓以自资，作《漫歌八曲》”之语。

司更鸟

寓[1]寺鸭脚[2]一株数百年物也有鹊巢其上每夜更转輙[3]鸣与衙斋官鼓相应名之曰祇林司更鸟

昙云缥缈拥华月，塔铃风定琅珰歇。有鸟飞鸣翔贝多，远闻官鼓衙斋伐。一声初起鸜鹆[4]舞，宝盖霏霏散香雨。一声变作鹖鴠[5]鸣，綷羽戢戢盘化城。虬枝结荫静如水，声传转入残更里。鹊巢和尚来结邻，弹经偻数天龙指。昔闻芙蓉十二兜罗挐[6]，桐叶转水如浮楂。沙弥巧习挈壶[7]法，六时双叠飘莲花。又闻比丘入市逞游戏，潜鳞攫取具禅意。寒宵拔刺鱼欲飞，代漏名笺采兰志。我来梵阁开经函，三车五衍尘虑芟。懒残煨芋恣饱啖，有如食竹太守[8]馋。沉檀结篆华星晏，爇尽祇林香几瓣。露湑犹迟曙报鸦，橹迎讵假更支雁。书窗独夜拥青绫，剪穗花寒照雨灯。试与呗音[9]参杪刻[10]，不须重听鸟迦陵[11]。

【注】

[1] 寓，寓居。

[2] 鸭脚，即鸭脚树，也称鸭脚木，因其树叶形状似鸭脚而得名。

[3] 輙，即“辄”。

[4] 鸜鹆，也写作“鸲鹆”，即俗称的八哥鸟。

[5] 鹖鴠，鸟名。

[6] 罗挐，佛家用语。如微吉罗挐，指的是五佛顶尊中的之第五菩萨。

[7] 挈壶，即悬壶。

[8] 食竹太守，指北宋文学家苏轼，其《筼筜谷》诗云：“汉川修竹贱如蓬，斤斧何曾赦箨龙。料得清贫馋太守，渭滨千亩在胸中。”

[9] 呗音，诵读佛经的声音。

[10] 杪刻，佛经刻本。

[11] 迦陵，佛家用语，迦陵频伽的简称。中唐诗人元稹《度门寺》中有“佛语迦陵説，僧行猛虎从”句。

再和彬甫二首

梵阁沉沉月上时，一声声占最高枝。羽虫暂假头衔贵，添作祇林警夜司。

绿阴过雨晚天晴，仙乐迦陵选树鸣。笑煞元阴诸释子[1]，官私惯打六时[2]更。

【注】

[1] 释子，和尚。

[2] 六时，佛教将一昼夜分为六时，即晨朝、日中、日没、初夜、中夜、后夜。

杨　花

柳市纷纷辞树飞，离亭辗转寸心违。尘丝系影春才住，烟缕吹云梦不归。剩有闲情感飘泊，枉教残绪罥芳菲。画楼隔断重来路，日日香城帐夕晖。

生小依依写怨迟，无端催下侧生枝。扑云春暖围绡帐，过雨尘疏昵砚池。不称颠狂偏有恨，最难绾系是相思。销魂记向无人处，怕惹封姨[1]故故吹。

芳事阑珊日易斜，不从桃李斗芳华。嫩寒病殢重翻絮，薄命春残略判花。一晌沾泥抛旧梦，可怜霏雪尚天涯。笑他榆荚无情甚，犹把青钱[2]夹路夸。

一番开谢问尘因，客里情怀懊恼真。往日零花犹待护王辑之名杨花为零花，今年四月已无春。新图婉姹描纤影，流水光阴问后身。惆怅白杨萧瑟甚，东风肠断未归人。

【注】

[1] 封姨，即风姨，神话传说中的司风之神。

[2] 青钱，本意是色绿形圆的事物，这里指代榆钱。

吟秋小草

立秋日作

西风无消息，竟夕忽来归。并入秋心远，吹将暑气微。稻花含露重，桐叶待云飞。闻说蓴鲈[1]好，天涯愿又违。

【注】

[1] 蓴鲈，即莼鲈，典故出自《世说新语·识鉴》篇中所载晋张翰思乡事。

留馀春馆荷觞小集

淡淡鱼云[1]散午炎，北窗枕簟称安恬。藕花风过朱阑静，一桁轻波上画簾。

歌罢田田叶有香，红衣缥缈试霞妆。水云乡里饶清赏，赢得新凉一味尝。

新凉庭院玉珑璁，费尽鸳绡熨贴功。花露袭衣寒不觉，四围香浸月明中。

石磴围云合坐时，清谈品茗妙相宜。观莲节[2]近无多日，更补花城介寿诗。

【注】

[1] 鱼云，即鱼鳞云，形容白云似鱼鳞排次。

[2] 观莲节，也称作观荷节，旧时以农历六月二十四为荷花诞辰。

寺旁舍屋三椽为余憩息所瓦松丛集其上秋雨兼旬厥生益衍趣寺僧鸠工葺治之

危甍荣昨叶，攒立千百强。西风雨膏之，大者蓁尺长。得势俯乔木，气若羸诱张。阴霾陷白日，絜彼鳞松苍。狸虫藉余荫，缘构以隙藏。七星漏穿孔，周身不自防。山僧治精舍，旁及何楷堂[1]。命工肆芟薙，杀之如严霜。苴尘一罗预，陨落秋草黄。嗟尔质本微，升屋乃太康。颠越自尔取，尽族奚所伤。明月来中庭，中庭生微凉。太空无片云，独立秋茫茫。忾[2]彼据鼎号，乘器[3]占久忘。

【注】

[1] 何楷堂，何楷为东晋人，曾读书于吴郡城南的山中。明代作家张羽有《何楷读书堂》

一诗。

[2] 忾,即“慨”意。

[3] 乘器,佛家语,修行途径、凭借方法的意思。

观板桥道人[1]画竹作歌

禅堂昼静风雨来,丛云黯黯拨不开。墨花喷洒势飞舞,卷叶倒影凌莓苔。道人善书复善画,潜思观变运险怪。霜毫迸入墨竹间,皴钩摆脱彭城[2]派。夺胎上薄文湖州[3],纵横泼扫清且遒。久闻善本落东海,按图追索无骅骝。我待蛰影苦炎热,摊饭就阴枕簟设。琅玕送爽苦未能,渭川千亩亦虚说。山僧过午至,招我游潇湘。潇湘路远不可涉,但见绢素森立排筼筜。一竿攒峙翎风削,一竿倒偃僵蚕缚。旁有奇石篆黝沉,烟雾冥冥气盘礴。空庭幽梦破寂岑,椮捎闪影摇秋心。松涛隔牖送繁响,鸾凰迭和空中音。狂歌乘兴祛尘俗,蔬笋[4]光阴乐亦足。披图试与此君盟,半亩行当归蓺竹。

【注】

[1] 板桥道人,清代乾隆年间江苏兴化人郑燮,号板桥道人,书画家、诗人。

[2] 彭城,江苏徐州的古称,以上古时尧封彭祖于此地而得名彭城。

[3] 文湖州,北宋人文同,字与可,因调任湖州知州,未到任而卒,被称为“文湖州”。与苏轼为表兄弟,苏轼有作散文《文与可画筼筜谷偃竹记》。

[4] 蔬笋,表面是指蔬菜和笋,引申为贫寒生活。

留馀春馆咏兰

粉染轻绡翠点阑,冰甆[1]云浸辋川兰。重簾一带清如水,香淡风迟待晓看。

唾痕皴袖浥芳姿,绀[2]石笼云顾影时。一点芳心含露重,葳蕤春锁义山[3]诗。

薄薄钿云绝点埃,沁人芳思梦初回。荃宝荪客[4]都清绝,莫遣熏衣入座来。

猗猗流韵上薰琴,傍着名花和雅音。合与官斋榜兰室,月明絃静证仙心。

【注】

[1] 甆,“瓷”的异体字。

[2] 绀,黑红色。

[3] 义山,即晚唐诗人李商隐,其字义山。

[4] 荃宝荪客,比喻贤良的人才。荃、荪皆为香草名。

并 头 兰

湘簪旖旎协兰祥，连理仙枝浥露凉。谱入瑶纮作双叠，夜深香梦殢琴床。

画簾波静翠云翘，须曼[1]双身入画描。栀子同心莲并蒂，一般香色助花娇。

笛声吹彻晚凉天，雅谜相参韵亦仙。解使尹邢销薄怒，乞分兰室贮婵娟。

依依纫佩[2]望天涯，芳信无端露畹夸。惆怅灵均幽恨断，湘云迢递怨孤花。

【注】

[1] 须曼，“须曼那”的简称，梵语兰花的音译。

[2] 佩，即“珮”字。

立秋数日风雨暴作早禾见伤兼闻丰工[1]决口未塞不能不为杞人忧也诗以记之

黄云匝四野，蓄熟占有秋。农夫挟奢愿，污邪及瓯篓。蜚廉震翼扇龙国，海云斗幻鱼鳞色。咸沙[2]旋旋吹上天，天瓢倒挹荡尘黑。胥潮[3]飒飒飙鼓鸣，悬溜翻作江涛声。农夫含叹夜无寐，起视中田稻翻燧。掀根卷水花乱飞，膏血朘劖[4]十三四。我时行郊塍，踯躅不能去。败稼既廑忧，决河亦增虑。去年黄水天为灾，丰徐溃溢喧奔雷。下游低洼浸为泽，肃肃其羽哀鸿哀。重臣巧为宣防计，不恤苍生恤金币。捧土[5]苴功罚有恒，独留缺陷为民厉。鸣字缺陷不可常，浊醪[6]澥浛[7]急则伤。冯夷[8]凌秋助威力，一泻千里惊沙黄。吾乡疮痍久未复，堤工一律罢修筑，司马[9]魂飞八月涛。后时罔鉴前车覆，前车颠越今如何。一波未定愁一波，杜陵茅屋秋风多[10]。安得三千铁弩来相过，寒星闪退蛟与鼍。长虹揞[11]拄永不蚀，重听篝车[12]遍野丰年歌。

【注】

[1] 丰工，“丰北河工”的简缩语，“丰”是指现江苏徐州丰县。

[2] 咸沙，海沙。

[3] 胥潮，即“伍胥潮”，典故出自《吴越春秋・夫差内传》：“吴王乃取子胥尸……因随流扬波，依潮来往，荡激崩岸。”后常以“伍胥潮”形容怒潮、大潮。

[4] 朘劖，削减、减少的意思。

[5] 捧土，典故出自《后汉书・朱浮传》：“今天下几里，列郡几城，奈何以区区渔阳而结怨天子？此犹河滨之人捧土以塞孟津，多见其不知量也。”后以此形容不自量力。

[6] 浊醪，本意为浊酒、浑酒，这里用以代指黄河浊水。西晋左思《魏都赋》中有“浊醪如

河”句。

[7] 濎滃，形容水流涌动、冲击的样子。

[8] 冯夷，古代神话传说中的黄河水神，即河伯。后亦泛指水神。

[9] 司马，指中唐诗人刘禹锡，他曾被贬为朗州司马，其《浪淘沙》诗第七首中有“八月涛声吼地来”句。

[10] 杜陵茅屋秋风多，指唐代诗人杜甫《茅屋为秋风所破歌》。

[11] 搘，即“支”。

[12] 篝车，水车。

七　夕

罗云卷尽碧天愁，银汉无情水自流。惆怅幽兰啼眼断[1]，西风寒飐漆灯秋。

香尘黯黯郁金裙，兰焰沉沉闭夕薰。吟罢芳丛幺凤[2]句，榕阴一树奠朝云。

【注】

[1] 幽兰啼眼断，化用中唐诗人李贺《苏小小墓》诗中“幽兰露，如啼眼”句。

[2] 芳丛幺凤，语出北宋词人苏轼词作《西江月·梅花》，词中有“海仙时遣探芳丛，倒挂绿毛幺凤”句。此作为苏轼被贬岭南惠州时为悼念侍妾朝云所作，与下句“榕阴一树奠朝云”意相应。

石笥集[1]有丛祠废营诗语极诙诡戏和四首即效其体

莽莽乾坤貉一邱[2]，无端土偶幻尘浮。星旗龙化鼪鼯窜，篝火狐鸣胜广游。白晓三挝风飐鼓，青燐一闪电明楼。神灵此会禗禗[3]甚，血食何人为尔谋。

膏血涂金剩废邱，灵祇换劫感阎浮[4]。媚隅空擅王孙巧，更法谁招介甫[5]游。几见滛昏天与祀，只惭功德蜃为楼。千秋秦畤无遗迹，亡社奚烦召鬼谋。

一从天阙大星移，慷慨何年更誓师。白马风寒埋骨处，朱鸢秋老梦蛩[6]时。雄心吊月棱生槊，战气沉沙戟有枝。晚向髑髅[7]台上望，天西万里哭分歧。

百战乾坤浩劫移，传闻猿鹤化雄师。金城路迥沙飞候，铗蒺霜严齿龄[8]时。星仆残旗神徙祸[9]，柳占败将肘生枝。夜深长剑腾龙气，上掩欃枪彗有歧。

【注】

[1] 石笥集，见《禅隐轩诗抄》集中的《舟行杂诗》注 2。

[2] 邱，即“丘”。

[3] 禔禔，形容不安的样子。

[4] 阊浮，“阊阖浮云”的简称，指上天、天宫。

[5] 介甫，北宋诗人、政治家王安石字介甫。宋人张栻曾作《跋王介甫游钟山图》一诗。

[6] 髽，古时妇人在办丧事时所梳发髻，以麻束住头发而成。

[7] 髑髅，原意为死人的头盖骨，后引申为尸骨。《庄子・至乐》中有“庄子之楚，见空髑髅”句。

[8] 齘，牙齿相磨。

[9] 祃，古时行军时在军队驻扎处举行祭祀。

蟋　蟀

凉夜静如水，凄凄蟋蟀鸣。西风萦客思，寒叶助秋声。节候空庭晚，乾坤旅梦惊。宵深眠不得，多少故园情。

故国秋云隔，迷方旧恨侵。艰难栖海曲，风雨避墙阴。各有依人感，空怀振羽心。悲歌增掩抑，和尔短长吟。

客馆朝凉秋花弄色延玩之下戏成七截六首

空庭疏雨湿窗纱，蛛网飘云曲径斜。正是相思断肠处，嫩红吹上女儿花。

露染檀心淡不禁，白云亸[1]影翠笼阴。燕钗寻梦无消息，宛宛新痕带玉簪。

裁绡织绮问如何，薄绪从伊叠几多。一晌乌云迷断影，愁将新样绘秋罗。

皴蓝染白近三秋，小样排铃罥树柔。太息黄姑[2]天上去，孤云脉脉绾牵牛。

渥赭云霏液化仙，花花叶叶斗清妍。年来潘鬓[3]霜痕重，裙屐风流让少年。

东风迢递感吟身，回首繁华换劫尘。一笑衹园金布地，分将富贵占长春。

【注】

[1] 亸，下垂。

[2] 黄姑，牵牛星的别称。南朝时徐陵所编《玉台新咏》中有“东飞伯劳西飞燕，黄姑织女时相见”句，清代吴兆宜注“河鼓、黄姑，牵牛也”。

[3] 潘鬓，西晋潘岳所作《秋兴赋》序中有“余春秋三十有二，始见二毛”句。“二毛”是指黑发间生白发，故后常以“潘鬓”形容中年时鬓发初白的样子。

童　傩[1]　行

周官治礼设方相，黄金四目作殊状。后代因之乡有傩，用以祛疫答神贶。我来海东六月馀，其地斥卤[2]易致瘴。骄阳杲杲湿雾昏，海气薰蛰水如醢。鬼伯伺人日在阴，灵祇逊谢无与抗。残灯闪影风力微，败血淫淫脉肢胀。虚堂魅语利人死，刺鸡荐斝[3]获祈饷。帝阍巍峨界星阙，厥臣虮虫益惆怅。里胥鸠众命筑台，重基屹立出云上。虹梁偃蹇朱丝缠，龙柱巑岏[4]绛旂飏。电火犹形辨奇谲，丁甲从旁列兵仗。辕童花帽衣赤衣，鼍鼓逢逢[5]震灵唱。书丹再拜焚告天，雷回迅律三宫将。骐驎[6]踏雾天马驰，下入九渊靖幽圹。水帝屑屑魂不归，乘风欻焱送河舫。醵[7]金哄饮肆欢乐，酾酒甄虔福无量。昔闻炎汉大傩选侲子[8]，百二十人定次向。戈盾侧助皂袭威，播蕞逐厉古所尚。方今世路网罗织，伏弩含沙恣妖妄。涎蛟肆虐毒为蛊，钩蝎螫人疲召谤。亟须投畀餍豺虎，益以畐[9]辜治罔两。九牧贡金铸禹鼎[10]，残彗扫除天宇旷。

【注】

[1] 傩，古代在腊月举行驱疫逐鬼的仪式，是原始巫舞之一。后指以祭神跳鬼、驱瘟避疫、娱神祷祝的舞蹈形式。

[2] 斥卤，盐碱地。

[3] 斝，古代饮酒器的一种，形状为圆口、平底、三足。

[4] 巑岏，山势峻峭、耸拔。

[5] 逢逢，形容鼓声响亮。

[6] 骐驎，良马。

[7] 醵，凑集、聚集。

[8] 侲子，又叫侲僮，作逐鬼之用的童子。

[9] 畐，“副”的异体字。

[10] 禹鼎，西周晚期著名青铜器，传为周厉王时禹所作。

吟秋馆[1]夜话偶成二律

说有谈空气万千，金银入夜瞩星躔[2]。搜奇地湧波斯藏[3]，噀影山围阿堵[4]钱。此会仅宜招热客，破愁依旧拥寒毡。书生骨相封侯薄，辛苦年年守砚田。

残更隐隐报荒村，旧事翻新彻夜论。差喜豪情惊帝鬼，不妨大嚼过屠门[5]。薰兰白雪悲尘土，翠羽金膏悦梦魂。拟借长镵归去好，相携諏日[6]抉云根。

【注】

[1] 吟秋馆，其址及所系人事不可确考。

[2] 躔，天体运行的轨迹。

[3] 波斯藏，钱币的代称。

[4] 阿堵，六朝时的口语词，意为这、这个。

[5] 屠门，肉市。

[6] 诹日，意为商量选择吉日，语出《仪礼》“特牲馈食之礼，不诹日”。

河灯引

阴崖吹沙掩晴色，明月在天堕鬼国。长虹跨影凌波心，江□[1]嘘尘浸瞟黑。银潮千丈浮槎，星灯爇火霏红霞。水梭戏影斗奇谲，须臾泛起青莲花。莲花朵朵现灵相，长河幻作光明藏。泥蟠窃匿不见收，六道昏蒙祈梵唱。法师趺坐[2]临高台，薰炉云篆金经开。伽持一击荡魂魄，旋闻伐鼓惊春雷。春雷磔格幽宫晓，离婆[3]求诃众声遶。行尸走肉喧相迎，青燐寒逼灯光小。一灯灼灼乾陀[4]提华言无休息也，华星挽入愁云凄。一灯闪闪阿閦[5]视靴华言不动也，海风卷落阴风疾。灯灯相续秋夜残，燃犀照见万涅槃。贯胡碧眼瞰天影，白骨永脱苍波寒。我愿此灯普照阿鼻[6]界，立誓金刚身不坏。刀林剑树洒露甘，乌暗迷云罪为杀。又愿此灯日日悬阎浮，太阳沃雪消戈矛。含沙短狐避无迹，遗孽不使羆貙留。吁嗟乎！法王大愿证彼岸，迷津无渡望洋叹。诘朝迟尔赴盂兰[7]，石火清凉宣佛赞。

【注】

[1] □，原字为“鬼 + 良”，疑为“魎”的俗字。

[2] 趺坐，佛教徒盘腿端坐，左脚放在右腿上，右脚放在左腿上。

[3] 离婆，即离婆多，佛弟子之一。

[4] 乾陀，即乾陀罗，佛典中有乾陀诃提菩萨。

[5] 阿閦，阿閦婆的简称，佛名。

[6] 阿鼻，梵文音译，无间、痛苦无有间断之意，为佛教八大地狱中最下、最苦之处。

[7] 盂兰，即盂兰节，也称盂兰盆节，佛教以每年农历七月十五日为盂兰盆会。

七月十五日偕同人南星桥步月[1]

羁心众愁集，晨夕无所娱。兀兀拥书坐，束缚如辕驹。东海上明月，光耀生庭隅。诗人负豪气谓邹君清旭[2]，乘夜相招呼。虹梁二十丈，偃蹇横霄衢。旷立渺俦侣，襟袖凉风纡。凉风从西来，梵唱谐笙竽。莲花幻灯影，化作千明珠。抗手希圆灵，浩荡诗怀孤。涟漪濯秋净，胸次纤芥无。何时抱牙琴[3]，戢影栖江湖。庶几远缁尘，永谢羁勒拘。

【注】

[1] 步月，于月光下散步。

[2] 邹君清旭，姓字、家世及生平经历不详。

[3] 牙琴，制作精良的琴。

盂兰佛会[1]歌

漆灯黯黯润幽础，髑髅夜静作人语。孤魂秋梦吹不醒，叹喈呼尘行衙衙。中元令节[2]秋月明，高台横截愁云平。释子跏趺[3]入莲座，旌旛宝盖诸天迎。袈裟欻艳发光彩，毗庐佛印庄严倍。天龙弹指甘露霏，忏尔众生援苦海。苦海兮幽幽，金山银山岚烛秋。苦海兮恻恻，子馒母馒[4]鬼争食。大声伐鼓春雷动，箫管参差梵经唪。中间絃索捣玉清，一曲新歌和啰唝[5]。昔闻目连[6]誓愿陈法筵，道场斋供伊蒲虔。十万大神助威力，佛诵赞演纤虑捐。幽宫不知彗日晓，莲花在天香袅袅。狂魑幻魂喧相呼，莎诃顶礼[7]匝身绕。西风薮野白骨寒，琼禾藉润膏血干。童魁[8]拜月学跳舞，纸钱蒇萦盈空棺。残星羃雾严更促，怪鸮翻枝啄老屋。秋梦无端攫电空，魗魗[9]闪入青燐哭。噫吁嘻！世途贯跃鱼与凫，睛状倏忽魅不如。何时续取绝交论[10]，绘作盂兰变相图[11]。

【注】

[1] 盂兰佛会，见前文《河灯引》注6。

[2] 中元令节，同上。

[3] 跏趺，即趺坐、跏趺坐，佛教语，见前文《河灯引》注1。

[4] 子馒母馒，佛会祭祀之物。

[5] 啰唝，即《啰唝曲》。唐代范摅《云溪友议》中云："金陵有啰唝楼，乃陈后主所建。《啰唝曲》，刘采春所唱……一名《望夫歌》。"

[6] 目连，亦作"目莲"，摩诃目犍连的略语。佛陀十大弟子之一，民间传说中有他在七月十五日救母出地狱的故事。

[7] 顶礼，佛教敬礼，向佛、菩萨或上座行此礼。具体仪式是双膝跪下，头顶叩地，舒两掌过额承空，以示头触佛足，恭敬至诚。

[8] 魌,古时打鬼驱疫时扮神者所戴的面具。

[9] 魗魗,形容鬼叫声。

[10] 绝交论,东汉桓帝时朱穆有感于时俗,写作有《绝交论》。

[11] 变相图,也称为“变”或“变相”,是将佛教故事以绘画、浮雕、雕塑等途径进行宣扬的形式。

秋　感

海上银涛激怒钲[1],空林败叶卷秋声。关河旧恨惊风雨,天地新愁动甲兵。郁郁灵潭沉虎气,凄凄永夜听蛩鸣。杜陵诗思萧骚[2]甚,慷慨重歌偪仄[3]行。

【注】

[1] 钲,古时击打乐器的一种,青铜制成,形状像倒置铜钟,有长柄。

[2] 萧骚,冷落、孤寂。

[3] 逼仄,狭窄、狭小意。

素心兰

淡淡幽香袭素襟,便娟不受俗尘侵。清磁浥露含芭蒻,明月笼云护影深。只许簪绀分蕙亩[1],未容檀白比梅心。天涯欲证灵修怨,静夜重调渌水琴。

听罢琴絃散畹芬,湘簾隐约浸波纹。洗除秾艳清於水,钩染纤痕薄似云。仅尔幽情添几许,略将浅黛衬三分。佳人只合居空谷,莫遣闲心感鄂君[2]。

不向花城斗绮妍,西风旧梦楚湘牵。交从淡后情弥永,诗到清时韵亦仙。一片冰痕嫌麝重,十分秋色化魫[3]怜。素衣振触平生思,怕读蘼芜写恨篇。

蘼芜云掩石巉巉[4],仿佛前身悟碧严。合有文章替冰雪,一无嗜好味酸咸。芗贻琼素情何极,韵写孤桐怨为芟。检点芳丛劳寄语,含香辗转待归帆时袁许二君在扬州。

【注】

[1] 蕙亩,指园圃或良田。

[2] 鄂君,西汉刘向《说苑·善说》中载鄂君子皙为楚王母弟,越人悦其美,作《越人歌》而赞之。后以鄂君作为美男子的代称。

[3] 魫,鱼脑骨作成的装饰品。

[4] 巉巉,形容山势峭拔险峻。

七月十六日夜大风雨客舍穿漏不能成寐诗以自遣

商飙阙虚牖，客心警孤枕。骤闻急雨喧，渐觉峭寒懔[1]。危檐蚀穿隙，败帐黝翻浉。卷衾肖蜎[2]缩，避湿讶鱼淰。诗国句未镌，睡乡味犹脍[3]。稍稍颈溅冰，栗栗肌作痒。敲石火纁闇[4]，践衣语踔踸。禅参几隐籐，灯烬油续荏。风刀入罅尖，窗棱闪明瞫[5]。心痗阴致痁，肝逆蛊成寖。柔脆气弗胜，浈涊[6]备已甚。慨念泽鸿嗷，复悯浅鳞噤。时事生艰难，饥寒逼惨凛。嗤嗤下士笑，梦梦鄂君寝。浩歌茅屋篇[7]，广厦愿谁諗。

【注】

[1] 懔，寒冷，阴冷的样子。

[2] 蜎，通“狷”。

[3] 脍，味美。

[4] 黯，深黑色。

[5] 瞫，向深处看。

[6] 浈涊，污浊、脏污。

[7] 茅屋篇，即唐代诗人杜甫所作的《茅屋为秋风所破歌》。

秋郊野望

远水连天白，西风晚上潮。残根淹老树，败石击危桥。暝色长湖阔，钟声古寺遥。隔林残照里，枫柏响萧萧。

拨径寻幽入，迷烟树气昏。圆葵黄绕屋，疏柳绿当门。沽酒寻荒市，归牛过远村。暮云秋叠叠，斜月掩钩痕。

新稻登场后，秋郊野色宽。篝车随月满，碌碡碾云乾。人语占丰协，禽言觅飨欢。砚田硗薄甚，吾道感艰难。

愁绝司空赋[1]，鹪鹩[2]借一枝。囊空为客久，瓠落感秋迟。天地藩笼大，风云径路歧。惟应许叔重[3]，慷慨论新诗。

【注】

[1] 司空赋，即西晋作家张华，其作《鹪鹩赋》。

[2] 鹪鹩，见前注。

[3] 许叔重，即许玉亭，字叔重。

八月十三日移寓署斋留别息尘上人[1]

莲台缥缈露华幽，振触无端感去留。过眼风花迷五月，惊心节序近中秋。劳劳禅会无生法，泛泛波浮不系舟。从此夕阳遮旧垒，隔林钟鼓迥含愁。

记得移巢是暮春，盈盈頳紫淡浓皴。云幢香暖花霏雨，露畹风清麴有尘。客馆光阴延令序，天涯消息感吟身。啼鹃朝暮催归急，渺渺征帆隔水滨。

扁舟重返旧书堂，麈尾谭禅[2]逸兴长。静里删除蔬笋气，闲中检点石芝[3]方。冰簟消夏闲斋敞，竹箪迎秋丈室凉。更喜天泉风味好，竹炉活火煮茶香。

秋云掩月晕层层，永夜凄凉客思增。别梦催残霜后草，禅心留印佛前灯。山门玉带输坡老[4]，眼膜金篦感少陵[5]。何日云栖重结约，摩尼闪色悟三乘[6]。

【注】

[1] 息尘上人，生平、事迹不详。

[2] 谭禅，即谈禅。

[3] 石芝，灵芝的一类。东晋葛洪的《抱朴子・内篇》中记："五芝者，有石芝，有木芝，有草芝，有肉芝，有菌芝，各有百许种也。"

[4] 坡老，即北宋文学家苏轼，因其自号东坡而有此称。

[5] 少陵，指唐代诗人杜甫，其自号少陵野老。

[6] 三乘，佛家语，本意是指三种交通工具，以比喻运载众生渡越生死到涅槃彼岸之三种法门，即声闻乘、缘觉乘、菩萨乘。其中声闻乘又称作小乘，缘觉乘又名中乘，菩萨乘又称为大乘。

铜雀瓦砚歌为静涛上人作

漳水吹空昏月晓，漆灯掩雾警啼鸟。何年片瓦落人间，红羊[1]缠篆苔花小。龙虎浩浩劫化灰，石马踏云云不开。老僧琢砚制奇伟，松醪十斛秋研煤。残星窪[2]滑断纹古，潜蛟吸水散如雨。三更幻梦靡未醒，犹记当年旧歌舞。西陵歌舞咽锦茵，珠襦甲帐屑作尘。禅房虚寂闭灵气，霜沟横截鱼鳞春。鱼鳞夜浸铜仙泪[3]，鬼语幽修畣[4]灵吹。华严楼阁曼寿绵，忏除参译金经字。我来濯翳为摩抄[5]，英雄横槊[6]今如何。镌辞沂鄂[7]靖残魄，钩画戢戢摹蚪蝌[8]。

【注】

[1] 红羊，即"红羊劫"。古时谶纬之说，常以代指国难。古人以为丙午、丁未是国家发生灾祸的年份。以天干中的"丙""丁"和地支中"午"在阴阳五行里都属火，为红色，而"未"

在生肖上是羊，每六十年出现一次的“丙午丁未之厄”，即被称作“红羊劫”。

[2] 窐，即“洼”字意。

[3] 铜仙泪，引自中唐诗人李贺《金铜仙人辞汉歌》。

[4] 畣，即“答”。

[5] 摩抄，即“摩挲”。

[6] 英雄横槊，指三国时曹操事。

[7] 沂鄂，形容器物表面凹凸的纹理。

[8] 蚪蝌，即蝌蚪文，也称作蝌蚪书、蝌蚪篆，为书体的一种，因头粗尾细形似蝌蚪而得名。

峨嵋籐杖引

蜀云西飞青荡荡，石栈天梯结遐想。老僧昔从峨嵋来，示我一枝古籐杖。籐杖一枝[1]玮谲天下奇，灵根诘曲盘蛟螭。重岩幽窔閟鬼斧，琢削讵屑呼工倕。芒鞋踏雪骋高步，巅顶横立相攀追。乘风撷之转东海，蚴蟉[2]作势拏空随。六时赞诵参米汁[3]，经台夹侍如人立。潜魑蹑影神禗禗，蛰龙孕精角觓觓[4]。吁嗟乎！蛮筒卭骨[5]瘴且坚，桃枝犀理[6]旋丝躔。甘露衲子[7]不解事，方竹以意规为圆。老僧谈禅剪槎桥[8]，狮子一声[9]辟罗罻[10]。霜棱入手甲里镔，振衣犹带烟霞气。杖兮杖兮且勿忧，人生处世如浮沤。南台北台崱屴在天上，蜀云荡荡飞过东海头。东海祇林日初曙，十方神力左右助。木上座名为尔署，慎勿西飞再入峨嵋去。

【注】

[1] 籐杖一枝，原文此处后删去“一枝”二字。

[2] 蚴蟉，也写作“蚴虯”，原指蛟龙屈折行动貌，后多用以形容树木盘曲纠结貌。

[3] 参米汁，参米汁禅的简称，佛家以米汁代称酒。

[4] 觓觓，亦作“觻觻”或“濈濈”，形容（动物聚集）角多的样子。《诗经·小雅·无羊》中有“尔羊来思，其角濈濈”句。

[5] 蛮筒卭骨，形容峨嵋籐（藤）杖的质地。

[6] 理，纹理。

[7] 衲子，身穿衲衣的人，即僧人。

[8] 槎桥，树杈、树枝。

[9] 狮子一声，也叫作“狮子吼”，佛家语。常用以比喻佛（菩萨）说法时震慑一切外道邪说的神威。

[10] 罗罻，古时捉鸟的小网。

龙木盘歌

五台山有木名曰降龙静涛上人取以为盘制甚奇古[1]戏为赋之

旋丝作纹黝毛黑，宝气制盘入云直。夜深灵秘生精光，攫拏怖影避禅室。昔闻神木出五台，丛丛叶共莲花开。干霄直上戢鳞角，当之立见骊珠摧。老僧筇杖拨云去，芒鞋踏遍山头路。一枝折取落人间，蛟宫稳载金经渡。金经参译石作函，归来侧卸东海帆。削圜戏仿慧轮式，奇光佛顶摩空嵌。华星闪影重髹[2]夹，梵音时与阿罗[3]狎。天龙夭矫蟠空飞，爪牙横行不敢劫。客来法界诧伟观，八门布算焚旃檀[4]。多交重少辨九六，乾坤入彀圜无端上人善六壬术用木为课盘。我请持盘静向毒龙呪[5]，勿使银涛制寒溜。不然即祈奉盘赞视召龙子，蜿蜒遣作祇园守。师乎师乎证上乘[6]，蒲团合十参南能。惟愿胶珠磨莹月不坏，万年留伴峨嵋藤。

【注】

[1] 奇古，作形容词，奇特而有古意。

[2] 髹，即髹漆，把漆涂在器物上。

[3] 阿罗，阿修罗的简称，佛家语中的六道之一，是欲界天的大力神或是半神半人的大力神。

[4] 旃檀，旃檀木所制成的焚香。

[5] 呪，即“咒”。

[6] 上乘，即大乘，佛家语。

重阳后五日留馀春馆赏菊和邹清旭韵

菊径围云望眼赊，屏山九叠掩春华。破除老圃荒寒例，锦缬乾红佐晚花。

佳醖[1]西江满玉壶，招来寿客伴文无。一簾明月清如水，妆点东篱绘影图。

娟娟白露已为霜，节过重阳送晚香。镜里全身占花国，胜他三宿伴秋桑。

缥缈花村系客思，年年载酒访花迟。天涯望断西风信，惆怅重吟采菊诗。

【注】

[1] 佳醖，美酒意。

送袁松友如壎[1]之官黔西即用留别元韵

骊驹宛宛调初成，愁听西风赋别声。官阁笋新柑酒熟，离筵花放菊灯明。一江烟树催吟舫，百粤山川助宦情。行尽黔灵天畔路，八千里外月嘉平。

西望停云道路漫，留君无计滞征鞍。霜零海国秋期晚，春赠涟江驿使难。佳偶替星花共艳，新诗选韵墨初干。自惭苜蓿[2]无消息，独守青毡耐岁寒。

【注】

[1] 袁松友，前文作袁松友字如筠，与此处“如壎”不一致，尚存疑。

[2] 苜蓿，这里代指春天。

题袁选亭[1]如霖宦游诗草

艳说西江濯锦工，清声宛转玉珑璁。年来署路弦歌协，传唱新词遍海东。

名园花事趂[2]春闲，选韵徵歌带月还。诗本袖中吴郡好，风流宦况占香山[3]。

春闺一曲字霏香，心事楼西隔夜商。新喜桃根联吉卜，乞分雅韵补催妆时方纳姬。

宝馆从游阅岁时，吟坛风格拜袁丝[4]。它年一品编成集，重续和羹[5]七字诗。

【注】

[1] 袁选亭，家世、生平经历不详。

[2] 趂，同“趁”字。

[3] 香山，即中唐诗人白居易。

[4] 袁丝，即袁盎，汉初楚人，以胆识与见解为汉文帝所赏识。

[5] 和羹，原意为用不同调味品而制成的羹汤，后常以此比喻大臣辅助君主综理国政或比喻宰辅的职务。

书杨二坛先生[1]留园杂诗墨迹后

兰亭禊帖羲之笔，挥洒纵横世罕匹。流传规仿聚茸阘，排勒诙嘲奇趣失。我来寄寓东海东，故人许损[2]时过从。示我墨宝态雄杰，空堂飞舞乘蛟龙。公在先朝历显仕，冰心不酌贪泉水。甄材撷秀搜楩楠，仙李蟠根矗云起李崆峒先生两拔士。铃山枋国[3]蠡贼多，纷纷朝政如网罗。季鹰鲈脍动乡思[4]，告归引疾栖岩阿。留园景物春秋好，谢庭群从簪花早谢汝华太史[5]。寻幽览胜迭唱酬，送抱推襟互倾倒。兴来着纸霜毫飞，行空天马不受鞿。堂奥骎骎轶欧褚，讵屑量较瘦与肥。无端梦转飙轮劫，过眼江山惊一霎。断素零缣散暮烟，青华闭歇沉孤匣。杨君嗜古藏琳璆谓越樵[6]，楹书展剔鱼蠹愁。一篇入手眷祖泽，寿以贞石穷雕锼。元云匝匝蔽天半，画銕鉤银称词翰。俗书骇炫走且僵，青红绣蚀鼎彝赞。倦游外史癖好奇，雍容逌润非谀词慎翁记曰雍容道润得山阴家法。吾师风雅冠滇省，德馨镌佩薇露滋廉泉夫子题词有展卷频思佩德馨句。生平摹搨[7]少门径，碑碣排星目如瞑。刷字徒惭善本贻，缘情藉乞残膏剩。文房宝气昕夕骞，吉光片羽沾丐偏。伯孙遗砚配作式，清芬阐叙兹无忝。

【注】

[1] 杨二坛先生，姓字、家世及生平经历不详。

[2] 许损，姓字、家世及生平经历不详。

[3] 钤山枋国，钤山又名钤冈，在今江西分宜县东南；枋国，掌握国家大权。

[4] 季鹰鲈脍动乡思，即《世说新语・识鉴》所载晋张翰事。

[5] 谢汝华太史，姓字、家世及生平经历不详。

[6] 越樵，即作者所言"杨君"，但其姓字、家世及生平经历不详。

[7] 摹搨，亦作"摹拓"。

月当头分韵

风轮消尽夜无声，洗出冰壶一倍清。太息人生能几见，卷簾留待看分明。

麟凤曾开海上洲，圆灵天半作清游。避尘又向蓬山顶，占断神仙十二楼。

梅花淡淡绕云庐，憩息平分水竹居。夜半中庭量影直，笑他旁面[1]印尘虚。

渺渺乡心息堰东，一尊清话遣幽衷。眼前慧业[2]从谁证，尘海光阴棒喝[3]同。

【注】

[1] 旁面，侧面、旁边。

[2] 慧业，佛家语，指具有智慧的业缘。

[3] 棒喝，亦作当头棒喝，语出自宋代释普济所著《五灯会元・黄檗运禅师法嗣・临济义玄禅师》："上堂，僧问：'如何是佛法大意？'师亦竖拂子，僧便喝，师亦喝。僧拟议，师便打。"

会邹清旭晨赠别二律元韵

天涯来作客，相见即相要[1]。兰臭情同协，梅寒悟亦超。暂辞东海月，待听广陵潮。尊酒三更后，离筵烛影销。

诗句仙心杂，高吟笑拍肩。浮波惭我拙，吹律让君贤。晓月征途迴，闲云别恨传。定[2]应残腊转，茶话客情联。

【注】

[1] 相要，即"相邀"，邀请之意。

[2] 定，即"定"。

澄江小草

元日书事

猛虎凌风作怒吼，陛下追逐狐兔走。招朋引类夺门去，一兔逡巡落其后。爪牙四起竞攫拏，兔兮乃为虎所殴。须臾毛血飞尘埃，猝以残躯饱毒手。在野未闻凿三窟，径逞狼贪玷厥守。矜雄争冒敢死名，膏腴自剥职谁咎。呜呼法网天下疏，遗患时启腋与肘。雷霆斗劫慎巧避，伏戎于莽聚群丑。甡甡虞虞[1]鹿走险，荡荡潏潏鱼纵笱[2]。噫嘻尔兔计事拙，狡犷动为成见狃。想其屏惵窜息时，沃甘巧惑作媒诱。及乎机败率蝟逃，召祸乃曰兔斯首。尔时撲蒴不敢前，险穽[3]构危如伏杻。惊魂震慑沘入颡，并力驱之落堑薮。虎威咄咄来逼人，时且匿阴瞰党偶。维苞有蘖[4]实厉堦，下使藻芹[5]去稂莠。闲检踰荡请鉴兹，临财敌勉得毋苟。

【注】

[1] 虞虞，忧虑、忧思的样子。

[2] 笱，竹子制成的捕鱼器具，因其口小，鱼易进而难出。

[3] 穽，同“阱”字。

[4] 维苞有蘖，出自《诗经·商颂·长发》。

[5] 藻芹，水芹。

读娵隅集[1]

荡荡默默气奡兀[2]，诘诘曲曲露山骨。夜深灵怪腾精光，径招韩杜[3]入词窟。先生年少负盛名，曹王抗手[4]扬华英。天马脱羁入薇省[5]，群公倒屣兰台[6]迎。禁闱蜚语遘奇困，祸机巧中不盈寸。坡老身宫坐蝎磨[7]，尘埃颠踬堕藩溷。天星一夜落天狗，穷边万里惊失守。将军秉钺诏出师，匹马短衣子无偶。初行滇南后蜀游，山川奇胜销烦忧。雷洄百道警[8]激飞弩，剑门千丈蟠高秋。绝域从来少人迹，猩啼猿啸竟终夕。王阳转驭夸父死，诗境到此乃开辟。是时羽檄方交驰，强贼伺险无敢窥。双手兀兀不持铗，鎗丸箭雨空尔为。风沙沉雾静莲幕，雄思驱慑振磅礴。短兵阻隘竞相接，顽山顿遣五丁凿。吁嗟乎！方隅管见止睫毛，纵有健笔穷镵雕，谁其窔丘阴岭恣游历。亦且批旌夺槊摩弓刀，乃知窠臼新翻入超旷。必乘绝险去宿障，雷霆走锐作怪声。灵气上与造化抗，空堂白战勇绝伦，伟特不惧俗眼瞋。毛君[9]行箧贮善本，读之奕奕如有神。独怪雄才厄灭劫，残星在天就销灭。败鬼瞰人鼙鼓骄，夜深倒溅髑髅血。丈夫所志在报国，沙场裹革气不折。文昌孕精植忠烈，岂独潮海荡溷斗雄。

【注】

[1] 娵隅集，著者赵文哲，清乾隆年间江苏松江（现属上海）人，吴中七子之一。近代徐世昌所编《晚晴簃诗汇》记曰："赵文哲，字升之，一字璞庵，上海人。乾隆壬午南巡，召试赐举人，历官户部主事，殉木果木之难，赠光禄寺少卿。有《媕雅堂》《娵隅》等集。"

[2] 冥兀，形容文学作品格调不同流俗。

[3] 韩杜，唐代诗人韩愈、杜甫。

[4] 抗手，举手，施礼。

[5] 薇省，紫薇省的简称，指中枢机要官署。

[6] 兰台，原指汉代宫内藏书之处，属御史中丞管辖，设置兰台令史在此修史。后词义引申，宫廷内的典籍收藏府库、御史台和史官，都曾被称为兰台。唐朝高宗时，秘书省曾改称为兰台。

[7] 蝎磨，即磨蝎。

[8] 原文删去"警"字。

[9] 毛君，名字、家世及生平经历不详。

人日[1]君山[2]观野烧[3]

穷崖闭群动，万物干凝严。怒霆运劫火，天地开甑鬲[4]。孤光破电闪，上薄蒸琼奁。枯荄化残梦，翻使溼湿霑。昨闻赤熛怒，下令驱飞廉。激荡遏元气，阴阳争并兼。败野下黄血，霜气凝锋铦。腐石起荧烧，爔焯灼败蔹。炮炮[5]金在镕，燀燀井炽盐。燓[6]熊象奔燧，焱焱鱼制棱。祝融驻绛节，騂[7]马垂龙髯。戈兵捽雷舆，中女飞朱幨。雷斧击壬水，阳德参离炎。彤霞亘霄阙，幽域惊摩阎。焦爇剥其肤，神鬼遁且潜。况复□[8]飔盛，山狎[9]腾岭尖。尘沙蔽浩浩，涸泽无由汗。腥涎薄怪蛟，灵甲钻腾蚺。鸷鸟弃危巢，骇兽援乔枯。尝论生尅理[10]，五行时共占。北坎[11]乘丑律，肠胃中割砭。五龙入幽穴，虹䩩惊复熸。维时木德肇，迷密将尽歼。烈焰助清廓，星烛搜芥纤。元门秘扃鑰[12]，生气逆出阽。凶飙化凯谷，乃戢偪处嫌。我来骇奇观，如日窥崦嵫[13]。磨摆幻光怪，纡郁避守谦。轩渠盼焚燎，兀坐恒病痁。作诗踵韩苏[14]，小言嗤詹詹[15]。

【注】

[1] 人日，农历正月七日，民间传说女娲在这一天抟土而造人。

[2] 君山，位于今湖南省岳阳市洞庭湖中。

[3] 野烧，野火。

[4] 甑鬲，古代炊具名，鬲的外形似鼎，足部中空；甑的底部有小孔，可放在鬲上蒸食物，二者合为一套炊具。

[5] 烋，音、意同“咆”字。

[6] 熋，即“熊”。

[7] 駵，同“騮”字。

[8] □，原字为“风＋失”。

[9] 山狎，古代神话传说中的怪兽名。《山海经・北山经》中载：“有兽焉，其状如犬而人面，善投，见人则笑，其名山狎，其行如风，见则天下大风。”

[10] 生尅理，相生相尅之理。

[11] 坎，指坎卦。

[12] 扃鑰，门户锁钥，常用来比喻出入必经的要地。

[13] 崦嵫，即崦嵫，山名。《山海经・西次四经》中记：“（鸟鼠同穴山）西南三百六十里，曰崦嵫之山。”

[14] 韩苏，指唐代文学家韩愈和宋代文学家苏轼。

[15] 詹詹，形容说话烦琐，喋喋不休的样子。语出《庄子・齐物论》：“大言炎炎，小言詹詹。”

踏　灯[1]　词

云旗飒飒转星关，蟾魄流空电火殷。闻道金钱买灯树，万人如海看鳌山[2]。

星毬[3]团雾络秦珠，海上鱼龙出绛都。涩翠悭红看不了，碧空碾碎赤珊瑚。

绿烟缥缈散霞城，宝马香车逐队行。夜半琼楼移锦障，天风吹下踏歌声。

箫管围云度碧空，闹蛾攒影射长虹。何人细折元宵谜，珠箔低垂入画中。

西漆南油幻彩绳，灵宫倏忽散鲛缯[4]。珮环翦月香飘麝，小队红妆去看灯。

曲曲罘罳[5]拥画廊，惊春蛱蝶误寻香。侬家巧结莲星愿，乞取琼脂奏绿章。

三年萍迹寄天涯，五夜寻春压绛纱。酒梦一回醒不觉，千通鼓里落银花。

曾盼闲门插柳枝，曾拈茧卜[6]赋华词。如何订卯[7]观图日，太乙藜[8]光未许窥。

【注】

[1] 踏灯，也写作“蹋灯”，指元宵节晚上至灯市观灯的活动。

[2] 鳌山，宋元时，元宵节将花灯叠成鳌形，高耸峻如山，称为“鳌山”。《大宋宣和遗事》中对此有所描绘：“自冬至日，下手架造鳌山高灯，长一十六丈，阔二百六十五步，中间有两条鳌柱。”

[3] 毬，即“球”。

[4] 缯，丝织物。

[5] 罘罳，古代用来摆设在门外的屏风。

[6] 茧卜，旧时元宵节的民俗活动之一。南宋杨万里有《上元夜里俗粉米为茧丝，书吉语置其中以占一岁之祸福，谓之茧卜，因戏作长句》诗，对此种活动进行了描述。

[7] 讨卯，原意为偿还债务，这里引申为心愿得偿、实现。

[8] 太乙藜，指夜读照明的灯烛。典故出自《三辅黄图》：“刘向于成帝之末，校书天禄阁，专精覃思。夜有老人，著黄衣，植青藜杖，叩阁而进。见向暗中独坐诵书，老人乃吹杖端，烟然，因以见向，授《五行洪范》之文。恐词说繁广忘之，乃裂裳及绅以记其言。至曙而去，请问姓名，云：‘我是太乙之精，天帝闻卯金之子有博学者，下而观焉。’”

独　忆

独忆天涯外，临风一放歌。黄尘蔽江海，白日起蛟鼍[1]。瓠落惭秋叶，霜高泣太阿。况兼乡思积，残夜更如何。

【注】

[1] 蛟鼍，指水中凶猛的鳄类动物。

扬州寓斋晤程小芗[1]

同作天涯客，相逢可奈何。江湖催断梗，风雨杂哀歌。残恨随年尽，孤云入夜多。不堪凭眺处，尘海日生波。

记得长淮上，三年证旧盟。而今鸿爪隔，云树忆春城。元鬓新愁改，黄垆旧梦惊。离亭回首处，宛转送啼莺。

【注】

[1] 程小芗，前文诗中有程九芗，不知二者关系为何。

新丰[1]雨泊

穷途厄天忌，石尤怒作风。微闻树梢雨，淅沥敲孤篷。我时闭置患纡轸[2]，支离蜷局如螋虫。衾衣黏湿袭寒气，舟子迫以柮[3]火烘。须臾舵尾饭炊午，炊烟蚀雾迷病瞳。瓦盆薄进菜一束，米珠巧作桃花红。浇愁亟命市村酒，倚歌一酌盈千钟。微生茫茫感泡影，春婆[4]倏忽来梦中。飞飙促我不得睡，阴雷斗险行半空。江潮天上趣海渎，水云泼墨摇断虹。呜呼！安得远天乘夕放新霁，星斗贯月开层胸。扬帆万里破高浪，邈然鼓枻[5]辞新丰。

向晚雨初止，一角露晴色。扪藓临岭崖，双屐印泥黑。鼓勇不能上，下视骇逼仄。榜人掖我行，我行倦登陟。野节浮麹香，酒旗掩路侧。当垆窈窕姝，荆布谢华饰。琼脂压鬟云，高髻仿蝉式。情疏罕酬对，兀坐徒默默。淳醪且尽斟，迢递日云夕。南风转樯乌，仓卒返乡国。所惜牙生琴[6]，流水断消息。离思薄古欢，新愁眷云织。忾彼仙坛篇[7]，拊膺问谁克。

【注】

[1] 新丰，今广东省韶关市新丰县。

[2] 纡轸，形容委屈而隐痛。

[3] 柮，同“杌”，没有枝叶的树。

[4] 春婆，即春梦婆。宋代赵令畤《侯鲭录》中记载“东坡老人在昌化，尝负大瓢，行歌田亩间。有老妇年七十，谓坡云：‘内翰昔日富贵，一场春梦。’坡然之。里人呼此媪为春梦婆”。后世多以春梦婆比喻人生易逝，富贵如梦之感。

[5] 鼓枻，也写作“鼓栧”，意为划桨，后引申为泛舟。

[6] 牙生琴，即牙琴。

[7] 仙坛，仙人住处。中唐诗人元结《登九疑第二峰》诗中：“九疑第二峰，其上有仙坛。”

读靖海纪事[1]题后

靖海纪事者，纪襄壮公施琅讨郑逆时事也。道光壬辰[2]，余客江阴从南陔高先生[3]处借阅数日。其诸疏稿剀切[4]剖析、洞中情事，余择而录之。因各系一诗於后，亦以记实云而。

【注】

[1] 靖海纪事，亦题作《靖海纪》，清施琅所撰。集中主要收录了康熙六年（1667）至三十七年（1698）间施琅进军台湾、澎湖及善后措施的奏疏，共两卷，卷内有疏题，另有序、赋、跋、

传等文字。

[2] 道光壬辰，1832 年。

[3] 南陔高先生，姓名及家世不详。

[4] 剀切，恳切，切中事理。

边患宜靖疏疏中谨陈荡平机宜剿抚两用之策

圣代开边疆，滇黔互侵削。况兹虎负嵎，莽莽海氛恶。绝岛恃险固，重洋恣剽掠。歼除苟不力，馀灰竟燃灼。卓哉襄壮公，上疏运神略。首陈剿逆谋，继宗抚顺约。布指画山川，图经肖综错。徵饷据胜算，招兵励精锷[1]。时势夙所筹，当机屏然诺。枕戈剸熊罴，击楫誓蛟鳄。沸釜捐残骸，枯崖戢遗萼。洪流允无溃，帝舆此焉廓。纪勋镂柱铜，赫矣媲卫霍[2]。

【注】

[1] 锷，刀剑的刃。

[2] 卫霍，西汉时名将卫青、霍去病，征讨匈奴卓有功勋，合称“卫霍”。后以此代指有功边将或贵戚功臣。

书陈所见疏疏中谨陈贼兵强弱海上御敌之计

洱海蟠猊[1]枭，踞险作兔窟。霜威削妖氛，窜匿拒皇钺时番岛告平海逆郑经逃避台湾。惟公明大计，秉律逞诛伐。窃揆贼势孤，精兵半销没。简练背古训，竿梃起仓猝。矧兹附翼辈，相依匪卬蹷。哀哉鳖入甕，冰散在倏忽。当复据上游，扼吭阻澥渤。戈矛靖寒芒，风霆销彗孛。下以释家冤，上以廑国罚[2]。更达陆贾[3]书，弃患抚南粤。庶几潢池兵，罔敢肆窃发。猗惟忠荩谊，知勇谅无愲。

【注】

[1] 猊，古时传说中的一种外形像虎豹的猛兽。

[2] 廑，同“勤”。

[3] 陆贾，西汉时楚人，是汉代第一位力倡儒学的思想家，他提出的“行仁义，法先圣，礼法结合，无为而治”的朝政思想，符合汉初特定的时代和政治需要。

密陈专征疏疏中谨陈机事宜密独任剿逆之策

风云建伟绩，独断乃奏功。治丝而或棼[1]，畴能测其终。陈疏达天阙，辟议惊群朦。运奇杂狙诈，葆一泯溃讧。诚以肘腋间，祸变如转蓬。一朝伺隙起，乘敝招兵戎。且复患牵制，监视帷幄中。内外逆交搆，爰卜舆尸凶[2]。公也运神枢，微密无与同。艰难拜钜任，蹈险怀孤忠。群言所勿恤，誓挂扶桑弓[3]。嘉谟[4]再入告，允以回宸聪。

【注】

[1] 治丝而或棼，即成语“治丝而棼”，原意指理丝不找头绪，就会越理越乱。后比喻解决问题的方法不正确，使问题更加复杂。典故出自《左传·隐公四年》：“臣闻以德和民，不闻以乱。以乱，犹治丝而棼之也。”

[2] 舆尸凶，“师或舆尸，凶”的缩略。出自《易经·师》，指战败而以车载尸的情形。

[3] 誓挂扶桑弓，即“扶桑挂弓”意。西晋诗人阮籍《咏怀诗》第三十八首中写“弯弓挂扶桑，长剑倚天外”，唐代诗人李白《代寿山答孟少府移文书》亦有“将欲倚剑天外，挂弓扶桑”的句子，表现慷慨壮烈、昂扬自信的精神。

[4] 嘉谟，同“嘉谋”意，指高明的经国谋略。

决计进剿疏疏中谨陈郑逆解体根株宜尽之策

忧疑溃国政，猜忌挠兵谟。震雷驭天外，赫怒戕潜狐。是时贼负险，虐焰盛一隅。鞭朴暨兵卒，歼戮无完肤。群雄竞解体，翘首觇[1]来苏。当此执成见，迁避如骀驽。匪唯耗廪饷，坐饱滋縻虚。亦且昧成算，后效奚能图。貙罴日蕃育，穷岛遗根株。招延纳亡命，并力为前驱。噬脐酿隐祸，咄哉行致痡[2]。窃维日中戒，先发乃令模。沸腾屏众议，精锐肆翦屠。楼船下濑水，一队当澎湖。操纵备掌握，挫击戢觊觎。冒严乞宸断，韬略规灵枢。巍巍专阃[3]寄，夫岂同拘迂。

【注】

[1] 觇，窥视，观察。

[2] 痡，危害。

[3] 专阃，司马迁《史记·张释之冯唐列传》中有此语，“臣闻上古王者之遣将也，跪而推毂曰：‘阃以内者，寡人制之；阃以外者，将军制之。’”后用来指将帅在外统军的情况。

飞报大捷疏

帝台赞令图，干羽式乾德。开疆达海隅，摧朽剿跧贼。初闻马伏波[1]，登坛誓剪克。犷趫腾奇兵，左右作辅翊。中权秉戎经，犇霆压险塞。飞廉扬怒飙，澥滂起惊泝。潮头蔽天来时大风潮长四尺，日月互亏蚀。舟师轧坚壘[2]，跳锋运诛殛。穴蚁劙其肤，霜雕削其翼。填尸蔽港屿，屏息遁蛟国。风云耀旌旄，欃枪少颜色。煌煌告捷书，再拜凛述职。献俘告劝劼，指掌决生剋。上言海甸平，下纪师臣力。有功乃不伐，永为千古则。

【注】

[1] 马伏波，“伏波将军”为古代将军封号，原意降伏波涛。马伏波是指东汉光武帝时大将马援，成语马革裹尸即是与之有关。北宋时司马光作即有《五哀诗·马伏波》一诗。

[2] 壘，即“垒”字。

台湾就抚疏

哲王御区夏，舒惨恒并施。賔[1]服达辽绝，实建无外规。比闻窜林鸟，詟慄居海陲。在昔肆寇乱，煽惑尘魅魑。皇威肃春霆，赫奕命出师。将军落天上，电扫靡孑遗。及今患穷蹙，进退每召疷[2]。面缚诣和门，浩浩觇洪慈。撤兵示诚款，具表藉辑绥。良由圣明世，秉德觇四维。逆则制其命，顺则释其羁。干羽有显化，苞蘖[3]无重滋。从今亿万代，绵历巩帝畿。

【注】

[1] 賔，即“宾”。

[2] 疷，久病未愈。

[3] 苞蘖，原意指树木旁生的枝叶，后用以比喻子孙后代。

恭陈台湾去留疏疏中谨陈去留利害之策

天险界重洋，地势阻幽窔。其北近吴会，其南通粤峤。山川互绵亘，藩篱杂荒徼。自古绝王享，弃之聚狼獥。窥伺生兵机，纠踞抗明诏。方今寰宇清，威稜逞锄撇。纳土奉帝命，陬澨[1]景华曜。胡为竟屏绝，致蹈养癰[2]诮。窃虑无藉徒，伏莽资聚啸。潜招走险鹿，爰集攫丛鹞。红毛结外援，乘机纵劫剽。虽有十全算，恒难禁其嫐[3]。我皇握金绳，四海遍临照。兹土本上隅，方物占区奥。设官守门户，隐患靖荡摇。屯卒与戍兵，一一从裁较。实以重防御，亦以免租调。举凡濒海民，靡不被声教。利害鉴前辙，又安廑后效。良臣经世模，规画洞窾窍[4]。

【注】

[1] 陬澨，僻远处的地方。

[2] 癰,即“痈”。

[3] 嬥,本意为娇艳的样子,这里引申为猖獗、滋蔓。

[4] 窽窍,也写作“窾窍”,法则、诀窍的意思。

移动不如安静疏时有议将伪官兵安插附近各省者公上疏力止之

雷斧击狼彗,窜息争慑伏。允宜沛雨露,奠居示息沃。群盲赞密谟,申言散其族。庶使钩结患,一旦靖海曲。臣愚乞借箸,循势尽全局。闽疆昔凋敝,黔赤[1]如几肉。圣聪殛巨枭,推恩宥屠戮。镌誓入肌臆,生气乃可复。侧闻命迁驻,艰瘁向谁告。稽册徵官粮,签役卫征舳[2]。绎骚届旁郡,流亡日相续。哀哀此遗民,丁会何太酷。水火遘疮痍,衽席[3]被荼毒。敢请释厉禁,推心并置腹。天地开蘧庐,万物企乾覆。土著及子孙,旅寄谢爻卜[4]。始知高厚中,默造黎元福。

【注】

[1] 黔赤,即贵州。

[2] 舳,大船。

[3] 衽席,床褥与莞簟的意思,泛指卧席,亦引申为寝处之所。

[4] 爻卜,即占卜、卜卦。

壤地初辟宜沛皇仁疏疏中谨陈闽疆初定赋敛宜轻之策

神禹治水后,作贡同雍梁[1]。肥硗[2]辨土性,暴敛时致防。况以未辟地,兵燹哀痍疮。流民率轻徙,禾野秋无粮。及兹土著者,膏血皆见戕。计臣拜帝命,诛税来穷荒。爪牙掠杼柚,妇子捐盖藏。称贷一不给,猝致肤剥伤。豪侠奋袂起,纠乱为之倡。纵横薄险要,士马精且强。官吏苦无策,太息谋非臧。吁嗟治安计,思患在豫防。蠲租[3]示宽大,生聚招五方。衢尊饫醲化[4],圣德周海疆。规陈析时弊,邦本庶久长。请献康乐书,敬以登朝廊。

【注】

[1] 雍梁,亦作“雍氏”,春秋时郑邑名,今位于河南禹州市东北。

[2] 硗,土质坚硬而不肥沃。

[3] 蠲租,免除租税。

[4] 醲化,指以宽厚的德政教化百姓。醲,熏陶之意。

海疆底定疏疏中谨陈海禁宜严预策后患之计

中原患戎马，岛屿绝商贾。下令诏四海，开禁通区宇。霈泽沾群生，窃以财贿聚。乘风驾高浪，波涛历重阻。其中莠与秕，搆[1]衅争门户。匿险无敢窥，勾招启伏虏。东埔横兵艘时伪镇杨彦迪黄进[2]聚艘百馀号，乌洋萃楼橹时虏锡鹏刘会集艘数千恣行海洋。声势众所畏，关津未易堵。蕃舶竞交市，帆樯集如雨。瞰阴搆瑕衅，出入结豺虎。海戍徵兵符，截流作竆[3]拒。天威界地险，敢与文德忤。要之弭患谟，覆辙当先覩[4]。兴贩准定期，科额秉常矩。民生即兹遂，国用以为补。疆圉[5]颂永清，奚复忧外侮。圣鉴握权衡，淳化被中土。

【注】

[1] 搆衅，即挑衅、寻衅。搆，同“构”。

[2] 伪镇杨彦迪黄进，指清康熙十八年(1679 年)，时任大明国广东镇守龙门总兵的杨彦迪，与副将黄进等人投越南事。

[3] 竆，即“穷”。

[4] 覩，即“睹”。

[5] 疆圉，边境、边陲。

收用遗弃人才疏时有议将康熙十三年以后投诚功未加至八等者一概追劄[1]归农公上疏力争其不可

国家设藩卫，所重惟人才。荷戈效军役，辟土开草莱。太常召勋爵，冠剑图云台。近者秉乾断，追劄示革裁。仰见名器重，毋令荣庆荄[2]。特是渥洼选，岂伊无龙媒。怀奇屏不收，下等樗栎[3]哀。游食暴闾里，丑类呼雄虺。悍犷藉援免，遂令边患开。属宜汰羸卒，简帅登雄魁。熊彨[4]会风云，鹰隼辞尘埃。长城庶可恃，拔茹收将材。追锋逐穷寇，朽拉枯亦摧。山川率遵轨，成祸岂复胎。猗惟万世利，招致钦栽培。勉旃慕羽旂，慎勿嗟烬煨。

【注】

[1] 劄，同“札”字。

[2] 荄，草木干枯的样子。

[3] 樗栎，樗和栎本为树木的名称。《庄子・逍遥游》：“吾有大树，人谓之樗，其大本臃肿不中绳墨，其小枝卷曲而不中规矩，立之涂，匠者不顾。”《庄子・人间世》：“匠石之齐，至于曲辕，见栎社树……是不材之木也，无所可用。”后常以樗栎比喻才能低下、不堪造就的无用之材。

[4] 彨,即“螭”。

师泉井记

公驻军平海卫,其地斥卤,旧惟一井仅供百家,以迁界泉涸多年军中艰於得水,公就军拜祷,甘泉立湧,足供万灶炊,因勒石作师泉记。

贰师刺大宛[1],耿恭拜疏勒。精诚所感通,飞泉乃澌沥[2]。公时驻平卫,一泉佐军食。年深荡灵膏,古光浸黝色。作鹹靡所资,胥潮逆侵蚀。荐疏告神明,稽拜祝嘉德。须臾万斛源,团花入云直。辘轳转峻崖,悬溜钟地力。浮甘酌醇醴,往来日万亿。信乎感格灵,湛恩允无忒。丁甲备驱佐,卫精剪蟊贼。大书仿柳记[3],命工镌贞玏。

【注】

[1] 贰师刺大宛,指汉武帝时以贰师将军李广利西征大宛事。

[2] 澌沥,水流、水势。

[3] 柳记,唐代文学家柳宗元散文中有《小石潭记》等篇,或谓此。

吃梦歌 江阴土俗凡省试初回者邀同人聚饮数日谓之吃梦又谓之不见天

秋士善洗愁,秋宵竞催梦。梦长梦短不可知,且过屠门大嚼论凿空。酒人豪气夸拍浮,凭高独对青山秋。兴来吞海作鲸饮,尘襟荡涤消烦忧。霓裳天上赋高会,钧乐三终乐未艾。孤城神剑凝精铓,茫茫愁思生天外。天外飞来春梦婆,令人日日游南柯。华胥仙国入缥缈,风云幻忽侵睡魔。吁嗟乎!还丹非奇遭,曝鳃[1]亦常事。胡为颠倒如盲聋,卜巫占谶无时置。我来接侣开华筵,鲜肥杂进排尊前。拇阵喧呼点白雨,夜深明月横长天。此时高趣遣宿抱,此时残梦飞电扫。何哉催租人,败兴亦草草时有俗客在座。书生作事错忤多,无怪梦魂太萦恅[2]。君不见鳌背三山拥海东,炊粱一霎醒谁早[3]。

【注】

[1] 曝鳃,也写作“曝腮”。《后汉书·郡国志》“封谿建武十九年置”刘昭注引晋刘欣期《交州记》曰:“有堤防龙门,水深百寻,大鱼登此门化成龙;不得过,曝鳃点额,血流此水,恒如丹池。”后常以此比喻人生困顿、挫折的境地。

[2] 萦恅,即萦绕、缠绕的意思。

[3] 炊粱一霎醒谁早,化用“黄粱一梦”典故。

壬辰秋日下第[1]作

文字依然付劫灰，华年倏忽梦中催。空江摇落悲杨柳，吉士蹉跎怨摽梅[2]。命薄几人怀铁砚[3]，秋深无路谒琼台。高山流水知音少，驱恨空烦浊酒杯。

飒飒回风下露坛，无端一梦落邯郸[4]。华脂泣露元精槁，孤剑沉云宝气寒。放眼神垓天马出，惊心绝壑病蛟蟠。蚪宫听罢霓裳曲，争说仙人王子安谓奕清。

蓬岛无缘起赤虬，漫空丹翠湧珠楼。劫盟有恨惭三北，遣抱凭谁寄四愁。海角残阳随夜尽，天涯断梗逐波流。何年放出雕笼鹤，一洗尘颜谢秃鹙。

占巫卜谶又成空，尘海茫茫一瞬中。失计偶偕鱼逐队，干霄曾拟凤摩穹。枯荄萦草争飘梦，新样图花枉斗工。祛俗何妨作豪举，铜琵铁板唱江东[5]。

【注】

[1] 下第，即科举落第。

[2] 吉士蹉跎怨摽梅，此句化用了《诗经・召南・摽有梅》中的文字，以男女之情来比喻落第之感。

[3] 铁砚，铁制的砚台。《新五代史・晋臣传》中载："桑维翰……铸铁砚以示人曰'砚弊则改而佗仕'，卒以进士及第。"

[4] 无端一梦落邯郸，化用"黄粱一梦"典。

[5] 铜琵铁板唱江东，引东坡旧事。

辗　转

辗转孤怀不自持，西风宾雁去迟迟。梦如霜草初残候，愁是江湖欲上时。采菊且斟陶令[1]酒，坐桐聊拟杜陵[2]诗。金台瞥眼迷天上，蘅杜凄凄抱远思。

【注】

[1] 陶令，即陶渊明。

[2] 杜陵，指唐代诗人杜甫。

坎春曲

鸾雏黯黯泣香国，东风桃李无颜色。落花如雨吹作烟，愁云下羃澄江北。澄江有女貌倾城，旧是瑶京第一人。兰蕙春归寻旧梦，芙蓉秋老证残因。残因辗转怀春渡，湘妃巧结凌波步。娇鸟依人罥浅红，珠簾香结围云树。有客经年赋浪游，相思无计托琼钩[1]。天涯望断纫脂约，张角占星误蹇脩[2]。徐娘[3]日夕矜才艺，惊鸿结队偕佳丽。绀雪初黏飞燕裾，黛云先上鸣蝉髻。宋玉曾通一顾缘[4]，左芬[5]未订三生誓。婉转墙阴拾断翅，低徊山外凝空睇。风雨飘零日易昏，楼台缥缈伴销魂。有时莲瓣移天上，笑索鸳鸯倚院门。匆匆孤櫂催离别，蘼芜赠远空呜咽。回首长亭散绮霞，踏青又是湔裙节。芳草依稀似昔时，碧桃如雨柳成丝。江南听罢怜侬曲，砚北删馀写怨词。花营锦幛移瑶阙，晴虹作市骄明月。宝马香车午夜催，六街人静笙歌歇。相见依依欲断肠，芸脂憔悴减容光。可怜蝶袂迎风舞，不及初逢堕马妆。东邻阿翠明朝至，凄凉细说坎春事。卜吉传闻中雀屏，珊珊仙管题红字。夫婿曾非田窦家[6]，伤心彩凤怨随鸦。钿钗零落胭脂湿，无复金铃护梦花。闲闺从此悲蚕缚，绣阁萦愁下疏箔。金屋争教赋月姻，银河枉许通星妁。红泪侵晨湿镜潮，自将小影寄生绡。铜盘屡试煎茶水，瘦骨支床恨未消。今年灯事城中盛，阿母同来散缠病。说到牵丝倍可哀，玉台怕忆温家聘[7]。女伴招邀驻绣軿，夕阳斗草步空庭。蘅绡茜锦迷残思，惆怅红楼梦未醒。闲情私祝消尘劫，合欢心事惊魂怯。偷向莲台乞暮云，为侬忏悔来生业。吊怨歌离一梦过，南塘罗绮问如何。不堪重借瑶琴诉，金粉沾尘委逝波。杜牧寻春醉花宴[8]，蕊宫消息凭团扇。重拟仙坛观彩鸾，碧城迢递回深眷。剧奈风尘旧恨侵，哀蝉写怨入秋阴。孤舟夜雨蓉湖外，醉粉零脂何处寻。

【注】

[1] 琼钩，代指月亮。南北朝时作家庾信《灯赋》中有“琼钩半上，若木全低”句。

[2] 蹇脩，媒妁、媒介的意思。

[3] 徐娘，指南朝梁元帝的妃子徐昭佩。《南史》载：“徐娘虽老，犹尚多情。”后多以此代指年龄渐老但尚有风韵的女性。

[4] 宋玉曾通一顾缘，化用战国时宋玉《高唐赋》中所绘“其夜玉寝，果梦与神女遇”的典故。宋代诗人李觏作有《宋玉》一诗：“世间佳丽每专房，一顾多应万事荒。梦里若无真实处，不妨频为赋高唐。”

[5] 左芬，即左棻，西晋女诗人，晋武帝嫔妃，诗人左思之妹。

[6] 田窦家，西汉时武安侯田蚡和魏其侯窦婴的合称，两人都是皇戚。《史记·魏其武安侯列传》中记载了两家争雄的事情，后常以此作为官宦相争的典型。唐代诗人李白《古风》第五十九首中写：“田窦相倾夺，宾客互盈亏。”

[7] 温家聘，即“温家镜”典。南朝宋刘义庆《世说新语·假谲》中记：“温公丧妇。从姑刘氏家值乱离散，唯有一女，甚有姿慧。姑以属公觅婚，公密有自婚意……却后少日，公报

姑云:'已觅得婚处,门地粗可,婿身名宦尽不减峤。'因下玉镜台一枚,姑大喜。"后世因此称订婚的聘礼为"温家镜"。

[8] 杜牧寻春醉花宴,唐代诗人杜牧作有《叹花》一诗:"自恨寻春(亦有写作"寻芳")到已迟,往年曾见未开时。如今风摆花狼藉,绿叶成阴子满枝。"这里是化用其句。

赠萧吟白女史[1]

东风水荡双蛾绿,香径花飞碧山曲。金粉围云入画楼,中有娉婷人似玉。玉人生小住燕台,绣阁群推织锦才。塞上胭脂春选色,名花长傍望湖开。修眉宛宛腰支细,内家妆束容华丽。桃雨分红上凤袍,柳烟飘绿堆蝉髻。凤袍蝉髻斗芳妍,缥缈如逢洛浦仙。宝镜凝寒空写怨,何时新缔蕊宫缘。宣城词伯人中杰[2],青骢饱看天山雪。笑掷黄金买艳归,琼枝从此连环结。珠箔香浓拂素纨,湘波卷笔貌丛兰。猗猗写出便娟态,明月霜罗着意看。低徊染黛矜才思,蚕笺重仿簪花字。闻说银钩学最精,芸脂露粉镌霞腻。图画天然点缀工,雕犀镂篆更玲珑。谢家中妇[3]分明认,嵌入芝泥押印红。华堂夜静灯花落,斜掩春葱弄絃索。漻栗催残塞北愁,翩绵弹遍江南乐。夫婿年年怨别离,天涯红豆寄相思。海门烟雨扬州月,总是闲闺肠断词。肠断良宵薄罗绮,文园[4]善病呼难起。亲叩灵坛乞秘方,通神合进苏仙水。嚼蕊团纱破寂寥,占铃有信裒师骄。不期桓郡威名重,强炙鸧鹒妬[5]未消。平地风波生顷刻,哮声怒激刀光逼。俊眼偏能拒狡谋,顿教彩凤翔双翼。一霎惊魂断梦苏,曲房无恙护凰雏。阿谁更诉摧花恨,此亦人间女丈夫。揭来艺苑觇兰界,描芸独步荃昌派。都市争寻楚畹春,有人曾购传神画。我昔披图问国香,丹青妙笔记萧娘。秋风拟拜朱栏赠,空谷留云伴夕阳。

【注】

[1] 萧吟白女史,姓字、家世及生平不可确考。道光年间南通通州诗人汪鞏《芸巢诗稿》中有《题长白萧吟白女史照》一诗:"丰貂抹额护馀温,鸭绿江光染鬓痕。地隔玉关天作合,谢庭春暖抱兰荪。"据此或推断为甘泉(今江苏扬州)人谢堃的姬妾。然无他旁证。

[2] 宣城词伯人中杰,疑为道光年间甘泉人谢堃,其姓氏与"宣城"之典所指的谢朓一致。

[3] 谢家中妇,见前注。

[4] 文园,代指西汉文学家司马相如。《汉书·司马相如传》中记:"相如拜为孝文园令。"后世因而有此称。

[5] 妬,即"妒"。

明妃[1]琵琶

莽莽黄沙羃远空，轮台万里送西风。却将毳屋毡庐怨，谱入冰絃玉柱中。绝塞秋声惊别鹄，天山幽怨托孤鸿。不须蔡女[2]悲笳拍，肠断年年泣汉宫。

【注】

[1] 明妃，指西汉元帝时人王昭君，"昭君出塞"即其事，后因避晋文帝司马昭讳称为"明妃"。明妃亦成为文学创作中的常见历史典故，唐代诗人杜甫，宋代文学家欧阳修、王安石等均有相关名篇流传。

[2] 蔡女，指汉末三国时女文学家蔡文姬。据传其被曹操从匈奴赎回时曾写下《悲愤诗》和《胡笳十八拍》，后者即作者诗中所言"悲笳拍"。

太真[1]琵琶

玉柱围云紫凤娇，蚕丝辗转络冰绡。六宫粉黛君恩重，一曲珠絃绮恨消。太液东风春宛宛，上阳秋雨梦寥寥。剧怜蜀道零铃日[2]，何处招魂谱六幺[3]。

【注】

[1] 太真，指唐玄宗时贵妃杨玉环。传说"太真"为玄宗为其所拟之字。中唐诗人白居易《长恨歌》中有"中有一人字太真，雪肤花貌参差是"句。

[2] 蜀道零铃日，指玄宗避安史之乱，巡幸蜀地事。其时杨玉环已殒于马嵬坡。白居易《长恨歌》中写："蜀江水碧蜀山青，圣主朝朝暮暮情。行宫见月伤心色，夜雨闻铃肠断声。"即诗中所谓"蜀道零铃日"。

[3] 六幺，也称作"绿腰""录要"等，是唐代有名的大曲之一，传为唐玄宗所制曲。白居易《琵琶行》诗中有"初为霓裳后六幺"句。

黑黑[1]琵琶

九殿围云谒珮环，西风吹梦落天山。霓裳巧为凌云窃，红豆翻嫌记曲艰。岂有闲怀萦十指，争教古调慑群蛮。卜砂宛马[2]通王会，万里边烽静玉关。

【注】

[1] 黑黑，即罗黑黑，唐太宗时宫女，善弹琵琶。张鷟《朝野佥载》中有记其事："太宗时，西国进一胡，善弹琵琶。作一曲，琵琶絃拨倍麄。上每不欲番人胜中国，乃置酒高会，使罗黑黑隔帷听之，一遍而得。谓胡人曰：'此曲吾宫人能之。'取大琵琶，遂于帷下令黑黑弹之，

不遗一字。”

[2] 宛马，古代西域大宛所产的名马。后亦代指北地所产骏马。

商妇[1]琵琶

枫林黯黯荻花秋，一曲销魂水上舟。谁解新声哀断梗，翻教残梦恋缠头。天涯明月飘脂怨，江国西风泣露愁。多少秦台歌舞伴，青衫空忆白江州[2]。

【注】

[1] 商妇，即中唐诗人白居易《琵琶行》中的“老大嫁作商人妇”的琵琶女。

[2] 青衫空忆白江州，语出白居易《琵琶行》“座中泣下谁最多？江州司马青衫湿”句。

摩诘[1]琵琶

新声缥缈冠云璈，贵主[2]曾闻一字褒。玉轸双移翻紫凤，银台独步上金鳌。平生胜赏璇宫永，夜月羌絃镂拨高。却怪终南留捷径[3]，至今争说郁轮袍[4]。

【注】

[1] 摩诘，盛唐诗人王维，字摩诘。

[2] 贵主，即玉真公主，唐睿宗女、唐玄宗妹。

[3] 终南留捷径，成语“终南捷径”的简称。《新唐书・卢藏用传》载：“卢藏用始隐于终南山中，中宗朝累居要职。有道士司马承祯者，睿宗迎至京，将还，藏用指终南山谓之曰：‘此中大有佳处，何必在远！’承祯徐答曰：‘以仆所观，乃仕宦捷径耳。’藏用有惭色。”

[4] 郁轮袍，指王维初见玉真公主所奏的琵琶曲。薛用弱《集异记》中载有其事。

叚师[1]琵琶

梵宇沉沉夜月孤，忽闻天子命传呼。风花入梦枯禅破，霹雳惊絃绮思祛。春近楼台围水石，秋深刁斗起萑苻[2]。金槽零落胭脂冷，茅屋空山入画图。

【注】

[1] 叚师，也称作“段师”，指唐贞元年间的乐师善本和尚，本姓段名叚，《太平御览・乐部》记有其事。

[2] 萑苻，泽名，位于河南省中牟县西北部。因芦苇密集盗匪常藏匿其中，后常比喻盗匪藏聚的地方。《左传・昭公二十年》：“以攻萑苻之盗，尽杀之。”

龟年[1]琵琶

古塞风高捲戍笳，梨园子弟[2]散天涯。如何渭北飘残谱，又向江南问落花[3]。絃柱几经哀掩抑，关山留梦断繁华。崔澄旧第岐王宅[4]，回首东都别恨赊。

【注】

[1] 龟年，李龟年，唐时玄宗朝著名的宫廷乐师。

[2] 梨园子弟，唐玄宗时梨园宫廷歌舞艺人。《新唐书・礼乐志》："玄宗既知音律，又酷爱法曲，选坐部伎子弟三百，教于梨园。声有误者，帝必觉而正之，号皇帝梨园弟子。"

[3] 江南问落花，杜甫作有《江南逢李龟年》一诗："岐王宅里寻常见，崔九堂前几度闻。正是江南好风景，落花时节又逢君。"

[4] 崔澄旧第岐王宅，见前注。

贺老[1]琵琶

花萼楼头羃晚烟，秦声宛转入鹍絃[2]。华池云定人初散，太液风清调正圆。早遣檀槽分菊部[3]，可怜鼙鼓[4]已蛮天。阿谁旧恨江南老，别绪凄凄落舞筵。

【注】

[1] 贺老，指唐贺怀智。唐天宝末乐工，善弹琵琶，世称"贺老"。中唐元稹《连昌宫词》一诗中有"夜半月高弦索鸣，贺老琵琶定场屋"句。

[2] 鹍絃，用鹍鸡筋加工制成的琵琶弦。唐段安节《乐府杂录》中记："开元中，梨园则有骆供奉、贺怀智、雷清。其乐器，或以石为槽，鹍鸡筋作弦，用铁拨弹之。"

[3] 菊部，也称作"菊部头"，古时戏班或伶人的代称。南宋时周密《齐东野语・菊花新曲破》中记："思陵朝(宋高宗时)，掖庭有菊夫人者，善歌舞，妙音律，为仙韶院之冠，宫中号为菊部头。"

昆仑[1]琵琶

妙手传闻冠帝京，登楼犹自遣闲情。绿腰[2]竞诩千秋谱，金缕[3]能争一世名。大好东风春欲老，谁令西市曲初成。禅关学罢枫香引，从此人间有正声。

【注】

[1] 昆仑，指唐贞元年间乐工康昆仑。唐段安节《乐府杂录》记："贞元中有康昆仑，第一手。始遇长安大旱，诏移南市祈雨。及至天门街，市人广较胜负，及斗声乐。即街东有康昆

仑琵琶最上，必谓街西无以敌也。”

[2] 绿腰，见前文《太真琵琶》注3。

[3] 金缕，即金缕曲。

对山[1]琵琶

西风古调走龙雷，侠骨争秋画省[2]推。一代烟花才子怨，千秋丝竹状元才。琼楼玉宇前身梦，碎珮丛铃法曲[3]哀。肯向朱门通尺素[4]，天涯有恨寄尘埃。

【注】

[1] 对山，指明代文学家康海，"前七子"之一。其善琵琶，清时吴梅村《琵琶行》中有"琵琶急响多秦声，对山慷慨称入神"句。

[2] 画省，即尚书省。汉朝尚书省以胡粉涂壁，紫素作界，画古时烈士像，称为"画省"。

[3] 法曲，也叫作法乐，因多用于佛教法会而得名。法曲是歌舞大曲中的一部分，也是隋唐宫廷燕乐中的重要形式，隋时称为"法曲"。

[4] 尺素，古时常用长约一尺的绢帛来书写文章，称这种短笺为"尺素"。后常以此代称书信。

梦鸳词[1]并序

西风警帷，薄月鑑室，独雁霜断，寒蛩砌吟，悼芳蕙之先凋，怅灵脩之不再。红楼眷约，已隔三生；青镜留缘，曾悲小劫。问琼英於绮阁，离恨香销；掩罗帐於空床，孤悰烟冷。矧复华脂夜，暗残析宵催。裙化蝶而霏云，丝吐虫而羃网。零膏剩馥，安仁[2]之遗挂，徒觇招凤徽熊，伯道[3]之伤心，弥甚於是。心而遣抱，藉绮语以招魂，庶几鹃魄重归，证情禅於幻鹤。蛩声乍咽和急声，於哀蝉云而。

霜径零烟羃翠苕，闲闺人去梦寥寥。莲虫灯烬蛾脂薄，宝月香残蠹粉销。春恨十年萦豆蔻，秋心几点碎芭蕉。蓬山[4]万里星河远，灵鹊空填宛转桥。

怅望棠阶浥露迟，天涯消息问何之。龙飞药店空馀骨，凤去梧台不染脂。流水迷云烟黯黯，残绡萦砌雨丝丝。不堪潘鬓凋霜[5]日，又听人间锦瑟词[6]。

愁计残更下漏签，错教比翼问鹣鹣。招巫仅有徵兰信，证梵从无握蕙占。十二韶春怜水逝，三千锦幄误花拈。琼芝转瞬归天上，香海何因觅[7]断缣。

低徊重叩绿章灵，独盼天街忆女星。楼阁虚无灰化劫，珮环迢递月横屏。也知黄壤都归幻，误向缁流乞拜经。最是伤心临别语，年……[8]

一觉华胥境已违，鹤书无自寄灵扉。香浮宝帐惊鸳去，秋老花城望蝶归。碾翠窓[9]笼簾外雾，镂金箱剩嫁时衣。画图虚说传神笔，省识生前面目非。

记得骊驹[10]赋远游，清淮踪迹怅淹留。绿芜红豆围山阁，早雁新惊滞水邮。强倚重帷占语鹊，虚烦七夕诉牵牛。从今杨柳空江外，憔悴何人独上楼。

早岁灵萱冷北堂，白云回首恨茫茫。终星弥警缝衣感，团璧旋消画锦香。海树凄凄悲断梗，江流曲曲抱迴肠。孤帆计日扬州去，怕过寻春紫麝房。

苦忆重霄阁掩尘，强台缥缈望难真。只馀镂牒寻巢约，无复传柑[11]赠别人。芍药霏红辞锦肆，芙蓉糁露泣绡茵。挑灯拟拓平原[12]帖，乞脯[13]空怀隔世因。

渺渺蘼芜近若何，通词何处托微波。浮踪劳记埋薪惯，客味寒知食蓼多。蜀道零铃迷绮曲，汉宫落叶寄哀歌。彩鸾诗句云英髻，此事还应付梦婆。

【注】

[1] 梦鸳词，清道光年间平湖（今浙江嘉兴）人张金镛悼亡其妻钱蘅生的作品。《平湖县志》中载："张金镛（1805—1860），原名敦瞿，字良甫，号海门，又号笙伯、忍庵，浙江平湖人。道光二十一年（1841年）进士，官编修。咸丰七年（1857年）升翰林院侍讲，以母忧归，遂卒。喜画梅，疏影横枝，得水边篱落之致。兼善分、隶，豪情跌宕。早擅文誉，工诗，尤深于词。卒年五十六。著《躬厚堂诗文集》《绛趺山馆词录》。"潘衍桐辑《两浙輶轩续录》曰："宜人幼受庭训，读古唐诗数百首，归侍讲，乃以诗相唱和。侍讲尝绘《竹窗留月夜评诗意为图》。道光癸卯，侍讲之官京师，宜人侍姑沈太夫人于家，越丙午夏以疾卒，侍讲《躬厚堂集》中《梦鸳词》一卷，为悼伤作也。宜人又工绘事，侍讲尝绘《秋窗论画图》以纪事。"

[2] 安仁，即西晋文学家潘岳。此处以潘岳代指张金镛《梦鸳词》悼亡意。

[3] 伯道，晋朝人邓攸，字伯道。《晋书》中有"攸弃子之后，……卒以无嗣。时人义而哀之，为之语曰：'天道无知，使邓伯道无儿。'"的记载。或疑作者以此借指张金镛与钱蘅生无子事。

[4] 蓬山，即蓬莱，传说中仙人的居住所。晚唐李商隐《无题》曰："蓬山此去无多路，青鸟殷勤为探看。"

[5] 凋霜，头发变白。

[6] 锦瑟词，指李商隐《锦瑟》一诗。

[7] 覔，即"觅"。

[8] "年"字后的字句已脱，此首诗句不全。

[9] 窓，即"窗"。

[10] 骊驹，逸《诗经》篇名，后代指告别时所赋的歌词。《汉书·儒林传》载："谓歌吹诸生曰：'歌《骊驹》。'"颜师古注："服虔曰：'逸《诗》篇名也，见《大戴礼》。客欲去歌之。'"

[11] 传柑，北宋时上元夜宫中宴近臣，贵戚宫人以黄柑相赠，谓之"传柑"。苏轼《上元

侍饮楼上三首呈同列》(其三)有“归来一点残灯在,犹有传柑遗细君”句,句下自注曰:“侍饮楼上,则贵戚争以黄柑遗近臣,谓之传柑。”

[12] 平原,指唐朝书法家颜真卿,其曾被贬作平原太守,故有此称。

[13] 乞脯,即颜真卿《为病妻乞鹿脯帖》。

落叶诗

商飙[1]撼庭柯,霜威肃清颢。秋树无重阴,飒如校书[2]扫。凄凄哀寒蛩,飒飒埋断草。回首眷容华,容华成枯槁。览物寓悲欢,芳洁畴自保。空亭下夕阳,惄[3]然伤孤抱。

孤抱孑无侣,残宵独不乐。哀哉叶与枝,相依廑琼约。一朝辞故人,猝偕众芳落。西风卷秋云,亦复罥林薄。所惜庄叟蝶[4],聚散靡有讬。独馀乔枝存,僵蚕偃丛壑。灵青荡华泽,霜雪互砭削。茫茫宇宙间,微生感漂泊。

漂泊遘世网,残劫历晦冥。奈何堀猎威,终夕不暂停。俯羡陨秋箨,浩然尘梦醒。香国[5]谢重障,岂复惊雷霆。况乎忧患深,人世无百龄。形骸谅可弃,幻想嗤懵瞑。乃知荣悴理,迁转时见丁。昙花一现耳,天地皆寓形。

寓形杳无迹,四宇捐尘埃。空房感寂寞,时共寒蝉哀。朝菌剥华颖,陵苕辞瘁荄。独立数枯丛,销歇生长唉。叶落无重聚,潮去无再回。即此悟匏系[6],辗转心已灰。

【注】

[1] 商飙,指秋风。古时将五音与四季相配,商音配秋,因以商音指代秋季。

[2] 校书,官职名。东汉时设校书郎中校勘典籍。唐后沿袭此制,明清时废除。

[3] 惄,形容忧思、失意的样子。

[4] 庄叟蝶,即庄周梦蝶,典故出自《庄子·齐物论》。

[5] 香国,指佛国。《维摩诘经》曰:“上方界佛土有国名众香,佛号香积,其界一切皆以香作楼阁,经行香地苑园皆香,其食香气周流十方无量世界。”

[6] 匏系,代指滞留、羁绊。《论语·阳货》:“吾岂匏瓜也哉!焉能系而不食?”清刘宝楠正义曰:“匏瓜以不食,得系滞一处。”

题高南陔先生[1]茧斋集后

朝日下峄桐,老凤鸣高冈。九苞瞩丹彩,奇律谐阴阳。澄江[2]灵秀产英杰,雄才凌跻班与张[3]。早年拔萃冠侪辈，天马蹴踏行九阊。金台高高一千尺，蓟北山川供游历。梁苑新裁赋雪篇[4]，棘闱再试凌云策。秋雕转翮摩苍穹，沧瀛飒栗生回风。买舟直向浙西去，飞潮荡潏开心胸。先生於时奋健笔，狂吟突起惊蛟龙。茫茫身世阅尘海，人间得失争鸡虫。丈夫处世不称意[5]，不如戢影归庐中。归来豪兴寄诗酒，醉呼麹生[6]作吾友。长歌短歌泣鬼神，寒郊瘦岛[7]非其偶。碧城[8]天半飞韶韺，仙坛鸾鹤翔瑶京。鼎彝链色孕光怪，云霞擢象蟠华菁。我诵茧斋诗，三复长太息。哑钟荐清庙，娲瑟堕岩棘。元音……[9]

【注】

[1] 南陔先生，见《澄江小草》集《读靖海纪事题后》注 3。

[2] 澄江，即江阴。

[3] 班与张，指东汉时的班固与张衡两位文学家。

[4] 梁苑新裁赋雪篇，用“梁园赋雪”典。

[5] 丈夫处世不称意，化用李白《宣州谢朓楼饯别校书叔云》中“人生在世不称意”句。

[6] 麹生，即酒。晚唐郑棨作《开天传信记》中记：“叶法善会朝客数十人于玄真观，思饮酒。忽一人傲睨直入，自云麹秀才。与诸人论难，词锋敏锐。法善疑魑魅为惑，密以小剑击之，坠阶下，视之乃盈瓶醲醞。皆大笑，饮之味甚嘉，因揖其瓶曰：‘麹生风味，不可忘也。’”后以“麹生风味”代称佳酿。一以“麹生”为酒之称谓。

[7] 寒郊瘦岛，指中唐诗人孟郊和贾岛，因其诗歌中多描绘个人落魄境遇而有此称。南宋朱熹《次韵谢刘仲行惠笋》有“君诗高处古无师，岛瘦郊寒讵足差”句。亦常写作“郊寒岛瘦”，北宋苏轼《祭柳子玉文》中就有“元轻白俗，郊寒岛瘦”的表述。

[8] 碧城，传说中仙人居住的地方。《太平御览》卷六七四引《上清经》曰：“元始（天尊）居紫云之阙，碧霞为城。”

[9] “元音”后字句已脱，句篇不全。

味蔗轩诗抄

人日西园[1]寻梅

东风放晴霁，高步循城闉[2]。名园径窈窕，怪石蹲嶙峋。梅林滞积雪，冻萼黏微尘。宛宛向南枝，一分先占春。徘徊入襟袖，香气如云皴。凌寒化机泯，乘燠[3]生气新。旷然悟万物，荣落皆前因。浩歌发长喟，斜日沉西津。归兴赋疏影，酾酒酬嘉辰。

【注】

[1] 西园，即西园寺，位于今苏州市，亦称戒幢律寺，俗称西园。

[2] 城闉，城内重门，后泛指城郭。

[3] 燠，天气热、暖。

送王彦伯[1]金门之草堰[2]

一梦扬州远，乘潮去海东。客心流水激，离绪暮云空。计笑佣书拙，途怜入幕穷。豪情须检抑，莫更叹牢笼。

【注】

[1] 王彦伯，家世及生平不详。

[2] 草堰，即草堰镇，古时又称草埝、草堰场。位于今江苏省盐城市大丰区西南，宋时防卤倒灌设草堰于此，因而得名。

广陵寓斋与许问樵[1]文祥夜话

静夜喧零雨，尖风入牖寒。壮心增激楚[2]，生计感艰难。海国萦残梦，江城结古欢。浇愁须痛饮，莫放酒杯宽。

闻说烽烟近，军书告警来。空江横朔气，专阃少雄才。俗薄文章贱，宵深鼓角哀。明朝别君去，乡思隔燕台。

【注】

[1] 许问樵，家世及生平不详。

[2] 楚，即"楚"。

北行前一日检治箱箧感而有作

北风浩无极，吹我事壮游。壮游意不乐，辗转毂运辀。昔我适京国，荆璞思见售。亲严眷宵旦，琐屑皆预谋。以兹赋行役，促迫无所忧。哀哀椿荫摧，皓日从西流。黄金幻空橐，春聚将谁筹。慷慨念吾生，茁轧为世尤。少壮郁骞举，老大终滞留。已矣望白云，涕下悲松楸。空房闭幽恨，寸肠众愁结。思昔祖道[1]时，残宵话离别。征衣为我缝，行箧为我叠。惨戚鲜欢悰[2]，强为笑语浃[3]。何期瑶琴絃，中道断弗接。更慨朝云徂，榕阴委残叶。生威悟幻泡，孤子气哀苶。行行去天涯，凄然益悲惵。

【注】

[1] 祖道，古时为出行者祭祀路神和设宴送行的礼仪。司马迁《史记·滑稽列传》记："故所以同官待诏者，等比祖道于都门外。"

[2] 欢悰，欢乐的心情。

[3] 浃，原意为周边、周围，此处引申为围绕。

淮阴感旧篇

东风吹愁荡尘雾，扁舟北向淮阴去。淮阴卅载忆旧游，太息繁华不如故。寓园主人逞豪兴书怀程君慷，家有平泉擅名胜。水石纵横接画桥，楼台金碧横香径。宾从相携尽胜流，中郎橐笔老诸侯蔡绣涛[1]。贾生高论南华续贾子霄[2]，沈令新图北苑愁沈少岑[3]。洛阳花放雕阑早，娄尾光阴参懊恼。一曲春归写断肠，幼安词句霏华藻管印轩。同时文海荻花庄程霭人先生[4]，日日招寻荡桨忙。仙阁珠簾钩夕轩，琴熏送过白莲香。白莲深处离筵启，拇阵喧呼杂罗绮。歌舞沉沉夜不知，片帆已渡长淮水。商飙黯黯暮云低，惊起鸺鹠[5]永夜啼。牧里苔寒芳草陨，韩台霜重夕阳凄。薤歌催唱年光换，缟纻晨星半凋散。太息黄炉景物非，山河阻绝愁公幹[6]。孤雁南飞思不禁，芙蓉萧瑟楚江浔。天涯缥缈无消息，牙旷[7]何缘续赏音。传闻白岳归休客怡然移居徽州，竹柏情怀恋泉石。桐帽棕鞋称隐装，牢盆[8]生计嗟何益。我昔春明毷氉[9]归，孤篷载雨欸烟扉。经舍小占怜蜗窄华对授徒味经山房，藓屋新成换燕飞。相见依依话残夜，槐柯梦醒淳于讶[10]。霜露重增朝暮哀，蟪蛄无复春秋借。十年旧约隔长安，蓬梗飘飖问讯难。五岳填胸盈磊磈，惊涛倏忽怒潮寒。朝潮夕汐催斜景，鹪蟀翻云露华冷。百丈游丝引别魂，到来误认为前游境。薄暮浓阴日易昏，寂寥不是旧朱门。绿墀踏碎王根宅，珠柱抛残庾信园。亭榭欹斜掩莓黛，瓜分豆剖沧桑慨。绕砌犹霏金谷花，排棱已种烟畦菜。独立低徊欲去迟，卷舒轩最系人思予昔读书卷舒如意轩。围纱枉觅迎秋句程賓山先生有寓园迎秋诗，斗艳空寻买夏诗怡然有消夏诗。迎秋买夏情何极，凤鸾漂泊心凄恻。蠹粉匀牵蛛网丝，漆灯闪作青燐色。杨柳江潭感喟多，炊梁[11]一霎问如何。故人历劫天难问，废井沉秋水不波。严更催漏铜壶滴，选韵停声浪花激。试听淮壖[12]感旧篇，不须更泣山阳笛。

【注】

[1] 蔡绣涛，姓字、家世及生平不详。

[2] 贾子霄，姓字、家世及生平不详

[3] 沈少岑，袁枚《随园诗话》中有"余泊高邮，邑中诗人孙芳湖、沈少岑、吴螺峰招游文游台"句。其中所言"沈少岑"不知与本文所指是否为同一人。

[4] 程霭人先生，姓字、家世及生平不详。

[5] 鸺鹠，鸟名，即俗称的小猫头鹰。

[6] 公幹，即魏晋时诗人刘桢，字公幹。

[7] 牙旷，春秋时著名乐师伯牙和师旷的并称。

[8] 牢盆，本意为煮盐器具，后代指盐政或盐业。《汉书·食货志》："官与牢盆。"清代王先谦注曰："官与以煮盐器作，而定其价直，故曰牢盆。"

[9] 毰毸，形容烦恼或烦躁的样子。

[10] 槐柯梦醒淳于讶，即"南柯一梦"典。

[11] 炊粱，即"黄粱一梦"典。

[12] 壖，同"堧"字，指城郭旁、宫殿庙宇外或河边的空地。

寄家书偶成

朔吹横空起，惊沙扑面麤[1]。烽烟残梦警，霜雪客愁孤。路迷乡云隔，天寒带水纡。平安劳尔寄，临发重踟蹰。

感　事

风鹤惊闻胆欲摧，元戎有令整师回。制奇几见连营设，避冦空烦灭灶猜[1]。膏血朘削三楚[2]恨，烽烟惨淡九江哀。虎头燕颔[3]英雄尽，慷慨谁为大将才。

斗野横烟黯未收，乾坤莽莽阵云浮。江沉铁锁辜天堑[4]，劫转飙轮弃晋州[5]。横柱有关虚设险，传烽无警逌含愁。大星忽报前营落，太息何人吊蒋侯[6]。

【注】

[1] 灭灶猜，即灭灶计，也作减灶之计。典故出自司马迁《史记·孙子吴起列传》："入魏地为十万灶，明日为五万灶，又明日为三万灶。"后常指在战争中隐瞒军队人数以起到麻痹敌人的作用。

[2] 三楚，秦朝和汉朝时将原属于战国楚的地域分为南楚（江陵）、东楚（吴）、西楚（彭城）。

[3] 虎头燕颔，形容王侯贵相或武将威武的相貌。典故出自《后汉书·班超传》："燕颔虎颈，飞而食肉。"

[4] 江沉铁锁辜天堑，指西晋将领王濬率水军破吴国设于长江上的拦江铁锁，顺江东下，攻占吴都金陵的史事。

[5] 劫转飙轮弃晋州，指北齐神武帝高欢在沙苑之败后欲弃晋州的典故，其事本末《北史》有载。

[6] 蒋侯，字子文，三国时广陵（今扬州）人蒋歆，汉末为秣陵尉，民间传说其战死后成为阴间十殿阎罗的第一殿秦广王。孙权为其立庙，封其为蒋侯。东晋干宝《搜神记》中记载东晋时谢玄率军与前秦军队作战五战五胜，皆因有蒋歆显灵相助。

徐邳道中杂诗

残月坠林杪[1]，车行出深树。双轮碾惊沙，昏濛掩尘雾。逻卒三五人，灯火烛前路。乌乌警戍角，藉为宵程护。豺狼盛天西，军储费枝梧。书生挟轻装，萑苻奚所惧。慨然念中原，此错竟谁铸。努力争先鞭，去去勿复顾。

朔风卷寒云，白日淡如月。马行不敢前，寒气凛毛发。幽修送鬼语，飞烟闪燐没。深丛间荆榛，填委遍枯骨。膏血戕无遗，鼪狐所潜龁[2]。我时睹此景，谛视不忍卒。对瘗愧未能，蹦蹂戒毋忽。厥咎谁所贻，太息书咄咄。

薄暝路纡曲，行行来远村。荒畴鞠茂草，鸡犬寂不喧。道旁有老妪，涕泣携幼孙。子妇委沟壑，顾视难久存。弱稚彼何辜，乃亦姤蹇屯。相从获饱暖，生殁均啣[3]恩。我车苦偪仄，颠越不具论。挈置患无所，匪惜手一援。尘沙蔽原野，惨戚天为昏。隐隐闻慈乌，肠断声自吞。

幽崖群动息，客程苦掀簸。穿林露远灯，一鞭闪云过。老树睹樯[4]危，败席掩门破。茅屋三两间，促膝可容坐。稍稍惊魂定，征衣拂淄涴。主人具盘餐，炊烟出土锉。屑糜黄秫麤，蒸饼黑麸磨。村醪斟败罂，葱芥酒能佐。喧呼杂笑语，嚼胜屠门大。吾侪餍肥甘，穷途遘摧挫。藜藿充饥肠，失计亦无奈。喟焉息尘劳，支床且高卧。

【注】

[1] 林杪，林梢、树梢的意思。

[2] 龁，咬。

[3] 啣，即"衔"。

[4] 樯，或疑应为"墙"字。

和李馨门[1]肇墉堰头题壁元韵

炊黍光阴一觉过，客程迢递问如何。天心已兆重渊劫，人事难平浊井波。山雾昏凝残夜近，尘沙寒抵乱愁多。漆灯闪闪荒原外，谁更招魂续楚歌。

匹马冲云古道过，喧喧鼓角奈愁何。占兵已见星生彗，传檄旋惊海又波。濑水功名杨仆[2]老，中原涕泪杜陵多[3]。浊醪十斛诗怀壮，慷慨当筵发浩歌。

【注】

[1] 李馨门，《宝应县志》有载："李肇墉，字馨门。少孤贫，佣书糊口，篝灯蓬荜中，吟诵弗辍。弱冠，补诸生，甚负文名。咸丰壬子，举于乡，年四十矣。初，肇墉与弟肇增奉母居西城外，诛茅为小园，面郭枕湖，颇饶胜致。洪扬之役，荡为丘墟。肇增奉母客江南，肇墉避地东台，课徒自给。往往感慨身世，寓之诗歌。咸丰末年，卒。"

[2] 杨仆，指西汉武帝时名将杨仆，《史记》《后汉书》皆有其传。

[3] 杜陵，指唐代诗人杜甫，其自号"杜陵布衣"。

茌平[1]题壁

匝野风沙送客程，十千买醉坐三更。不堪刁斗连营夜，又听琵琶出塞声。击筑易增豪士感，挑灯重话故乡情。军书断绝无消息，惆怅天西未解兵。

【注】

[1] 茌平，位于今山东省聊城市境内。

雄县[1]夜宿北兵驻营城外竟夕

惨淡征云里，雄师此驻营。旌旗连朔野，鼓角警严城。小队横刀出，元戎按部行。放怀歌出塞，慷慨和边声。

忽听边声起，天涯思若何。朔方兵力壮，远道客愁多。乡梦催云转，雄心倚剑摩。征南诸将帅，何日罢横戈。

【注】

[1] 雄县，位于今河北省保定市境内。

渡易水

朝行雄州北，暮渡易水流。西风鸣萧萧，卷起壮士愁。壮士去不返，击筑增烦忧[1]。精灵挟匕首，化作寒涛浮。千秋变徵声，激薄如相酬。我来一凭吊，踯躅难久留。驱车就前路，买酒浇吴钩[2]。茫茫感逝水，今古同荒丘。

【注】

[1] 壮士去不返，击筑增烦忧，指荆轲刺秦王之前，于易水出发时，乐师高渐离击筑以送别的典故。《史记·刺客列传》载其本事。

[2] 吴钩，原指刀刃为曲线形的刀，传为春秋时吴王阖闾下令制造，《吴越春秋·阖闾内传》对此有所记载。因吴钩锋利无比，后代诗词作品中常把它作为武器的代称。

重至都门有感

征车辘辘上燕台，瞥眼邯郸梦又催。未解啼猿东野恨，空令赋鹏贾生哀[1]。九衢轮毂兼尘暗，万里风沙卷塞来。太息连云何处是，一番振触壮心灰。

凄凄高树黯斜晖，旧邸重游十载违。芸馆风寒仙梦隔谓莼卿石甫，柏台秋冷谏书稀吴合浦侍御[2]。潜灵莫转星同散云伯云樵均先后下世，叹逝无端劫已非。更有薰香薇省客，天涯作宦未曾归姚良庵司马[3]。

浩荡风波宦海叹，蓬山一望路漫漫。苍鲸跋浪重门迥，赤骥呼群大野寒。只信长安居不易[4]，谁怜朔吹梦都难。半生磊磈[5]浇难尽，夜把青萍带醉看。

吊逝悲离怨未消，欢场回首更谁邀。春花十万翻情劫，客路三千阅幻泡。青史功名愁黯黯，黄金事业感寥寥。兵戈满眼乡书绝，怅望天南去雁遥。

【注】

[1] 赋鹏贾生哀，即西汉文学家贾谊作《鹏鸟赋》典。

[2] 吴合浦侍御，姓字、家世及生平不详。

[3] 姚良庵司马，姓字、家世及生平不详。清继昌所著《行素斋杂记》中有载："姚良庵观

察近韩前身，乃润州莲性庵僧，幼年梦中时过其地。”不知与本文所言是否为同一人。

[4] 长安居不易，即中唐诗人白居易见顾况典。五代时王定保《唐摭言》中载：“白乐天初举，名未振，以歌诗谒顾况。况谑之曰：‘长安百物贵，居大不易。’及读至《赋得原上草送友人》诗曰‘野火烧不尽，春风吹又生’，况叹之曰：‘有句如此，居天下有甚难！老夫前言戏之尔。’”即此事。

[5] 磊魄，原指石头累积的样子，后用以形容胸中的不平之气。

小竹西补竹图

扬州馆有室曰小竹西，绿槐二株，丛会幽蔚。乙巳夏汪醇卿[1]太史廷儒蓺竹其侧，绘补竹图，首唱五古一章，同人咸属和焉。予今春北上，寓居於此，距醇卿之殁已五月矣，展玩遗墨，怆然有怀。

绢云黯黯攒叶寒，墨花泣雨雨不干。篔筜[2]凄咽带幽恨，夜深凛冽惊风酸。空堂寂静槐阴覆，暑月飞花气芬馥。瀛洲仙客消夏来，半亩锄苔蓺修竹。疏篁个个拨雾纤，尘沙不到青入簾。绘图点笔遣闲趣，妙有水石皴毫兼。水石清娱托吟讽，新诗巧补疏林空。子猷[3]未老劫已催，一夕无端化秋梦。我来展读当残宵，孤灯剪穗光摇摇。素缣闪影盪[4]空碧，羁魂蛰圹难为招。潜灵不起霜台委，藓紫零烟竹亦死。瘁露重增哀逝文，都教卷入琅玕[5]里。

【注】

[1] 汪醇卿，即汪廷儒。《扬州府志》记：“汪廷儒(1804—1852)，字醇卿，又字莼青，江苏仪征人。道光二十四年(1844)翰林官编修，二十六年(1846)江西副主考。书法、山水，极得董其昌用笔、用墨之妙，皴减而有法。墨晕黯宕，尤长画册、扇。用笔沉着苍润，亦极似查士标。辑广陵思古内、外编，书未成而卒，年四十九。”

[2] 篔筜，原指生长在水边的竹子，后用以泛指竹子。

[3] 子猷，指东晋王徽之，南朝刘义庆编著《世说新语》中载其爱竹，曾曰：“何可一日无此君。”

[4] 盪，即“荡”。

[5] 琅玕，原指树木，这里代指为竹子。

闻金陵失守祥将军[1]厚死战最烈诗以吊之

彗帚偃旗阵云黑，天狗一星坠城北。鬼雄夜半鸣啾啾，招幡掩芒黯无色。纷纷蚁贼江上来，金陵门闭昼不开。潜穿闲道入城去，斗从地角轰惊雷。惊雷格磔出天半，红巾[2]四起鸟兽窜。残兵偷乞草间活，呼哨般阒衢路断。将军闻变勒部行，登坛雪涕天为惊。先驱苍兕后虓虎，力戢猰貐[3]歼长鲸。重围四匝贼披靡，众兵甘为将军死。将军挥刀锐莫当，锁甲殷红血如水。矛穜[4]倒击左右旋，韇丸[5]撒雨惊飞仙。楼烦辟易慑嗔目，敌骑剽突无敢前。须臾转战气逾烈，刀光霍霍闪飞雪。头颅堕地轻於烟，狭巷纵横十荡决。羆貙卷地呼其群，招接劲锐冲前军。前军颠踬马蹄蹦，横尸叠叠缠颓云。颓云羃空电精委，鼓鼙无声惨不起。将军震怒发上冠，杀贼不能誓为鬼。槊铁攒刺中百疮，植立不仆身为僵。健儿衔恩弗忍背，挺刃蹈险从而亡。吁嗟乎！崇墉屹嵲[6]倚天界，钩毒螫人仅蜂蠆[7]。大府[8]瑟缩无援师，一朝乃使长城坏。英声毅烈彻九重，命立祠庙镌昭忠。招魂请截豕蛇食，亟以阴厉摧沙虫。我为将军歌激越，龙剑韬锋蚀寒月。石头峨峨钟阜高，削墨书丹勒碑碣。

【注】

[1] 祥将军，祥厚。《清史稿》中记："咸丰三年正月，粤匪既陷武昌，两江总督陆建瀛赴上游督师，祥厚偕江苏巡抚杨文定留守江宁……祥厚手刃数贼，身被数十创，死之。"题中"死战"即指此事。

[2] 红巾，太平军以红巾帕裹头的装扮，这里以此代指太平军。

[3] 猰貐，又称为猰貐，中国古代神话传说中的一种吃人怪兽，像貙，虎爪，奔跑迅速。

[4] 穜，形制较短的矛。

[5] 韇丸，箭筒。

[6] 屹嵲，形容山峰陡峭、耸立的样子。

[7] 蠆，即"虿"。

[8] 大府，上级官府。

二月廿九日闻扬州失陷信客馆萦愁欲归不得率笔赋此歌以当哭

贼从金陵来，纷纷趋扬州。严城倏摧陷，猰貐为人愁。初闻抗瓜浦[1]，战舰排横流。撤防是何意，将去兵弗留。外险既已失，内拒良足忧。四门昼不闭，阴鬼鸣啾啾。长官受国恩，卒乘亲简蒐[2]。潜行夜遁去，丛薄馀生偷。精锐借敌用，宵旦肆括搜。万民积膏血，呼啸寒云愁。吾乡苦逼近，居聚非良谋。仓皇值兵火，避地奚所投。中心病焦急，逆风潜春喉。拂衣作归计，讵屑微名求。出门觅征车，卷舌呼休休。萑苻盛中道，白日戕戈矛。胠箧[3]耗轻装，性命如尘浮。绕道走河洛，安行驱双辀。黄河水汤汤，浊胶风飙飙。侧知贼氛恶，保障乃预筹。作界亘南北，控险如防秋。天迷地复密，欲济无方舟。进退两不可，藩触[4]夫谁尤。我归键户坐，窘若拘楚囚。有弟隐叹息，布被寒蒙头。微生届离乱，煎迫疾未瘳。闲阻感骨月，肠毂姤蹦蹂。易水雁不飞，乡信嗟沉浮。重交叩凶吉，端卜占词繇。藉悔荆献璞，终愧错铸镠[5]。奋飞苦无策，濡滞累众咻。翘首淮以南，锋镝[6]心自遒。夜静不能寐，警柝鸣城陬。狂飙飏虚幌，寒气袭敝裘。太息杜陵老，偪仄怀旧丘。郁郁愁十斛，衍之为长讴。

【注】

[1] 瓜浦，即瓜洲渡口。

[2] 蒐，即“搜”。

[3] 胠箧，本意为箱子。

[4] 藩触，形容进退不得的处境。《周易·大壮》中有“羝羊触藩，羸其角”之句。

[5] 镠，纯度高的黄金。

[6] 锋镝，本指刀箭，后用来泛指兵器或比喻战争。

三月十九日偕高虞卿[1]承治云叔[2]廷栋李馨门肇墉徐毓材[3]兆英史深甫[4]涉暨家弟稚山[5]昺南同游豫章别墅

春雨霏轻沙，九衢惠风转。停午荷招邀，良朋胜游展。入门循小桥，红阑印波浅。对堦植槐柳，绿砌闲苔藓。芍云罨[6]画阴，棠露滋翠巘。窈窈槛曲凭，拂拂簾疏搴。茗椀花绘芬，薰炉香袅篆。俗尘谅已祛，闲虑差可遣。西江[7]重节义，崇构良材辇左即谢文节公[8]祠。碑碣徵[9]俗姿，丹青入妙选。吾侪倮[10]笑虫，微生缚甚茧。传烽警未息，惊沙梦犹缱。佳辰寄高怀，迟日逞斜眄。庶藉芳泽贻，衣素浣缁勉。

【注】

[1] 高虞卿，即高承治，字虞卿，家世、生平经历不详。

[2] 云叔，即高廷栋，字云叔，家世、生平经历不详。

[3] 徐毓材，即徐兆英，字毓材，家世、生平经历不详。

[4] 史深甫，即史涉。《江苏省通志稿·选举志》中“咸丰辛亥科举人”条目下记“史涉，扬州人”，家世及生平经历不详。

[5] 稚山，即刘昺南。《江苏省通志稿·选举志》中“咸丰辛亥科举人”条目下记“刘昺南，扬州人”，刘倬弟，其余皆不详。

[6] 罨，遮蔽、覆盖的意思。

[7] 西江，即江西。

[8] 谢文节公，指的是南宋谢枋得。其祖籍为弋阳（今江西上饶），宋亡后绝食而死。明景泰七年（1456年）谥“文节”，并建祠予以祭祀。

[9] 懲，即“惩”。

[10] 倮，同“裸”字。

张子升[1]景镛邀同人崇孝寺[2]看牡丹

一径入深碧，晴薰罨石栏。名花开富贵，法界[3]洗清寒。雨碧黏苔合，春红罥袖单。多情怜姹女[4]，秾艳压归鞍。

【注】

[1] 张子升，即张景镛，字子升，家世、生平经历不详。

[2] 崇孝寺，即崇效寺，位于今北京市宣武区。寺始建于唐，清中叶时以牡丹花闻名。

[3] 法界，佛教名词，梵语意译。佛教认为，诸法万殊，各有分界，故名“法界”，泛指一切“存在”。通常泛称各种事物的现象及其本质。

[4] 姹女，少女、美女的意思。

王小秋[1]荣绂邀往花之寺[2]看海棠

宿约招提[3]践，城南一径斜。浓阴晴罨石，古树曼藏花。绿染经台雨，红霏绀殿霞。山僧能解事，留客欵[4]茶瓜。

寂静禅房里，旃檀绕坐时。千丝萦昼景，一曲画晴漪。讲院分春早，祇林选树迟。惟应参梵偈，妙谛洗尘缁。

【注】

[1] 王小秋，即王荣绂，字小秋。《蔚州志·本朝职官表》“蔚州知州”载：“王荣绂，江苏甘泉县人，癸卯举人，六年任。”今存其著《养云山馆试帖注释》四册，清道光五年（1825年）刻本。

[2] 花之寺，即清代北京城右安门外的三官庙。乾嘉时书画家罗聘（字遁夫，号两峰，刘倬作有《题罗两峰村童逃学图》，分别于《南鸿集》《淮游小草》中有所收录）居京城时，自称尝于山东沂南境内的花之寺出家，且自号“花之寺僧”。友人曾燠为其修缮三官庙，并书写花之寺匾额。

[3] 招提，梵语“四方之僧人”的音译，也称作“招提僧”。

[4] 欵，招呼、招待的意思。

榜后徐来峰宫赞玉丰邀予暨史深甫淞家弟稚山过悯忠寺[1]观壁间傅雯[2]指画观音二十四变象归过广河居[3]小饮叙别纪之以诗

骐骥阨驽骀，风云郁奇气。伏枥寒不鸣，骧衢望无既。车轮碌碌行城西，故人邀我游招提。招提地僻鲜尘到，海棠花谢春凄凄。经幢[4]云定闪莲月，高台丽空压战骨。斋厨东折讲树开，骇绝伟观现禅窟。傅侯[5]磊落才不羁，以指运墨神力随。慈悲大士运幻相，法界涌出青琉璃。冕旒垂金笏秉玉，海藏龙髯点犀烛。上清曳佩锵五铢，下带弓弨铠忍辱。须臾变出魔女容，纤臂旖旎骖虬从。真仙踏罡掷灵剑，夜叉吐火光彤彤。怪奇玮谲示顷刻，竹林恍惚生颜色。其馀诸象亦诙诡，泼瀋淋漓眩鬼国。松涛飒飒天上来，佛堂伐鼓春鸣雷。九幽沉魄斗惊转，迷津光曜珠生胎。我时兴尽揖僧去，残日在山笼远树。道旁酒肆杂喧哄，故人停辀作小住。柑霞椒雨买十千，肴蔌错叠陈绮筵。停杯不语忽叹息，宦海转涉遭迍邅。我闻君言感凄切，寸肠缄冰冷不热。苏季[6]上书未见收，十年添得头颅雪。鸾凰戢翼翻回飙，鲸鱼跋浪龙门遥。重增蹭蹬亦常事，蓬山尚足资游遨。况今江海苦争战，兵戈满地惊乡县。故国书来梦已寒，扬州路断愁谁见。我行别京邑，燕翼驰征骓。君乎抱幽忧，胡弗谢病归。百龄富贵一斜景，画地虚夸名啖饼。人间空色迭生感，请向画图参变影。酒酣倒掷金叵罗[7]，君亦斫地为长歌。壮怀慷慨谢摧抑，诧我有术如蜎[8]何。严城更鼓催人急，朔吹翻空寒气袭。一轮明月揭天高，醉踏霜华畲长揖。

【注】

[1] 悯忠寺，即今北京市宣武区法源寺。寺庙建于唐代，始名悯忠寺，清雍正年间改称法源寺。

[2] 傅雯，字紫来，一字凯亭，号香嶙，别号头凯陀，清乾隆时奉天广宁（今辽宁北镇）人，擅长以指作画。法源寺藏其所画的现身说法应真像三十余幅。

[3] 广河居，即广和居，坐落在宣武门外菜市口附近，为清代著名饭馆“八大居”之一。近代崇彝所作《道咸以来朝野杂记》中载：“广和居在北半截胡同路东，历史最悠久，盖自道光中即有此馆，专为宣（武门）南士大夫设也。”

[4] 经幢，佛教石刻。

[5] 傅侯，即题中所言傅雯。

[6] 苏季，即苏季子。战国时的纵横家苏秦，名季子。

[7] 金叵罗，金制的盛酒的器具。

[8] 蜎，形容虫子爬行时弯曲蠕动的样子。

话月山房[1]同人小集座中有述扬州事者感成七律四首末章柬李仲宣[2]廷瑞

一庭凉月近黄昏，桦烛红销蜡晕痕。上客诗成吟玉帐，画堂春暖赌金尊。机参隐谜人呼朔，云涌新辞辩有髡。太息天南重怅望，扬州烟景不堪论。

一梦扬州局已荒，江山萧瑟感茫茫。璇渊[3]碧树春如水，铁马金戈夜有霜。乡信未能通白雁[4]，劫灰空自冷红羊。芜城请读参军赋[5]，更为招魂酹一觞。

填胸不尽意牢骚，世事浑如醉浊醪。狎野论空翻魏绛，犒师谋已误弦高[6]。金缯[7]续命天何补，膏血愚人计亦劳。莫讶传闻多捕捉，弹章近已肃霜毫。

浮尘莽莽映云轻，人海无端劫又更。食竟蛤蜊知几许，呼残虮虱感平生。不须乡国忧妻子二月间挈眷北来，哪有文章误姓名会试二三场谢病不能入。明月挥鞭送君去，马头易水吊荆卿时将之北下泛。

【注】

[1] 话月山房，未知其址及营建事。

[2] 李仲宣，即李廷璐，字仲宣，家世、生平经历不详。

[3] 璇渊，原指玉池，后泛指水池、池子。

[4] 白雁，指候鸟。

[5] 参军赋，指南朝文学家鲍照所作的《芜城赋》。因鲍照曾任临海王刘子顼的前军刑狱参军，故世称鲍参军。

[6] 犒师谋已误弦高，即弦高犒师典，亦作弦高退师，出自《左传·僖公三十三年》。

[7] 金缯，黄金和丝织品。后泛指金银财物。

饮席有赠

轻笼慢撚拨檀槽，红烛当筵换绿醪。一种闲情谁解得，殢人春色是樱桃。

瞻部[1]重游旧梦牵，珠香翠暖帐如烟。天涯抛掷春花老，难得黄金买少年。

【注】

[1] 瞻部，即赡部洲，佛教传说所言的四大部洲之一。

赠高虞卿承治

吾爱高常侍，交游见性真。青毡淹岁月，白眼邈风尘。酒癖多因懒，囊空不讳贫。夜深雄剑[1]冷,太息话邅迍[2]。

莲幕论文日,新篇纪楚游。江山传胜乐,风物遣闲愁。峡状西陵险,诗题大别秋。渠州行一卷,笔力更清遒梦游日记以施南纪程为最。

故国兵戈满,天涯泪不干。去留增辗转,漂泊益艰难。生计依人薄,文章堕劫寒。枝棲何处好,留滞感长安。

客馆征车驾,匆匆又戎途。曲怜同调少,梦感异乡孤。警柝宵衢和,寒醪夜肆沽。阿宜从我去,谁更慰长吁时云寂与予结伴南回。

【注】

[1] 雄剑,宝剑。

[2] 邅迍,也写作"邅屯",原指行走困难。后形容困顿或不顺利的处境。

王小秋荣黻招饮寓斋即席赋赠以志别

君歌淮南行,我向海东去。相思不相见,西风卷晨雾。金台荡荡高矗天,征车軿辘[1]来云边。东风千里蚷蛩[2]合,握手大笑狂拍肩。昔年客游滞燕北,朋辈招携鹣接翼。论文击节当夜阑,旷怀不许穷愁逼。兴来时作瞻部游,丁歌甲舞[3]昆仑偷。黄金一掷载花去,合尊促坐无时休。豪情胜概愁为慑,剧讶欢场如见猎。讵料霓裳曲再终,已如过眼秋烟霎。长安市上吹缁尘,邀我酤饮松醪春。酒酣历历数前事,间隔奚啻参与辰。参辰间隔兼悲痛,十载浮云同一梦。飞蚨[4]化去不复来,空橐凄凄亦何用。惊砂飒瑟吹空寒,蓬山入海生回澜。一官奉檄壮怀短,时或五岳胸中蟠。停杯茹叹情脉脉,我请为君一言策。天宇清旷会有期,盐车岂复骅骝厄[5]。干将[6]摧抑世所猜,阿堵[7]虏守基祸胎。昌黎[8]五鬼本虚语,化鳞终见龙门开。我行襆被转轮毂,短褐凌寒苦茕独。凤州苜蓿寄幻想,叩途每忧棘伤足。感君爱我意肫挚,肝[9]衢太息青衫悴。劝我天涯作滞留,有子相从执经侍。方今江海纷兵戈,故国间有貔貅过。客中乡信断三月,登高望远愁如何。山甫遮尘艰一第,蓬梗离根亦非计。漂泊无因避蹇屯,乱离空自悲身世。身世茫茫恨不禁,传来消息忧荡心。何时与君更携手,举杯斟雪为长吟。夜凉风紧残更歇,华烛承盘飐兀兀。公叔[10]朱苹卿多情挈伴归,醉向天街踏寒月。

【注】

[1] 軿辘,象声词,形容车轮或辘轳的转动声。

[2] 蚷蛩,原指蟋蟀或蝗虫,这里是以小虫指代自身和友人漂泊的情况。

[3] 丁歌甲舞,丁歌指文戏,甲舞指武戏,诗中泛指歌舞。

[4] 蚨，铜钱的别称。

[5] 盐车岂复骍骝兀，即骥服盐车的典故，出自《战国策·楚策》。

[6] 干将，以春秋战国时剑师干将及其所铸雄剑名代指宝剑。

[7] 阿堵，阿堵物的简称，指钱财。

[8] 昌黎，中唐诗人韩愈，自称郡望昌黎，后世亦称之韩昌黎。

[9] 肝，即“吁”。

[10] 公叔，指朱莘卿。

车中望西山

停午辞都门，数里见斜影。惊沙风不飞，云气霁西岭。林密阴微含，岩幽晚逾静。迂夷曲磴遥，延缘斜瞩逞。兹山丽北平，绘图入八景。陟巘兴已辜，凝素梦徒冷北平旧志云大雪初晴黄素凝华天然图画。望望促簾卷，行行畏车骋。馀青眷岫长，叠翠绘情永。卜宅[1]兹未能，寻幽藉可警。松梢凉月明，诗怀托引领。

【注】

[1] 卜宅，用占卜来决定住所或墓地。

黄村晓发

孤云笼远村，凉月洗烟白。转影入树阴，依依送行客。客行梦未阑，驱车警鞭策。凛冽霜气寒，拥被苦偪仄。息影目少瞖[1]，倚倦意自适。残更杂荒鸡，喧喧出广陌。何时乘回飙，喟焉谢征役。

【注】

[1] 瞖，形容闭目思考的样子。

雄县觅鲫鱼不得口占二绝

浊醪买醉意如何，愁向渔村问价过。一笑潜鳞争匿影，纷纷名士近年多。

曝鳃历劫重踟蹰，越桂[1]吟成枉自娱。怕我重增牢落[2]感，故令当夕食无鱼。

【注】

[1] 越桂，桂鱼。唐代诗人李商隐的《赠郑谠处士》中有“越桂留烹张翰鲙，蜀姜供煮陆机莼”句。

[2] 牢落，即寥落，形容孤寂、无聊。

过 平 原

驱车过平原，寒沙掩云黑。班马[1]噤不鸣，吊古长太息。平原昔在战国时，黄金结客多魁奇。头颅一掷美人泣，珠履贯跃纷而驰。孟尝营窟狡何补[2]，信陵窃符不足数[3]。英雄慷慨话平生，浇酒来寻赵州土。君不见高门吐漱兴雨云，逶迤匍匐招其群。蛟胎迸血玉龙死，天涯报恩竟谁是。

驱车过平原，战气横霜惨。残兵卧遗垒，断镞[4]带悲感。营州羯奴昔弄兵，河北瓦解无坚城。常清一败武牢失，烽烟横突潼关惊。平原太守倡义起，河津设防险可恃。二十四郡响应风，涕泣登坛誓同死。吁嗟乎！殉身报国世所难，沙场裹革愁云寒。麒麟策勳[5]亦毫末，纷纷狐兔草间活。

【注】

[1] 班马，指离群之马。唐代诗人李白《送友人》云："挥手自兹去，萧萧班马鸣。"

[2] 孟尝营窟狡何补，指冯谖为孟尝君营狡兔三窟事，典故出自《战国策・齐策》。

[3] 信陵窃符不足数，即信陵君窃符救赵的典故，《史记・魏公子列传》载有其事。

[4] 镞，箭头。

[5] 勳，即"勋"字。

刘智社[1]题壁

归云卷影夕阳斜，古道凝寒暂驻车。残恨未能销鼓角，闲心空拟赋琵琶。淮南战气催春尽，冀北风怀入梦差。惆怅今宵孤馆客，相逢犹是在天涯。

【注】

[1] 刘智社，位于河北景县境内。《大清一统志》第十六卷记："刘智庙镇，在州南，即故刘智社，与山东德州接界，商旅辏集。"

富庄驿[1]题壁

天外欃枪劫屡更，忽闻军报下重城。旌旗幻闪云边影，觱篥横吹马上声。南去雄师新奉檄时汴有警檄兵赴河南，西来大将盛连营。书生未了封侯梦，重向弓刀队里行。

朔野横风不断尘，中衢当书一军屯。迁延敢说师无纪，筹策犹夸笔有神。楚帐[2]围云虚设卫，燕弓[3]射将更何人。棘门灞上[4]真儿戏，慷慨空怀报国身。

【注】

[1] 富庄驿，明代所设立的驿站，位于今河北省泊头市西富庄驿村，为北京至山东路的驿站，清后逐渐废置。

[2] 楚帐，西楚霸王项羽军中帐幕。

[3] 燕弓，原指燕地所产的弓，后以泛指良弓。

[4] 棘门灞上，指棘门军和灞上军，后常用以借指纪律松弛的军营或军队。北宋王安石的《白沟行》中即有“棘门灞上徒儿戏，李牧廉颇莫更论”的表述。

车行至东平州[1]兵役住店几满至十里铺早尖[2]

客行忍朝饥，驱车就长路。孤城喜见影，轮蹄蹴云赴。哄市尘甚嚻[3]，騷突杂嗔怒。老叟扶杖来，太息述其故。北兵昨麕集[4]，黄昏起尘雾。州署下官符，严为民居谕。过客不敢留，恐与长官忤。兵来极彪悍，横索如搜捕。跳踉肆詈言，三五酒轰酗。夜深不及罢，欢剧强枝捂。今晨延弗行，催促匆复顾。军帅甚羸弱，横刀慑亦惧。逗留听中道，弗畏师期误。村居十数家，生机绝呼籲[5]。我时抱幽忧，婉语谢愁诉。寸肠闻雷鸣，刺促难久住。须臾经远村，云是前朝戍。坐定罗盘餐，饼馔恣饱饇[6]。痛深发长喟，寒醪酌无数。念彼采薇诗[7]，徘徊日将暮。

【注】

[1] 东平州，今山东东平县州城镇。

[2] 早尖，指旅途中的早上用饭与休息。

[3] 嚻，即“嚣”。

[4] 麕集，聚集、群集的意思。

[5] 籲，即“吁”。

[6] 饇，即“饫”。

[7] 采薇诗，指《诗经·小雅》中的诗作《采薇》。

牵 车 叹

前行妇挽索，后行男推车。泥沙没双骭[1]，道路纷崎岖。十步九颠踬，隐隐闻叹吁。前年决丰口，淹没无田庐。朝夕不得食，老稚填沟渠。筑工备畚锸，星露甘驰驱。集赀转乡井，藉可生命苏。贼来逼淮南，羽檄无时无。县官急防堵，日日喧军符。兵数苦不足，召募征民夫。悍吏奉差策，南北肆叫[2]呼。排门横搜索，苛暴如萑苻。富者敛钱送，征费穷锱铢。贫弱不自保，强以鞭扑拘。皮肉耐捶楚，鲜有完肌肤。田庐既淹没，老稚无所虞。一车载家具，夫出妇与俱。朝行蔽荆棘，夜潜辟井闾。生存少长计，丐乞延须臾。但得饱饘[3]粥，较胜罹官𫓧[4]。回首望城邑，惨淡愁云纡。愁云羃空来，涕泣满路衢。远远闻深林，嚄唶啼饥乌。亟当召郑侠[5]，绘此流民图。

【注】

[1] 骭，胫骨。

[2] 叫，即“叫”。

[3] 饘，指稠的粥。

[4] 𫓧，原指切草的铡刀。后指代古时斩人的刑具。

[5] 郑侠，北宋诗人。王安石变法时，其作《流民图》和《论新法进流民图疏》，以请求朝廷罢除新法。

道旁树甚奇古诗以状之

古树蚀苔藓，屈蟠枝叶纷。孤根拗牙石，断节曲藏云。劫火销生意，荒村蔽夕曛。令威鹤归否[1]，旧社感榆枌[2]。

【注】

[1] 令威鹤归否，即令威化鹤典。托名陶潜所著的《搜神后记》中载：“丁令威，本辽东人，学道于灵虚山。后化鹤归辽，集城门华表柱。时有少年，举弓欲射之。鹤乃飞，徘徊空中而言曰：‘有鸟有鸟丁令威，去家千年今始归。城郭如故人民非，何不学仙冢垒垒。’遂高上冲天。”

[2] 榆枌，本指榆树，枌为白色的榆树。后常以此代指故乡。

车行东阿山径中

车碌碌，山径行。怪石当路横相撑[1]，马蹄滑㳠[2]骤奔上。冲磕时作婴雷声，稍稍前行迳逾仄。一车仅可势作侧，两旁峭壁森崯岈。阴鬼伺人日光黑，蛇骨荦角[3]折可纡。左轩右轾魂欲逋，双轮踏石石不受。迸起雪片飞空麤，飞空石片急如雨。但闻石声不闻语，舆夫骇眩翼彀前。瞪眠倾崖力为辅，星砾攒刺足辗沙。

下阪断绝中有窊[4]，横行直勒险破胆。平楚一望西云斜，吁嗟乎！倾崖固非忧，平楚亦勿喜。世途偪侧不可恃，君不见盐车诘屈下太行，中道摧轮骐骥死。

【注】

[1] 牚，即“撑”。

[2] 滑澾，形容道路泥泞滑溜。

[3] 荦角，比喻怪石嶙峋的样子。

[4] 窊，低洼的地方。

山径新开中有小村落竹树森疏可喜

夕阳下远山，惊魂客程定。迂夷转双轮，寻幽入深迳。云白石气含，波澄水流莹。森森竹掩篱，密密树围磴。微风卷籁清，浓阴杂烟暝。即境情自怡，玩物理所赠。偪侧鲜欢悰，宴娱惬清兴。慨念东田诗[1]，庶几尘梦醒。

【注】

[1] 东田诗，指南朝诗人谢朓所作《游东田》一诗。

飞 花 曲

常喜林，旧县妓女也。十三四负盛名。甲辰岁计偕北上，曾一见之。江湖载酒十载重逢，感旧梦之如云，怅新欢之似水。天涯憔悴，触绪增愁，诵罗昭谏[1]钟陵醉别诗[2]，彼此有同慨焉。作飞花曲一首。

彩鸾司春入花国，封姨卷尘荡云黑。万色千香化镜潮，名花黯黯凋颜色。花枝生在南，天风吹向北。十载相逢更相识，当筵一曲听琵琶。金屑檀槽情恻恻。情恻恻，哀琼蕤，轻笼慢捻颦双眉。雌龙作队卷尘去，飞花空忆花开时。花开有人看，花落无人惜。红颜鲜百年，复遘飞花厄。飞花飞花且勿哀，一花已下黄金台。彤檐紫府[3]断消息，香城日暮增徘徊。徘徊不尽感花意，自顾花枝亦憔悴。花花相视含凄酸，难得花开遣春思。嫣红嫩碧寄情赊，移轸重歌送落花。寄语飞花须爱护，莫教萎谢更天涯。

【注】

[1] 罗昭谏，晚唐诗人罗隐，字昭谏。

[2] 钟陵醉别诗，罗隐所作《偶题》（一题为《嘲钟陵妓云英》，亦作《赠妓云英》）中有“钟陵醉别十余春，重见云英掌上身。我未成名卿未嫁，可能俱是不如人”句，即此诗。

[3] 紫府，道家语，指仙人所居住的地方。

晓行望山

日出销残雾，车行古道边。乱山围合沓，一水共迴旋。云气白於洗，岚光青到巅。何时访碑碣，同证汉秦年[1]。

【注】

[1] 汉秦年，即秦汉年，意为秦汉时的历史。

兰陵[1]荀卿[2]墓

兰陵有佳城，丰碑矗广陌。白杨风萧萧，悽然感行客。孝成昔求贤，虚礼答前席。借箸策兵将，慷慨论不易。惜哉王霸才，乃以百里厄[3]。当世谁麒麟，中原靖金革。庙堂廑深忧，酬功破常格。我来赋大招，吊古愁为剧。沉冤不可洗，著书亦何益。怳[4]然邱陇间，特闻语嚄唶[5]。

【注】

[1] 兰陵，今山东省临沂市兰陵县。

[2] 荀卿，即先秦思想家荀子，名况，时人尊称其为“卿”。其曾任兰陵令，后亦终老于此。

[3] 厄，受困、遭遇苦难。

[4] 怳，即“恍”。

[5] 嚄唶，形容大声吼叫的样子。

夜宿堰头见李馨门前题壁诗仍和二首

乾坤浩劫叹同过，客里光阴唤奈何。愧我撄[1]愁滞尘埃，羡君乘兴踏烟波时与孙伯安[3]同舟南回。春移旧迹纱笼少，梦入残宵角警[3]多。何日相携一尊酒，放怀重拟杜陵歌。

骖虬曾约五云过，怅望天门奈远何。不分重霄谒阊阖[4]，只期大海靖风波君诗有世事将莫大海波句。天涯岁月轮蹄老，故国江山涕泪多。惆怅髑髅题句在君诗有荒村犬齧[5]髑髅多句，苍凉更与和哀歌。

【注】

[1] 撄，烦扰、扰乱的意思。

[2] 孙伯安，姓字、家世及生平不详。

[3] 角警,以号角作警示。

[4] 阊阖,原指神话传说中的天宫南门,也代指宫门或京都城门,后常借指京城、宫殿、朝堂等。

[5] 齧,即“啮”。

清　浦[1]

已渡黄河水,仍停袁浦[2]舟。尘沙销客忧,烽火逼乡愁。消息从人问,平安有梦留。知应吴季重[3]谓春庭明府,警备佐军筹。

【注】

[1] 清浦,指清江浦,位于今江苏省淮安市清江浦区。

[2] 袁浦,即清江浦。三国时,淮河流域中下游地区为袁术属地,故清江浦一带也称作袁浦。

[3] 吴季重,指三国时魏人吴质,其字季重。曹植作有《与吴季重书》一文,此处作者是以此代友人吴春庭。

午日[1]抵舍

客行辞远方,维舟日未昳[2]。津梁兹已疲,云树故乡悦。糉[3]黍酒佐蒲,天中[4]值令节。坐念岁月徂[5],转毂不一瞥。有符可辟兵,熊貙未能灭。生还乐井里,寸心解椎结。婆娑姤佳辰,弥复感叨窃。宝瓠愁屡掷,刖璞[6]计徒拙。避蝎期何方,息影安雌蜺。

雌蜺息尘影,合坐忧喜兼。仲春贼陷郡,传警宵昼严。漕帅散残旅,暴横劫致歼。家人率潜避,安道宅已淹贼来时家人借寓真武庙戴相如[7]处。迁延及孟夏,始得转井闾。闻言气懮悒[8],啖蔗不复甜。在北断乡信,端讯蓍屡占。幸兹复聚首,袵席稍安恬。众情感破碎,贫薄奚足嫌。饥来索米去,勿复嗤詹詹。

【注】

[1] 午日,即端午节,农历五月初五日。

[2] 日未昳,指太阳还没升起。

[3] 糉,即“粽”。

[4] 天中,指端午。因为端午这天在夏至前后,太阳直射点在北回归线,所处位置是一年之中最居中的,故有此称。

[5] 徂，时间流失、逝去。

[6] 刖璞，指春秋时楚人卞和献璧三献三刖之事，典故出自《韩非子》。

[7] 戴相如，姓字、家世及生平不详。

[8] 慢悒，形容忧愁、抑郁不平的样子。

新乐府

癸丑仲春，贼陷广陵郡[1]，距余家仅四十里。风鹤之警，昼夜无间。五月初自北还，贼犹未退，兵勇往来，闾井骚动。寸肠百虑，焦急莫释。间有闻见，述而录之，著於篇，名曰新乐府。辞质而迳，事严而实，至音节乖舛、识者所不计算，谅之可也。

【注】

[1] 广陵郡，即扬州。

瓜州[1]戌

妖彗明，军旗揭，楼船结戌横江设。横江险要谁所司，大府当之不敢辞。闻道西来烽火恶，气慑中军停宴乐。卷甲虚惭负国恩，谁能撄守躭[2]风鹤。海门浩浩波如雷，残兵入夜惊喧豗。喧豗未定连营徙，已报瓜州戌撤矣。戌兵撤，传警过，金陵城内蜂蚁多。蜂蚁纷纷入天堑，吁嗟扬州当奈何。

【注】

[1] 瓜州，应为“瓜洲”。后文同。文中“瓜州戌”亦应为“瓜洲戌”。

[2] 躭，即“耽”字。

重门开

贼从南门行，骑卒按辔尘不惊。贼从东门入，虺蛇作队如人立。四边匝匝愁云昏，啼呼跳掷生烦冤。烦冤增人悲，贼来益无措，合城都为讹言悮[1]。昨日官犹坐衙，今日不知去何处。官既不守城，城亦无一兵。重围据险本非易，血战裹创又何利。弃之饵敌真长材，坚城乃竟为民灾。睢阳百战未能及，井幹烽橹胡为哉，君不见重门开。

【注】

[1] 悮，同“误”字。

漕兵哄

漕帅弱，漕兵卻[1]；漕帅逃，漕兵骄。一军闪闪拔营去，北方逆气断行路，机枪伏火火在绳。后劫富家先质库，明府策马来，后骑鼓角催。横空白刃下如雪，腥寒倒影骨为折。朔风栗烈云偃旗，乌鸢在野肉啄糜。残骸蹂践寄悲痛，军府当时失控控。天涯抛弃归未能，可惜漕兵枉作哄。

【注】

[1] 卻，即“却”字。

池鱼殃

池波清清鱼唼[1]食，中有宝气人不识。昨日贼兵新进城，下令搜牢有定刻。官衙珍宝堆如山，膏脂朘削无空还。道旁畚锸儿[2]，逐队劫城市。为言此宅藏镪多，下穴金银上横水。庳云溅洒石愁荒，暴鳞乃为池鱼殃。千家万家罄如燬[3]，鱼若早知鱼弗死。鱼兮鱼兮且莫哀，慎勿再令他人咍[4]。

【注】

[1] 唼，拟声词，鱼、鸟等吃东西的声音。

[2] 畚锸儿，亦作“畚臿”。畚，盛土器；锸，起土器。常用以泛指挖运泥土的用具或借指土建之事。

[3] 燬，即“毁”。

[4] 咍，嘲笑、讥笑。

土城破

贼来筑土城，邪许[1]非一声。精严卫郛[2]郭，峭石横云撑。煌煌节帅拥兵过，貔虎扬威土城破。崇墉恢复在须臾，骑卒欢呼军吏贺。中军有令按部惩，蝥弧[3]弗许为先登。奔偾骄犷古宜戒，毋或贪功仍召败。贪功召败理固然，迁延书役谁之愆。迁延定筹策，从容不解扬州厄。烽橹依然羃阵云，嗟哉土城破何益。

【注】

[1] 邪许，指劳动时众人一齐用力所发出的气呼声，即(劳动)号子声。

[2] 郛，城外面围着的大城。

[3] 蝥弧，即蝥弧旗，代指军旗。唐代诗人卢纶《塞下曲》中有“鹫翎金仆姑，燕尾绣蝥弧”句。

园林乐

大兵按队驻城北，万帐连空阵云黑。中军罢宴意不欢，刁斗喧喧夜无力。雷塘[1]西去有名园，花鸟生新茂景暄。诘朝下令徙营去，士马纷腾匝行署。饮酒撞钟助皓歌，军书半为闲情误。广陵城战鼓鸣，忍死闲情不死兵。机枪闪影慑秦谍，无令行署烽烟惊。烽烟不惊阴弗薄，将军自得园林乐。

【注】

[1] 雷塘,地名,在江苏扬州城北。隋唐时为风景胜地,传说是隋炀帝所葬的地方。

大 旗 喜

大旗怒,惊霆破空断军戍。大旗愁,髑髅溅血浇吴钩。扬州四门虓虎[1]集,日夜营头传警入。将军下令严于山,盾云韬影弓弗弯。弓不弯,士气衍。城上钲初鸣,城下甲齐卷。游绥[2]无力曳彗旗,一星掩云向空转。纷纷岀[3]歙屏众喧,雀步促促行和门。和门无烟静如水,日暮风清大旗喜。

【注】

[1] 虓虎,咆哮怒吼的虎。多用来比喻勇士猛将。

[2] 游绥,原指像缨饰一样的下垂物,后泛指旌旗或旗帜的垂流。

[3] 岀,形容迅疾的样子

都 堂 示

都堂来,军府开。被豸绣,威如雷。都堂防河帝所饬,不愿防河愿防贼。上书气慷慨,披诉催星骖[1],力请一队当淮南。淮南贼匪气强犷,剧奈无兵亦无饷。空营寂寂寒云愁,西风道济沙量筹。中夜回惶感钲鼓,太息兵谋难自主。兵谋急,钲鼓罢,羆貙哄,心摇摇。惊魂未定骋高议,劝捐且牓[2]都堂示。

【注】

[1] 骖,古时驾在车辕两旁的马。

[2] 牓,即"榜"。

苍 头[1] 卒

榜木出,喧通衢。群不逞,纷来趋。朝廷精锐剩空藉,揭竿梃木徵为徒。武帐喧阗击雷鼓,墨云一片前营舞。敌人呼作鸦儿兵[2],鸦儿不敢沿城行。万福桥头列兵仗,蟠空时与乌龙抗。儿戏行军古所嗤,棘门灞上谁良将。丁壬方位相间成,五行迭用尅与生。生尅占,运冲突。水制火,苍头卒。

【注】

[1] 苍头,指以青巾裹头的军队。语出《战国策·魏策一》:"今窃闻大王之卒,武力二十余万,苍头二千万。"

[2] 鸦儿兵,即苍头卒。

颈 雪 刃

颈雪刃,颈雪刃,残鬼在阴嚄啨啼,诳言不恤身为殉。大乘寺[1]外骑卒屯,大乘寺内愁云昏。图谶高谈逞长喙,奇术兼能相君背。市儿一呼十万来,黑头[2]能使严城摧。都堂怒，说士哄。虓虎来，苍鲸痛。刀光闪白白凝血，血光刀光两无别。莲台高高劫不醒，潜驱患气沉幽冥。幽冥患气世所绐，地下幽魂亦知悔。

【注】

［1］大乘寺，一般指大乘玉佛寺。大乘玉佛寺，简称大乘寺，原称大佛寺，位于河北省邯郸市西部赵苑公园南，始建于南北朝大象年间。

［2］黑头，即前诗中所言“苍头卒”。

将 军 齿

城头昨夜堕天狗，爪牙凌空作怒吼。残兵见之无敢前，间道潜驱曳兵走。桓桓双将军，飞身薄险盘阵云。南风吹尘阵云恶，霹雳轰车向空落。将军独以身受之，生死无为炎石却。炎石卷地云倒飞，将军含血血染衣。齶[1]龈次第逼閜[2]割，嚼鐵之名气可夺。吁嗟乎，常山舌[3]，睢阳矢[4]，带断如为三日徇，合营请眡[5]将军齿。

【注】

［1］齶，即“腭”。

［2］閜，裂开、割裂。

［3］常山舌，唐代安禄山叛乱，常山太守颜杲卿因城陷被俘，骂不绝口，安禄山割其舌，问：“复能骂否?”颜杲卿乃不屈而死。后以此代指宁死不屈的精神。

［4］睢阳矢，唐代张巡守睢阳督战，骂贼而嚼齿皆碎的故事。后借指节操忠贞不渝。本事见《新唐书·张巡传》：“尹子琦攻睢阳，城陷……子奇谓巡曰：‘闻公督战大呼，辄眦裂血面，嚼齿皆碎，何至是?’答曰：‘吾欲气吞逆虏，顾力屈耳。’子奇怒，以刀抉其口，齿存者三四。”

［5］眡，古同“视”。

陕 兵 过

南风吹暑尘沙飞，旌旆倒偃肩负衣。空街白日语声息，雀步躠行行不得。兵来强锐气莫当，横肆搜索如虎狼。怒睛睗睒象巖[1]电，攫食争先道途徧[2]。大筐小筥[3]纷相携，驱马匆匆急於箭。居民始离乱，畏寇兼畏兵。残更未定鼓鼙警，啧啧都作烦冤声。寇来有兵尚能捕，兵来如寇从谁诉。吁嗟兵兮竟如此，吁嗟寇兮更何恃。

【注】

［1］巖，即“岩”。

［2］徧，即“遍”。

［3］筥，圆形的竹筐。

南 门 水

南门水，清且涟。旋沙瑟慄刺人骨，中有沉冤千百相萦缠。沉冤者谁广陵女，广陵城破去无所。终日苦饥不得食，跪向贼前长太息。携持惟愿出闉阇[1]，生死啣恩均戴德。朔云掩日天宇昏，贼来下令开南门。杀气横空绝行客，悄然一望断魂魄。白刃夹立森露尖，巷道偪仄行步纤。跳踉咄叱不认视，惟闻流水鸣浙浙。浙浙去何速，恇[2]怯吞声哭。潮汐相邀死亦迟，当时枉被拘囚辱。悲风来，愁人心。南门水，阴沉沉。

【注】

[1] 闉阇，城门上的高台。

[2] 恇，害怕、惊慌。

女 婴 詈

秭归鸣，凄以清。女婴詈，悲复恚[1]。吾乡有客避兵出，姊弟危城两相失。涕泣喧呼遍路隅，零丁帖子[2]招无术。客行来瓜洲，潮汐乘横流。吴越名姝载兵舫，辞家都做金陵游。回头见阿姊，衣被杂罗绮。跳脱金辉辉，步摇翠靡靡。目云眙腭[3]不敢窥，惊定始得通微辞。弟吞声，姊无语。弟劝归，姊弗许。富贵嬉娱众所羡，谁更还家恋贫贱。女婴詈，秭归鸣，肠断天涯彳亍[4]行。天涯彳亍感捐弃，惟有长江知此意。

【注】

[1] 恚，恼恨、发怒。

[2] 零丁帖子，指寻人招贴。

[3] 眙腭，形容惊讶的样子。

[4] 彳亍，本意指小步走，走走停停。后比喻犹疑不定。

乡 勇 局

斗牛起彗貙羆拥，风鹤传闻心汹汹。残羸不足当一军，亟出锦贳募乡勇。南局北局据地名，中分一队为河兵。大府朱丹[1]给官示，墙角眠云眙旗帜。长兵短兵次接鳞，汗铁增观当铦[2]利。南风六月天正薰，阴雷戢影暄午云。袒衣席地甲可卷，一醉无知痛沉湎。书生报国心力雄，上书军府邀奇功。邀奇功，愿未足。诘朝间谍获两三，声势重夸乡勇局。

【注】

[1] 朱丹，本指朱砂制成的墨，此处意为官府告示、通知。

[2] 铦，指古时的一种农具，类似现在的铁锨。因其锋利，常代指锋利器具。

质　库[1]　闭

质库闭，市侩潜。嚣尘哄，哄惊阊阖[2]。二月避兵至六月，一线重延穷刺骨。饥来空灶寒不然，盎无积粟囊无钱。囊无钱，忧惙惙。扃重门，生路绝。重门扃鐍权奇赢，讳言取赎间道行。吁嗟市侩罾[3]何意，拥赀不为穷愁计。不见广陵城，财虏年年替贼守。一朝猰貐从西来，亿万铜山化乌有。

【注】

[1] 质库，古时用以进行押物放款收息的商铺，亦称质舍、解库等。

[2] 阊阖，即阊阖，意指宫门。

[3] 罾，原指捕鱼或捞水草、河泥的工具，在两根平行的短竹竿上张一个网，再装两根交叉的长竹柄做成，两手握住竹柄使网开合。此处引申为获取、捞取利益的意思。

赠 高 云 叔廷栋

燕台黯黯断云遮，回首缁尘感岁华。季子负书[1]空有恨，幼安浮海[2]已无家。烽烟路迥孤城暗，战伐愁增独客嗟。莫更登高感摇落，剧怜痴叔尚天涯时虞卿[3]尚未回。

【注】

[1] 季子负书，指战国时苏秦（字季子）入秦而不仕的典故，出自《战国策·秦策》："（苏秦）说秦王书十上而说不行……负书担橐，形容枯槁。"

[2] 幼安浮海，指东汉末时管宁（字幼安）归乡隐居的典故，出自《抱朴子》："幼安浮海而澄神。"

[3] 虞卿，即高承治。

将之北堰留别诸弟

饥来逼我行，颠倒出门去。去去将何之，延望海东路。海东我旧游，其地患沮洳[1]。节防不自慎，淫湿乃相忤。痛念劫未消，烽烟莽回沍[2]。膏血既已捐，皮骨亦何慕。坎懔时所贻，訾□[3]更谁诉。万金有家书，时达系匏寓。平安藉可忻[4]，风鹤免惊怖。愁深意弗諠，岁岁屡回顾。明月上深林，催我别云树。慨念棣华篇[5]，喟焉难再赋。

【注】

[1] 洳，指潮湿低洼之地。

[2] 沍，凝结、冻结、闭塞。

[3] □，原字为"詉"。

[4] 忻，同“欣”。本义指凿破阴郁，放飞心情，心情开朗；后引申为欣喜。

[5] 棣华篇，《诗经·小雅·常棣》：“常棣之华，鄂不韡韡。凡今之人，莫如兄弟。”后以“棣华”喻兄弟。

艾湖[1]夜泊

一白莽无际，湖心泊櫂时。波澄明月迥，云定晚风迟。地僻烽烟隔，情闲鸥鹭知。明朝望乡树，愁绝纪行诗。

【注】

[1] 艾湖，位于现山东省枣庄市境内。明朝万历年间(1573—1619)此地有三个村庄，即姚庄、民康庄、楼台子庄；清末，三庄已连成一片。因村位于低处，艾草丛生，故取名艾湖。

海风歌

西风吹雪来海东，墨云下掩扶桑红。冯夷扇水不能上，乃与飓母争其雄。初时飒飒起天外，雷车隐隐驱丰隆。倒吹疾雨卷尘落，馀力撼断秋郊蓬。须臾路绝气曛黑，一气激荡凌虚空。阴霾呼啸走神鬼，迴穴错忤戕灵丛。土囊积怒盛宣泄，膂胎惊起聋虫聋。南鹏迅[1]击失威力，宋都鹢退[2]将毋同。我时危坐斗室内，河鱼腹疾呼鞠穷。败墙倾仄作奇势，断瓦坠地声逢逢。邻家老树劈云下，几作折臂新丰翁[3]。自辰迄午气少杀，仰眠天半生长虹。惊魂暂定气纡郁，烦忧未释心有忡。海东地僻莳插早，新禾喜见鳞畴芃[4]。膏脂转瞬遘胺削，瓯窭[5]赞祝难为功。呜呼民力苦争战，将帅未挂天山弓。亟当作檄告风伯，狂飙蹶石摧昏瞢。昆阳[6]助捷奏伟绩，江海慄息歼沙虫。蜚廉戢翼靖兹土，奔涛骇浪无相讧。红莲遍野乐再熟，欢声动地歌绥丰。镌功纪德信无忝，毋使肸沴孱[7]为蒙。

【注】

[1] 迅，即“迅”。

[2] 宋都鹢退，《左传·僖公十六年》：“六鹢退飞，过宋都。”后以“宋都鹢退”表示要前进而被迫后退的处境。

[3] 折臂新丰翁，即新丰折臂翁，事见中唐诗人白居易同题诗。

[4] 芃，形容草木茂盛的样子。

[5] 瓯窭，狭小的高地。《史记·滑稽列传》记：“瓯窭满篝，污邪满车，五谷蕃熟，穰穰满家。”

[6] 昆阳，地名，位于今河南省叶县。

[7] 脣，即“唇”。

贞鸭行

浙东宋似山仁寓居北堰，畜家凫二，烹其雄，雌不食死。诗人感焉，作贞鸭行。

朝呼鸭，暮呼鸭，傍影不相违，两情连理狎。北风骤来，爰陨其雄。长呼哀厉，胸影吊空。携雏未见晨凫起，不愿双飞愿双死。吁嗟乎，鸳有冢，雁有丘，孤吟重向海东留。白杨萧瑟寒云悴，常伴人间寡鹄愁。

题鲍四问梅[1]逸举杯邀月图

明月扬州已劫尘，更从何处证前身。多君添写杯中影，留伴天涯望远人。

【注】

[1] 鲍四问梅，即鲍逸，字问梅，号问梅半隐，浙江杭州人。辑有杭州史志《桑梓闻见记》一卷，续一卷，藏上海图书馆。书中对杭州的山水、风物描述细致，记载了乾隆嘉庆以来琐闻轶事，尤其对咸丰十一年（1861 年）、十二年（1862 年）太平军两次进入杭州城的经过记录颇为翔实。

望远人

署西碧桃一株，地近圂圊。客岁花开，慰以韵语。今秋主人辟地莳菊，伧父[1]命工伐去，因复以诗吊之。

凉阴贴地霏珠尘，闲阶剪断桃花春。仙人噀水[2]唤不醒，一夜相思露华冷。吴绵[3]淡淡幻作云，挽入菊畦替香影。寒螀瘦蝶骄红霞，纷纷罥影寻秋花。秋花哀悴春花好，紫玉成烟感昏晓。天上东风劫已孤，瑶姬梦断青鸾杳。

【注】

[1] 伧父，泛指粗俗之人，犹言村夫。伧，粗俗、粗野的意思。

[2] 噀水，指水含在口中喷出。

[3] 吴绵，亦作“吴棉”，吴地所产之丝绵。中唐诗人白居易的《新制布裘》中有“桂布白似雪，吴绵软于云”的描写。

题黄小筠[1]以桂松径煎茶图

岩云结秀闪秾绿，长松百尺风谡谡[2]。寻幽窈窕入深径，一丛下荫筼筜竹。风流忖度今人豪，选石就阴洗尘俗。公馀脱帽手一编，襟裾滴翠凉如沐。苍烟缕缕袅斜篆，飞涛翕响韵琴筑。山童火候蟹鱼辨，茗盌[3]浇春散晴馥。空林昼静契微旨[4]，谏果回甘三味熟。旷然坐览天地宽，清福人间占亦足。吾生虫蠹耽钻研，有若豨膏[5]转方毂。缁尘回首窃自笑，元规之污避弗速。何时要君盟岁寒，问奇日日相追逐。为补天随茶具诗，更有苕溪经[6]可读。

【注】

[1] 黄小筠，黄以桂字小筠，其家世与生平经历不详。

[2] 谡谡，象声词。形容风声呼呼作响。

[3] 盌，即"碗"。

[4] 旨，同"旨"。

[5] 豨膏，即猪油的意思。豨，古时指巨大的野猪。

[6] 苕溪经，即《茶经》。中唐陆羽在苕溪（今浙江湖州）隐居山间时，著成《茶经》，故有此称。

四宜阁[1]看菊

傑[2]阁横云外，言寻薝蔔[3]林。双畦分露重，孤影罥烟深时菊花放一枝。花淡含禅意，秋迟见佛心。篱东延眺久，有约待重临。

【注】

[1] 四宜阁，江西宜春市《上高县志》[嘉庆十六年（1811 年）刻本，知县刘丙所修]记载，经纬阁，在河西湾溪，由旧"四宜阁"改建而来。不知是否为诗中所言处。

[2] 傑，即"杰"。

[3] 薝蔔，即薝卜，意译为郁金花。

重九后一日张瑞亭[1]锦芝邀同宋似山[2]仁许玉亭文祺庞英伯[3]裕福过北极殿访静涛上人兼补登高之约

枫径霏霜报晚秋，佳辰招客践清游。篱花色掩空阶静，炉篆香分丈室幽。坐久恰宜参佛偈，僧闲遍解话兵愁。中原莫更重回首，怅望虫沙[4]劫未休。

西风吹梦感萧骚，俯视危栏兴转豪。胜会仅堪同折柬，闲情未许罢登高。千林夕照催残叶，万顷寒云羃晚涛。知否索郎风味好，莫教佳兴负持螯[5]。

【注】

［1］张瑞亭，即张锦芝，字瑞亭，家世与生平经历不详。

［2］宋似山，即宋仁，字似山，家世与生平经历不详。

［3］庞英伯，即庞裕福，字英伯，家世与生平经历不详。

［4］虫沙，即“猿鹤沙虫”，比喻战死的兵卒或死于战乱者。后也泛指一般百姓。

［5］持螯，同“持螯把酒”，指重阳节饮酒、吃蟹的习俗。

红桥[1]哀为钟小亭[2]淮阁读作

战鼓催声走猰貐，阵云黯黯气横杀。妖彗在天闪作芒，兵戈卷銕逆相戛。贼来据瓜洲，杀人胜罗刹。红桥一带穜矛扎，连营亘野精且坚。奔突无能栅谁拔，钟君奋起志慷慨。散财募勇聚剽黠。一队据险当其冲，大旗翻影风飒擖。惊烟灼火鼓迸雷，残血凝尘星转斫。稜稜[3]赤手胆慑鲸，焱焱红巾种除鹘。后车颠踬枭獍潜，前旌凌轹卒旅□[4]。须臾贼来益暄哄，密羽蔽空刃坚轧。怒马盘拗蹄骤掀，苍鲸腾舞齿争齾[5]。含沙猝遘蜮[6]弩勾，藏鳞阴抵穴蛇窫[7]。钲鼙寂寂尘不嚣，骑卒纷纷气为□[8]。君独被甲挥短兵，十荡十决勇无猾。须髯上磔镝陷胸，沙石倒飞锋中锻。裹创再战意惨懔，奋臂一呼力振刷。左攻右拒劲披翼，尺裂寸皴痛忍疕[9]。残燐朔野幻吸嘘，怪鸟中天謷啾嘎。植尸耻作犬羊仆[10]，努目不为晋秦耻[11]。相当魂魄委陨时，精气犹能逞□[12]刮。煌煌天语褒荩忠，将军英毅互颃颉城守方君纲同死。我为红桥哀，壮怀感碣磍。誓鬼亟当帅魑魅，歼寇无为赦蜻蛰[13]。俘馘牵逮神所羁，醢糜弃置兽侧齾[14]。它年丹诏表墓门，酾酒重来荐椒椴[15]。

【注】

［1］红桥，位于今扬州瘦西湖南端，始建于明末崇祯年间，原为红色栏杆的木桥，后在乾隆元年（1736年）改建为拱形石桥，取名“虹桥”。孔尚任《答卓子任》云：“红桥乃邗上一徒杠，自阮亭先生宴集之后，遂成胜地。”孔氏《傍花村寻梅记》云：“维扬城西北，陵陂高下，多瓦础荒冢；唐人所咏十五桥者，已漠然莫考，行人随意指为此地云。地接城堙，富贵家园亭，一带比列，箫鼓游舫，过无虚日，溪流转处，一桥高挂如虹，谓之虹桥。自阮亭先生宴集后，改字曰‘红桥’，而桥始传。”

［2］钟小亭，道光十七年（1837年）举人，咸丰三年（1853年）阵亡于瓜洲（今属江苏扬州），追赠为知府内阁中书。近代扬州人臧穀《劫余小记》记载：“先生讳淮，丁酉孝廉，家于

红桥。时出挠贼，瓜洲贼颇畏之，咸丰三年阵亡于瓜洲。”道光年间《补注洗冤录集证》四卷目录末镌“内阁侍读衔中书舍人江都钟淮小亭甫校刊”一行字。

[3] 稜稜，即“棱棱”，形容威严的样子。

[4] □，原字为“瓟”。

[5] 巇，本指牙齿锐利，后用以形容锋利。

[6] 蜮，传说为躲在水里能暗中含沙射人的动物。后常用以比喻暗中害人的阴险人或做法。

[7] 窾，洞穴。

[8] □，原字为“䶂”。

[9] 疷，疮痛。

[10] 犬羊仆，意思是狗和羊。常比喻任人宰割者，如俘虏、囚犯等。旧时对外敌的蔑称。《论语·颜渊》：“虎豹之鞟，犹犬羊之鞟。”

[11] 晋秦耻，指先秦时候的晋国和秦国与边地戎、狄等少数民族政权时有战争发生。

[12] □，原字为“凧”。

[13] 蛪，古书上说的一种像蝉而较小的鸣虫。《方言》：“蝉其大者谓之蟧，或谓之蝒马。其小者谓之麦蛪。”

[14] 鬠，野兽吃剩的东西。

[15] 椒榝，谄媚、奸佞之人。《楚辞·离骚》：“椒专佞以慢慆兮，榝又欲充夫佩帏。”王逸注曰：“榝，茱萸也，似椒而非，以喻子椒似贤而非贤也。”后遂以“椒榝”指谄佞之徒。

宋似山招饮寓斋罢酒偕似山乔梓许玉亭复之四宜阁看菊

前游花未放，今夕又同来。顿觉重畦隔，都能冒雨开。客心分水淡，凉意迟云回。应许婆娑久，疏钟莫更催。

太息花村路，重游更几时。烽烟催梦断，消息感秋迟。暂结闲闲契，同吟采菊诗。山僧知忆旧，残恨诉东篱僧语石新自扬州回。

玲珑仙舫[1]小饮看菊

秋风吹云云不住，秋花罥云云不去。乾红锦缬排清甆，客愁卷入花深处。玲珑仙舫陈绮筵，华星闪闪明灯悬。主人招客赋丛菊，一杯相属浇郦泉[2]。金铃对影重台夹，胆瓶注水摩鬖[3]插。柔枝屈曲蟠在空，霜气入簾寒欲压。去年九月倣橘时，叠罗戏和邹阳诗邹清旭。

君山痛饮逞豪宕袁松友，沉醉未肯抛金卮。今年花开忆狂客，海东路与黔西隔松友宦广西。芙蓉上江水潺潺，醉折芳华空自惜清旭回江西。离怀枨触参与辰，天涯望远劳吟身。况复烽烟蔽乡国，扬州花事如秋尘。空原黯黯无人见，喜值君斋启欢宴。迢递东篱选梦迟，繁英犹为馀情罥。秋花罥云云已归，秋云拂花花未稀。诘朝有约待重赏，莫惜当前酒共挥。

【注】

[1] 玲珑仙舫，不知其所确指。

[2] 郦泉，为菊花的代称。况周颐《霜花腴·彊村先生霜腴图题词》中有“彭泽秋高，郦泉花大，才知瘦亦寻常”句。

[3] 摩髹，古代传统工艺的一种。用漆漆物，谓之“髹”。

宿永安镇[1]

空外尘沙转，孤怀感不胜。朔风吹栗冽，骇浪警瞢腾。兴为寒醪减，愁因暮柝增。榜歌悽惋甚，辗转倚青绫[2]。

【注】

[1] 永安镇，今四川成都及山西临汾等地境内皆有永安镇，不知其所确指。

[2] 青绫，本意指青色有花纹的丝织物。古时贵族常用以制被服帷帐。北宋词人晁补之《摸鱼儿·东皋寓居》即有“青绫被，莫忆金闺故步”句。

游古寺

空簷曛黑瓦凝碧，经台昼静少人迹。老僧趺坐倚佛幢，瘦骨槎枒[1]如鬼瘠。古松矗立枝盘虬，日色惨白阴云浮。鼪鼯[2]窜伏穴枯幹，嚄唶吊影啼鸺鹠。然脂扪藓读残碣，下有前朝战死骨。寒燐黯闪灯焰青，空壁幽修语恍惚。我时意气难飞腾，寸肠转轂齿龤[3]冰。胜游未果历奇劫，吁嗟蹈险当自惩。

【注】

[1] 槎枒，本为树木枝杈歧出的样子，这里是形容老僧“瘦骨”。

[2] 鼪鼯，鼪鼠与鼯鼠，语出《庄子·杂篇》。

[3] 龤，即“啮”。

舟中读两当轩集[1]即题其后

客行长途秋思涩，箧中携有两当集。高歌挽入风雨声，时有愁怀增愊忆[2]。太白楼上华筵开，第一独步江东才。诗成合座击节赏，飘飘如见青莲来。青莲仙人不得志，走上燕台踏骐骥。秋风飒瑟黄金寒，依旧天涯叹憔悴。都门九月雪作花，侧身南望贫无家。一官丞倅[3]向西去，麒麟堕劫摧尘沙。尘沙蔽野关云黑，客里悲笳听不得。慷慨重吟敕勒歌，雄剑无声泪沾臆[4]。太行峻坂交双辀，君来行塞恣壮游。文星惨淡坠安邑，空馀奇气蟠清秋。我读君诗惜君遇，十年空卖长安赋。中条[5]埋骨怅未能君病中欲葬中条，凄凄重过兰陵路。兰陵古道剧销魂，猿鹤旧事愁谁论朱笥河[6]先生尝呼君与稚存[7]先生为猿鹤。早年膏馥乞灵怪，一篇投赠君文孙两当轩集黄仲孙赠。荪兰辗转伤凋谢，朝菌荣枯感今乍。倚歌更和竹眠词竹眠君词名，疑有潜灵答深夜。

【注】

[1] 两当轩集，清代阳湖（今江苏省常州市武进区）人黄景仁（字汉镛，一字仲则，号鹿菲子）所著。

[2] 愊忆，形容愁苦难解、忧愁不安的样子。

[3] 倅，古同“卒”。

[4] 臆，疑应为“衣”。

[5] 中条，指山西中条山，黄景仁三十五岁时贫病交织，客死于此。

[6] 朱笥河，指朱筠，字竹君，一字美叔，号笥河，世称笥河先生。清顺天府大兴（今北京市大兴区）人，乾隆甲戌年（1754 年）进士，历官侍读学士、安徽学政、《四库全书》纂修官、福建省提督学院等职。黄景仁作有《贺新郎·辛卯除夕呈朱笥河先生》一词。

[7] 稚存，指江苏阳湖人洪亮吉，其字稚存，乾嘉时期著名文学家，著有《卷施阁诗文集》《附鲒轩诗集》《北江诗话》及《春秋左传诂》等。黄景仁有《稚存归索家书》《稚存从新安归而余方自武陵来新安相失于道作此寄之》等诗。

唐　市

客程西望暮云昏，斜日维舟滞水村。警戍新愁喧鼓角时新设乡勇，迎神旧社赛鸡豚[1]。断崖卷石云无力，老树沉烟浪有痕。最是夜深寒不禁，兴来时复倒金尊。

【注】

[1] 赛鸡豚，古时祭祀土地神后乡人聚餐的交谊活动。南宋诗人胡仲弓《山村即事》诗

中有“稻田喧鸟雀，社鼓赛鸡豚”句。

北堰竹枝词

辽海平蛮凯奏旋，曾从此地驻戎旃[1]。路人解说前朝事，指点荒崖旧铗船地有铗船，相传为唐薛仁贵征辽时所造。

宝藏埋烟夜气缄，张王坟上草毵毵张士诚父墓土人呼为张王坟。怒霆下击潜龙死，何日披云启石函墓下藏镪甚夥，乡人伐之辄迷其处。

北极殿前春草青，星旗飐影羃空庭。神灵解与消兵劫，地下蚩尤梦亦醒张士诚起兵时拟于北堰营建宫室，今其地改为北极殿。

赪紫[2]春开选佛坛义阡寺牡丹春时开花极盛，瞿昙[3]一洗旧清寒。李唐旧事无人问，逐队都来看牡丹寺唐时所建。

明明秋月晚生寒，终古嫦娥怨影单。偏是西明桥下水，一重圆作两重看桥下月有双影。

南闸北闸相间开，中分一线海东雷。草船过尽榜歌接，犹有盐船上闸来。

【注】

[1] 戎旃，本指军旗，后用以代指战事或军队。

[2] 赪紫，形容牡丹花开红紫相间，颜色绚烂。

[3] 瞿昙，释迦牟尼姓，亦作佛的代称。这里应是指佛寺义阡寺。

盐场新乐府

盐船泊

盐船泊，浅浅波，横云十里闲相过。西风一夜吹愁漾，可惜盐多增怅望。盐船女儿娇如花，缭绫双袖霏红霞。去年有盐眷芗泽，今年无盐强欢剧。欢剧中宵暗愁绝，纷纷暑路盈霜雪。漉沙搆白丁灶忙，篙师倚醉眠桁[1]樯。但看琼屑量分斗，不见珠华载满仓。忽闻倡导盐船喜，江头讵奈烽烟起。烽烟起，朝来仍泊横河水。

【注】

[1] 桁，梁上或门框、窗框等上的横木，引申为横木的泛指。

牢盆愁

洪鑪扇影波熬素，万灶喧阗海东路。惊风卷起光熊熊，愁喳牢盆向谁诉。盐堆丛立云气圜，卑者囷廥[1]高者山。今年贼来江岸断，纷纷海客豪赀散。屑琼平市无人收，积雪飞霜枉增叹。山重重，囷廥封，漉沙又见华脂浓。灶丁日抱牢盆哭，官来尚嫌额不足。按斤较鏾[2]有定程，责令吏胥严火伏。火伏勘簿无停留，印珠增益牢盆愁。牢盆之愁尚如此，呜呼灶丁可知矣。

【注】

[1] 囷廥，原指一种圆形的谷仓，这里形容盐堆的形状。

[2] 鏾，同“镦”，煮盐用的敞口浅锅。

都转来

前旌轸轸都转来，后骑軿磕[1]尘为开。戟门兵仗连云徙，都转衙前静如水。吏胥抱卷牍，下令征属官。迁延进丹揭，参罚无或干。冷商弃家避兵出，盐引不行增叹息。琅珰四匝喧爪牙，勒赎黄金少颜色。黄金入橐饱有馀，一官盐法兼河渠。枭徒夥结置弗问，帑项[2]不恤公家虚。都转来，房老贺。银烛辉辉倚象床，夜深潜拥花枝卧。

【注】

[1] 軿磕，也写作“軿礚”，形容车骑众多的声音。

[2] 帑项，国库的钱财、款项。

私枭集

私枭集，官引停，排云百里惊雷霆。雷霆破险卷风去，艒船载盐闪如雾。淮南梗塞猰貐来，挟赀大贾增徘徊。海东健者负大力，霜雪棱棱洗寒色。汊河[1]折转泰填[2]行，戈矛森立骄残兵。都转高衙下飞札，巡缉饬属严为程。官来缉巡恣游衍，鬼蜮何辞面有觍。寒飙冽冽场灶愁，官引积滞空烦忧。官引停，私枭集，凭高一望盐如山，多少残商向盐泣。

【注】

[1] 汊河，河流被沙洲或岛屿分成两股或两股以上的水流，其宽度、深度和流量较小的称作汊河。

[2] 填，堤塘。

卖食盐

盐引不行，都转命於泰州、东台、兴化三处听商贷卖食盐。嗣以私枭充斥，食盐无利中止。

寒威磔人丁露肘，琼屑连云积如阜。官来有示卖食盐，商灶[1]犹疑吏胥走。场衙出运票，剖印如合符。额斤限四十，定例无或渝。淮南一百六十八万引，一引未销遘奇窘。冷肆寂寥门不开，开门惟见盐盈堆。盈堆之盐势午午，枭贩通衢横於虎。公私两税赔垫[2]难，即市食盐亦无补。寒威磔人丁灶来，揞拄无术增烦哀。烦哀增，寄长喟，盐堆空自高，不作台避债。

【注】

[1] 商灶，明清食盐生产组织之一。系商人投资盐场并雇灶户、灶丁煎盐者。始自明代中叶，嘉靖、万历时期渐盛，明末清初益盛，持续至乾隆时期。

徵折价

残烛无膏焰销桦，官书匆促送深夜。官来折封魂欲飞，为佐军需徵折价。折价银，徵在官。盐引滞，官未完。官未完，愁欲绝。夜不寐，廑参揭[1]。朝呼计吏来，检簿同徘徊。商市例规索语吃，踌躇引费今年不。空文转覆驳饬邀，权宜防堵筹支销。一分给口粮，一分备衣械。馀银闪射苦未能，质库从容典衣解。典衣解，栗冽愁，淮南战伐何时休。战伐不休费益剧，公项勒提无处索。

【注】

[1] 参揭，即“揭参”。弹劾的意思。

场收课

都转饬通泰各场募商市盐引课，就场收纳，随时报缴，以免商人上兑之费。

场收课，场收课，促场出示广宣播[1]。江海掀尘浪接天，罴貔阻绝旌旆悬。商来市盐替灶守，商不市盐课何有。朝来都转官书下，促令盐船运东坝。中途倡导未敢行，画饼无成论潜罢。场官衙署开，日夕闻叹唉。都转有才使官慑，都转无能令商摺[2]。商不摺，盐不销，霜雪叠丰飞空遥。霜雪飞空化无术，场课凭虚问谁恤。

【注】

[1] 譒,传布。

[2] 摺,即"折"。

商坎桶

商去闭肆门,寂寂尘不喧。商来坎盐桶,凄凄心亦憯。自春至冬盐不行,淮南日日愁贼兵。灶丁[1]给粮吏徵费,左右支绌[2]徒烦萦。海东路,海贾断,募商市盐语亦谩。咄哉此桶无用时,卓立森竖为人訾。北风吹愁愁正急,桶不能言桶欲泣。昔时量转助君筹,抛置无端咽尘涩。抛置奚所哀,琼屑空盈堆。盈堆琼屑无人问,桶亦唧愁结幽愤。

【注】

[1] 灶丁,旧称煮盐工。

[2] 支绌,成语"左支右绌"的简称,指款项不足或经费缺乏。

题许玉亭桃花画眉梅花绶带图

玉亭别篆寿眉,嘱刘研农奂绘图志之。雅谜双参,隐含吉谶。癸丑冬,出图索诗於余,因即寿眉二字戏仿连环体以为颂。

云曳绮,霞染脂,招曼倩,分西池。弄晴色,东风吹,护花鸟,催画眉。画眉声里韶枝茂,华萼重重结春昼。锦帧[1]新开染绛纱,拟代蟠桃为君寿。

霞蕊横,粉云绣,披琼英,香掩褎[2]。罗浮春,入文囿,翠翩翩,带名寿。寿带翩翩罥影迟,清声啼彻最高枝。画图预为调羹兆,更补新诗颂介眉。

【注】

[1] 帧,丝织物。

[2] 褎,即"袖"。

寒月

云静天如水,中庭生夜寒。路长乡思远,霜重客裘单。惨淡烽烟隔,棲迟岁月阑。空囊归有待,愁绝倚栏杆。

美人采花图

花城洗露彤云晓，碎玉摇风謦啼鸟。明霞艳艳霏红脂，隔断芸畦香梦远。美人睡起娇思含，晨妆贴镜盘玳篸[1]。襳髾[2]旖旎雾吹縠，印莲窣地携筠篮。筠篮背掩弄纤影，绣幕参差眷韶景。珊雪团珠绛剪绡，麝熏沉水秾华冷。重台竝[3]萼怜芳菲，约钏钩金香拂衣。麹尘飐飐下幺凤，残照黏痕钗翠重。百尺游丝前路横，疏杖斜拂背花行。胆瓶泻月井华湿，槛外屏山画不成。

【注】

[1] 篸，古同"簪"。

[2] 襳髾，古时女子的妆扮。襳，女性上衣用作装饰的长带；髾，女性上衣的装饰，形如燕尾。

[3] 竝，即"并"。

寒夜杂诗

孤琴莫上絃，上絃难为音。孤剑勿倚壁，倚壁难为吟。钟期[1]既已逝，薛卞[2]匪在今。千秋抱幽愤，辗转伤寸心。

虚牖鸣尖风，窗纸作寒色。毛脱感敝裘，严威禦[3]无力。凄凄霜气侵，沉沉月光黑。浊酒资馀温，夜深不能得。

蛰虫避深穴，倦鸟栖故枝。峭寒逼群动，退息靡所差。转蓬滞东海，迁转无定期。孤怀痛沉郁，肠断游子诗。

游子抱孤怀，时有百忧集。岁债迫蝟毛[4]，空囊太羞涩。徘徊眂空囊，苍凉卷愁入。欲归归未能，朔风时正急。

朔吹盘虚空，消息故乡愕。奔腾畏骇兽，兵来惧剽掠。穷悴行无资，聚息复谁托。感此眷中肠，颠危凛矰[5]缴。

矰缴虞颠危，碾愁转车毂。军书多誓言，空城侈恢复。专阃无雄才，贪功乃非福。战骨埋荒原，茫茫杜陵哭。

杜陵郁崔嵬，端策误灵繇。江湖念兢凌，岁月感奔骤。刺促不忍言，逐事成诳谬。楚楚衣与裳，蜉蝣乐昏瞀。

昏瞀洗残梦，寒辉白如雪。古愁荡虚空，身宫遘磨蝎。夜气今湮沉，兵尘未销灭。惟期葆素守，无或渝晚节。

【注】

[1] 钟期，即钟子期，这里代指知音。

[2] 薛卞，古时善于鉴定刀剑的薛烛和能够发现宝玉的卞和的合称。后比喻善于鉴识和发现人才者。

[3] 禦，即“御”字，抵挡、抵抗的意思。

[4] 蝟毛，即“猬毛”，本指刺猬的毛，后以此形容众多。

[5] 矰，是古代用来射鸟的拴着丝绳的短箭，因拴着丝绳而能收回再次利用。后来泛指短箭。

宋似山寓斋小饮夜归

斗室严威逼，寒醪遣客情。味增霜鲫鲙，名艳水凫羹。浩劫悲生死，新愁警甲兵。何时买孤棹，重去问芜城时拟专人回扬。

深巷门扉掩，欣闻瘦沈来时沈钟华[1]适至。煎茶重泼乳，邀月共衔杯。坐久更频转，情阑烛已灰。板桥人寂寂，孤影自徘徊。

【注】

[1] 沈钟华，姓字、家世及生平不详。

送庞英伯之扬州访姬人消息

一棹送君去，天涯将岁阑。孤城兵火后，长路雪霜寒。别恨催愁迥，惊魂引梦难。桃根[1]有消息，莫更泪汍澜。

【注】

[1] 桃根，与其妹桃叶均为东晋王献之姬妾。后多借指美女、歌伎或所爱恋的女子。此处代指庞英伯姬人。

冬日张瑞亭邀同宋似山杨幼樵庆来访静[1]上人

出郭迎北风，寒深冻云合。循幽转前崖，叩门警飞鸽。僧房气虚静，尘沙洗纷杂。香雪浇天泉，高论逞禅榻。景阳析妙旨，推数资问答。我生支幹衰，臬劫[2]遇合沓。岁暮眷空囊，穷愁感萧飒。苍茫望乡树，兵氛洗残腊。辨煞[3]术未娴，言归意徒唈。会参百中经，重来诣云衲。

【注】

[1] 此处疑脱“涛”字。

[2] 枭劫，劫难的意思。

[3] 辨煞，煞，迷信的人指凶神恶鬼之类。这里的“辨煞”应是泛指分辨凶吉、趋吉避凶之意。

消　息

消息传天外，重城四面开。不偕诸将入，独拥一军来。剧喜兵氛扫，谁为战骨哀。元戎高帐里，专阃信长才。

诘旦严军令，重闉禁客行。朘削膏血痛，搜括鬼神惊。将略愁贳急，兵威报国轻。书勋膺上赏，忠孝负家声。

雨啸风嗥里，循城感去留。拼教皮骨尽，仍抱虎狼愁。避险兵如冦，无功将亦侯。不堪南望处，烽火尚瓜州。

太息参军赋[1]，怀愁念故乡。阴崖潜虺蜮，残劫懔冰霜。民命沉骄帅，君恩恤上方。何时重激发，一为洗欃枪。

【注】

[1] 参军赋，即南朝作家鲍照所作《芜城赋》。

题黄小筠游僧托钵图

大千散尘沙，慧相证因果。馡馡青莲界，幻出石中火。孤根寄天地，历劫遭坎坷。颉雉鷃呼斥，睎骥蹩躄跛。纤纩影撇难，所遇輙乘左。苍茫东海云，旅食计亦琐。兀兀参枯禅，百忧竞繁夥。青桂然黄金，虚橐增懡㦬[1]。奔腾届暮岁，毛蝟逼韁锁。打包滞天涯，行脚转未可。君来指迷津，披图感无那[2]。华轮闪泡影，髣髴见真我。

【注】

[1] 懡㦬，形容羞愧的样子。

[2] 无那，无奈，无可奈何。

抚松听泉图

浓荫围云满，飞涛送远声。孤怀寄泉石，残韵洗琴筝。空阔涵真趣，盘桓证旧盟。惟应陶靖节[1]，俛[2]仰谢烦营。

【注】

[1] 陶靖节,东晋诗人陶渊明。

[2] 俛,同“俯”。

遣　兴

素月侵寒欲化波,空阶留影共婆娑。诗缘写意何嫌淡,酒为浇书不厌多。且与竹梅分北墅,莫将瓶钵感东坡。夜深冷逼霜华重,残橘留香带醉搓。

梦琴轩诗抄

卷一

丁巳孟冬月彝舟弟徐鼒读

盖自天下人言诗而诗上矣，古人有不容已之心，旁薄[1]郁积而发之於诗，非假是以广交游而猎名誉也。故两汉魏晋士大夫之以文学重者不必人人能诗，齐梁以还，经术衰而词章竞。有唐继之，作者代兴，其为诗也，言之有物，发之成章，本之风骚以导其源，旁涉乐府歌行以畅其枝，流览百家以穷其变。然而代不过数人，人不过数篇，自夫慆[2]心佚志流荡而不知止。连篇累牍风云月露之词，一唱百和更仆难终，而诗教於是乎衰矣。鼒心焉惧之，故与海内怀椠[3]握简之士、耽著述而能文章者莫不执手缔交，而言诗之士盖寡。非要言诗也，要夫今之言诗者之有害於诗也。江都甘泉刘君云斋与鼒同年举於乡，汪纯卿编修、蒋叔起以部尝为予言其能诗，鼒谓是今之言诗者流而未之察也。今夏六月，云斋以部选为吾邑司训获修相见礼，见其蹩躠[4]於行，嗫嚅於口，粥粥若无能者。及读其诗，则渊乎莫测，质有其文，璀璨陆离，震荡心目。思古励志，则张衡、左思之制也；感时愤事，则少陵之歌行也；寄情声色、哀感顽艳，则徐庾温李之流裔也。可谓言之有物，发之成章乎！夫以云斋之能诗若此，鼒与同諠[5]二十年而不闻知，则云斋之不假是以广交游而猎名誉者亦可见矣。鼒少壮时颇知力学，不获交云斋以进吾诗。今发已种种，鞅掌四方，匠石在前磨礲[6]莫效灵修，伤来於迟莫听明日员[7]乎初心。则吾向日之严於取诗友者，适足益吾离群索居之过而孤陋独学为可愧，夫顾或以是不见弃於有道之士焉，则於予心终无悔矣。岁在丁巳仲冬月，同年弟六合徐鼒叙於三江口之舟中。

【注】

[1] 旁薄，即“磅礴”。

[2] 慆，消失、逝去。

[3] 椠，成语“怀铅提椠”的简称。椠是指古代以木削成用作书写的板片。后泛指文学活动或文学创作。

[4] 蹩躠，形容跛行或行动不便的样子。

[5] 諩，即“谱”。

[6] 礲，同“砻”。

[7] 员，同“陨”，丧失、失去的意思。

元日试笔[1]

莽莽乾坤岁转寅，梅花消息入元辰。祭诗已醒重渊劫，传座才过半月春。江海有情悬旧梦，干戈无定苦吟身。赍愁且尽春渠酒，莫使屠苏[2]更笑人。

【注】

[1] 试笔，练习书法。

[2] 屠苏，本指一种阔叶药草，与肉桂、白术等物可调合为“屠苏酒”。古时风俗农历正月初一饮屠苏酒以避瘟疫。

送稚山弟之馆

佳辰届人日，振牾[1]意不愉。弟行别我去，握眂增叹吁。暨阳[2]二十载，随侍为欢娱。官斋地偪仄，割舍羸藏书。晨夕事披阅，诙论言笑俱。元云迫奇劫，痛哭灵椿徂。挈迁转异乡，稍稍葺荒芜。剉志魄潜溃，鲋涸滋忧虞。挟策不见收，膺鼎委路衢。兵戈起江海，膏血磨牙须。屏当益艰窘，拓盋[3]东海隅。疮孔累千百，竭蹶为补苴。去冬逼除夜，始得归旧庐。征衣拭尘坌，馈岁烦懑舒。新春谢喧杂，美酒斟屠苏。骨月[4]悦清话，乐事增庭除。东风卷离绪，恻恻飞云孤。云飞不可驻，延望愁萦纡。丈夫不得志，乞米遭饥驱。性灵困伎鬻，文字供揶揄。钱刀气愿哄，卒起横相污。即事摘瑕垢，绐辱招须臾。高飞少惊溅，作赋如穷鱼。诳哉古人语，恶岁田砚无。所期奋长策，悲感随时祛。青毡洗寒陋，鄙仄惊侏儒。奇金耀神采，振拂蜚骏誉。毋安穆生醴[5]，致悼阮籍途[6]。

【注】

[1] 振牾，违背、抵触的意思。

[2] 暨阳，江阴的古称。

[3] 盋，同“钵”。

[4] 骨月，疑应为“骨肉”。

[5] 穆生醴，即成语“楚筵辞醴”，出自《汉书·楚元王传》。原指楚元王刘交为穆生准备的甜酒。比喻受到礼遇。

[6] 阮籍途，阮籍穷途恸哭的简称，典故出自《晋书·阮籍列传》。

李歗北[1]文学邀同陈云樵[2]何梅屋[3]布衣咏徐梦花[4]广文椽集甘棠[5]学舍小饮

朔风作雨云阴阴，孤怀岑寂耽苦吟。诗成一枕清梦熟，故人折柬纷招寻。高斋置酒启华宴，春夜沉沉激雷电。天公沛泽敷甘霖，合坐喧謼[6]剧欢抃。吾生醽醁[7]遘气醺，小户不足张一军。养生齐物旨未晰，和劲辨义徒纷纭。陈侯狂饮气豪放，入手百觚无与抗。长鲸倒吸春渠空，天外渴龙增怅望。酒酣高论惊四筵，少年豪兴夸腾骞。短衣匹马出塞去君从毓公德出北口，放歌杜老长陵篇。雪山缭白盐池赭，朔吹萧萧大旗下。十斛葡萄醉飞斝[8]，黄麘饮血校猎归。归来佐幕游戟门，蛮府遣兴娵隅春。去年避地艾湖上，西南莽莽横兵尘。兵尘满地归期误，猰貐磨牙断衢路。高节翻遭薏苡谗去岁事有诋之者故云，天涯慷慨从谁诉。我闻此语意凄激，槊云惨澹空堂羃。茫茫身世抱古愁，五十功名伤伏枥。海东地僻鷦无枝，连云广厦觅已迟。文章历劫鬼神妒，浇愁且复倾金卮。金卮轻饮舒怀抱，促膝清谈慰潦倒。一军白苏喧残更，觱篥催人归去早。归去闲街踏雨行，相醪后约记分明。明朝鸥鹭翻飞去，湖上重增望远情。

【注】

[1] 李歗北，家世及生平经历不详。

[2] 陈云樵，家世及生平经历不详。

[3] 何梅屋，家世及生平经历不详。

[4] 徐梦花，家世及生平经历不详。

[5] 甘棠，扬州邵伯镇古称。

[6] 謼，即“呼”。

[7] 醽醁，古时酒名。

[8] 斝，古代饮酒器，形状为圆口，平底，有三足。

太　息

幻境纷纷一刹那，乾坤福仄劫同过。含沙负弩情逾险，载鬼张弧象亦多。直拟奇形肖魑魅，剧怜遗孽尚干戈。江乡寥落悲生计，太息重听贝锦[1]歌。

才闻贝锦赋匆匆，手策奇赢较算工。不分死生争蚌鹬，又将得失竟鸡虫[2]。浮生纵许微尘界，人事终於一梦空。自幸青毡留故物，未妨人笑范丹[3]穷。

【注】

[1] 贝锦,指像贝壳纹路一样美丽的织锦。

[2] 得失竞鸡虫,即俗语"鸡啄虫,人食鸡"。本指事情得失难以比较。后比喻得失循环而无定论,无关紧要。

[3] 范丹,指范冉,东汉人,清贫自守。《后汉书·独行传》中有载其事。后以"范丹"指代贫困而有操守的贤士。

二月十六日奠墓作

重云羃春愁,黯黯云不开。白杨风萧萧,併作松楸哀。裴徊[1]顾邱垅,痛折心亦摧。自我姤崩坼,忧患为身灾。三年滞东海,乞米滋嘲诙。春秋阙蔬黍,霜露增叹欸。缠思入沉寐,魂梦夜致猜。百龄倏忽耳,岁月阴相催。太息蓼莪诗,衔恤嗟瓶罍。何时勒阡表,阐德蟠崔嵬。

蓼莪既茕哀,剖瑟亦增痛。空原飒悲风,白日掩寒雾。凄凄灵树双,龙蛇劫交送两内子一以癸巳卒一以甲辰卒。坯土埋春愁,幽宫并一梦。蜉蝣寄孤尘,哀悼托吟讽。旁皇[2]靡所棲,含茹谁与共。十万无俸钱,斋奠只虚哄。期为春蚕化,同兹茧入甕。

东风入榕阴,凄凄语幽咽。灵輀[3]厝浮尘,阴屋掩茅蕝。江南三百里,待期閟幽穴。生存偭蔗盟,缄恨寡愉悦。孤花不禁春,三年泉路绝。幺絃[4]激以哀,残魂痛飘瞥。悄悄漆灯明,黯然心屡折。惟持金石誓,庶弗异生灭。

【注】

[1] 裴徊,即"徘徊"。

[2] 旁皇,即"彷徨"。

[3] 輀,古丧车,载运灵柩的车。

[4] 幺絃,即"幺弦"。原指琵琶的第四弦,后用以代指琵琶。

春日偕徐荫嘉玉树过宝公堤[1]望南湖春景

东风吹梦欲何之,湖上春光极望时。雨水夹云青入画,一堤分柳绿成丝。渔舟网晒长桥晚,鸥浦花霏落照迟。惆怅天南兵未解,隔林鼓角迴含悲。

曾闻胜地集群花,画舫围云幙掩纱。二月春情减豆蔻,千金水肆听琵琶。无端好梦云烟散,胜有闲情绮丽夸。日暮相携还一笑,却从何处问庐家。

【注】

[1] 宝公堤，旧址在扬州市江都区邵伯镇。

天然茶社与膏庵先生诸汝贞[1]元錡话近事

天外飙轮岁月催，尘沙流转感摧颓。春愁已向干戈老，战气难从霹雳开。辗转芳时徒有恨，苍茫遗垒迥含哀。朔方昨日军书到时有收复连镇信，且共抒怀畲酒杯。

羽檄朝闻大府惊，遗民有令促徵行。铸金才鼓重铲橐，筑丘旋兴千里城。不为群黎忧性命，只凭一将博功名。崇墉恢复无消息，传警新增翼卫兵。

一军凛凛待登坛，闻说摧锋胆亦寒。上策促搜财虏易，奇功欲奏醸王难。酒兵斗力雄心减，鼓吏传更醉语谩。太息九重焦虑急，何时燧火报平安。

慷慨难平意气麤，春来百感更萦纡。吾侪去住忧巢燕，世事凄凉吊屋乌。话久忽惊催雨阵，愁深稍复试云腴。东风指日扁舟去，景物重烦诔北湖时膏庵将之僧道桥[2]。

【注】

[1] 诸汝贞，家世及生平经历不详。

[2] 僧道桥，即扬州市邗江区公道桥。清嘉庆《扬州府志》引明万历《江都县志》曰"有僧道桥镇"。相传名为清中叶扬州著名文人阮元所改。

赵春畦[1]招饮中置膏庵先生歌少陵闻官军收复河南北律一章[2]感而有作

东风吹老春将半，花信番番鸟啼换。赵生慷慨发豪兴，折柬招邀日逾旰[3]。众宾肆饮呼酒尊，肴核错还鲜肥陈。分曹角胜战挑拇，促席较白[4]酣精神。须臾酬献礼初遍，嘲赠不闻客怀倦。大声喧激畲四筵，醉龙陡起眼花眩。初闻屈郁为低昂，中间镗鞳风浪浪。乾坤放胆助豪气，海山长啸惊鸾凰。当时南北兵尘会，消息传闻靖征斾。江山阻绝归有期，愁喜无端生剑外。先生避地棲乡闾，俛仰局促如辕驹。黄金燃桂胜空橐，赤手未克苍鲸驱。抚时触事气纡塞，江海烽烟障尘黑。当筵击节感平生，独抱杜陵忧恻恻。昨闻北道趣阵跳，槛车徵送军围枭。天兵剋日卜南下，犬子剥割熊罴骄。坚城大郡洗烟雾，碧树璇渊痡前度。归来觅得草堂赀，家室经营尚如故。劝君酒，歌莫哀，霑襟[5]望远胡为哉？会当沽饮虹桥市，踏月狂歌醉一回。

【注】

[1] 赵春畦,姓字、家世及生平经历不详。

[2] 少陵闻官军收复河南北律一章,即唐代诗人杜甫所作七言律诗《闻官军收河南河北》。

[3] 旰,指天色晚。

[4] 较白,拼酒、喝酒的意思。白,即酒杯。

[5] 霑襟,即"沾襟"。

北湖[1]歌送范膏庵明经

北湖流水春潺潺,中有沿洄不尽之波澜。琉璃泻影荡空碧,送君孤棹东风寒。前年君返棠湖住,烽烟望断扬州路。我方铩羽燕台归,衰落相逢互朝暮。君时意气�硉[2]消,五岳划削盘胸牢。俯看世事不称意,品量荚莽驱烦嚣。北风十月蜻蛉[3]买,我将作客渡东海。君来慷慨赠我诗,乞米无端增磊磈君赠行诗有饥来索米不堪论句。东坡仙去七百秋,山石断印人间留。当筵索我赋长句,鹤峰写韵穷雕锼君藏长公印一方,余为赋七古。新词赠畣闻清吹,风雨苍茫结遥思。纷纷萍梗促回波,握手惊看感憔悴。今年我谢鷦鹩枝,乡闾埋影慵惰嗤。欃枪在天地荆棘,矫首四顾叹尘缁。桃花艳艳春色好,瓯雪斟春卷怀抱。闻君治行行有期,剑戟森芒梦魂恅。丈夫壮岁龙可屠,姓名卓跞蜚通都。飙轮迅转迫衰晚,割云捋雪憎牙须。星辰占筮诎贫贱,横抱膻腥不知羡。麒麐[4]入手嗟何人,独抱陈编坐忘倦。陈编兀兀凋残年,金银夜气飞如烟。监河贷粟问何处,不如去索傭书钱。吁嗟傭书计虽拙,较甚睫眉伺承□[5]。干戈扰扰栖吟身,火灼水漂梦俱绝。我为君歌行自伤,豨膏滑滑毂滞方。蓬蒿蹭蹬[6]鷃藩笑,未能决起抢榆枋[7]。北湖潺潺浪云起,君行转入烟波里。征帆罥影归何时,缥缈春愁化湖水。

【注】

[1] 北湖,位于今扬州市邗江区北郊。

[2] 硉,山石高耸、突兀的样子。

[3] 蜻蛉,即蜻蜓。

[4] 麒麐,即"麒麟"。

[5] □,原字为"鞄"。

[6] 蹭蹬,原指路途险阻难行,后比喻遭遇挫折。

[7] 榆枋,榆树与枋树。比喻狭小的天地。

哀 沙 头[1]

朔云卷风髑髅语，怒霆无声压军鼓。大星溅血星不明，惊沙旋影中飞羽。沙头筑城御贼兵，贼来潜入禾中行。乌乌瘠箪蚁蜂聚，军卒窜散阴弗撄。地险弗撄贼兵薄，贼兵嚣哄民气弱。纷纷畚挶[2]飞在天，散入荒原哭声作。将军悍勇心为嗔，宝刀右截左搏人。坚围轧剟十荡决，威稜抗爽摧秋尘。尘埃飒飒蔽空黑，鬼阴伺人精气蚀。大呼振臂忽喑哑，身立掌云櫺[3]不踣。贼来攒击戈矛冲，霍忽剚[4]刃交其胸。当心膏血横披砾，瞰险播毒狼貙凶。中军传闻死绥烈，震骇不及为仇雪。百金购得残骸归，糜烂仅存骨如铁。我为将军歌，兼为将军哀，沙头白日飞阴雷。裹尸马革亦奚畏，奈何徒以遗蛇虺。同时太守有奇策，促卒潜行避无迹。灵旂在野下马拜，頫首[5]亟当森动魄。

【注】

[1] 沙头，今江苏扬州沙头镇。民国《江都县续志》记载，沙头镇“在县城东南，当沙河出江之口，其南即大夹江，东接再兴洲。距城陆路三十里，水路三十五里”。

[2] 畚挶，盛土和抬土的工具。泛指土建工具和土建之事。

[3] 櫺，直立着的枯木。

[4] 剚，用刀刺进去。

[5] 頫首，指低头。

闻官军收复连镇冯管塍[1]窜匪剿除亦尽贼首李开方[2]槛[3]献京师喜而有作

檄羽凌风急，春愁喜破围。千军横朔气，一镇斗兵威。防解驱蕃马，村空闪将旂。妖星歼灭易，收复此先幾。

闻道高唐野[4]，王师振旅严。电飞沙蜮夭，火逼鼎鱼燅[5]。车槛催尘迅，梃霜[6]被甲铦。祲[7]氛春扫荡，闾井庆安恬。

战气和斗靖，颁恩虎豹行。敕勋膺上商，封爵拜名王。蚁穴天西震，狼兵塞北强。南征诸将帅，戈甲太仓皇。

痛哭荒原外，严疆未罢兵。风尘多惨澹，江海尚纵横。驰想中军旆，新移大将营。定应消劫运，同听愷[8]歌声。

【注】

[1] 冯管塍，位于今山东聊城茌平区冯官屯镇。

[2] 李开方，即李开芳，太平天国五虎上将之一。

[3] 槛，以囚笼关押、押运囚犯。

[4] 高唐野，即高唐州（今山东高唐县）。

[5] 燚，即“焬”。

[6] 梃霜，长木。

[7] 祲，不祥之气，妖异氛围。

[8] 愷，即“凯”。

月夜过斗野亭[1]看玉兰怀范膏庵

霏霏玉树画绡妍，洗尽铅华绮思捐。凉月浸堦清似水，春云写影淡于烟。尘沙未转残僧劫，薝蔔同参古佛禅。惆怅石湖[2]归棹晚，相思空负赏花天。

【注】

[1] 斗野亭，位于今扬州市邵伯镇，始建于北宋熙宁二年（1069 年），因其位置“于天文属斗分野”而得名。

周东邨[1]饭信图

高台矗淮水，衰柳青成翳。英雄历轗轲[2]，阨塞神貇[3]悽。敖仓十万汉家粟，饥来不足当一哭。南昌亭长小人耳，为德不卒亦何辱。淮水汤汤清且深，千金望报非母心。王孙富贵自有分，勿使骨相为消沉。骨相销沉伤駑骀[4]，乞米书成辞亦猥。烽烟南望正纵横，寄食茫茫感江海。

【注】

[1] 周东邨，即周臣（1460—1535），字舜卿，号东村，明中期的著名画家，吴（今江苏苏州）人。唐寅、仇英之师。

[2] 轗轲，同“坎坷”。形容困顿，不得志。

[3] 貇，“貌”的异体字。

[4] 駑骀，劣马、羸马。比喻庸才。

食笋戏作

摇落无端版亚骈，龉龃閒割闲云联。自惭嚼铁雄心减，犹共人参玉版禅。

山樱有伴共春留，风味郇厨[1]胜五侯。一笑诗吟馋太守，也应斤斧箨[2]龙愁。

【注】

[1] 郇厨，也称为“郇公厨”“郇国厨”，指盛宴。

[2] 箨，竹笋外层、外壳。

五月二十二日接梅屋宿迁信作诗志感兼怀玉亭

客怀契天末，故人诒我书。书词极谆挚，叹叙如其初。所悲意纡蹇，夜气金银虚。昌黎幻五鬼[1]，相约潜聚庐。旧巢入梦寐，梦寐依荇湖[2]。颇嫌事迁徙，艰局意弗愉。左倓隶新邑，疮孔烦补苴。西江未及决，分润沾沟渠。卒瘏[3]累家室，剉[4]志感壮夫。微生处贫约，羊瘦刲[5]血无。遭时互坎懔，穷鸟怜枯鱼。郁郁积愁思，怀抱未获攄[6]。嗟哉阿堵物，膏血为众愚。尘浊易相溷，逐臭非虫蛆。海东许丁卯，奔走鲜定居。作诗讯劳悴，望远增唏嘘。

【注】

[1] 昌黎幻五鬼，中唐文学家韩愈散文《送穷文》中有“智穷”“学穷”“文穷”“命穷”“交穷”，并说“此五鬼，为吾五患，饥我寒我，兴讹造讪，能使我迷，人莫能间，朝悔其行，暮已复然，蝇营狗苟，驱去复还”。

[2] 荇湖，即荇丝湖，位于今扬州邵伯镇内。

[3] 卒瘏，卒同“瘁”，指劳累而致病。

[4] 剉，同“锉”，挫折、折伤的意思。

[5] 刲，割取。

[6] 攄，原意为以手约物。此处引申指施展(抱负)、伸展(志向)。

蔆[1] 花 曲

蔆叶攒刺蔆盘员，半湖种蔆蔆作田。晓风吹雨荡花气，美人贴镜容华妍。容华写影春遥夕，淡淡蘋波浸芗泽。画里轻绡粉罥丝，湖云一片凉痕白。

【注】

[1] 蔆，同“菱”。

盐 船 词

商贩停消海灶寒，纷纷搬运费艰难。侬家购得场衙票，许把私盐派作官。

大府喧喧揭示过，一官一卡截私河。可怜官税抽无几，榷勒[1]新增费较多。

大船载盐盐票加，小船载盐盐算艖。何时释取牢盆禁，渤海盐池贯汉家。

江海漫漫尘接天，西南兵气阻戈铤。归来且自抛霜雪，东海闲分种蛤田。

【注】

[1] 榷勒，即“榷场”意。

村居杂兴

客意村居适，翛然结古欢。芍栏朝洗露，中阁夏生寒。地僻衣裳懒，身闲礼数宽。孤云不归去，倚树自盘桓。

绿荫书堂满，招凉短榻支。蝉鸣风过早，蜨[1]化梦醒迟。订误新编雅，陶情屡赋诗。一瓯闲试茗，香篆罥晴丝。

得暇寻幽去，清吟趁夕阳。风攒菱叶卷，水浸稻花香。港口徵盐税，桥头聚野航。深林行不尽，新月照微茫。

此地氛埃少，闲怀寄浩歌。病消占勿药，愁定喜无魔。烽火兵尘远，桑麻野趣多。买邻知有贾，百万问如何。

【注】

[1] 蜨，即“蝶”字。

殒 珠 曲

夏日阅《千金笑》传奇，感磬儿[1]事，作殒珠曲。

孤云历尽情天劫，判醒氤氲散飞牒。缥缈青山冢瘗鸳，惊魂转向吴阊怯。吴阊旧路玉人家，移近秦淮水一涯。触绪清溪萦断梗，伤心匽溜[2]送飞花。飞花辗转教歌舞，罗绮新声羞媚妩。换作参军回鹘装，美人气藉英雄吐。吐尽英雄气不平，污泥种藕惹闲情。窗前栀子同心识，何日文萧[3]许缔盟。天涯有客寻秋熟谓詹鳞飞，金粉灵缘未能卜。爱住卢家玳瑁梁，销魂巧傍花间宿。双艳飞来瓣印莲，掀簾小语致缠绵。良期虽滞双星约，慧眼潜通一顾缘。缘深缘浅从谁说，曲部球场莺啭舌。才喜樱桃浅笑逢鳞飞赠磬诗云乍喜樱口开，又惊芍药新词咽。黯黯新词翠掩颦，果然苏小[4]是乡亲。殷勤预订重来约，莫负莺雏薄命身时磬避喧寄居城北与鳞飞订过访之约。翌日招携过城北，枇杷门巷铜环侧。金笼鹦鹉[5]解呼人，相见依依沾泪臆。泪雨凋红惨不舒，愁肠百结罥丝如。灯前密语媒呼雉，花底盟心胜托鱼。坐中佳客怜眉黛，亲下金环为插戴王念丰[6]赵开仲[7]怜磬娇慧以紫金小环为之插戴。两两黄衫作证盟，鸳鸯替伴相思塞。笑笑连旬雨梦娇，青袍展晤共深宵鳞飞赠磬诗云扑朔雌雄岂易描青袍相对坐深宵。哪知赌酒藏钩[8]夜，已是空江上暮潮。暮潮江上催离思，精舍羁迟意如醉时送别攝山精舍[9]。怅望闲关去别遥，当筵誓语分明记。誓语分明石比坚，莲台稽首忏前缘。从今缟练西风里，不共桃根斗绮妍。郎归银鹿传芳讯，緟阅平安烛初烬。太息蚕丝苦萦秋，角张五六华凄蕣。芳蕣凄凄抱怨深，城西画计费沉吟。离婚须幻词人券，赎女图归囊日金磬父居苏城西鳞飞归往访之为画计如此。谋成未定书先发，诀绝伤心愁刺骨。阿父传言慰寸私，柳梢熨展初三月。剧奈阴谋假母语，海棠别聘岫云憨。湘波坠雨衫飘叶，膏馥沉烟死亦甘。河滨营救欣无恙，南去蘼芜增怅望。落籍惊传判郑容[10]，还家自信消情障。金钏罗衣置未收，横江慷慨放扁舟。填波幸免重渊患，胠箧旋遭永夜愁磬江中遇风遇盗病由此作。梨花瘦小桃脂弱，旧恨新愁减欢乐。故国江山痛再逢，可怜一病缠娇萼。娇萼沉绵病久淹，曲房幽邃畏风尖。萧郎虽许重相见，只怕空花镜里拈。情悰离合魂迷倩，怀袖殷勤出纨扇磬病甚鳞飞往视之出纨扇一柄曰此前所题赠诗扇也。宛转诗篇忆旧题，定情钿盒春同恋。钿盒萦痴感未胜，微微细语飐秋灯。夜深诉尽三生怨，絜果兰因[11]益自憎。桂宫辗转寻消息，一霎因缘冷香国。死后终当报雀环磬临死脱条脱付母曰儿生不能报郎郎来可以此示之明儿将衔环地下也，生前枉许偕鹣翼。孤坟蠲吉卜桐泾，黄土埋香断雨零。片石缄情题小字，红心中长梦难醒磬葬阊门外桐泾里鳞飞题石曰女郎姚掌珍墓。瘦沈[12]编词年正少，千金为谱无双调。过眼争知玉化烟，登场犹见花含笑。箫管徵歌托渺茫，湖村读曲昼生凉。借他忉[13]利三霄恨，触我低徊九转肠。回肠萦转悲明誓，一树榕阴掩斜翳。太息朝云传未镌，年年春草生尘輚[14]。悼逝伤离愿已灰，空阶落叶逈含哀。华年销歇孤芳尽，空忆明珠入抱来。

【注】

[1] 磬儿，指姚磬儿，乾隆年间南京的昆曲名伶。清代方志《婺源志》“詹应甲”：“（詹应甲）应试白门时，暱女伶姚磬儿。磬儿本吴人，谋归吴事应甲，志未谐而卒，应甲哀之，以三百金市其柩归，葬于虎邱再来亭之西隅。王夫人曹墨琴志其墓，沈起凤为谱《千金笑》传奇，付之乐部。”

[2] 匽溜，水沟、水渠。

[3] 文萧，即彩鸾文萧典。本事出自晚唐时裴铏所著《传奇》。

[4] 苏小，即苏小小，据传为南朝齐时名伎。《玉台新咏》中载有南朝民歌《钱塘苏小歌》：“妾乘油壁车，郎跨青骢马。何处结同心，西陵松柏下。”唐代诗人李贺亦作有《苏小小

墓》一诗。

[5] 鹦䴍，即“鹦鹉”。

[6] 王念丰，即王芑孙，其字念丰。清代文学家、赋论家，长洲(今江苏苏州)人。乾隆五十三年(1788年)召试举人，任国子监典籍等职务，后辞官，任扬州乐仪书院山长。其诗文兼长，最擅五言古诗，被称为“吴中尊宿”。书法风格遒厚浑古，被称为三百年所未有。著作有有《碑版广例》《楞伽山房集》《渊雅堂集》等。其妻子曹贞秀亦工书画，善诗。有《写韵轩集》。

[7] 赵开仲，清代乾嘉时期作家赵基，字开仲。吴州黄家溪(今江苏省苏州市吴江区黄家溪村)人，岁贡生，曾任金匮(无锡)县学训导。现存著作有《乳初轩遗稿》。

[8] 藏钩，传统游戏的一种，主要为猜物。因传说此类游戏与汉武帝时钩弋夫人有关，故称为“藏钩”。具体游戏方式，西晋周处所作《风土记》中载：“藏钩之戏，分为二曹，以较胜负。若人偶则敌对，人奇则奇人为游附，或属上曹，或属下曹，名为‘飞鸟’，以齐二曹人数。一钩藏在数手中，曹人当射知所在，一藏为一筹，三藏为一都……藏在上曹即下曹射之，在下曹即上曹射之。”

[9] 攝山精舍，即摄山精舍。位于今江苏南京栖霞山，建于南朝。因传说山上多产利于养生的野参、茯苓等中草药，故得名“摄山”。

[10] 郑容，语出自北宋文学家苏轼词作《减字木兰花・赠润守许仲涂，且以“郑容落籍、高莹从良”为句首》：“郑庄好客。容我尊前先堕帻。落笔生风。籍籍声名不负公。高山白早。莹骨冰肤那解老。从此南徐。良夜清风月满湖。”

[11] 絮果兰因，也作“兰因絮果”，比喻男女婚事初时美满，最终离异的情况。

[12] 瘦沈，原指南朝作家沈约，典故出自《梁书・沈约传》：“初，(沈)约久处端揆，有志台司，论者成谓为宜，而帝终不用，乃求外出，又不见许。与徐勉素善，遂以书陈情于勉曰：‘吾弱年孤苦，傍无期属，……解衣一卧，支体不复相关。……百日数旬，革带常应移孔；以手握臂，率计月小半分。以此推算，岂能支久?”此处应是借以指《千金笑》传奇作者沈起凤。沈氏为乾隆时人，曾经会试屡不第，后放情于词曲创作而自娱。戏曲有《报恩缘》《才人福》《文星榜》《伏虎韬》四部，及《千金笑》《泥金带》《黄金屋》等作，另撰有小说《谐铎》十二卷。

[13] 忉，形容忧愁、焦虑的样子。

[14] 軎，车轴头，常以金属制成。

輓李歗北

岑赝生平辨最工，更兼绝技擅雕虫。秦砖汉瓦搜罗富，画苑书林鉴别空。梦里孤琴虚夜月君许为香云琴梦图未果，扇头丛竹冷秋风。客程未断扬州路，骑鹤仍归一畝宫[1]。

两载鹪枝集未安，乱离身世百忧殚。生怜末路依人拙，局转残棋应劫难。戎马关河悲黯黯，室家风雨望漫漫。天涯消息惊何逊，多恐开缄未忍看谓梅屋。

【注】

[1] 一畝宫，即"一亩宫"，指寒士所居住的简陋处所。语出《礼记·儒行》："儒有一亩之宫，环堵之室，筚门圭窬，蓬户瓮牖。"

渔村图

鸥汀鹭溆占邻幽，几树垂杨曲曲流。此是桃源最深处，人间烽火不关愁。

石梁偃水界村扉，破网当门晒夕晖。十幅蒲帆行画里，蓼花红处钓船归。

笛声吹彻水云凉，风送鱼羹饭稻香。瓦缶村醪新醉后，鲈乡波静夜鸣榔。

尘海茫茫醒故吾，暂逢渔隐狎菰蒲。何时归倩徐熙笔，补绘绿蓑青箬图。

闻蝉

一雨绿阴满，鸣蝉噪夕晖。清琴流韵远，茂树选凉归。羽翼凌风薄，生涯吸露微。何时遗蜕去，高洁望依依。

久不得玉亭信闻以事羁滞兴化以诗怀之

孤尘寄穷乡，故人芳讯断。海东云不飞，辗转感昏旦。昨午获消息，望远益增叹。搜括生风波，竿木乘险难。戎首彼何人，兆虋[1]罚奚逭[2]。嗟子数十年，尘鞅郁羁绊。役役皮骨销，劳劳发须换。胡为炭冰合，姤累同惊窜。昭阳滞三月，凉秋届将半。归期谅已悞，故乡渺云汉。感时蹙寸心，欲往无羽翰[3]。何当梗萍聚，握手一笑粲。

【注】

[1] 虋，本指赤粱粟等谷类的总称，引申为草木茂盛。

[2] 逭，逃避的意思。

[3] 羽翰，原意为翅膀，此处应引申为书信、信件。

桐阴悼凤图

图为黄小云[1]少府以桂哀其亡姬张凤琴而作也。姬武昌人，从父游邗上，少识字，方红盈箧，晨夕省问，儿戏事屏弗顾。后父殁母醮去，畜於母之姑张姓家，会张亦中落，有大腹贾以千金求为媵妾，不许遂归。少府壬子冬来扬视张姨，次春粤匪陷郡无消息，夏秋间逢永安姚妪得姬死耗，爰丐沈君钟华作斯图，属予为传，因并系之以诗。

桐花孕乳东风弱，绿荫围春罥云薄。中有孤鸾泣雨声，凄凄采凤辞尘约。凤雏生小隶沅湘[2]，琴背徽灵小字芳姬生时父於市上获古琴背有凤翼二字遂以为名。有父依人滞莲幕[3]，广陵城外卜居[4]忙。广陵三月烟花市，画舫倾城艳罗绮。不逐同群女伴嬉，闭门谢绝闲桃李。桃李寻芳宛转过，闺幨永日靡芸磨。书城繙阅[5]晓清谋，奇字方红叠箧多。仙椿一夜凋秋早，忏罪椤严素衣缟。肠断新删陟岵诗[6]，从此眉山罢螺扫。昕夕怀忧日易徂，柏舟节又断慈乌。隋堤飞絮愁无着，影锁葳蕤梦亦孤。孤影娉婷怨落花，相依巧傍母姑家。盈盈掌上亲珍惜，金屋深沉护玉芽。玉芽葱蒨[7]含明慧，琴谱碁[8]经擅才艺。写恨闲调竹与丝，娇声宛转流莺细。薄命平生感逝川，闲闺女史购陈编。宛君奁艳空矜异，悱恻芬芳韵若仙。仙骨娱人剧怜爱，佳耦[9]殷勤择良配。太息山枢钟鼓非，粉云沾血伤心碎。天涯有客侠邪游，笑掷千金散艳愁。羔酒[10]侍儿羞账下，绒情甘自閟珠楼。珠楼夜月红墙门，脉脉离情怅遥夕。怕作飞花南北身，更从香国悲沦谪。叔度翩翩才调佳，清宵过访袖肩偕。曲阑玉树横斜□[11]，牒下氤氲惬素怀。花底参差合欢笑，蠲期同放长江櫂。说到前情倍可哀，澧兰回首增悲悼。归来茸舍护春云，梅竹横阴水浸纹。茗椀炉香消永昼，三生清福许谁分。空堦蟾影明秋色，一曲冰絃弱无力。尾调如闻诉别离，傍郎小语增悽恻。悽恻颦眉绮语删，母姑消息间关山。旧时恩谊难抛掷，拟上芜城载月还。扁舟未发愁肠结，欲别无词气潜噎。仿佛红鹃断续啼，玉颜从此人天诀。怪雨盲风孑影甘，西来烽火逼淮南。桃根芳讯重围杳，惆怅昆仑术[12]未谙。寸丝搅绪凋青鬓，中道惊逢乡媪信。为话坚城堕劫时，不随莺燕潜成阵。莺燕翻翻故里辞，山头化石望夫迟。璇渊水兴冰绡练，慷慨何嫌毕命訾。噩耗传闻薤歌露，秋深莲幕伤心赋。伤心灵輤未能归，飘泊何缘魂暂住。辗转香魂归亦难，丹青写影画图看。修梧翠叠栏杆冷，抚树生憎刷羽[13]单。闲斋忆语巢氏眷，追叙芳蕤情恋恋。小字亲贻客馆书，烦教董白[14]镌佳传。十载江湖琴债消，为君哀惋诔云翘[15]。墨庄一样珊珊泪，并入横图赋大招[16]。

【注】

[1] 黄小云，即黄小筠。

[2] 沅湘，沅水和湘水的并称。此处应是代指张凤琴的湖南籍贯。

[3] 莲幕，幕府的代称。

[4] 卜居，原指以占卜择定建都之地。此处应是引申为借住、寓居。

[5] 繙阅，即“翻阅”。

[6] 陟岵诗，指《诗经·魏风》中的《陟岵》篇。

[7] 葱蒨，形容草木青翠茂盛的样子。

[8] 碁，同“棋”字。

[9] 佳耦，即“佳偶”。

[10] 羔酒，成语“羔酒自劳”的简称，意为宰羊、饮酒以慰劳自己。

[11] 曲阑玉树横斜□，原文注“横斜下落去一字”。

[12] 昆仑术，原指成仙之术。此处应是引申为忘情之意。

[13] 刷羽，形容禽类以喙整刷羽毛以奋飞的情况。

[14] 董白，即明末秦淮八艳之一的董小宛，其本名董白。

[15] 云翘，形容高耸的发髻。后用以代指美女。

[16] 大招，《楚辞》中的一篇，传为屈原或景差所作。

寓斋病起

西风吹雨昼生凉，山馆寻秋思未央。青蒂拗云催柿落，绿苞搓露带橙香。病中梦渐参苓熟，客里闲知日月长。惆怅荇湖菱芡好，离愁隔断水云乡。

石羊辔[1]

太州明尚书储公瓘[2]墓在城北九里沟，墓上石羊年久为怪，乡人见之刖一足，灵响寂然。今岁来界沟，客有为余述其事者，作诗记之。

尚书墓前矗华表，石兽围敦辔云遶[3]。精气盗窃羖攊[4]生，潜灵夜呼角觟鱎[5]。畤鳞冒雾云黝沉，四蹄攒雨横膝侵。雷霆在天不下击，霜刃迸血血渍阴。红丝濡缕削夔足，断骨欹眠无抵触。燐火出圹夜倒飞，戢戢遭残冠自毒。吁嗟乎，千年翁仲[6]通人言，白狐阏隧潜摄魂。此皆历久召邪魅，三泉啧啧增烦冤。烦冤黯黯秋鸣叶，风力吹寒漆灯怯。遗碣埋尘触古愁，夜深犹泣红羊劫。

【注】

[1] 錾，在金属或石器上雕刻。

[2] 储公瓘，明人，字静夫，号柴墟，江苏泰州人。于成化二十年(1484年)中进士，官至吏部左侍郎，后谥号“文懿”。著有《柴墟文集》。

[3] 遶，即“绕”。

[4] 羖䍽，山羊的代称。

[5] 觩觿，同“觓觿”，形容(牛羊)角向上弯曲的样子。

[6] 翁仲，指陵墓之前与神道两侧的石像。多为文武官员的形象。

秋夜不寐

一夜愁无着，忽闻庭树嚣。打窗惊落叶，催梦断残宵。客思烽烟逼，乡心风雨遥。侵寻[1]成老境，太息髩[2]元凋。

【注】

[1] 侵寻，指逐渐、渐次发展。

[2] 髩，即“鬓”。

络纬[1]词

凉露吹空洗蟾魄，金井啼秋络云白。夜深轧轧系引丝，千丝转毂缫车迟。缫车迟迟曳烟起，窈窕无言衾倦倚。杼柚愁空织女机，静听秋虫泪如水。

【注】

[1] 络纬，虫名，民间也称作络丝娘、纺织娘。

书鲍觉生[1]先生桂星感旧诗册

吟魂吹雨秋灯碧，孤夜沉沉黝云隔。幽篁惊梦含凄酸，肠断中宵苦吟客。苦吟客是今参军，平生师友情谊殷。晨星宿中感今昔，七十三首长城云。哀愁凌霜迸毫楮[2]，杳杳三泉路重阻。怨竹啼兰古别离，山鬼幽脩啻灵语。嵇阮凋伤[3]触旧思，黄罏回首少年时。西风愁听山阳笛[4]，我亦人间向子期[5]。

【注】

[1] 鲍觉生，指鲍桂星(1764—1824)，其字觉生，一字双五。安徽歙县人。嘉庆四年

(1799年)进士，选庶吉士，授编修，累官至内阁学士。后因事革职，官终詹事。鲍桂星曾跟随吴定学习诗文，后师从姚鼐。著有《觉生古文》4卷、《觉生诗抄》10卷、《咏物诗抄》4卷、《咏史诗抄》3卷等。

[2] 楮，代指纸。

[3] 嵇阮凋伤，指魏晋间竹林名士嵇康、阮籍事。

[4] 山阳笛，代指悼念、怀念故友。语出西晋向秀为悼念友人嵇康所作的《思旧赋》。

[5] 向子期，向秀，字子期。

八月初八作

碧水鲸鱼掣浪回，龙渊消息慴[1]惊雷。骊珠[2]沦劫知多少，珊网[3]无人海上来。

欃枪西路卷戈矛，散作坚城战伐愁。天上文星[4]光黯黯，江南冷落桂花秋。

【注】

[1] 慴，即"慑"。

[2] 骊珠，宝珠。语出《庄子·列御寇》："夫千金之珠，必在九重之渊，而骊龙颔下。"后亦用以比喻珍贵的人或物。

[3] 珊网，珊瑚网的简称，指海上用以捞取珊瑚的铁网。

[4] 文星，即文昌星、文曲星。

淤溪[1]水

淤溪水，清且涟，波痕淡淡秋无烟。西风吹縠[2]下见底，白云倒入涌澄鲜。渴龙当午气焦灼，维舟催汲绠缾[3]落。烹茶火候辨蟹鱼，斟碗花飞雪痕薄。昨闻东淘令，奉檄人称贤。咸斥不能咽，下令徵水泉。吏胥乘晓载船去，船户仰天向谁诉。签封督饬有常期，怀愁弗恤清流沮。吁嗟乎，军行责饷民力殚，土城促召夫不还。胡为百里又兴役，竟使调水符重颁。我时闻此息嘘[4]萦，官不恤民民命委。作歌湔[5]涤腥秽哀，请君眂此淤溪水。

【注】

[1] 淤溪，即淤溪镇，位于今江苏省泰州市姜堰区。

[2] 縠，古时质地轻薄纤细透亮、表面起皱的平纹丝织物为縠，亦称作"绉纱"。

[3] 绠缾，汲水所用的绳子和器具。

[4] 息嘘,即"唏嘘"。

[5] 湔,洗涤、清洗。

溱潼道中

轻舟宛宛浪云浮,傍水林亭占地幽。最好夕阳啣岭后,一湾红入蓼花秋。

晴波皴碧贴秋烟,淼淼平湖水接天。多少凫雏惊拍岍,歌声吹送采菱船。

乙秋八月重过中堰[1]即事留连怃然[2]有作

朝行过溱潼,暮行至北堰。维舟入深林,树杪斜阳晚。故人闻我来,相迎不辞远。握手话别离,衰颜惊瘦损。烽火无定栖,所遭各屯蹇[3]。闲关合蛩蚷,深情酒杯绻。更残倦不知,烛跋语独噂[4]。山童进天泉,轻花飞宛宛。明星出霄阙,稍觉思息偃。连床有何逊[5]谓梅屋,说诗馨兰畹。吟魂悦蘧蘧,布衣卧安稳。

晨兴循东园,篱竹露如签。迂夷入幽径,凝立目微眡[6]。旧时读书堂,浮云意不□[7]。徘徊眷鹊巢,遽为鸠所占。晚花病墙阴,亦知故人念。三年驾试秋,颇惭席专僭。柔弦佩未能,蜮弩射之验。事过痛自思,圭臬望徒餍。俗世无定评,虚怨适自敛。作歌戒覆辙,聊以示箴砭。

南风闭炎蒸,中心郁愁惧。郁久苦缚着,起谒祇林树。祇林寂钟鼓,霭霭香檀炷。山花近禅房,别久尚如故。慨念烽火馀,兵劫障氛雾。藉兹金经力,稍闵微尘误。东淘云未归静涛,昭阳杯径渡友鹤。楞严有妙旨,披寻失真趣。逢心动未启,牵率役世故。萍梗移长风,天涯难久住。后约知何时,锡杖[8]海东遇。凄凄循径归,桥西日曛暮。

西桥亘长河,辗转入岩壑。醇老聚族居谓灼华鱅园池上诸君[9],怡怡天伦乐。我来语未半,相邀具杯酌。文疆志恢奇黄子荣,矫矫立群鹤。伍生金陵来伯皋,谈虎色犹愕。中席叹叙殷,合坐展欢谑。杯酒消离情,宾主忘酬酢[10]。眷言望停云,停云隔林薄。天涯捧檄人子雅时署高淳学博,归期訊屡错。兴酣展毫素,渺渺深心托。十日住平原,请与申前约。

【注】

[1] 中堰,即"草堰"。

[2] 怃然,形容失望的样子。

[3] 屯蹇,本指《易经》中"屯"卦和"蹇"卦的并称。后用以代指艰难困苦、不顺利的

情况。

[4] 噂，聚集谈论。

[5] 何逊，南朝梁时诗人，字仲言，东海郯（今山东兰陵）人，擅诗，作有《咏早梅诗》（一题作《扬州法曹梅花盛开》）。故作者此处言及友人何梅屋时曰"连床有何逊"。

[6] 晧，即"觇"。

[7] □，原字为"憭"。

[8] 锡杖，指佛家所用的杖形法器，其首部有锡制的环形物。

[9] 鳙园池，据诗题应在草堰，但其确切尚未知。

[10] 酬酢，原指主客互相敬酒。后常用以泛指酒席应酬。

闻汉甫风疾新愈行步尚蹇[1]近在咫尺未能往眂诗以谢之

陈侯六十须眉苍，智略沉毅才激昂。海东三载获交益，过从欵接情意长。今年贱子去莲幕，参辰间隔遥相望。簿公书来叙君况谓玉亭杜工部有听雨邀许十一簿公诗，末疾缠扰风为殃。海滨地僻苦窪下，南风吹湿咸流浆。虽无飞鸢跕跕[2]毒水堕，时有蜕蛇角角暗穴藏。客居湫隘[3]召炎热，肌血潜寇阴则伤。连年贼氛断天堑，暑路霜雪生计戕。东西奔走诎筹画，剜肉不足忧补疮。故园书到倍悽恻，烽烟作哄乘江乡。凤山路远不归去，俯眂烟霭徒茫茫。众愁郁积厄城府，巑岏下顿蝨贼创。外来沌溷以时发，支幹瘦委摧坚强。人生艰难叹行役，服饵窃患生命妨。昨过北堰获消息，国工迭进方剂良。脉枯舌蹇可无患，腰脚未健难胜常。葛藟[4]致困易卼䠡[5]，行步颠陨宜预防。牛虎之丸助[6]筋力，餐茹可以资屏障。蠱邪慎卫益元气，屯困[7]迁篮召吉羊。西潭去此仅咫尺，道阻未获轻舟杭。归程促急问遗阙，中心怅悒增旁皇。惟祈节耆用古法，神卫日日生精芒。庶几伟躯硕腹誉矫捷，支离不至嗤蒙庄[8]。

【注】

[1] 蹇，行走困难，跛足。

[2] 跕，形容跛足之人走路时以脚尖点地的样子。

[3] 湫隘，指低洼狭窄的地方。

[4] 葛藟，本指植物的一种，根茎、果实可供药用，能治腿疾。另，《诗经·国风》中有《葛藟》篇，为抒写流落、漂泊之作。

[5] 卼䠡，不安定、不稳定。

[6] 助，增加、增强。

[7] 屯困，原为《易经》中"屯"卦和"困"卦的并称。后用以代指艰难困苦、不顺利的情况。

[8] 蒙庄，即庄子，因其曾于宋国蒙地任漆园吏，故有此称。

舟过西溪

小艇沿溪入，清流面面通。荇风牵带绿，蓼雨湿脂红。岸近波横艓棹，云开塔丽空。蒲牢[1]听百八，知是近灵宫西溪泰山有碧霞元君庙。

回首前游地，重来已四秋壬子十月偕程汉甫许玉亭游此。故人烟水梦，孤棹别离愁。路隔层台迥，诗题曲径幽。何时亲执手，更访断碑留。

【注】

[1] 蒲牢，古代神话传说中龙的九子之一，排行为四。因其生性好吼，后常以蒲牢之形铸为钟钮。此处应是代指钟声。

钱灼华[1]池上招饮即席留别

前番宴饮属佳辰，宾席重过意较亲。客路笙歌延胜赏，天涯烽火慰吟身。文章无命空耽恨，肝胆论交不讳贫。今日为君拼一醉，莫将狂态笑愁人。

离云黯黯上征帆，隐隐幽林月半啣。别绪恰经秋节老，深情无忘海潮咸。西风去莺巢犹愁，北堰留鸿印易芟。却喜邮筒来往便，四愁[2]诗好伴书缄。

【注】

[1] 钱灼华，即前诗《乙秋八月重过中堰即事留连怃然有作》中所谓的"灼华鳙园池"。

[2] 四愁，即《四愁诗》，东汉时张衡所作。

忏 花 词

缥缈飞花散影时，一番狼藉系人思。东风历劫迷重障，夜雨零香罥别枝。只许闲怀怜月小，未嫌芳讯换春迟。碧城消息殷勤寄，莫更徘徊鸩鸟疑。

一觉蘧蘧枕化仙，繁华回首怅如烟。迷离幻境过三月，惆怅芳时负十年。况有旧情萦侧蔗，岂容密誓诳潜渊。天涯南北愁多少，一树榕阴剧可怜。

辗转愁城抵万重，一重重隔雨云峰。芙蕖近水虚寻偶，荳蔻[1]含香屡误侬。沧海因缘遗怨鸟，幽房憔悴厄雌龙。灵芸仙骨秋来瘦，多恐冰壶血点浓。

不是无情却有情，为花宛转忆前盟。人间已自抛鸳牒，天上犹然怅凤笙。夜月孤舟怀黯黯，星河百里望盈盈。木肠[2]留与桃根况，落魄新增薄倖[3]名。

【注】

[1] 荳蔻，即“豆蔻”。

[2] 木肠，形容心肠冷硬。

[3] 薄倖，即“薄幸”。

闻河北官军为贼所挫感作时降贼二千勾引外贼连破官兵十四营

一战平山左，颁功将勒勋。不图罴虎队，竟陷犬羊群。剑槊沉兵气，沅湘惨阵云。东南兵事急，惆怅羽书闻。

太息军谋浅，摧锋十四营。韬钤无胜算，挫衄[1]有先声。策久招降误，功宜救败争。行间须努力，莫更贷鲵鲸[2]。

【注】

[1] 衄，即“衂”字，挫、挫败的意思。

[2] 鲵鲸，鱼名，比喻凶恶的敌人。

短 歌 行

黔云荡荡棠湖愁，湖水瀰汩鱼龙游，乘势攫取为人仇。黔云黯黯棠湖喜，湖波平贴瓜牙[1]死，捐局朝开静如水。黔云黔云尔亦愚，藉捐赎罪非良图。一朝溃裂良可虞，当时见机悔不早。残魂异域成枯槁，万里黔灵骨难保。

白日行空激雷鼓，檄书飞飞下如雨。员弁[2]纠提入军府，军府将吏如虎虓。清厘罚补无敢挠，纷纷耳语呼其曹。黄金入手不归橐，剥人脂膏逞挥霍。回首当时枉欢乐，世路茫茫倾戾[3]多。尯鯱召困樱网罗，军府再檄将如何。

朔风卷地饥骨寒，救贫奇术绅作官。奉文藉势颜为欢，欢颜结队眩乡里。抑勒钩攫不知止，万人箝痛入骨髓。太阳当午冰山倾，婴儿懦怯雷霆惊。转行拖曳如残兵，绅官散作兔狐匿。捷径终南探消息，行复慕膻招羽翼。

炎薰吹雾生飞埃，溷沌引蔓行幕开。蟠根纠结延为灾，一株攀接势奇特。众藤依倚有骄色，行幕翻翻羃尘黑。淮鹾改票厥贼蝨，脂膏剥蚀霜雪愁。首祸罚殛尔独留，胡为恣纵肆不尠。面目罔知恤蜮鬼，蜂蠆人将戢其尾。

蔓中未薙萧艾华，厥类亦丑难搔爬。朋延巧为黔云遮，剋侵捐项出奇术。赎罪者三赏功七时有七分请奖三分不请奖之说，讳数第虚不以实。虚实未定私挪移，市儿勾结心腹披。黄金笑掷挥豪赀，豪赀散尽气潜夺。勒罚无颜险谁脱，嗟尔塉资亦毫末。

市儿逐队三为粲，萧蔓乘机假羽翰。操兵逆搆乡闾难，按室编校分后先。派勒十万输金钱，铜穴黯黯腥触天。黄白权赢市儿手，朝狎虎龙夜花柳。况又階跻丞簿偶，呜呼祸福机彀微。富贵顷刻浮云非，问尔谒选将安归。

诩诩挟赀大腹贾，散金布党结豺虎。亦复横行入公府，公府驟突捐钱来。按数较点列肆开，犯奸成富搬转催。江甘[4]岸别取之巧，乘人於危壑潜饱。凿窟营营兔诚狡，三窟未定卧弗安。秦镜[5]射影鬼胆寒，尔才我笑非冯驩[6]。

天道有机不可触，人情有怨不可黩。茫茫我为黔云哭，黔云失计柄倒持。有疾如虫茫无知，厥咎朘削谁所司。吾乡不幸遘奇劫，军需报国假威胁。钱神[7]当之梦魂怯，后来职守宜效勤。并力湔涤尘与氛，依倚慎勿如黔云。

【注】

[1] 瓜牙，疑应为“爪牙”。

[2] 员弁，指低级文武官员。

[3] 昃，太阳偏西。

[4] 江甘，扬州辖内江都与甘泉的合成。

[5] 秦镜，也写作“秦鉴”，民间传说秦始皇有一面镜子，能鉴人之善恶。

[6] 冯驩，即冯谖，其有“客孟尝君”之典。

[7] 钱神，民间称金钱之力，有如神物，故有此称。

贼据瓜洲二载有余官军虽众不能破也诗以志慨

瓜洲一城名鬼脸，破残失势未云险。贼来据地牵我师，魑魑匿阴风闪闪。风闪闪，官军旋，旌旗匝野尘蔽天。声威赫赫长枭獍，使与金陵铁甕[1]形势相勾连。形势连延不可拔，谍者无功枉见杀。胥[2]从噤口矢勿喧，疲苶精神惮振刷。中军大帅帷幄筹，迁延勿复为国忧。按支校饟[3]日不给，昕夕严促肆括搜。搜括骎寻[4]民力竭，坐甲裹粮贼弗灭。太息逍遥河上诗，拼将性命酬膏血。乌乎金城设卫难卒图，依山凿险势可虞。一夫跳盪众辟易，先登尚可麾蝥弧。此间狭湫地阻水，恃陋亦非莒郛[5]比。游鱼入笱兽陷穽，小雪沃汤易易耳。将军经事智略沉，欲以奇策为攻心。不然劫过亦溃裂，待其自毙阴阳淫。朝廷忧患南方亟，选将徵师日屡昃。胡为羸困成虚縻，投机苟鍪[6]亦难得。昨日檄羽营间来，略基程物工段催。竣工简阅肆禽勦，毋再麕聚贻民灾托师札云土城工竣不灭瓜洲贼无以对尔百姓。牢笼徵役气张大，我为瓜洲忧未艾。小丑窜伏摧穴艰，诳詟附悬又奚赖。

【注】

[1] 铁甕，即“铁瓮”，指坚固的瓮城。

[2] 脋，即“胁”。

[3] 饟，即“饷”。

[4] 骎寻，同“侵寻”，指渐进貌。

[5] 郛，指古时城池外面所围绕的大城。

[6] 荀罃，即智罃，春秋晋国卿士，史称“智武子”。因出自荀氏，又被称为“荀罃”。

云 川[1] 曲

艾陵秋净波痕白，杨柳围村住行客。村前少女去采菱，唱出新歌眷遥夕。采菱歌韵最缠绵，谑翠吟红剧可怜。别有伤心传尾调，南州旧事忆云川。云川高阁临湖起，面面玲珑瞰湖水。槛外纡青石作屏，簾前结绮花成市。花市经春蜂蝶薰，读书台迥散清芬。缃签[2]缥帙[3]朝裁锦，秘籍编珠午检芸[4]。少年甲第声华号，文采轩腾誉蜚早。列帐生徒拜马融，过江宾客留钱藻谓鹤山年丈。诗酒流连乐未央，春秋佳日阅欢场。却嫌菊部笙歌热，丝竹平分到后堂。国工自昔推良辅，急管繁絃促如雨。玉笛声声吹入云，梅花五月江城谱主人善吹笛。花落江城淑景暄，霓裳仙韵奏华轩。迟回缥缈娱心魄，讵减梁溪寄畅园[5]。朝朝欢乐筝无误，狎客招寻过春渡。辗转骊驹唱岁寒，北风千里长安去。长安九陌逐尘缁，绣毂雕轮夹道驰。家世乌台推重望，清才雅称白云司。天涯岁序催人易，消息南来雁鸿寄。竹树萧森独客愁，难忘池馆前游地。池馆前游屡寸心，苍屏扬州会馆楼名回首夕阳沉，谁知猿鸟怀归候，已续鸱鸮[6]毁室吟。漂摇家室飞尘哄，栋折榱倾隐含痛。鸳瓦飘零暮化烟，兽台缠郁秋成梦。秋梦迷离一霎过，红羊历劫感尤多。濯漪空吊灵渊月，奉檄新生宦海波。幻海风波促帆止，匆匆五马归来矣。归来话别稻香楼，松菊殷勤烦料理。怅望湖庄迹已非，十年乔木愿多违。葭霜白点藤花弱，篁雨斑啼菜荚肥。凄惋连番增磊魄，当时人少何戡在。繁华转瞬付沧桑，一曲红幺散江海。江海凋伤减俗情，不堪末疾更缠萦。人间泡影黄粱悟，只是园林恋旧盟。残夜悽悽卜幽宅，墓田无使西陵隔。生死谁云邱陇分，性情仍藉松楸适。风雨松楸绕圹哀，春宵蝴蝶散飞灰。定应丁令[7]成仙后，华表年年化鹤回。我来买得蜻蛉小，听彻菱歌和啼鸟。宛宛澄潭上晚潮，凉蟾罥影迷亭沼。亭沼颓烟蛩语寒，招魂何处望漫漫。诗成重忆羊昙语[8]，太息西州泪不干。

【注】

[1] 云川，阁名，其址位于扬州邵伯镇湖边。

[2] 缃签，书卷的代称。

[3] 標帙，即"标帙"，指古时书画外所包的布套。

[4] 检芸，翻检书籍的意思。

[5] 寄畅园，即今江苏省无锡市惠山横街的寄畅园。

[6] 鸱鸮，鸟名，夜行猛禽的一类。因其面盘圆形似猫，民间称作猫头鹰。

[7] 丁令，鹤的代称。

[8] 羊昙语，羊昙是东晋人，谢安的外甥。《晋书·谢安传》："羊昙者，太山人，知名士也，为安所爱重。安薨后，辍乐弥年，行不由西州路。尝因石头大醉，扶路唱乐，不觉至州门。左右白曰：'此西州门。'昙悲感不已，以马策扣扉，诵曹子建诗曰：'生存华屋处，零落归山丘。'恸哭而去。"后常以此典指代感旧兴悲之意。

王厚庵[1]留饮

去国十馀里，西风滞客舟。多情故人酒，话别弟兄愁稚山[2]蔚卿[3]两弟在坐。戍角风吹夜，芜城梦断秋时授东[4]谈及扬州旧事。梅花残岁好，珍重约重游。

【注】

[1] 王厚庵，姓字、家世及生平经历不详。

[2] 稚山，即前文所指刘昺南，刘倬的弟弟。

[3] 蔚卿，姓字、家世及生平经历不详。

[4] 授东，姓字、家世及生平经历不详。

寓馆夜坐

静夜客无侣，萧萧秋思深。风威欺病峭，灯焰追寒沉。独树峙庭角，一蛩吟砌阴。睡魔新遣去，好梦怕重寻。

斋前柿树一株结实不坚叶亦易霣[1]西风乍寒颓然秃矣感成五古一首

空亭无杂阴，孤树介其北。向背分两柯[2]，作势亦奇特。结子星离离，攒齿病虫蚀。蚀久即倾坠，根蒂亦无力。商飙循径来，枝干作寒色。凋易不逮旬，无复幂云黑。主人来告余，先世所手植。甲子届两周，岁月迭相偪。蝼蚁穴膏腴，冰雪横戕贼。兹乡况瘠土，播液鲜灵德。以此日侵损，削朘及筋肋。实小如弹丸，酸劣不可食。先时易摧败，独立气阮塞。凄凄览庭除，惓惓怀祖德。深虑揞拄艰，历劫猝颠踣。循省痛自伤，见之心恻恻。吾生及暮齿，天涯息倦翼。浦柳惊严霜，憔悴隔乡国。抚树哀婆娑，闻言惨胸臆。登高吟朔风，茫茫天地仄。

【注】

[1] 霣，即“陨”。

[2] 柯，树木向外延伸的枝干。

九日感兴用石笥次园牧韵二首

罢插茱萸未解愁，东篱懒问菊花秋。客心久厌囊中粟，眼界难逢海上洲。枯树婆娑惊朔吹，浮云西北阻高楼。诗怀欲藉葡萄洗，未让东坡署醉侯。

去年曾作海东愁，飘瞥仍看异地秋。总是光阴辜令节，无端消息滞芳洲。惊心北雁常棲野时淮北饥民来者甚众，翘首西风独倚楼。只要田园生计好，何须定远[1]觅封侯。

【注】

[1] 定远，即定远侯，指东汉时班超立功、封侯事。

初冬郊行道逢野老闲话

朔云作阵望漫漫，十里荒原卉木残。天地凋零生意尽，江湖挽转杀机难。风声出穴当空大，日色凝阴入暮寒。畅好村墟归路近，白头相对话辛酸。

曾闻丁甲[1]下三宫，秉钺专征彗扫风。岂料天心容巨慭[2]，翻将奇策困元戎。鬼方期已三年及，神鉞威徒一震空。叹息扶桑延望久，南来何日挂雕弓。

荆匕[3]无端泣簋[4]食，中田蟊贼扇尘昏。叫呼力重黔黎贱，顿踣心悬役吏尊。翻羡捕蛇永州野[5]，较胜哮虎石壕村[6]。天涯一望皆凋瘠，何处还堪适梦魂。

海贾年来罢鬻盐，纷纷艒舸税重添。不辞利析熬波末，竟使官增榷酤嫌。性命人争豺虎脱，锱铢钱算壮幺[7]严。借筹只惜宏羊少，新法茹毛计亦纤时议官设盐栈令民买卖。

三载丰徐溃未收，忽惊浊浪起横流。灵潭破石潜蛟引，怒鼓轟[8]雷穴蚁愁。不使黄河夸设险，空劳白马[10]说防秋。淇园[11]竹箭徵求尽，茭玉重烦庙社忧。

世事茫茫付劫尘，西风回首剧伤神。滑稽客总如秦赘[12]，慷慨忧谁抱杞人。且共浊醪娱岁月，莫看残叶绘霜晨。凄凄短须愁搔尽，侧耳寒斗律转春。

【注】

[1] 丁甲，指六丁六甲。本是道教中的神名，后以此代指天兵天将。

[2] 慭，怨恨。

[3] 荆匕，即荆轲刺秦王，图穷匕见典。本事见《战国策·燕策》。

[4] 簋，古时用来盛放食物的器具。形状为圆口，有两耳。

[5] 捕蛇永州野，指唐代文学家柳宗元所著《捕蛇者说》事。

[6] 哮虎石壕村，即唐代诗人杜甫所作《石壕吏》事。

[7] 壮幺，数字的大和小。

[8] 轟，即“轰”。

[10] 白马，地名，在今河南省滑县，处于黄河南岸。

[11] 淇园，位于今河南省鹤壁市淇县。据传为西周晚期卫武公修建，有“华夏第一园”之称。

[12] 秦赘，春秋时秦国风俗，家富子壮则分户而居，家贫子壮则使子出赘。后以此代指赘婿的身份。

正月十九日徐荫嘉玉署小穀[1]嵩庆置酒赠别即席成七古一首

佳辰涉奇想，挟策冀北游。故人闻我诹吉日[2]，招邀过市登酒楼。酒楼高高在天上，欄楯[3]四面春星浮。甘醪入斝洞庭色，佣保错杂罗庶羞。兴酣止酒述旧事，一一过眼烟云收。吾生五十痛潦倒，蠹鱼钻食寒埋头。少年大半入台省，跛骥讵足追骅骝。空囊羞涩不称意，定远之笔难为投。粤西群贼未厌乱，腥膻吞攫民所仇。迁延顿役肆劓割，髑髅腥血鸣啾啾。乡庐厄塞域尘雾，虎皮羊质皆封侯。东风昨日转天上，青莲朝放棠湖舟。温言誉我走燕市，马骨藉获千金酬[4]。乌乎荆璞久遭刖，龙渊扃鐍珠谁搜。青红涂抹炫衰丑，嫱施[5]搆宠为时尤。十年坐守冷毡冷，谒选无分霜髯秋。侧闻王小秋李仲宣近京邑，或领剧县司雄州。驱车过访叙诚欵，千狐集腋成良裘。敲云欻忽作赝鼎，鳣[6]堂卜吉终何求。霓裳仙乐听未惯，桔槔俯仰缁尘囚。狂歌大醉意不适，豪气涌激如山邱。明月在地踏寒影，街柝警夜尖风飕[7]。交途珍重撒手去，归来再与倾金瓯。

【注】

[1] 小穀，即徐砚卿，其字嵩庆，家世与生平经历不详细。

[2] 诹吉日，就是选择吉日的意思。诹，挑选、选择。

[3] 楯，栏杆之上的横木。

[4] 马骨藉获千金酬，即战国时燕昭王千金买马骨的典。本事见《战国策·燕策》。

[5] 嫱施，指春秋时的二位美女毛嫱、西施。后亦常以此代指美女。

[6] 鳣，即“鳝”。

[7] 飕，形容风势迅疾的样子。

续昭姬悲愤吟[1]

妾家住广陵，城北有旧庐。少小解人意，婉嫕[2]无嬉娱。父母惜娇弱，保护恩尤劬。相时卜良匹，简择匹瑾瑜。中道姤鸮毁，灾祸生萑苻。漂摇及家室，逋[3]负闻追呼。鸩媒[4]日夕来，楼阁凭空嘘。白金卖骨月[5]，星小春不愉。蠲愁强嗢噱，换着新衣裾。入室拜父母，含涕挥征舻。征舻遇西风，吹动东海隅。官斋结华彩，金屋藏娇如。盛年托宠眷，被服丽且都。耳后明珠环，腰下红罗襦。深宵启欢宴，乐与翿[6]簧俱。殷勤沟水吟，终始无相渝。稍稍主君忌，言笑非其初。隐语作嘲讽，毒詈肆巇汙。罗襦不许着，垂耳环无珠。撤饰代奴婢，伺睫闹闺趋。佐使一不当，鞭扑愁恨纡。顶踵被腥血，鲜有完肌肤。幽房气惨冽，为鬼之所居。白日不及照，溼湿邻蜗蝓[7]。李媵[8]窃私语，含射恣短狐。三餐餍藜藿，辗转饥肠枯。北风入虚牖，砭削如割屠。单袷[9]难御寒，起粟黏如糊。夫君慑狮吼，恐惧乃弃予。忧危性命迫，泣颔天何辜。回念旧城邑，戎马邻郊衢。虎狼纵焚[10]掠，庐舍为邱墟。骨肉三四人，死亡无一馀。残骸翳中野，委弃于饥乌。南望魂冥冥，肝脾入幽途。太息洞庭女，还寄泾川书[11]。茕茕吊孑影，怀抱郁以纡。郁纡厄怀抱，同房有小姑。婉言示温邮[12]，少慰形神孤。小姑适名门，妃侣相携扶。闲关滞芳讯，聊赖生益无。主君偶语我，遣嫁归金吾。闻言复怅惘，胸臆转辘轳。花花两当对，三载为罗敷。新人藉托命，莲濯清受淤。旧情岂不念，聊且保贱躯。佻巧肆间阻，诀绝翻须臾。夫子爱惜费，计较明锱铢。妾身非蛾眉，赎亦金璧须。凄凄历中夜，摧裂增欷歔。梦醒判荣悴，仍在幽房拘。哮声日煎逼，谲诈殊足虞。牢笼久闭锢，翼薄何由逋。痛念父母恩，父母亦已徂。轻尘寄宇宙，眠息非良园。海云蔽屋角，嚄唶鸣鬼车。窗前桃李花，霜雪伤病瘉[13]。永言续悲愤，字字含秋荼。

【注】

[1] 昭姬悲愤吟，指汉末三国时女文学家蔡文姬所作的《悲愤诗》。

[2] 婉嫕，柔婉、温顺。

[3] 逋，拖欠、拖延的意思。

[4] 鸩媒，指善于言辞的媒人。

[5] 骨月，疑应为“骨肉”。

[6] 翿，古代羽舞或葬礼时所用的旌旗，即羽葆幢。

[7] 蝓，虫名。

[8] 媵，古时指随嫁的人。

[9] 单袷，单衣。

[10] 烾，即“焚”。

[11] 太息洞庭女，还寄泾川书，指书生柳毅为洞庭龙女传书的典故。本事见唐代李朝威所著的传奇小说《柳毅传》。

[12] 温邺，温言抚恤、安慰的意思。

[13] 瘉，即“愈”。

甓社[1]湖晚望

淼淼长湖外，帆云远接天。横波冲落日，湿雾带炊烟。孤棹残潮送，荒台旧梦牵时拟登文游台[2]不果。星文何处摘，不见蚌珠圆。

【注】

[1] 甓社，湖名，位于今江苏省扬州市高邮市的西北。

[2] 文游台，古时的秦邮八景之一。据传建于北宋的太平兴国年间，址在高邮市的东山之顶。

舟次淮阴登韩侯钓台

孤篷卸高岸，冽冽云不开。客愁激方寸，独上韩侯台。韩侯昔未遇，垂钓跧[1]尘埃。功成搆牝雉，葅醢[2]祸有胎。悲歌起大风，不救钟室灾[3]。千秋痛疑狱，魁杰为之哀。中原乱未靖，将帅非雄才。苦蝤[4]率罗市，招扇滋蛇虺。旂常耀勋伐，国士今不来。忾马望淮水，怆恻增古怀。

【注】

[1] 跧，踩、踏的意思。

[2] 葅醢，同“菹醢”，将人剁成肉酱。古时酷刑之一。此处应是指韩信为吕后所诛杀事。

[3] 钟室灾，《史记·淮阴侯列传》中载：“信入，吕后使武士缚信，斩之长乐钟室。”

[4] 蝤，虫名。

北行至袁浦值黄河水涸驱车过之喜而有作

我闻黄河之水天上来，奔腾荡溃声如雷。灵源千里古无竭，捧土之塞胡为哉。昔尝驱车历袁浦，每憾惊涛北游阻。艰难唤渡百始譍[1]，海上仙槎莽无所。中流推折波浑浑，西风卷雪天为昏。神僧杯度之术[2]苦未学，坐使盘涡礜石[3]飞征魂。昨来维舟访行客，喜闻水干底见石。鼋鼍有穴徒已空，可以催轮碾沙白。白沙迅碾峭岸过，寒星闪影霜呼驼。不见盘涡礜石之骇浪，但有横经纵纬荦角而相摩。招亦不用舟，击亦不用楫，双骑骧云走空捷。须臾踏实就平路，始信大川无待涉。乌乎黄河北道旧所谙，凭流转徙侵而南。大力挟淮肆冲激，奇势直欲危堤担。上年危堤崩，丰工怒决口。兵兴不议筑，澌汩亦已久。沉胶黯黯重霄浮，田庐荡析增民愁。天怜撮壤障无术，故令冯夷挟回兖豫[4]循其流。流既循，险可弭，八月不生荻苗水。吞蛇沸鼎历禹迹[5]，从此宣防患戢矣。宣防戢患地轴平，畚丁攘剔开新田。禾麻万顷乐耕种，愿喧屏息时无諐[6]。时无愆兮洗沧汇，金鑑[7]一书应增改。若使骖鸾客再经，莫漫忧时感沧海。

【注】

[1] 譍，即“应”。

[2] 神僧杯度之术，杯度，晋、宋间僧人。南朝梁时释慧皎所撰《高僧传》载：“宋京师杯度，不知姓名。常乘木杯度水。因以为名。初见在冀州，不修细行，神力卓越，世无测其由来。”

[3] 礜石，矿物的一种，含有毒性。

[4] 兖豫，兖州和豫州。

[5] 禹迹，古时传说夏禹治水，其足迹遍布九州。后以“禹迹”来代称中国疆域。

[6] 諐，即“愆”。

[7] 金鑑，也写作“金鉴”。语出《新唐书·张九龄传》：“（玄宗）千秋节，公王并献宝鉴，九龄上事鉴十章，号《千秋金鉴录》，以伸讽谕。”后常以“金鉴”代指讽谕类的文章和书籍。

官湖[1]偶作

柳堤吹水飐[2]丝柔，一角斜阳淡淡收。辗转征车寒不去，东风春色板桥头。

鸦髻盘云斗绮妍，绡鸾钗雀艳于仙。天涯一笑千金值，惨绿春愁感少年谓云州毓才两君。

【注】

[1] 官湖，即官湖镇，位于今江苏省徐州市邳州市北部。

[2] 飐，形容风吹水面颤动的情形。

过高唐州

斜阳下高树，飒飒阴雨旋。驱车过荒城，崩剥焦可怜。市廛气萧瑟，惨淡无人烟。前年贼氛恶，猰貐横陌阡。乘凶肆威焰，烈火崑冈然。颓垣就倾仄，败瓦遭焚煎。邑居数百户，庐舍无一全。茫茫川陇上，白骨根中缠。旁皇遘奇景，悽恻心旌悬。眷念旧城邑，焚掠膏血朘[1]。吁嗟豺虎厄，摧陷无精坚。何时扫欃枪，闾井[2]欣安便。

【注】

[1] 朘，剥削。

[2] 闾井，房屋、水井等建筑物。后常以此代指居处。

雨行至腰站[1]

兵气荒城哀，尘沙引愁色。须臾翻冻云，卷上半天黑。急风送飞雨，帘布线如织。沾濡及襆被[2]，车箱困偪仄。畏寒一毡裹，避湿长太息。舆夫望长路，施鞭不遗力。危崖树丛杂，迅过车屡昃。兀兀惊魂摇，艰窘迫胸臆。市梢近村店，灯火照曛黑。倦倚土炕眠，蘧蘧谢羁勒。

【注】

[1] 腰站，也称作腰顿，是指驿站的中间站，以便休息或更换马匹。

[2] 襆被，用包袱包扎衣服、被子等物。亦代指打点行装。

腰站阻雨落程一日晚呼琵琶佐酒以舒积闷用站字韵五古一首

壮游赴冀北，苦被造物赚。昨宵姤零雨，毡裘浊尘淹。晨起呼驾舆，喧喧众声儳。泥途道长梗，坎坷危易陷。躁进不自检，前车可为鉴。绕朝谢赠策，郁郁滞书剑。忧时论韬戎，说戒译经梵。刀殗[1]念小劫，恐怖藉自忏。稍晚天放晴，明辉海生鑑。琵琶奏繁声，絃索指音泛。肴熏雾黏俎，醪冻水蒸甗[2]。微微飐浮花，眩眩侧惊帆。寒衾梦招蝶，一宿桑下欠。明当策驽骥，奔槽迅程站。

【注】

[1] 殣,饥饿。

[2] 甂,小瓦盆。

冶愁曲为冯菊卿[1]长年作

琵琶捣雨喧零玉,嚼蕊吹芸散清馥。须臾忽作断肠声,和我凄凄冶愁曲。冯郎三十扫千军,联毂来看冀北云。花叶经春朝选艳,绮罗罥影帐迷薰。坐中有女霏桃李谓连喜,红粉娥娥娇莫比。名字新分欢喜丸,连环擢秀华姿靡。东风絃索拨春葱,旖旎赪红唱恼公。夜月笼云催曲尽,哀声掩抑五更中。五更凄咽明星落,檐外啾啾噪寒雀。暗赠缠头嘱后期,莫教飘泊辜尘约。约誓分别记别筵,烧戈[2]结队起蛮天。遂令北里寻芳梦,隔断东征破斧[3]年。今年复作龙门客,短衣匹马催行役。百丈尘沙望故园,更牵旧绪萦残夕。宛宛华鬘[4]色界夸,批红判白选灵芽。如何虞奼[5]徵歌日,不见当时第一花赵嘏有赠歌者虞奼诗。花枝娟妙增情思,转侧□[6]床意如醉。卅六题词壁上留,咀含旧句纡征骑周青士题词有喜字细书三十六句。征骑停鞭古道寻,菖蒲黯黯薄霞沉。宵来阿妹传青鸟谓玉喜,怅触东西沟水吟。沟水东西送轻絮,谢娘已向天涯去。泰岱围烟岭上横,锁莲灯好无寻处。缥缈纤尘诉怨迟,沈腰宽褪缚蚕丝。冷灰残烛煎愁急,幻作华胥蝶亦痴。痴蝶氤氲肠寸结,合席柑椒强愉悦。避着檀槽不忍听,唏嘘冷语浇冰雪。冰雪萦寒殢夙因,画图未许唤真真。何时演出阿迦法,千百娇娆现化身。我亦频年游兴倦,燕南赵北驰驱遍。幽窾琼碑负卷葹[7],秦楼金屑缘徒眷。眷眷红心中不删,相邀酸对木瓜山[8]。愿君暂使闲愁释,同看飞花逐队还予旧有飞花曲。

【注】

[1] 冯菊卿,冯长年字菊卿,其家世与生平经历不详。

[2] 烧戈,即俄何烧戈,三国时羌族的将领。此处应是引申以代指战争、战事。

[3] 破斧,是指《诗经·豳风》中的《破斧》篇。内容主要为赞颂周公东征。

[4] 华鬘,佩戴在身上用来作装饰的花环。

[5] 奼,即"姹"。

[6] □,原字疑为"黠"。

[7] 卷葹,也写作"卷施",草名。

[8] 木瓜山,山名,位于今安徽省池州市青阳县境内。唐代诗人李白作有《望木瓜山》一诗:"早起见日出,暮见栖鸟还。客心自酸楚,况对木瓜山。"诗中"酸对木瓜山"应是对太白诗的化用。

由　　[1]过陈庄至富庄驿宿

官道喧喧铃铎声，忽随平路近村行。喜无烽火惊幽僻前岁贼兵未至，况有桑麻悦性情。坐久浑忘斜照落，心闲能使俗尘清。月明催送征车去，古驿荒荒柝警更。

【注】

[1] 空格为作者所加，此处遵照原文。

雄县黄河

驱车遵长途，骤驰日未旰。梦回喧惊涛，垂虹界云断。厉揭讽匏叶[1]，欲济苦无畔。舟人引我前，颠踬岸及半。一车两蚱蜢，联络鲜羁绊。中流风不罥，横波免奔散。荒塍数循转，迂迟证彼岸。吁嗟此平壤，胜景足延玩。胡为囦[2]瀰亘，乃与人相难。蹭蹬遭穷途，勿复诩汗漫。晚来恣老饕，河鱼剧咨赞。

【注】

[1] 匏叶，本指匏瓜之叶。《诗经·邶风》中《匏有苦叶》篇有"匏有苦叶，济有深涉"句。以比兴渡河之难，与本诗内容相应。

[2] 囦，同"渊"字。

白沟河[1]阻雪

客路望京邑，行行转白沟。半天寒吹急，一片冻云浮。浊酒消岑寂，征程病滞留。琵琶无处觅，未解璟臣忧谓莿卿。

【注】

[1] 白沟河，河名。《大清一统志·永平府》载："（白沟河）源出阳山之阴，绕城东北，西流入青龙河。"

古寺访碑图汪慕杜[1]承元太史同年属题

客游倦人海，孤馆百忧集。汪伦[2]枉车驾，述旧气呜咽。维乙巳早春，联袂踏郊隰。幽圹闼禅宇，紫翠藓苔浥。披读扬馨蕤，绘图聚藻什。纷纷兵戈起，浩劫转嘘吸。故人厄龙蛇，残魂梦天泣来峰淳卿先后下世。我来感宿中，僵寒一虫蛰。南台缅遗踪，萋蔓露空湿。邻笛哀山阳，愁愤逆难戢。茫茫阻烽烟，诗怀益凄激。惟君葆明誓，金石永珍袭。

【注】

[1] 汪慕杜，汪承元字慕杜。《甘泉县志》载："汪承元，字慕杜，甘泉人，咸丰三年进士，官编修五品京堂书宗平原。"

[2] 汪伦，唐人，李白作有《赠汪伦》一诗。此处诗人代指友人汪承元。

附录《许海秋碑记》

《古寺访碑图》，汪莼汀编修、徐来峰宫赞、汪慕杜吉士得仪征孝女鲍魁英[1]之墓於京师广渠门南台寺而作。其碑文旧为吏部主事虞鸣球[2]撰，编修既为孝女修葺其墓，复拓其碑文，属刘君孟瞻[3]为传一书，后一其图四则。李君育[4]汪君埰[5]陈君瑗[6]祝君同治[7]分为之，於是表暴懿孅阐扬幽芳，虽古今一邱而姓氏千载。按图作於道光乙巳丙午间，越咸丰六年乙卯秋九月吉士始出示观。嗟夫，浮云猋[8]瘫，宿中萋蔓，展读悲悒，如逢故人。盖编修、宫赞既相继捐，宾客明经亦以裀[9]乱走避，感愤即世茫茫浩劫，玉石昆冈惘惘生存，山邱华屋。慨自粤贼既东，芜城再赋，北邙萧瑟，南天黯惨。沙蛩猿鹤吁其酷矣。何况毁残篇于帷囊，杂宝物于甑室。飘风一瞥，抟沙四散，独兹图以吉士庋藏[10]留京师，不逢秦灰，几付楚炬，盖有数焉。呜呼，视此虽近，邈若山河。余既于编修披览楮墨[11]，慨叹人琴，且以吉士能重故交不忘宿诺。睹图画之烟云，永文字于金石，因书卷尾缀以短章。至孝女行事见於诸君传赞者，盖不复述云。

【注】

[1] 鲍魁英，其事不详。

[2] 虞鸣球，《清朝进士题名录》载："(虞鸣球)字拊石，江苏金坛人，康熙戊子生，乾隆辛酉(1741 年)举人，壬戌明通榜第一，选武进教谕，乾隆十三年(1748 年)，戊辰科殿试三甲第九名进士，授史部主事，历官至顺天府尹。与千叟宴钦赐福寿字、黄杨杖、汉玉如意、珊瑚朝珠、丰貂古砚、花缎纱绒等件，后予告归，卒年八十岁。著有《锦亭诗抄文集》。"

[3] 刘君孟瞻，即刘文淇，其字孟瞻。刘文淇(1789—1845)，仪征人，从学于包进臣、凌曙。嘉庆十二年(1807 年)秀才，嘉庆二十四年(1819 年)贡生，曾游学京城，其后十四次应江南乡试而不第，后以教书、校书为业。著有《左传旧注疏证》《左传旧疏考证》《楚汉诸侯疆域志》《扬州水道记四卷图》《仪征县志》《艺兰记》《读书随笔》《青溪旧屋文集》等作。

[4] 李君育，姓字、家世及生平经历不详。

[5] 汪君埰,《扬州画苑录》载:"汪埰,字蓉洲,安徽休宁人,居江苏常州。山水秀韵,得文氏遗意。兼工花卉,有梦砚图,在扬州广徽题咏。"

[6] 陈君瑗,《扬州画苑录》载:"陈瑗,江都(今扬州)人,号�溪。善画山水,笔意苍劲深厚,力追王原祁画法。"

[7] 祝君同治,《扬州画苑录》载:"祝同治,字杏南,钱塘(今杭州)县学生。工书,善山水,曾写小册,一片墨气甚佳,具似能不能之意。兼精治印。"

[8] 猋,即"飙"字。

[9] 禍,同"祸"意。

[10] 庋藏,收藏、放置。

[11] 楮墨,原意为纸与墨,亦借以指代诗文或书画作品。

送许海秋[1]宗衡太守之山西

南风四月吹尘雾,杨花满天散飞絮。客怀郁郁棲屑惊,君来别我太原去。长安市上有酒楼,携君买醉駈轮辀。汪伦豪气挟燕冀谓沁园[2],酒酣斫地增离忧。君言四十不得意,燕台滞留非久计。邺侯锁骨懒学仙,海上蓬瀛遭摈弃。蓬瀛摈弃何所归,传呼逐队看省薇。木天隐隐幻梦寐,钧乐未阕惊魂飞。惊魂辗转偪空橐,黄金无分佐挥霍。朝来一论仿绝交,荒唐总为钱神作。高谈触事增唏嘘,脱帽痛饮呼乌乌。五陵裘马诩年少,自顾老大悲头颅。头颅君尚未成雪,吾辈衰颓不堪说。青霄蹭蹬骐骥哀,大野苍茫为愁绝。苍茫四顾墨染屏,半天急雨驱炎腥。王郎鼓兴斗拇阵谓益三[3],醉龙势欲争雷霆。壮游此去意豪宕,乡语喧豗喜无恙。天门奇险斥驭经,千里征车力能抗。太行西来云峨峨,黄河九曲悬冲波。山川胜概逞遐瞩,雕镵收入诗篇多。诗篇遣兴洒飞翰,突兀摩空辔横按。杜陵健笔行纪程,同谷秦川各增叹。君乎莫放尊酒空,故人几日如转蓬益三将之施南沁园将之保定。泷碑镌勒返京国时君送太夫人丧榇[4]归葬,亟缄吟稿驰邮筒。

【注】

[1] 许海秋,许宗衡(1811—1869),字海秋,上元(今江苏省镇江市京口)人。咸丰二年(1852年)进士,后官至起居注主事。文学创作方面,以诗文见长,尤工古文,著有《玉井山馆诗文集》。

[2] 沁园,据本句"汪伦"一词的代指来看,此人应姓汪,但姓字、家世及生平经历不详。

[3] 益三,指王甲曾,其字益三,著有《不波山房诗草》。其余不详。

[4] 榇,棺柩的代称。

三月初七日闻贼复陷扬州

白日韬墨云，客心郁昏瞀[1]。朝喧粤西贼，复聚斗牛宿。转轮意回惑，缠痛肌刻镂。既而郛郭愁，兼虑乡里寇。吁嗟此坚城，摧陷虑已旧。将帅玩军旅，三年役羁留。率彼河上卒，翱翔谢介胄。刁与白棓[2]众，纠结等獒嗾。精血饱疲羸，灾害入腹膆。贼既兽非困，其力悍能斗。悬知所恃孤，潜出不以候。间道互相接，抢攘莫敢救。遂令聋瞽辈，舆尸乃占又。皇皇桓山鸟，室庐昨甫就。惝恍心摇摇，挈眷四奔走。斤斧所留遗，脂膏不遑收。虎裂而狼分，搜索及阙漏。何辜今之民，杀戮惨屡遘。设非师期延，尚可保腴瘦。癸春客京北，闻信肠转骤。旅馆梦颠倒，有弟慰忧懋。兹游感孤子，祸机顿翻覆。绸缪计未早，患巢鸱鸮囿。群季会艰难，中心隐负咎。凭高睇乡云，氛埃蔽亭堠。林鸟送哀音，吞声泪沾袖。

【注】

[1] 瞀，昏乱、晕迷。

[2] 白棓，也写作“白棒”，大棍、大杖。

场后接家信知三月一日眷属避下河[1]之北戴庄[2]并扬州贼亦退去

晨兴谢棘闱，兀坐苦昏睡。骤闻乡信来，喜见平安字。初言贼入城，乡里众惊悸。迁徙无定居，仓卒不及意。其时天正黑，北风骨潜刺。白刃怒掠人，哭声满衢肆。吾家迫中道，性命险如寄。三更喧叩门，有船北庄至。长湖乘夜行，转转远烽燧。棘丛幸未罹，茅屋藉可庇。湫隘无廛忧，安全寔[3]拜赐。艰难见人情，危乱感时事。围城百万家，死丧半为祟。近者贼势却，稍复涤尘翳。生归荡魂魄，惨慄若沉寐。我思买邻去，卜宅近幽邃。烟氛豁奔扫，桑麻足艺莳。旷然天地宽，摆脱谢时累。

【注】

[1] 下河，即串场河，南自海安徐家坝，北至阜宁庙湾，全长200余千米，穿越今江苏省盐城三分之二的区域，是贯通南北盐场的古时盐运之河。

[2] 北戴庄，位于今江苏省扬州市江都区境内。

[3] 寔，即“实”。

复作二首

战地精灵怨未伸，惊烽横断坏垣春。大勋未见登诸将，奇祸翻教出美人。死有旌竿悬首恨，生遭蛮触伏尸尘。烟花旧梦萧条甚，独向天涯寄此身。

将军意气百难胜，招练雄夸羽卫增。失地罪犹宽马谡[1]，匿书功又冒和凝[2]。凶谗妄诩天能诳，跨栎[3]凭谁险易乘。多少柏台[4]忠谏客，何人请剑[5]史丹称。

【注】

[1] 失地罪犹宽马谡，即三国时蜀国丞相诸葛亮挥泪斩马谡事。

[2] 匿书功又冒和凝，《旧五代史》载："（和凝）平生为文章，长于短歌艳曲，尤好声誉。有集百卷，自篆于版，模印数百帙，分惠于人焉。"此处即指这一事。

[3] 跨栎，比喻无用之材。

[4] 柏台，即御史台。

[5] 请剑，指直言进谏、请诛奸佞的忠勇行为。

芦沟桥[1]

风沙浩渺蓟门山，天外垂虹百尺环。终古灵源通绝塞，至今胜势扼雄关。桑乾[2]晓日催程早，柳市东风带梦还。手抚石阑增怅望，轮蹄[3]何日赋闲闲。

【注】

[1] 芦沟桥，即卢沟桥。

[2] 桑乾，河名。位于今河北永定河的上游。

[3] 轮蹄，本指车轮与马蹄。后泛指车马。

过涿州

开辟兵争地，喧尘战垒昏。时清消浊雾，劫过奠游魂。拱日[1]垣墉壮，当关气象尊。英雄何处是，策马过荒邨。

【注】

[1] 拱日，形容晨时云霞围绕太阳的情状。

刘李河[1]

飞桥凿岩石，崩剪云峨峨。双轮走荦角，下为刘李河。俯眡亘平野，泌测无惊波。断岸犁为田，中亦沟塍罗。居民狎耕种，芃芃黍与禾。昔怀五季[2]乱，此地遭兵戈。敌骑犯塞来，横吹駈橐驼。连战不能胜，踣马腾盘涡晋高祖与契丹战不胜追至刘李河中流马踣李琼以长矛援出之。感事念豪杰，敕勒徵边歌。停歌促鞭策，斜日从西眦[3]。子明[4]一篙铁，千古嗤传讹桥栏上横一铁柱俗传王彦章渡船篙。

【注】

[1] 刘李河，王曾《上契丹事》中载："自雄州白沟驿渡河，四十里至新城县，古督亢亭之地。又七十里至涿州。北渡范水、刘李河，六十里至良乡县。渡卢沟河，六十里至幽州，号燕京。"

[2] 五季，即后梁、后唐、后晋、后汉、后周五个时代。

[3] 眦，眺望。

[4] 子明，五代时后梁名将王彦章的字。

松林店[1]谒桓侯祠[2]

我行松林店，下马瞻崇祠。灵旂飒飒劲飙卷，尘沙迸转军声驰。在昔炎精值末造，瓜豆分剖[3]疆宇隳。楼桑天人合众起，上应图谶招熊罴。惟侯御侮统部曲，黥彭[4]凛凛英雄姿。后先百战勒勋绩，新亭授爵功无訾。断头将军引为客，彪虎自卫非其私。当时益州号粗定，汉川劲旅横相窥。宕渠进兵作撐拄，间道率锐蚕丛追。大呼直入势披靡，强虏逃遁猿释羁。巴西列郡获安枕，金革戢影灾不遗。生平战功此第一，馀亦摧拉如疲羸。万人之敌儿不愧，定军斩馘[5]差肩随陈季州曰巴西不安则汉中不可得汉中不得则蜀中不固巴土安桓侯破张郃之功也汉中下刚侯斩夏侯渊之功也。当階肃拜森动魄，循除历历观穹碑。怒睛闪电瞩严下，毛发卓竖虬虎髭。威神慑慑不敢近，想见瞋目横矛时。村人诹祭[6]奉牲醴，巫觋歌舞陈嘏词[7]。祝[8]侯功德被兹土，勿令耕获忧蝝蚩[9]是日村人赛会极盛。乌乎大星久消歇，中原跖险猰貐滋。生灵百万血锋刃，凶门避徙愆师期。鹰隼𧾷𧾷不复出，招摇怅望增哀思。亟镌雄词仿刁斗蜀涪江有桓侯刁斗铭，狂歌赞述书淋漓。

【注】

[1] 松林店，位于今河北省保定市涿州境内。

[2] 桓侯祠，即三国时蜀将张飞的祠庙。民间传说张飞被部将所杀后，身与头分别葬于阆中和云阳，追谥为桓侯。因张飞为河北涿州人，当地人捡拾阆中与云阳的墓土载故乡亦建桓侯祠，即此诗中所言祠。

[3] 瓜豆分剖，即"瓜分豆剖"意。

[4] 黥彭，本指西汉的开国功臣黥布与彭越，二人后均遭杀戮而死，故有此并称。西晋陈寿《三国志·蜀志》中载："(马超)兼资文武，雄烈过人，一世之杰，黥彭之徒，当与益德并

驱争先，犹未及髯之绝伦逸群也。”

[5] 馘，指古代战争中割掉敌人的左耳以计数献功的情况。

[6] 诹祭，选择吉日以祭祀。

[7] 嘏词，指祭祀时，执事人(祝)为受祭者(尸)致福于主人的语言。

[8] 祝，祈祷、祷告之意。

[9] 氓蚩，本指憨厚之人。语出《诗经・卫风・氓》："氓之蚩蚩，抱布贸丝。"此处应是以此代指平民、百姓。

古诗四章赠李仲宣[1]明府廷瑞

昔在京寓初，与子日相见。纵横少年场，文酒肆游讌[2]。得暇访瞻部，樱桃悦春蒨[3]。歌舞破寂寥，酣饮不知倦。东风转飙轮，铩羽返乡县。缁尘踠黄金，声价燕台贱。自兹厄艰难，人事日迁变。君行冀北留，我归海东罥。关河感间阻，望远但斜眄[4]。浩浩浮云翻，乾坤召龙战。

龙战生天西，雄张传羽翼。横联白波众，烽火蔽江黑。我时将北行，攒聚众愁偪。值君驱车归，挈家去乡国。握手话别离，叹叙含酸恻。诘朝走别我，尘沙迫行色。金台[5]复聚首，感事各太息。传闻坚城陷，相顾泪沾臆。虎豹肆吮磨，脂血染荆棘。君时气慷慨，一第谢鸡肋。届期谒选部，上手庐未得。天涯弃置同，浊醪抒抑塞。留我不能住，欲语情默默。双辀促南征，天外日轮昃。

昃轮从西驰，朔吹虎豹号。茫茫望前路，回首金台高。归来二千里，弭息[6]棲蓬蒿。闻君得剧县，卓荦倾其曹。济时治盘错，借润羞脂膏。怀风日引领，转毂心忉忉。暮春释尘绁[7]，命驾驱平皋。入境第歌颂，闾井安且敖[8]。信知神君号，称孅[9]非虚褒。微生苦跧伏，葛藟行易遭。齿发病衰丑，苜蓿思郁陶。嗟乎盐车困，诟忌毋乃劳。

诟忌世所嫌，颠蹶动相迓。多君事温邺，馀论齿牙借。太息贫女篇，过时忧未嫁。高格矜风流，容华易销谢。慷慨振穷约，冷官力能藉。遂分廉泉赀，促纳西园价。吾行子尘海，时辈辄凌驾。风云路已穷，兵戈劫未化。痛哭别君去，铃铎奋悲咤[10]。卢沟界离思，耿耿望中夜。

【注】

[1] 李仲宣，李廷瑞字仲宣。《江都县续志》载："李廷瑞，字仲宣，江都人。生有至行，事父母以孝闻。未冠，补诸生。道光十九年举于乡，七应春官试不第。咸丰三年，以知县拣发顺天。"

[2] 游讌，即“游宴”。

[3] 蒨，同“茜”字，形容草长得茂盛的样子。

[4] 斜眄，即斜视。

[5] 金台，位于今河北易县东南三十里。传为战国时燕昭王所造，以招天下贤士之处。

[6] 弭息，指(战争)平息、停止。

[7] 绁，绳索。

[8] 敖，原指粮仓。此处应引申为富足之意。

[9] 孅，同“媄”，指容貌美丽。

[10] 悲吒，也写作“悲咤”或“悲诧”，指悲叹、悲愤。

暮春独游陶然亭[1]

客思东风老，翛然[2]避俗尘。闲情占高阁，旷览入残春。故国愁兵劫，天涯滞病身。梵钟林树出，独立感陈因。

忆昔联车出，飞觞此地经。当筵召歌舞，入座揽芳馨。蛩蚷中年判，云烟旧梦醒。夕阳归路远，回首眷空亭。

【注】

[1] 陶然亭，也称作“江亭”，在北京市区南隅、右安门内东北，为清康熙时工部郎中江藻所建，得名于唐代诗人白居易《与梦得沽酒闲饮且约后期》中“更待菊黄家酝熟，共君一醉一陶然”句。

[2] 翛然，形容不受拘束、自由自在的样子。

四月三日叶润臣[1]名澧孔绣山[2]两中翰邀集同人慈云寺[3]补禊[4]兼祀亭林先生[5]余时自定兴回未及往赴翌日作诗奉呈

燕台古寺占幽辟，中有虬松压云碧。国初诸老盛歌咏，风流间歇感今昔。我来作客匝月馀，颇思揽挈访遗迹。南天烽火诗魂惊，闭置无端百忧集。词人招侣结高会，簪缓嬉娱叠泉石。无已荐祉时已遥，佳辰再展秋届麦。兰陵大儒示尊仰，山斗森森祠宇赫。甄虔诹祭志弗谖[6]，觞咏闲情乐亦剧。半空戢戢波涛飞，卷起凉飙奋瑶席。众宾阐叙高谭清，喧饮不知日西夕。我时驱车易水还，莽莽风沙迫行役。天涯胜游未及践，空慨缁尘蛰虫厄。作诗乘兴补春禊，暂使羁愁孤馆释。何时解带量旧围，更为虬松写萧摵[7]。

【注】

[1] 叶润臣，即叶名澧(1811—1859)，字翰源，号润臣，湖北汉阳(今武汉市汉阳区)人。道光丁酉年(1837年)举人，历官内阁侍读，改浙江候补道。著有《敦夙好斋诗》十二卷、续编十一卷，《桥西杂记》一卷。

[2] 孔绣山，姓字、家世及生平经历不详。清代文学家魏源有《与曲阜孔绣山孝廉书》，不知与诗所言是否为同一人。

[3] 慈云寺，位于今北京市朝阳区西郊，建于乾隆三十三年(1768年)。

[4] 补禊，指在三月初三的一月后，补上当日修禊的这一活动。清初诗人吴伟业即作有《补禊》一诗。

[5] 亭林先生，即明末清初的著名学者顾炎武(1613—1682)，其别号亭林，后人称其"亭林先生"。

[6] 谖，忘记。

[7] 撼，古同"槭"。树枝光秃，叶凋落的样子。

花之寺看海棠怀王小秋孝廉

松关缥缈送清香，花信催人到海棠。一径霞痕薰昼暖，千条丝影罥春长。东风旧约经幢负，客路愁心酒盏荒。闻道故人消息好，雄州明月远相望。

铁 钱 谣

飞蚨闪空血凝黑，夜归铮铮振双翼。盘旋入地生元金，回首铜山少颜色。铜山阏，铗岭横，天钱宿镔[1]为城。欃枪五载盗弄兵，貔貅十万饷弗盈。朝令下铗官，暮令开铗冶。橐籥[2]横精光，雷霆迸云赭。重轮廓廓形质均，文曰当十摹篆新。市尘卷地气皆墨，配以鹅眼[3]能通神。神之来，焰为灼，蛇有精，遇之弱，六州罄铸绍威错。镕泥道者若再来，抟埴为工利逾博。我行持钱过市门，市门隐隐飞蚨冤。铗兮铗兮为尔言，亟祛烦冤铸精刃，可以碎磔蚩尤魂。

【注】

[1] 镔，精炼的铁。

[2] 橐籥，指古时冶炼金属用来鼓风吹火的器具。

[3] 鹅眼，即鹅眼钱。古时钱币名，其钱体轻小如鹅眼、鸡目。劣质钱币的代称。

感　怀

塞风猎猎送残春，九陌喧阗毂卷尘。如此人才皆令仆，自应地上老骐驎。

射麞[1]数肋感平生，燕颔[2]功名老未成。太息天南军报急，羝根牛角尚纵横。

【注】

[1] 射麞，形容心情舒畅、忘却衰老的情状。典故出自《南史·曹景宗传》："景宗谓所亲曰：'我昔在乡里，骑快马如龙……平泽中逐麞，数肋射之，渴饮其血，饥食其肉……此乐使人忘死，不知老之将至。'"

[2] 燕颔，形容相貌威武。语出《后汉书·班梁列传》："相者指（班超）曰：'生燕颔虎颈，飞而食肉，此万里侯相也。'"

悯忠寺观李北海[1]云麾残碑[2]

碑数十馀字。相传北海云麾碑有三，一在关中，一在楚中，一在良乡。在良乡者，李氏名秀藏之，后置县学。校官某裂为柱础，旋复更去委之瓦砾中。好古家踪迹得之，凡六础，共存百八十馀字。有力者复携四础去，今寺仅获其一。余暇日偕云寂往观之，因综其颠末而为之诗。

暇日辞嚣尘，挈侣诣禅院。钟鼓含清音，劳薪静生羡。僧厨赞诵亭午迟，怖鸽棲影薝匐枝。摩挲藓壁倦揩眼，上嵌北海云麾碑。一碑旧闻近京邑，青莲李氏珍藏急。后来迁转入黉舍，仿拓披云墨花湿。沧桑历劫红羊缠，斲[3]削为础左画圆。遂令奇石坠尘壤，下与瓦砾埋荒烟。胜朝好事遘闽粤明万历时粤人邵正魁闽人董凤元购得六础宛平令李于美辇致署中建古墨斋藏其中，唐李[4]精灵未消歇。风流令尹辟闲斋，好为将军护残阙。琴堂日日生古香，无端辗转尘沙殃。牛车捆载大梁去，铜仙辞汉增苍凉少京兆王惟俭[5]携四础之大梁。嗟哉神物劫所取，往往飘零散如雨。暮潮荡潏洛水钟，病苔钻蚀岐阳鼓。此碑孤孑遗天涯，瑶石作记空咨嗟黎瑶石[6]撰古墨斋记叙碑之始末。山僧瞢俗不知惜，宝护无复为笼纱。我来花水尘亲拭，波磔[7]谛观妙能得。三十馀字蓦纤秾，漫漶[8]无多半可识。当时健笔流辈稀，声华藉藉无诋诽。忠贞负恨召迁徙，汶阳阻绝魂不归。柱下千年剔残垢，粥鼓斋鱼刁禅久。金经释怨开魔关，潜駈九地沉魑守。高生画指衫袖汙，索靖[9]驻马情所娱。法王大力好收拾，变相永配祇林图寺有傅雯观音三十六变相指画。

【注】

[1] 李北海，指唐代书法家李邕（678—747），字泰和，江都（今江苏扬州）人。因官至汲

郡、北海太守，故世称“李北海”。其工文善书，尤推行楷写碑，取法“二王”（王羲之、王献之）而有所创造，笔力沉雄，自成面目。存世碑刻有《岳麓寺碑》《李思训碑》等；文集已佚，明人辑有《李北海集》。

[2] 云麾残碑，即《李思训碑》，全称为《唐故云麾将军右武卫大将军赠秦州都督彭国公谥曰昭公李府君神道碑并序》，是李邕撰文于720年并立碑的。碑文主要记述了唐代书画家李思训的生平事迹。

[3] 斲，即“斫”。

[4] 唐李，李唐王朝的简称。

[5] 王惟俭，字损仲，明代藏书家、鉴赏家。明万历六年（1578年），其于良乡为县令时，曾携带残碑中的四块石础至大梁，后佚失。

[6] 黎瑶石，明嘉靖年间人黎民表（1515—1581），号瑶石，广东从化（今属广州）人。嘉靖十三年（1534年）中举人，累官河南布政参议，诗文皆有名声。作有《古墨斋歌》一诗，记载了云麾残碑事。

[7] 波磔，指汉字书法中的撇捺。

[8] 漫漶，形容书版、石刻等物因年代久远遭磨损而模糊不清的情况。

[9] 索靖，字幼安，西晋著名书法家，敦煌郡龙勒县（今甘肃敦煌）人。其善章草，著有《草书状》等作。

瘗骨台

台在悯忠寺殿侧，唐时瘗征高丽军士骨於此。

祇树郁斜目，静寂无喧嘈。观碑谢摹勒，爰陟[1]孤台高。昔闻辽东战，卒旅斤斧膏。遗骸弃荒野，作冢肩髀牢。青燐杂阴火，白昼北风号。法王搆崇基，镇此薜荔罳。游尸聚欢国，禅力避殭力。哀哉潢池众，盗弄兵刃操。杀人薙中芥，性命轻鸿毛。大将功未成，万骨枯蓬蒿。茫茫髑髅山，罪劫谁倖逃。登临誓忏悔，勿令饥魂嗸。

【注】

[1] 爰陟，登上高处的意思。

留别李子衡[1]比部[2]汝钧即用题集元韵

又醒东风梦，同吟下第诗。剑尘埋旧恨，琴爨少新知。罢夺文场帜，愁看大将旗。羽书南去急，延望计归期。

归期诹已定，辗转客怀新。风雨愁侵骨，干戈劫误人。我思棠水[2]约，君负海州[3]春君眷属寄居海州。明日天涯路，分襟各怆神。

【注】

[1] 李子衡，即李汝钧，字子衡。据叶名澧《敦夙好斋诗全集》续编卷十中载：李汝钧，字子衡，官至刑部主事。其余皆不详。

[2] 比部，明清时对刑部及其司官的习称。

[3] 棠水，即甘棠湖。

[4] 海州，位于今江苏省连云港市市区西南。

答符南樵[1]孝廉

寒飙卷塞起，浩浩尘沙飞。尘沙睐[1]双目，四顾将安归。长安盛寇盗，苜蓿春不肥。谋身乏善策，拙计背郎希。行行别君去，泣下霑裳衣。淮南再遭陷，虎豹屯重围。一家十馀口，避祸栖郊扉。荒村少人迹，藜藿时苦饥。归兴亦何术，能使艰窘弥。君来哀我穷，慷慨兼嘘欷。暮年态老丑君赠诗有同是暮年态老丑句，惨戚欢易违。天涯惜留滞，一官何足祈时有劝君谒选者君力却之。看花住行馆，投赠盈珠玑。编蒐积奢愿，惜少黄金挥。吁嗟长安居，生计今已微。去留各无主，叙别情依依。飙轮向西转，白日无光辉。高台界离思，握手嗟何时。勉旃[2]保令德，勿为流俗讥。

【注】

[1] 符南樵，指近代诗人符葆森。其原名灿，后改名为葆森，字南樵，江苏江都人。著有《寄鸥馆诗稿》《寄鸥馆辛壬诗录》等作。

[2] 睐，即“眯”。

[3] 勉旃，勉励、努力之意。多用于劝勉的语境。旃，语气助词，“之焉”的合音。

答蒋叔起[1]比部超伯即用题集韵

荆璞不见赏，忽忽二十年。艰难避地去，客寄鱼海偏。作赋谢王粲[2]，说经非服虔[3]。日日郁焦思，痛若沉痾缠。东风破畏疊，复受尘鞅牵。驱马上金台，邱屋时事迁。投刺百不遇，握手惊君先。谈兵意摧激，述旧思缠绵。过从狎京寓，近等陌与阡。走刺索行稿，投赠霏新篇。蜀冈眷回首，恻恻哀怨宣。书生气愤懑，手惜无龙泉。我时铩飞羽，愁看名花鲜。典裘入酒肆，屡作中圣愿[4]。高歌厌醒眼，白日皆酣眠。君来作快慰，捷若飞剑仙。怡然破昏梦，荡涤云与烟。嗟嗟客囊罄，征辔难久延。归途逼烽燹，南北各一天。相期惩浮薄，交谊师昔贤。

【注】

[1] 蒋叔起，即蒋超伯（1821—1875），字叔起，号通斋，江都人。道光十九年（1839年）举人。曾任江西道监察御史、广西南宁知府、广东潮州知府、摄广州知府等官职。著有《丽濅荟录》《爽鸠要录》《窥豹集》《榕堂续录》《通斋诗文集》《盘谷薛苏四种》等作。

[2] 作赋谢王粲，即王粲《登楼赋》典。

[3] 服虔，东汉经学家，著有《春秋左氏解谊》三十一卷。

[4] 中圣愿，饮酒、酒醉的意思。

赠汪沁园[1]州倅滋树

与君昔相见，忆在芙蓉城。意气各笼罩，尊酒谈生平。联诗谢浮艳，论事嗤近名。称量一不当，终席闻喧声。顷年祸崩拆[2]，我向棠湖行。君亦不得意，仗策游燕京。托身於莲幕，笔札摧君卿。可怜秦副车[3]，仓海椎误争[4]。中间彗尘起，南北皆苦兵。消息断戎马，摇荡心悬旌。今来滞行馆，后先拂征程。握手眂颜色，离乱哀馀生。飘蓬十馀载，踪迹快合并。俯首阅流辈，胜槩骄簪缨。终南有佳处，捷径甘自营。痛怀述祖德，上第卢易成。翻举逞鸿凤，骏誉腾高闳。鄙生愧荒仄，腥腐吞不惊。枝官藉毫末，降抑消强勍[5]。穷途入残夜，涕泪纷纵横。旷怀蜀司马[6]，文章汉豪英。西南布威谕，讵敢赀郎轻。萧萧北风起，骐骥悲相鸣。和歌易水筑，觱篥沉寒更。尘沙横扬簸，迷闷离思萦。蓉城眷参昴[7]，脉脉含馀情君如夫人寄寓江阴。

【注】

[1] 汪沁园，即汪滋树，其字沁园，家世、生平不详。

[2] 崩拆，疑应为“崩坼”。

[3] 秦副车，即“误中副车”典。意为做事情有所偏颇，未能找到真正目标或要旨。出自《史记·留侯世家》。

[4] 仓海椎误争，即“张良椎秦”典。《史记·留侯世家》载：“（张良）东见仓海君。得力士，为铁椎重百二十斤。秦皇帝东游，良与客狙击秦皇帝博浪沙中。”

[5] 勍，强大、有力。

[6] 蜀司马，即西汉文学家司马相如。因其为蜀郡成都人，后世有此称。

[7] 参昴，参星和昴星。《诗经·召南》中《小星》篇中云：“嘒彼小星，维参与昴。”

留别李直斋[1]寅清

李侯负时望，与我夙昔亲。肝胆合蛩蚷，议论戢楚秦。少小豪气兀，矫首卑群伦。鹰隼挟秋健，抗翮凌风尘。郁郁复郁郁，须鬓霜雪皴。文章苦衰惫，奔走为劳薪。罡风不能抗，龙性乃就驯。朝来谒选部，投结意弗伸。登高望故乡，牛斗无威神。蝮蛇螫解腕，豺虎横食人。呜呜聚新鬼，战场花不春。汍澜[2]涕无语，孑立增悲辛。闻我整行箧，饮饯酒十巡。呼车送征旆，握手当城闉。临分互珍重，慷慨为君陈。我衰分无望，君志力可振。读书练才识，救时见经纶。庶胜剧繁任，永卜风教淳。行矣慎自爱，保此济物身。

【注】

[1] 李直斋，《江都县续志》载："李寅清，字直斋，江都人。幼聪颖，八岁能属文。家夙贫，冬夜拥絮，背诵不辍。弱冠，补诸生，留心经世之学，教授生徒，成就极众。道光十七年，举于乡……后以助剿土匪功，议叙知县，分省江西。八年，知余干县事……同治二年，知义宁州事……卒，年七十五，著有《文砚斋遗稿》二卷。"

[2] 汍澜，形容流泪的样子。

留别冯菊卿

燕市高朋聚，吾钦冯敬通。兵戈豪气激，谈笑客愁空。作宦情同眷，佣书计亦穷。金台斜照里，回首隔东风。

留别高云叔太史

牛斗缠兵气，凭高老泪干。孤怀正凄激，一第感艰难。辗转轮蹄促，苍茫襆被寒。征途从此远，别思恋长安。

客馆悲吟候，君来赠我诗。春残催梦断，乡远附书迟。判袂[1]怜今日，论文待后时。东风须努力，斫鲙[2]入莲池。

【注】

[1] 判袂，分离、分别。

[2] 斫鲙，薄切的鱼肉片。

送王益三甲曾太令之官施南[1]

缥缈层台夕照浮，送君五月下渠州[2]。淮南烽火增新恨，楚北山川赋壮游。不假问途嫌梗塞，定应为政擅风流。平安早晚须传语，莫使高堂望远愁。

霓裳旧谱廿年谙，回首名场只自惭。我信无才怜鄗苦，君宜有孅继棠甘。五云共忆重霄梦，千里惊分客路骖。指日祥风[3]花县满，载听讴颂遍江潭。

【注】

[1] 施南，指施南府，位于湖北省西南。

[2] 渠州，位于今四川省达州市境内。

[3] 祥风，指夏至后的和暖的风。

出　都

邯郸一觉逐春催，旧馆栖迟独客哀。云气晓辞双关迥，铃声寒送五更来。渐离筑冷谁呼酒[1]，郭隗金空但有台[2]。回望蓟门山色好，何时突兀共啣杯。

衔杯无计且留连，剧奈征程未许延。渐悔功名贪未着，翻嫌歌舞过中年。轮蹄岁月经愁老，乡国兵戈入梦牵。羡煞淮南鸡与犬[3]，窃尝丹鼎亦升仙。

【注】

[1] 渐离筑冷谁呼酒，即“高渐离击筑”典，见《史记·刺客列传》。

[2] 郭隗金空但有台，指“郭隗说燕昭王求士”的典故，见《战国策·燕策》。

[3] 淮南鸡与犬，即成语“淮南鸡犬”。语出东汉王充的《论衡》：“淮南王刘安坐反而死，天下并闻，当时并见，儒书尚有言其得道仙去，鸡犬升天者。”

重过刘智庙

古道飞车驻，琵琶拨调圆。可怜逢旧客，不忍听新絃。惨淡香槽湿，飘零绮梦捐。只应徐孝穆，与尔话缠绵谓毓才。

谒晏子[1]祠

晏城古齐地，其名曰莱维。客子夜投息，中有名贤祠。迂廻觅径路，宛转循堂基。记年读碑碣，荒秽惨不怡。昔为近市宅，眷德加鸠治。爽垲[2]夙非愿，湫隘如生时。徘徊念友谊，末世分易亏。愿言勒久敬，佩之为良规。

【注】

[1] 晏子，指春秋时齐国著名政治家、外交家晏婴，夷维（今山东省高密市）人。

[2] 爽垲，高爽、干燥的地方。

羊流店[1]即羊叔子故里

重岩崩剀卷尘浮，驿路黄昏夕照收。渐有新愁伤骥蹶，忽逢古店宿羊流。轻裘缓带怀名将，衰草寒云吊故邱。不见岘山[2]巉绝处，摩挱尚记泪碑留。

【注】

[1] 羊流店，即今山东新泰市西北羊流镇。《大清一统志》载："（羊流店）羊祜故里为名。后裔犹有存者。"

[2] 岘山，即"岘山泪"典。出自《晋书·羊祜列传》："祜乐山水，每风景，必造岘山，置酒言咏，终日不倦。尝慨然叹息……襄阳百姓于岘山祜平生游憩之所建碑立庙，岁时飨祭焉。望其碑者莫不流涕，杜预因名为堕泪碑。"

过齐河[1]即古祝阿[2]

层霄直上势嵯峨，荒市闲场趁晓过。螭柱蟠云围白石，马蹄飞雪踏黄河。疆隅昔早夸盟主，坛坫今犹忆祝阿。一望郊原遍耕种，莱夷久已靖兵戈。

【注】

[1] 齐河，位于今山东省德州市境内。

[2] 祝阿，古地名，为春秋时齐地，也写作"祝柯"，位于今山东省德州市齐河县一带。

张夏[1]古槐一株盘郁奇伟读碑记知为汉时物诗以志之

我昔寻幽入古寺，龙爪拏空障云翠。风流洒翰落画图，诗老摩挱叹奇恣。荒村历碌尘车催，黄昏远听寒风哀。陡然侧看叫奇绝，偃蹇不数婆娑槐。高枝横屈左肩黑，右髀[2]森寒绀绿色。孤根拗藓石倒穿，山径沉阴晚逾仄。中间突兀华盖撑，作势险与雷霆争。人间劫火未曾着，崩裂时有烦冤声。此树疑非近时物，残碑入腹手尘拂。土人植自西汉年，浩气炎精共蟠郁。乌乎盘郁世不知，过时拥肿[3]反遭嗤。熊僵兕卧抱遗恨，讵复卓荦矜雄姿。雄姿契结不能去，天涯望断槐黄路。

夜深回首忆琳宫，为尔伤心痛迟暮。

【注】

[1] 张夏，即今山东省济南市长清区东南部的张夏街道。

[2] 髀，大腿、大腿骨。

五日道中

萍跡莽无定，迂迟屡见嘲。客心悬令节，残梦断危坳。病急求迟艾时患腹疾，深秋系感匏。忽闻青岱[1]近，追险促鞭鞘。

【注】

[1] 青岱，即岱宗泰山。

是日宿泰安偕徐毓才陈六舟[1]彝两孝廉谒岱庙

五岳丽方镇，岱宗为之元。茁震孕灵宰，称泰作帝孙。奇想遘梦寐，旷览延心魂。幸辞倦游策，爰礼遥参门。飞楼杰然峙，崇墉屹如屯四围有庙城方三里高三丈门八南闢者五门各有楼四角亦然厥制最为壮丽。翼星绛浮阙，亘霞丹围阍。稍近入配天，殿阁燦以繁。将军职兵仗东为炳灵殿按唐长兴三年诏以太山三郎为威雄将军宋大中祥符元年加封两灵公，太尉司冥冤西为太尉殿朱祐前定录补云是豳公杜悰。毛发幻洒竖，神鬼惊腾骞。须臾黄冠来，招览青丘尊。霄衢远能引，露台平可扪。松桧龙上挎，碑碣螭下蹲。波涛匝云合，风雨挈空掀。颇嫌性旷荡，久厄尘薰暄。恍恍境开胜，郁郁襟祛烦。神功昔建立，壮概横吐吞。穹窿[2]启阊阖，开合摹乾坤。灵辰拱丹极，太乙环紫垣。四角翼捎凤，万瓦鳞获鲲。辇道虎龙卫，崖磩蛇鸟反。冕旒赞轩甞，圭璧崇玙璠。从官侍肃穆，宝雾蒸纷缊[3]。仰惟昊苍泽，弥泐霑霈恩。雨甘澍天下，籍秘专幽原。所奠寔闳廓，其势无俪援。有臣感虮虱，未化如蛩蟳[4]。思欲振蹇弱，径与北崚嶟。磅礴慑真气，凝合搜灵根。俯瞰鲁齐界，远頫[5]嵩华藩。孤仄一以梦，咫尺非所论。兴酣策高步，驾言前路蹇。轩轩鹤盘翅，麌麌[6]鹿走樊。松炉火重爇，茗椀花轻翻。暂留翳祛眼，小憩畦息跟。干戈数迁徙，忧患廑崩奔。变态窜为鼠，失意轮与辕。伟哉媪[7]神力，植此元化蕃。封禅式群后，享祀趋九垠。雄关陟有待，奇字璧[8]尚存璧作聖唐武后有聖历碑。请杌真形图，赞述踵大言。

【注】

[1] 陈六舟，即陈彝，字六舟。《中国历代人名大辞典》录："陈彝，清江苏仪征人，字六

舟，号听轩。同治元年进士，授修撰，转科道，以敢言称。光绪间历任甘肃按察使、湖南布政使、安徽巡抚，旋改顺天府尹，官至内阁学士。”

[2] 嶐，古同“隆”，高。

[3] 纷缊，繁盛而纷乱。

[4] 蛩蜳，形容怵惕不安的样子。

[5] 远频，疑应为“远眺”。

[6] 麌麌，聚集。《诗经·小雅·吉日》中有“兽之所同，麀鹿麌麌”句，毛传曰：“麌麌，众多也。”

[7] 媪，年老的女性。

[8] 𦔻，“聖”之异体，即今之“圣”字。

扶桑石

露台净如拭，中有奇石巉。孤根峙突兀，旁接云横喦[1]。云自海上来，岁久苔藻芟。月华孕熊郁，海水滋腥咸。唅呀受荡激，捷若斤斧镵。崩星拆灵竅[2]，奇态摹空嵌。郁然透古色，墨突淡作黬[3]。命工事鸠树，神鬼为之监。信知玮怪产，呼吸无气攙。奕奕望扶桑，澒洞[4]飞轮衔。

【注】

[1] 喦，同“岩”字。

[2] 竅，即“窍”。

[3] 黬，黑斑、霉点。

[4] 澒洞，虚空混沌的样子。

飞来凤松歌

沉阴黯黯前台翳，汉柏唐槐势相离。就中松径气郁盘，侧旁一株挟飞势。孤枝奋起头欲昂，两翅戢戢云横张。羽毛攒翠爪拳立，屹如萋菶[1]翔高冈。黄冠招我踏林空，拍点森萧说威凤。天风作阵破阴来，吹下崇墉发奇弄。奇弄戛击摩空争，节足叠和雌雄鸣。掉头回视觅空籁，但见直上松相撑。松茗亭兮骞举，凤翩翻兮欲舞。蜿蜒夹兮龙之鳞，蝼蚁啄影不能蛊。我闻太山顶上有宛央[2]碑，凤兮凤兮山之陲。招群接侣相追随，终年整翼乏仙术。平地蟠根结灵质，餐芝茹药非所甘。可惜崇岩竹无实，竹无实，饥不疗，含仁之腹枵然枵。何当松身化去孕丹彩，归昌贺世阳鸣朝。

【注】

[1] 菶,形容草木茂盛。

[2] 夗央,即“鸳鸯”。

环咏亭[1]

飞甍矗霄汉,郁郁送桧柢。环垣植岩石,今古诗魂棲。当年逞游兴,历览路不迷。阴阳一摹绘,万象呈端倪。后时揽风雅,雪壁劖镌齐。我行眷嘉藻[3],讽咏祛尘翳。天风飒然来,吹入斜阳西。鸾凰奋长啸,惜未摩云跻摩云太山上岭名。

【注】

[1] 环咏亭,位于山东泰安岱庙内。乾隆皇帝曾作有《环咏亭》一诗。

[2] 嘉藻,对他人诗文、书札的美誉。

碑　　海

观海负壮气,波涛险破胆。太岱泐碑室,厥名乃相揜[1]。骨瘦岩石镌,肩亚墨云嵌。峄山[2]姤残毁,五字尘黯黯。臣斯臣去疾峄碑仅存此五字,奇古尚可鍳。其馀纵横立,象肖缀连菼[3]。颇讶龙蛇蟠,亦似渤澥览。陕洞万庶侪,韩陵片[4]徒感。吾生拙运笔,日虚事铅椠。望洋心自警,喻水首惟颔。挈归渺无术,山徭岳难撼。惟面达摩壁,九年无顑頷[5]。

【注】

[1] 揜,同“掩”字。

[2] 峄山,位于今山东省济宁市邹城市峄山镇。即《孟子·尽心上》所曰“孔子登东山而小鲁,登泰山而小天下”的东山。

[3] 菼,古时指初生的荻草。

[4] 韩陵片,韩陵片石的简称,指出色的文章。唐时张鷟《朝野佥载》载:“梁庾信从南朝初至北方,文士多轻之。信将《枯树赋》以示之,于后无敢言者。时温子升作《韩陵山寺碑》信读而写其本,南人问信曰:‘北方文士何如?’信曰:‘惟有韩陵山一片石堪共语。薛道衡、卢思道少解把笔。自余驴鸣犬吠,聒耳而已。’”

[5] 顑頷,感慨不平的样子。

峻极殿[1]观画壁作歌

晶轮煜煜开璇宫，凌飙促景神驾空。青方群从赫森布，扈巡出震云飞东。前驱将军走□□[2]，宝号奕奕腾威雄。中间仙人驾骖鹿，叔卿职领仙官崇。万灵溃湧赴潮水，雷车格磔行霆霳[3]。五方介士饬兵队，马蹄蹴踏声汹汹。曰兰曰锜各有伍，羽骑按弝[4]冯珧弓。鉤陈勒部甲丁卫，犀兕坚韧鞮鍪铜。旌旃百道彗捎宇，干盾千仗金磨风。开阳玉柄刼[5]龙纠，沧耳朱鍏斑蛇幪。传呼整肃次无犯，壁垒未许招摇冲。须臾香霭生当中，华盖焱焱霞浮红。雕辇夹侍皆华骏，一人端穆王者容。冕旒日月衣山龙，圭璧赞化昭上穹。岱岳作镇卑衡嵩，蝹蜦紫炁[6]蟠长虹。帝命游豫[7]蠲灵聪，膏雨沛泽滋禾芃。天师秉受上清箓，冠以七宝环以玒[8]。指挥符篆役魑魅，左右剑佩纷相从。八神奔奔获舆跸，钺斧列道仪锽充。蚩尤之伦气剽傑，赤槊闪漆星辉彤。怪奇环玮有如此，元化根柢谁能穷。是何哲匠运大力，雪壁扫雾鉤摹工。疑有手诀善呼召，凌虚摄影乾坤通。珠吏五百捕芳郁，瑶仙四六翔菁葱。故能绘画入广大，象纬上逼增回熊。酆都变态极诙诡仁安门两廊绘冥司善恶状，究亦惨淡难为同。方今江海盛蟊贼，枭徒偪险烟腾烽。淮南荆楚少安壤，疮痍转徙凶门凶。我愿太祇赫怒下霹雳，檄书直指驱莽苍。狂章望远走迅律，刀劳罔两飞蒙茸。扫清尘秽靖牛斗，黑籍[9]按校诛沙虫。煌煌破阵奏新乐，金鼓震慄喧铮摐。寰区□[10]疾尽消释，万古享祀酬神功。作歌呵壁肆狂语，亟祈祉福苍生蒙。

【注】

[1] 峻极殿，指嵩山中岳庙的主体建筑，也称作“中岳大殿”。

[2] □□，两字一为“犮”，一则疑为“犻”。自注为“音友旱”。

[3] 霆霳，雷声。

[4] 弝，指弓的中间部分。射箭时用以握弓的地方。

[5] 刼，同“劫”字。

[6] 炁，即“气”。

[7] 游豫，指帝王出巡，春巡为“游”，秋巡为“豫”。语出《孟子·梁惠王下》：“夏谚曰：‘吾王不游，吾何以休？吾王不豫，吾何以助？一游一豫，为诸侯度。’”

[8] 玒，玉的名称。

[9] 黑籍，旧时传说神佛所存的坏人名册。

[10] □，原字为“癘”。

车中望泰山用昌黎谒衡岳庙诗韵

青方标镇秋眂公，崇高独上当天中。蒸云触石运神怪，万笏攒立无其雄。我昨甄虔谒神庙，璇台游憩忘途穷。旷观绝境兴超越，径欲攀陟呼长风。人间尘事苦牵缠，金庭[1]嘘吸奚由通。群峰黯惨郁奇态，胜游倏忽成虚空。车中俯首寂无语，回顾但见神光融。安得真仙招我魂梦去，变相玮异瞻三宫[2]。吴门霍忽练曳白，日观炎焱轮飞红。盘青簇翠踏双鸟，阊阖浩荡祛烦衷。浮尘现影仅一吷，蠓蠛琐屑嗤藐躬。徐生谓毓才笑我意痴绝，画地作饼毋乃同。名区造历自有分，幻想驰逐瞢无终。剑光记里志隆史查志隆作岱史聂剑光作道里记，亦可策览收神功。喟然促驭走平陆，雾巾障野斜阳胧。镌劖后约上岩石，更看马首余从东。

【注】

[1] 金庭，道教传说中的神仙所居之处。

[2] 三宫，指上元宫、中元宫、下元宫。为道教中所言的三元（三官）居住的地方。

山行杂诗十首

五更破尘梦，促为劳者唱。看山逞孤思，复受尘雾障。扶桑鸣天鸡，日轮见圆相。众峰豁呈露，苍翠孕殊状。削劖入颠顶，争奇不相让。纵横诧观骇，嶙峋肆情壮。先时郁未见，快若醒宿酿。兀突迎面来，平生惬微尚。更望泰岱云，仙灵手同抗。

松桧植岩阪，飒飒风倒吹。我车行其下，仰望目易疲。马蹄十数转，直上凌重基。对面横一山，曲折奔赴之。俯眂众松桧，涧底蛟龙窥。郁郁为怒号，催我轮毂驰。驰驱逮斜景，性适忘□□[1]。炎氛蔽云气，念彼中谷蓷[2]。

朝行过一山，暮行陟一岭。惊飙卷轮辀，奔腾挟云猛。削岩气峥嵘，攒笏势坚整。悄然起披帘，俯仰杂俄顷。万态不能合，奇异各自领。足知生面开，造化力独逞。摹空落图绘，所得只虚景。旷旷祛郁忱，明月卧横影。

昨暮宿晏城，侵晓陟幽迥。屹然单栅明，作势入云挺。虎牙怒森立，峭空色寒洗。连陵谢盘牙，孤拔刺天顶。齐晋昔搆仇，三周鹿走铤。青翠荡烬馀，伯业[3]亦烟冷。流水在山清，泠梦醒泠尘。藤萝复相延，酌取试春茗。

连峰莽回沍，有径蛇蜿蜒。夹云瞬开敞，村落别一天。杜鹃五月鸣，化作山花妍。新红吐郁郁，古翠含芊芊。居民习农书，禾黍连陌阡。既耽旷幽趣，亦乐耕种便。桃源夙神往，弥望愁烽烟。猗[4]与此间乐，少息尘虑牵。

沙砾生午曛，车驰幞昏雾。崖石峭四面，风威力能驱。气塞蒸云崩，芒森汗雨注。君卿舌焦敝，烦热酷如铸。道旁有村店，棚芦横岩树。浊浆鸟盎盛，颇惬饮泉趣。乌乎行路难，时为饥渴误。赤日悬嵱岈[5]，神形益惊怖。

瑯玡占雄大，北与钜海邻。山川抗奇异，钟毓出伟人。翳惟诸葛公，英霸迈等伦。卓识定中庐，骋步升潜鳞。艰难植王业，整靖駈兵尘。两表亘天地，炎运获再伸。我车陟故里，岌岌山路遵。崇墉峙巉嵲，云气蟠轮囷。中原听鼙鼓，慨念将帅臣。丰碑下马拜，髣髴瞻威神。

雷鸣彀肠转，客来古郯城。店庐偪蜗仄，久佔青州兵。哀音刁斗慄，杀气干戈争。扫尘促布席，饼饺罗纵横。当食戒投箸，且今枵腹盈。痛怀客游苦，复感兵车行[6]。天涯错愁恨，共作烦冤声。慷慨策前路，残彗何时清。

羁心趱飞云，客程未及歇。巖嵘湿绵亘，石与铗相批。铗铮不畏石，石巉不受铗。摩激争两雄，雷霆劈空裂。车中兀然坐，簸荡若尘屑。轩轾弗力闲，叶落实深穴。凭高窃自危，蹈险不堪说。叱驭者何人，有慕壮怀烈。

下山径曲盘，轮辐北而转。虽无石崚嶒，尚觉路迂蹇。少进览平掌，飞沙踏尘輭[7]。骎骎力奔骤，砰磕谢惊轧。揽辔技已娴，蹶蹶患可免。险夷判须臾，人事豁扃键[8]。五岳跡未涉，尝鼎兹一脔[9]。回首望众峰，夹峙益龈齾[10]。

【注】

[1] □□，原字为"广+坒""广+襄"。

[2] 葎，繁盛、繁茂。

[3] 伯业，指霸业、功业的意思。伯，通"霸"字。

[4] 猗，语气词。表感叹、赞叹。

[5] 嵱岈，形容山势深邃的样子。

[6] 兵车行，指唐代诗人杜甫的诗作《兵车行》。

[7] 輭，同"软"字。

[8] 扃键，门闩、门环。

[9] 尝鼎兹一脔，即成语"尝鼎一脔"。语出《吕氏春秋·察今》："尝一脟肉而知一镬之味，一鼎之调。"

[10] 龈齾，本指牙龈外露的情况。后常用来比喻陡峭的山岩。

宿迁道中见蝗

中野云芃芃，坚实结麰麦。农田卜秋至，并力勤刈获。纷纷贼蟊起，天降为民厄。尘沙蔽无影，一望荡魂魄。去岁冬雪少，入地不盈尺。南风赫炎蒸，蠢蠢土翻脉。及兹丑类弱，搜捕尚易摭[1]。必待毛羽丰，灾祸力难辟。嗟乎此方民，水患历年积。生机幸稍转，复姤此毒螫。滋茂信无望，延蔓忧益剧。作诗告长吏，穷苦勿自惜东坡捕蝗诗有老身穷苦自招渠句。

【注】

[1] 摭，拾取、摘取。

宿顺河集[1]怀梅屋孟辛[2]

踪迹劳劳阅苦辛，兼程傍夜住车轮。文章知遇消残梦，颜面尘沙愧故人。忽听严更喧野店，空怀芳讯隔城闉。别离江海期难定，此后天涯恨又新。

【注】

[1] 顺河集，位于今江苏省宿迁市境内。《大清一统志》载："（顺河集）在宿迁县东中河东岸，南接仰化集，北达司吾镇，为往来孔道。"

[2] 孟辛，其姓字、家世及生平经历不详。

病中遣兴八首

百中天所毓，调剂能生人。然非镇盪合医经云锭者镇也汤者盪也，恐亦戕其神。儒俗昧九数皇极经世云人四肢各有脉一脉三部一部三候以应天数也所以应之九数也，纠错阴阳陈。积久蚀荣卫，沉痼卒不伸。入夏姤肝疾，兀坐时吟呻。骄炎力相抗，日夕丸缓亲。寸田廓然耳，讵屑萦垢尘。中医信勿药，葆一全吾真。

重云峭孤梦，缠痛催梦醒。涸焦索甘茗，数起占天星。精光赫太白，芒角森天庭。奎垣瞩文曜，郁晦尘飞冥。干戈肆杀劫，炳蔚皆潜形。猰犺苦无制，真宰威不灵。吾将诉阊阖，阊阖高且扃。慇慇[1]悼疾瘦，何处祈参苓。

景纯[2]赋游仙，所志匪冲举。微词托蓬莱，棲迟迫龃龉。老骥生逆谋，元涛荡钟虡。鲁阳戈未挥，丹谿帐重阻。年命自知厄，蜉蝣奚足许。殉国为长生，兵解亦诳语。役役钟李[3]辈，笺释昧情绪。旷然鼓灵风，一洗俗尘围。

少壮挟慷慨，蔑眡阿堵物。巍巍铜布山，跨越气强倔。以此会天忌，屡为厄穷郁。黄金耗长途，归来橐尘騣。吾宗伯龙鬼[4]，笑语间仿佛。文章慕杨云[5]，逐贫口徒吃。吞攫嗟何为，崚嶒讵甘屈。钱愚续为论，有箴扑满[6]乞。

阮公避高职，历仕为步兵[7]。浮云映富贵，纵酒遗世情。尝登广武原，慷慨览战争。英雄不时出，竖子皆成名。然其述怀作，俯仰无所营。寄托入幽隐，敛抑韬光精。荆棘蔽钩刺，卒使祸不撄。叔夜[8]逞龙性，毋亦惭养生。

浊流涉世务，哆口谈恩仇。当机误懦怯，事往增惭羞。抗怀古飞侠，豪气轹[9]九州。出入幻神鬼，肝胆倾王侯。白丸削风过，手掷血髑髅。气雾卷披豁，快意谁敢尤。旷远不能见，沥酒徒相酬。所期荷戈士，奋迹为龙虬。

龙虬閟深渊，狼貙据平地。思惟松乔伦，可以阐灵异。骖鸾拜玉清，腾鲲访珠吏。俯首盼尘芥，纷如角蜗戏。崇墉下飞符，辟走万魑魅。澒洞驱风埃，真诠礼幽邃。抗奇历艰峰，飞步志未遂。霄度仅可期，请替淮南厕。

游思恍无据，沈冥易为患。辗转困灵府，割砭乃相间。棲谷世罕逢，学剑辞亦谩。元化五禽戏[10]，引輓技已惯。深居闭房户，熊虎肆顾盼。踬足习轻利，关节振牵绾。经旬沉锢转，阻滞车出栈。寄谢和缓俦，勿轻事嘲讪。

【注】

[1] 慇慇，即“殷殷”意。

[2] 景纯，指晋著名学者、文学家郭璞，其字景纯。著有《游仙诗》十四首，即诗中所言“赋游仙”事。

[3] 钟李，东汉时人钟皓、李膺的合称。典故出自《后汉书》：“皓兄子瑾母，膺之姑也。瑾好学慕古，有退让风，与膺同年，俱有声名。膺祖太尉脩，常言：‘瑾似我家性，邦有道不废，邦无道免于刑戮。’复以膺妹妻之。瑾辟州府，未尝屈志。”

[4] 伯龙鬼，典故“伯龙受鬼笑”的简称。典故出自《南史·刘损传》：“损同郡宗人有刘伯龙者，少而贫薄，及长，历位尚书左丞、少府、武陵太守，贫窭尤甚。常在家慨然，召左右将营十一之方，忽见一鬼在傍抚掌大笑。伯龙叹曰：‘贫穷固有命，乃复为鬼笑也。’遂止。”后常以此形容生活穷困、生计窘迫的情状。

[5] 杨云，疑应为“扬云”，即扬雄，其字子云。

[6] 扑满，古时用以存钱的瓦器。钱币放进去之后，要打破扑满才能取出来。

[7] 阮公避高职，历仕为步兵，指魏晋之际正始士人阮籍事。《晋书·阮籍传》载：“籍闻步兵厨营人善酿，有贮酒三百斛，乃求为步兵校尉。”

[8] 叔夜，正始时士人嵇康的字。

[9] 轹，凌驾。

[10] 五禽戏，指东汉名医华佗模仿虎、鹿、熊、猿、鸟五种动物动态而成的强身活动体式。《后汉书·华佗传》有载。

花幛吟

南湖昔日情波暖，珠舫摇春载花满。傍水夗央滞画桡，寻芳蛱蝶娱歌管。夗鸯傍水忽西飞，蛱蝶寻芳去未归。兰芷芬菲消歇尽，只馀杨柳送斜晖。斜晖黯黯无情思，李媵桃奴擅风致。纵有蘼芜不算春，空思月夜花如肆。天西烽火逼芜城，歌舞翻为出塞声。回首欢场怜薄命，娥娥结伴赋宵行。当时声价千金待，散作惊鸿愁未解。不幸南湖劫又生，情波转瞬成江海。缟练翻春换绮罗，新妆重与画修蛾。窗前多种相思树，倩引垂鞭荡子过。荡子风流喜年少，簾幙初逢浅颦笑。鹦鹉呼茶小婢来，痴云昵影含娟妙。整袿揽佩鸟依人，欵欵霏辞意乍申。灯爇凤檠春入夜，香笼罳罘雾生筠。曲房调席陈欢酒，龋齿嫣羞倚人后。拇阵佯输罚玉杯，暗抛香绢頳盈袖。约指勾银翠袖斜，当筵宛转拨琵琶。殷勤唱出西楼子[1]词谱西楼子名相见欢，众里回眸颊晕霞。霞影霏红倾坐客，去留无计愁增剧。话到残更恋雨云，雨云眷眷巫峰夕。巫峰偎傍遣闲怀，鸩鸟相携作队来。甘使黄金同桂尽，不教红粉怨花开。花开日日人如梦，一晌伤心泣雌凤。飞絮沾泪惜此生，火莲要乞移根种。莲根移种莫嫌迟，楼阁凭虚幻不知。撮尽泥沙妨鸨羽，断肠无计赎蛾眉。蛾眉未赎心犹热，狎客私来传诀绝。忍说倾城替旧缘，自嗟绵薄心潜噎。枕上薰炉已罢温，素纨空自惜啼痕。背人偷向秦楼访，史凤[2]羹调惨闭门。凄凄一觉黄粱醒，飘泊天涯泛萍梗。结蕊愁看豆蔻梢，绾春怕见菖蒲影。豆蔻菖蒲不再逢，可怜蚨子亦无踪。绣襦一曲元和病，太息旁人赋懊侬。我亦苏台思选艳，苦恨年年握铅椠。短鬓经寒满雪霜，白头未许柔枝占。琼阁迷花愿化灰，飙轮日夕苦相催。情波劫尽吟花续，长为人间荡子哀。

【注】

[1] 西楼子，词牌《相见欢》的别称。南唐后主李煜所作《相见欢》词中有“无言独上西楼”句。

[2] 史凤，指“萧史弄玉”典。《列仙传》载：“萧史善吹箫，作凤鸣。秦穆公以女弄玉妻之，作凤楼，教弄玉吹箫，感凤来集，弄玉乘凤、萧史乘龙，夫妇同仙去。”

喜玉亭过访

别君经一载，今夕忽相逢。世路翻新劫，风尘识旧容。情憎江海阔，愁积雪霜对。小立斜阳外，征车促晚钟。

送萧德三[1]归麻城[2]

君来别我返亭州[3]，大地茫茫我欲愁。积险山川雄盗贼，当关兵卒暴征求。且当霜雪寒晨警，勿使金银气夜搜。倘遇鳞鸿乘便至，亟须消息报湖头。

昔闻胜境两浮船，今日伤心楚炬然。古壁轰云沉断岸，寒梅卷石裂飞烟赤壁有坡公画梅嵌石上。劫悬江汉三千里，人转峩嵋七百年。君去登临重有感，为余釃酒酹坡仙。

【注】

[1] 萧德三，其姓字、家世及生平经历不详。

[2] 麻城，即今湖北省黄冈市麻城市。

[3] 亭州，位于麻城东北部。

接三弟继方[1]信

客久羁怀切，孤云入夜寒。烟波送消息，家室喜平安。去梦惊残景，新愁偪冷官。贼围烽火近，去就寸心难。

【注】

[1] 继方，刘倬弟，但其生平经历、交游等均不详。

幹卿[1]姪信来云有学医之意戒之以诗

阴阳昔开辟，神农首明医。医方叙岐伯[2]，起自黄帝时。厥后诸国工，各以意究奇。气机斡造化，洞达分盈亏。始於活人术，研括尠所遗。俗儒昧斯理，诊切秘莫窥。两端介疑似，恍惚为游辞。按日进方剂，劓削未及知。吁嗟死生柄，颠倒听意持。卒使圣神业，甘受庸妄訾。吾侪宝经训，日日勤畲菑[3]。穷览大海源，横潦汙莫滋。不行始艰窘，琐屑精告疲。亦当策灵宰，节槩毋或移。若其挟小道，诩诩矜纤厘。闭门而造车，合辙茫无期。膏肓究真诀，和缓今为谁。性情中狂惑，迂怪为众嗤。前时所芸田，砚荒久不治。营营复经整，间歇讵有裨。况生物在命，荣悴天则司。子生抗穹昊，遭会恒易歧。卓哉圣贤论，守一戢寸私。努力振门祚[4]，勿以术自隳。

【注】

[1] 幹卿，刘倬侄，姓字与生平经历不详。

[2] 岐伯，相传为黄帝时期的名医。今所传《黄帝内经》，即战国秦汉的医家托名为黄帝与岐伯的论医之作。

[3] 畬蕢，焚烧田地里的杂草，以作为耕种的肥料。

[4] 门祚，指家世。

有　感

懔懔和门战气收，惊心淅米望矛头[1]。不闻受甲朝平垒，竟欲量沙夜唱筹[2]。列账兵喧乘衅急，中营梲入望星愁。欃云避舍知何日，痛惜奇功少木牛[3]。

荒原禾稼痛摧残，闲说输捐梦已寒。吼乃频年困租税，更从何处奉心肝。千家破产沉冤并，万帐腾欢借箸难。日暮北风笳吹起，江头弥望恨漫漫。

【注】

[1] 淅米望矛头，淅米，淘米。指“矛头淅米剑头炊”的典故。也作“剑头炊”“剑米危炊”。原意为在矛的尖头上淘米，在剑的尖头上做饭。指在战场上两军交锋时做饭，随时都可能丧命。后用以表示处境危险之意。见《世说新语·排调》所载晋人桓玄语。

[2] 量沙夜唱筹，即唱筹量沙，指把沙当做米，量时高呼数字。比喻安定军心，制造假象来迷惑敌人。典故出自《南史·檀道济传》：“道济夜唱筹量沙，以所余少米散其上。及旦，魏军谓资粮有余，故不复追。”

[3] 木牛，“木牛流马”的简称。《三国志·蜀志·诸葛亮传》载：“亮性长于巧思，损益连弩，木牛、流马，皆出其意。”

重 有 感

惊氛久未靖淮南，不道徐方食荐蚕[1]。沛泽涛声腥雾合，芒砀山势朔云含。川原壁垒新愁积，龙虎乾坤旧劫谙。我愿雄师亲扫荡，莫教迁避更怀惭。

【注】

[1] 食荐蚕，即“荐食如蚕”语。荐，同“洊”。荐食如蚕表示不断吞食、不断吞并之意。白居易《捕蝗》诗中有“始自两河及三辅，荐食如蚕飞似雨”句。

读元遗山雨夜诗至无钱正坐诗作祟识字重为时所仇句客怀愤郁各系一律

诗国终年睒矆[1]监，逼教世味谢酸咸。穷撑瘦骨哀音峭，寒入秋心宝气芟。

险句能招奇鬼助，空囊惟有败尘缄。伤心杜老行吟惯，半世长依托命镵。

仓史[2]无端造祸基，人生忧患苦难辞。文章历劫天逾幻，剑戟蟠锋数亦奇。藉使光芒潜气屼，仍凭疮痏[3]索毛疵。年来阅尽风波险，翻羡人间没字碑[4]。

【注】

[1] 睒矆，窥视、窥探。

[2] 仓史，即仓颉。传说其为黄帝时的史官，故后世有此称。

[3] 疮痏，疮疡、疮痕。

[4] 没字碑，没有刻上文字的碑。泰山玉皇顶庙前无字碑高 6 米，宽 1.2 米，传为秦始皇时立，后人考证为汉武帝所建；抑或比喻虚有仪表而腹无文墨的人。《旧五代史·唐书·崔协传》载："如崔协者，少识文字，时人谓之'没字碑'。"

观村人作河桥偶成

野岸悬云仄，终旬架木成。役偕除道罢，人稳踏霜行。厉揭[1]歌停作，招邀步不惊。却看枯柳畔，傍渡有舟横。

【注】

[1] 厉揭，指涉水。连衣涉水叫厉，提起衣服涉水叫揭。语出《诗经·邶风·匏有苦叶》"深则厉，浅则揭"之句。毛传释曰："以衣涉水为厉，谓由带以上也。揭，褰衣也。"

五更闻钟

静夜屏尘虑，客心思未央。蝶飞三径月，鲸吼一天霜。禅久声闻悟，情难梦觉忘。何时龙门解，投向蛰渊藏。

书东坡悼朝云诗[1]后

一梦如泡影幻禅，伤心驻景药无缘。夜灯续乞氤氲使，招入华胥蝶并仙。

蘧蘧仙蝶梦花娱，瞬感鲛人泪化珠。辗转空斋霜线冷，淹留无奈寄尘孤。

【注】

[1] 东坡悼朝云诗，即北宋文学家苏轼所作《悼朝云诗》。诗前有序："绍圣元年十一月，戏作《朝云诗》。三年七月五日，朝云病亡于惠州，葬之栖禅寺松林中东南，直大圣塔。予既铭其墓，且和前诗以自解。朝云始不识字，晚忽学书，粗有楷法。盖尝从泗上比丘尼义冲学

佛，亦略闻大义，且死，诵《金刚经》四句偈而绝。”诗曰：“苗而不秀岂其天，不使童乌与我玄。驻景恨无千岁药，赠行惟有小乘禅。伤心一念偿前债，弹指三生断后缘。归卧竹根无远近，夜灯勤礼塔中仙。”

冬 景

大野茫茫冻霭连，荒塍暮景益萧然。坚冰削骨寒攒水，秃树髡霜峭逼天。十载敝裘增客感，几家空灶冷炊烟。夜深催送南飞雁，孤月嗷嗷下断阡。

寒 角

孤愤久盘郁，栖栖[1]怀故乡。哀音寒警月，兵气夜沉霜。调杂三边苦，愁增独客长。天涯征戍久，回首益苍凉。

【注】

[1] 栖栖，形容孤寂、冷落的样子。

寒 柝

冻合朔云重，昃轮月易徂。忽闻宵柝警，弥感旅怀孤。惨惨虎狼毒，纷纷鸿雁呼。更长愁不寐，暴客[1]亦何虞。

【注】

[1] 暴客，指盗贼。《易经·系辞》中有“重门击柝，以待暴客”句。

孤 琴 叹

荒野寥寥，客无为欢。有琴挂壁，孑然生寒。飞尘在絃，取不能弹。愔愔者德[1]，知音独难。我怀知音，窈然潜思。横云无路，江海间之。哑钟败瑟，均节则差。氛埃未洗，喟焉自悲。悲来如何，不可断绝。鹄别鸾孤，众愁郁骨。手招中郎，爨桐易歇。起视长空，惟见明月。

【注】

[1] 愔愔者德，“愔愔”，意为和悦安舒的样子。《左传·昭公十二年》中有“祈招之愔愔，式昭德音”句。

北风叹

冻云在天，其气懔人。触指生咎，久乃病皴。我栖斗室，破裘蔽身。惊魂咤夜，慨念饥民。饥民嗷嗷，集于中泽。秉穗罕逢，零野霜白。饥来寒侵，维命延夕。黔黎何辜，爰觏枯瘠。枯瘠莫救，北风横来。卯门载閟[1]，元关[2]聿开。有肌乃削，有骨乃摧。乌鸢在旁，睨视生哀。我怀昔贤，厥有邹衍[3]。黍谷流音，吹春律转。胡今不来，飞飙徒蹇。登台熙熙，此乐谁遣。

【注】

[1] 閟，同"闭"字。

[2] 元关，指元关穴。

[3] 邹衍，战国末期齐国人，阴阳学家的代表人物、五行学说的创始人。著有《邹子》一书。

米贵叹

朝典裘出，暮易米归。一裘之值，较米则微。去裘易寒，去米易饥。岂无穅粃，穅粃不肥。维今六月，盛夏多叹。螟螣[1]降灾，与榖为难。未熟而刈，仅获其半。区区用鼻[2]，藉甦宵旦。富家挟术，囤积为召。龙断罔利，厘析毫争。乘人之匮，取己之盈。彼苛者虎，市贾弗平。肆价不平，民愁易结。朝鸦噪烟，暮鸡啼血。有死敢祈，靡生愿窃。中宵龥[3]天，不如孤子。我家薄产，魃旱始迍。荒田抱砚，士云釜尘。北风萧萧，指囷无人。来日大难，烦忧损神。精鉴停御，金石罢歌。惟彼富室，屯积峨峨。请徵古训，传言无讹。榖飞为蛊，为蛊奈何。

【注】

[1] 螟螣，原指两种食苗的害虫。后比喻有害的人或物。

[2] 用鼻，使用的意思。

[3] 龥，呼号、呼告。

莜麦叹

中田有麦，其名曰荞。粲粲结实，卜期匪遥。过时不刈，经霜则凋。我闻北方，秋禾尠茂。降种代嘉，永以为佑。作饼而食，是名河漏[1]。吾乡盛夏，禾苗见戕。民来布种，甜苦并将。实资地利，用济凶荒。北风告节，糴[2]米无赀。屑之为麫[3],和以成糜。糁魁屑芋,配食疗饥。疗饥苦酸,顑颔[4]而祝。虽则顑颔,愈於枵腹。况闻哀鸿,棲寒野哭。野哭荡气,忧来伤心。有命藉续,何风畏滛。膏粱在官,迺靳德音。

【注】

[1] 河漏,即饸饹(面)。北方一种杂粮面食,用荞麦面或高粱面轧制成长条。多是煮食。

[2] 糶,即"粜"。

[3] 麫,同"麪"字,即"面"。

[4] 顑颔,形容因为饥饿而面黄肌瘦的样子。

盐 税 篇

谷王有美利,漉素波可煎。设官重经理,颁额稽盐田。招商淮南北,疆界画市尘。一百馀万引,按引徵课先。山海擅饶富,库项如云连。猰貐从西来,战鼓鸣鼘鼘。临江夺天堑,内据坚城坚。程路既阻绝,霜雪遭迍邅。大贾挟豪赀,累跡不敢前。岸口气萧索,筹画施空券[1]。丁灶较火伏,昕夕燔紫烟。收售两无藉,堆积罔阜联。饘餬[2]日不继,寒冽衣漏肩。呼籲大府门,乞使生命延。豸绣息威猛,挟纩温语宣。下令召民贩,贸粥随所便。场衙出官票,覈实[3]无致愆。近或附郡县,远亦江海沿。枭良化为一,防制防骊渊。氓蚩读示去,结众杭艄船。延回入署路,买票纳税钱。假言蛊胥吏,裒益斤石悬。盈仓布琼屑,鼓櫂勇倍焉。支港串风疾,阅数有亿千。大府闻之喜,轮转计万全。连年停官俸,馀羡入亦捐。膏脂罢吞攫,利薮为廉泉。思欲抽其赢,以为欲壑填。讋言久滋弊,遗漏禁弗竣。爰仿榷酤[4]例,置卡委弁员。沿河派兵勇,声势张戈鋋。身航列档外,排翼鱼游骈。爪牙播残毒,搜索惊喧阗。黠者致私费,放胆篙竹搴。愚者迫哀诉,设誓明前川。贪饕网[5]知恤,袒背甘受鞭。按数揭浮冒,官法炉炭然。取盈意未遂,复使罹拘挛[6]。道旁一老叟,惨胆泣涕涟。兵兴二三载,骨月[7]忧患缠。壮丁应召募,羸稚艰粥饘。薄田积荒秽,贫窘诚可怜。亲戚遍称贷,析算资戋戋。计程集东壖[8],豺虎垂馋涎。性命苦相搏,膏血会削朘。橐囊减太平,始得张帆悬。官来不我谅,又复威虐扇。择地公栈开,买卖权力专时咏立官栈令民於栈买盐售卖。州役视眈眈,奉谕起伏跧[9]。不祈公帑积,不恤民力绵。锱铢冀望绝,惨籲穷昊天。密网解无路,沟壑心悁悁。我思盐池禁,宽猛随时迁。民穷既如此,宜令沉疴痊。汉家买人子,任术难或偏。然其所立法,亦使财贿緜。国家困军役,靡耗戕垓埏[10]。吁嗟王戎筹,徇纵私智牵。谷王隐含痛，美利行歼旃。请为告大府，改法恩泽镌。

【注】

[1] 耈，即“鮝”。

[2] 饘餬，同“饘糊”，米糊、面糊。

[3] 覈实，核实。

[4] 榷酤，亦写作“榷沽”或“榷酒酤”“榷酒”。指汉代以后所实行的酒品专卖制度。也泛指依靠管制酒业所取得利益的措施。

[5] 网，即“罔”之意。

[6] 拘攣，即“拘挛”。形容肌肉收缩、无法伸展自如的样子。

[7] 骨月，即“骨肉”。

[8] 壩，同“坝”字。指建在河或湖的狭窄处，用以阻挡水势或提高水位的建筑物。

[9] 伏跧，即“跧伏”。蜷伏的意思。

[10] 垓埏，原指天地的边际。亦指极远的地区。

后盐税篇

獭为渊驱鱼，鹯为丛驱雀[1]。仁暴不相胜，遂乃利源薄。谷王所生产，前时偪酤榷。大府意犹歉，力欲尽朘剥。又复畏清议，弹章召惭怍。公私横纠缠，寸心热如灼。纷纷布官示，亟与众卡约。加罚减三百前盐船过卡每担三百加罚如之至是裁去，勿令触言谔。按斤严为稽，毋更示以弱。一隘置一卡，磔比犬牙错。后卡所给票，前卡覈毋略。若时有冒匿，补税未嫌虐。务绝其根株，私橐不敢托。卡员奉示后，缘附奸乃作。挟愤同官谗，借筹已私度。纵横设机械，弊实纤必索。模糊缴公项，万千入囊橐。大力牙爪籍，馀威雪霜攫。所得既已盈，诳謷饰其恶。大府置不问，民病恝[2]眡膜。鬼蜮急潜扇，中人引弓缴。下札饬乡董，羽翼广联络。游民招其群，竿梃气踊跃。取费不碍手，如盗阚剽掠。遂使沟港间，日日喧捕捉。锱铢痛无几，焉能满欲壑？从兹徵勒烦，公项益无着。吁嗟丛弊开，法未能尽却。贻患及下民，密网穷致缚。请慑众昏梦，一为论磅魄。民自去年来，脂膏斥卤斮[3]。今春场河干，艒舸浅流泊。停篙望暑路，贸肆画饼诺。六月禾苗枯，螽蝗毒阴蘙[4]。涕泣中田行，精气就销铄。稍喜河伯仁，一挚水胜昨。入门四搜括，阻噎减欢噱。粥卖所馀赀，半为浍沟涸。心耽漉沙利，强再性命搏。逼寒敝袴襦，禁饿单馎饦。不恤累室家，有藉润井勺。乃益镌劙之，时病莫能霍。乌乎此瘦骨，奚堪肆咀嚼。万舟列如蚁，商舶百难若。纵势倾其财，虎馋众靡乐。况有捷径开，帆驶避罟幕。水穷陆能运，奔涉疲中屩。尔防虽则多，尔险岂敢薄。一木当冲波，睆眂有饥鹗。北风卷愁起，空穴妄错鳌。毫厘报功难，撤收散败箨。我来策残局，为尔一言药。计卡去其半，羽翼亦删削。核查兼拊循，趋赴喜闳绰。官民两不亏，为利乃可博。且当益沾溉，窘困拯藜藿。有业安其身，当无附蛟鳔。谷王泽浩浩，万灶遍斟酌。庶令东海气，永永息惊噩。作诗继前篇，哀音畣寥廓。

【注】

[1] 獭为渊驱鱼，鹯为丛驱雀，即"为渊驱鱼，为丛驱雀"典。原指因方法不当，适得其反的情况。后用于比喻为政不善，导致人心涣散。典故出自《孟子·离娄》："为渊驱鱼者，獭也；为丛驱爵者，鹯也；为汤武驱民者，桀与纣也。"

[2] 恝，形容冷漠、无动于衷。

[3] 斮，即"斫"，斩断。

[4] 蠚，指蜂、蝎等以毒刺蜇人。

西江逸客松石豢鹤图

石皓皓，松苍苍。西风萧栗泉壑凉。孤怀荡激感朝露，横烟卷起愁茫茫。茫茫愁思出天外，枝干森峭须鬣强。西江逸客志巢许[1]，簪绂不羡甘徜徉。朝来骋步入林薮，松花拾作青田粮。寻幽结伴占闲旷，狂歌振策凌高冈。高冈崱屴接云海，回首下视尘埃荒。翩然一笑蝶化庄，独鹤飞去青天长。虬龙蜕影残魂僵，绢素惨裂生秋霜。萧君贻书走灭获，新图示我增旁皇。须眉仿佛见真相，点睛宛讶邀长康。林岩窈僻妙皴染，平台古树霏丹黄。我拟重呼逸客逞游览，薜壁扪踏轻裾飏。羽仙宛宛九皋唳，潜灵阻绝遥相望。宵深点笔赋奇景，幽修畣语啼寒蛩。招魂怅眺玉山远，离骚展读萦回肠。亟招装池弆[2]箧护残墨，留伴白石皓皓松苍苍。

【注】

[1] 巢许，也写作"巢由"。上古时传说的隐士巢父和许由的并称。后成为隐士的代称。亦用以称颂高洁的品德、志向。

[2] 弆，收藏、保存。

卷二

烛龙喷焱斗金席，火云煥郁烁肺府[1]。展弓[2]恍搜冰雪文，�风凉飕扫眉宇。与君结交三十季，里属臻隔情相联。君守经阙继子政[3]，君耐寒毡如郑虔[4]。旭历锐银函足故，綷以藻咏里缠绵。托物写衷笔不苟，钵肝劖骨丸脱手。搜索奇字征险语，动气郁槃雷电走。有时哀絃腾清思，绿绮献慼惊蛟螭。有时雕钻极冶练，青萍出厘光陆离。昌黎昌谷称把臂，古落照耀峋嶙碑。况闻康乐[5]郁怀抱，五角六张[6]心慄懼。一官康铎徕瓦梁，纷道争索寇平哻。计偕惟昔游皇州，仓黄郡邸增家愁。杞应劳结楚囚泣[7]，名缰斫断催归辀。一自分襟辟锋镝，面理暂觌居荡析。年来哲弟舍弟继方同年同傭书，客窗时与讯消息。谁料玉楼修见召，故人不见剧於邑。青藜焰熄遗编存，子骏[8]传经洵替人。弆庄久待光梨枣，示我袁傈纷璘彬。我才管穴敢祓[9]饰，获窥全豹心何钦。凄绝人琴日雒诵，读未终篇益隐痛。河咸曾荷龙门题，地下相逢如惊梦编中有见赠及赠从子廷栋之作今君古矣而廷栋上抽故读之泪下。干戈蠢[10]尔何时清，乡闾凋敝殊伤情。回首风尘念旧殇，怆怀馥郁惊晨星。我怀犄落饥驱迫，霜鬓皤皤[11]时作客。歌罢思君君不知，落月半天庭梁白壬戌仲夏何经卲埭巽之世讲出云先君子云斋六兄年大人遗稿见示受而读之固系以诗旧梦之继方烟芸贤昆仲同年从君弟高□甫稿。

【注】

[1] 肺府，即“肺腑”。

[2] 弓，“卷”的异体字。

[3] 子政，指西汉目录学家刘向，其字子政。现存有《刘子政集》。

[4] 郑虔，盛唐时期的文学家、书法家。《新唐书·文艺传》中载：“（郑虔）官贫约甚，澹如也。杜甫尝赠以诗曰‘才名四十年，坐客寒无毡’云。”后以“寒毡郑虔”来形容寒士清苦的生活。

[5] 康乐，即谢康乐，指南朝时著名诗人谢灵运。曾袭封康乐公，存有《谢康乐集》。

[6] 五角六张，角和张，是二十八宿的两个星座。古时星占家认为五日遇到角宿，六日遇到张宿为不吉。后用“五角六张”比喻事情不顺利。

[7] 楚囚泣，也作“楚囚泪”。原指战国时被俘到晋国的楚国人钟仪之事。事见《左传·成公九年》。后用以代指处于困境，无计可施的情况。

[8] 子骏，即西汉经学家刘歆，刘向子，其字子骏。

[9] 祓，指古时为禳灾祈福而举行的仪式。

［10］ 䗬，即“蜂”字。

［11］ 皤，原指白发。后亦用以代指年老。

不见中壘君，计已逾十年。君作北堰游，我历湖西遍避寇居邵伯湖西杨寿壩。旻母日鸱张，上将乞吕虔。大星陊营头，惨没妖气缠。我因薄禄来，君亦名韁掔[1]。相逢各嘘唏，世事多变迁。愧我非掌故，奇君同邓先[2]。示我数百章，词意何芊绵。维舟艾湖侧，吊古张王阡[3]。凄凉掔车叹，忼慨[4]淮阴篇。颇近七哀诗，前身疑仲宣[5]。嗟彼仗钺[6]人，有如饮狂泉。谈笑铸长围，日日烹肥鲜。甘木揩岑楼，其势能气颠。可怜蜀冈上，白昼狐狸眠。茶松伐为薪，四顾无人烟。较诸癸丑岁，是役尤迁延。请增新乐府，一以呼苍天。喟然还君诗，山泽多遗贤丙辰三月读云斋尊兄大人大集因次南樵兄韵以志倾佩之忱时闻广陵复陷数日而贼又去可慨也愚小弟蒋超伯未定稿。

【注】

［1］ 掔，即“牵”字。

［2］ 邓先，也称为邓公，汉景帝时人。其事见《汉书·袁盎晁错传》。

［3］ 张王阡，即张士诚父亲张同兴的墓葬地。《味蔗轩诗抄》中《北堰竹枝词》第二首有作者自注“张王坟”曰：“张士诚父墓土人呼为张王坟。”

［4］ 忼慨，即“慷慨”。

［5］ 仲宣，指“建安七子”中的王粲，其字仲宣，作有诗歌《七哀诗》“西京乱无象”一首。

［6］ 仗钺，古时军队中将帅手持黄钺，以示权威。后以此代指统帅军队。

幼岁日联袂，中隔三十年。念君光大夫，怀爱於我偏。君昔侍属官，冷冷如郑虔。我苦走江海，穷饿身纠缠。匪思忘里居，迺为生事牵。岂无暂觌面，倏离情复迁。昨为避寇来，再徙惟我先。思君沧州上，遥梦新缠緜[1]。故乡落羁旅，不识旧陌阡。与君行且悲，执手高吟篇。岁岁哀怨旨，迫迫肝肺宣。涕泪饱呜咽，幽湍杂鸣泉。荒湖我所托，三见春花鲜。今年共君饮，酣醉时作颠。勿谓怀抱尽，兴至不暇眠。衰发亦何叹，问君谁浮仙。近郊摧干戈，南行厌烽烟。知交几人在，生命聊尔延。放眼爰太虚，苍苍国一天。高唱有神会，努力期古贤。云斋表叔大人出大稿命谈论贶古诗二十篇奉赠即书集后敬求教正时乙卯年春下旬客游公埭上表侄符葆森[2]呈奉。

【注】

［1］ 缠緜，即“缠绵”意。

［2］ 符葆森，清咸丰年间诗人，生卒年不详。原名灿，字南樵，江苏江都人。著有《寄鸥

馆诗稿》《寄鸥馆辛壬诗录》《寄鸥馆行卷》等，编有《国朝正雅集》《正雅集》等。

大作七古如曳秋空之絃，如鸣幽涧之水，哀感顽艳，真为梅村[1]替人。其托物言怀，如山茶歌古桧歌木青山人画竹图大为绝作，他篇皆高洁无染尘氛。风雨挑灯展读敲之，不胜心折葆森谨识。

许浑[2]示我越石[3]诗，我一展读惊走之。幽斋苦吟意善遗，江头烽火尚纷披。甲寅长冬后三日快雪时晴许子玉亭持示雪翁吟本挑灯读罢为题二十八字以表心矣问梅弟鲍逸记。

【注】

[1] 梅村，即清初诗人吴伟业，其号梅村。

[2] 许浑，晚唐诗人。此处代指诗人的朋友许玉亭。

[3] 越石，指西晋时人刘琨，字越石。其诗多以边塞描写见长，风格多激昂悲壮。

元日九松山房[1]看山茶作歌

灵符示识罢书赤，五薰炼形欢乐剧。梅花春酒倾一觞，戏游为访鞭龙客[2]。瑶墀荡荡无纤尘，神田焱焱栢子焚。九松偃蹇作奇态，山房结盖蟠香云。香云衯馥珠华暖，海红流艳霏琼馆。沉沉钟鼓閟仙音，时有春风暗相叹。星绡浥秀芒含浆，冰鼊错杂陀罗妆。就中雪塔极娟秀，粉膏淡涴娇清霜。霜痕掩素调脂冷，绰约罘罳绘纤影。天上仙人萼绿华，缟衣巧配凝妆靓绿萼一株花甚繁茂。我来结兴耽玩延，竹炉沸火烹天泉。一杯斟露润枯吻，清谭娓娓丹经研。广陵道者述旧事，灞城夜雨铜仙泪。灵坛回首眷沧桑，花已先时感憔悴扬州正一道院山茶数百株同时枯死。憔悴经年伤旧游，金书太极红羊愁。亟须扫荡万魔劫，餐霞高坐三层楼。楼台绀碧森斜照，棲林隐隐归鸦噪。玉茗光阴占岁祥，延禧剧抵长春醮。芳信茶梅入海迟，建谿搓雪糁银丝。元关缓下麒麟钥，更续王家翠盖[3]诗。

【注】

[1] 九松山房，位于扬州市邵伯镇来鹤寺中的玉皇阁内。

[2] 鞭龙客，对道士、道人的别称。民间传说道士可登坛鞭龙以祈雨，故有此称。明代朱友谅作《周玄初祷雨诗》，其中就有“道人鞭龙出潭底，黑云一片山头起”的描写。

[3] 翠盖，荷花的别名。

喜晤高虞卿

一览燕台迹已陈，忽闻君到倍情亲。兵戈满地空馀恨，风雨残宵不是春。强忆烛围过令节，却教诗卷伴吟身。柑醪[1]拟结平原约，痛饮狂歌过一旬。

带甲横刀裂眼争，龙蛇十队哄连营。杀机渐散红巾党，战气全开白芳兵。地近烽烟移旧垒，天寒霜雪避残更去冬粤匪去扬州时兵勇乘机劫掠君移家眷避严家庄。那堪更作扬州梦，赢得参军百感生。

百感茫茫负壮年，过时忽忆祖生鞭[2]。风云气久盐车郁，文字人谁酱瓿[3]怜。空使荃情搆谣诼，何曾筵卜解迍邅。琼楼咫尺无由递，惆怅灵脩各一天。

萦迴无计誓征桡，东海相望隔暮潮予时将有北堰之行。踪迹频年判蛩蚷，光阴三载赋鹪鹩。佣书我愧崦嵫迫，乞米君伤道路遥。此去棨停归未得，酒杯何日话重邀。

【注】

[1] 柑醪，以柑为原料酿造的酒。

[2] 祖生鞭，《晋书·刘琨传》中载："琨少负志气，有纵横之才，善交胜己，而颇浮夸。与范阳祖逖为友，闻逖被用，与亲故书曰：'吾枕戈待旦，志枭逆虏，常恐祖生先吾著鞭。'其意气相期如此。"后常以此代指自我勉励、努力奋起的精神状态。

[3] 酱瓿，即"酱瓿"。语出自《汉书·扬雄传》："时有好事者载酒肴从游学，而钜鹿侯芭常从雄居，受其《太玄》《法言》焉。刘歆亦尝观之，谓雄曰：'空自苦！今学者有禄利，然尚不能明《易》，又如《玄》何？吾恐后人用覆酱瓿也。'"原指盛酱的器物。后常用来作为"覆酱瓿"的省称，以比喻著作的价值不为人所认识。

市书吟

东风飒飒骄晴春，市中百物如云屯。秦斑汉注诧奇诡，雷雨甲中摹篆皴。贾胡碧眼订真赝，跟肘诘曲喧吟宾。贫儿暴富获拱璧，数典历历罗家珍。吾生癖好类蟫[1]蠹，百藉搜聚疲心神。道逢书肆累束笥，缥帙煤黯无鲜新。残签荦角蛇蜕骨，腥涎斑駮[2]鱼歼鳞。欣欣检阅触痂嗜，宝贵奚翅琼与珉。千金敝帚享亦值，索瘢求垢徒吟呻。慷慨为言去年事，坚城陷失来红巾。貙貔结队逞搜索，怒睛睗睒均服振。彦遐钱壁崩应洛[3]，季伦金谷摧为薪[4]。城中藏书遘兵火，飒如败叶摧秋尘。甚者堆纍杂藩溷，马通[5]填积山嶙嶙。自从贼去焰愈虐，兵来横劫张鹰瞵。大帅官府括图籍，箱册捆载驱騕骃。今兹所存仅什一，鳞爪捐弃增烦冤。长恩避舍不敢守，十四万卷湘东燐。我时翻译手难释，割截忍堕歌利嗔。橐金羞涩苦未足，监河贷粟空酸辛。邹阳廿载结遐契，一篇购取仓俞亲邹润安本经疏证。邈斯钧画较银铁，源流辨证津梁循。其馀卷轴亦玮古，竹书发冢光玢璘[6]。嗟予少小逞游戏，东西涂抹夸吟身。尔来米盐计琐屑，饥肠啧啧呼朔臣。观河面皱鬓毛白，炳烛参究筌义陈。鹪鹩借枝入东海，兀兀抱诵忧颠眴[7]。安得欃枪扫天外，象功图画标麒麟。归畊[8]筑室傍先垄，百城再结李谧邻[9]。书田有税乐终古，庶几见浊祛尘因。

【注】

[1] 蟫，即"衣鱼"，昆虫的一种，体扁长，有银灰色细鳞，常出现在衣服和书籍里。诗人以蟫蠹比喻自身对于书籍的爱好和渴求。

[2] 斑駮，即"斑驳"意。

[3] 彦遐钱壁崩应洛，彦遐，指南朝梁时人江禄，其字彦遐。《南史·江禄传》载："（江禄）为武宁郡，颇有资产，积钱于壁，壁为之倒迮……湘东王恨之既深，以其名禄，改字曰荣财，以志其忿。"

[4] 季伦金谷摧为薪，季伦是西晋时人石崇的号。金谷即金谷园。《晋书·石崇传》载："崇有别馆在河阳之金谷，一名梓泽，送者倾都，帐饮于此焉。"

[5] 马通，马粪。

[6] 玢璘，形容有文采的样子。

[7] 眴，同"眩"。

[8] 畊，即"耕"字。

[9] 百城再结李谧邻，即"坐拥百城"典。《魏书·李谧传》中载："丈夫拥书万卷，何假南面百城？"

书陈迦陵[1]咏钱醉太平词后

青蚨[2]百万入雕虫，宛转新词选韵工。一种诳言增鬼笑，只馀妙手幻空空。

蝘蜓[3]茫难述解嘲，三年身世叹悬匏。孔方[4]一去断消息，再广吾宗论绝交。

【注】

[1] 陈迦陵，指清康熙时文学家陈维崧，其号迦陵。作有《偷声木兰花·咏钱》词："青蚨铸就开元字，相看似有团圞意。欲簸还慵，恼煞轻狂小沈充。掷来好卦全无准，买来好事多无分。榆荚由他，偏逐东风不著家。"

[2] 青蚨，传说中南方的一种虫子。据传青蚨生子，母与子分离后必会聚回一处。以青蚨母子血各涂在钱上，涂母血的钱或涂子血的钱用出后必会飞回，所以有"青蚨还钱"的说

法。后来青蚨成了钱币的代称。

[3] 蝘蜓，古时书中壁虎的别称。

[4] 孔方，钱币的代称。因旧时铜钱外圆，中有方孔，故有此称。

樊川夜泊

永夜不成寐，西风滞客舟。寒云沉断梦，孤柝警乡愁。身世惭飘泊，江湖感去留。新诗何处寄，遥望海东头。

玉亭自东台归大雷雨未得相见感赋

不见许生久，得归喜暂亲。喧豗盛雷雨，间隔感参辰。品茗辜良会，看花负好春。诘朝骊唱急，又欲拂征尘时将之白驹。

夜雨少息玉亭来寓楼闲话喜次前韵

延望闲斋甚，君来情倍亲。不虚听雨约，已过饯花辰。别久情逾契，宵残梦醒春。村醪何处贳，一为洗行尘。

送沈钟华兆庚归海陵

我始来北堰，过从与君疏。佳辰不相值，孑立无所娱。延清避地至，昕夕莲幕俱谓宋洛波[1]。得暇遂展谒，敷坐聊襟裾。君言绝慷慨，郁郁怀抱舒。霜枝洗凡艳，傲骨箴诗臞君绘菊花便面见赠有我愿故人珍挽节莫教傲骨让霜枝句。春风遣幽恨，梦蝶寻华胥。泠泠七星闪，併入湘云图。湘云思缥缈，海水愁萦纡。愿言葆明信，莫使瑶琴孤。

瑶琴促离絃，花开见花落。落花随东风，飘飖靡所托。悄然怀故枝，彷徨眷林薄。康瓠[2]世所宝，蛾眉妒谣诼。荃兰非不馨，弃捐被萯藿。留滞嗟何为，中情不可度。迢迢春水生，宛宛孤舟泊。决绝怜新词，徘徊感陈约。海陵我旧游，故人半零落。何时访黄罏，与君共斟酌。

【注】

[1] 宋洛波，其姓字、家世及生平经历不详。

[2] 康瓠，空壶、破壶。常用以比喻庸才或无才能的人。

上巳日斋中作集兰亭序字

一曲和风向暮天，会因修禊暂欣然。春生竹咏情能畅，坐引兰言契亦贤。人事曾於流水感，老怀未尽盛游迁。临文俯仰悲今昔，何必清娱托管絃。

雨夜阅李朝威龙女传[1]触拨今情感成七截四首

雾髻风鬟惨不娇，洞庭芳讯梦寥寥。天涯一种囚人恨，红泪春残湿镜潮。

社橘迷云隔故庐，烽烟况值覆巢馀。多情望断湘滨月，何日能传柳毅书。

凝碧熙熙宴晓春，水晶宫殿不沾尘。断肠怕听还宫乐，太息蛾眉未了因。

楝风吹雨夜生凉，孤馆寒灯触绪长。解是雌龙诛亦好，人间何处觅钱塘。

【注】

[1] 李朝威龙女传，指唐代传奇作家李朝威的代表作唐传奇《柳毅传》。因其主要讲述书生柳毅与钱塘龙女的故事，亦称为《龙女传》。

北极院桃花歌院为前明张士诚殿基

苍龙战空堕残劫，恨碧埋烟化赪血。东风卷起甲与鳞，散作红霞春不灭。我来古院晴昼薰，一重一掩莲台云。禅关洗雨破岑寂，拂衣蜂蝶喧纷纷。赤标陡建峙天半，清流沵沵[1]仙源断。怖鸽抱香不得飞，时见绡痕曳云斓。星旗飞影霏珠尘，绛楼绀壁辉玢璘。鲛胎迸裂碎苍藓，旁占一树樱桃春。老僧佛果随时证，说法点头石亦听。蚴蟉夹立杖倚藤上人有峨眉藤杖制甚奇古，为我烹泉诩名胜。昔尝行脚[2]东瓯还，探奇涉险过名山。天台峭立碧林外，悬崖瀑布飞潺潺。潺潺急溜溅岩石，其中半是真仙宅。笑谭戏掷麻姑砂[3]，十里花时杂珊赤。交柯羃绮千万树，闪入斜阳不知暮。双鸳无复到人间，洞口迷英尚如故。吾生激宕好壮游，年来局促辕驹羞。紫玉成烟麝脂冷，金粉凋谢萦烦忧书舍旁碧桃一株旧为伧父伐去因及之。桃根桃叶春情共，宛宛哀絃托吟讽。忽闻灵境心飞腾，宫阙凌虚引残梦。兴酣踯躅循堦墀，南杞屈曲蟠蛟螭。胆瓶娟素称清翫，配以猩艳搴斜枝。斜枝纤削露盈手，游禽唤侣催归久。祇林有约待重过，为问红霞能驻否。

【注】

[1] 沵，同“弥”字。

[2] 行脚，指僧人游历、游方。

[3] 麻姑砂，即民间所谓麻姑掷米成丹砂的传说。东晋葛洪的《神仙传》中曰："（麻姑）即求少许米，得米便撒之掷地，视其米，皆成真珠矣。"

清明日张瑞亭邀往北极殿访静涛上人

客途遘令节，剌促无欢悰。招邀过村郭，云树烟濛濛。延芳浣春水，息影参琳宫。清滋荚茸雨，静契旃檀风。莲台示泡幻，零落黏残红。惟期领禅诵，悟彼香色空。

香色空尘缘，烦浊郁奇思。微生厄羁勒[1]，驱曳间为累。僧言善解脱，津筏[2]示灵慧。身既入虚耗，术难遣趋避。醒眼炊黄粱，逢场且游戏。旨哉辨命论[3]，雷渊洗昏寐。

昏寐去重障，田寸喜廓清。烽烟始西粤，攘攘蛮触争。斗牛𢧐狐貉[4]，江汉横欃枪。嗟哉扈养[5]辈，懦腲[6]无所成。愿因帝释力，时雨空中兵。庶几鼓钲息，无令愁思并。

愁思晴昼蠲，游眺客怀展。藉兹禅悦清，稍为浊尘遣。花水心与澄，蔬笱气亦鲜。元言契宗旨，永谢蚕缚茧。灵旂飏东风，斜阳向空转。归兴踏断云，屐齿破苍藓。

【注】

[1] 羁勒，原指马嚼子和马笼头。后亦用以比喻人所遭遇的束缚、羁绊。

[2] 津筏，本指渡河的木筏。后用以比喻达到目的所使用的方法和途径等。

[3] 辨命论，指南朝梁时刘峻所作的文章《辨命论》。

[4] 狐貉，野兽的名字，狐与貉。

[5] 扈养，即"扈养"，指随从和供养的人。

[6] 懦腲，即"懦弱"意。

留馀春馆杜鹃一株为程汉甫所赠年来主人不甚收拾憔悴尽矣今岁花开时盛诗以记之兼寄汉甫

浓薰冉冉漾晴绿，丝雨浇春洗尘麴。秭归[1]夜半啼愁来，晓放空园红踯躅。斜斜整整娇弄姿，画屏展叠霞参差。绛城仙子曳绡绮，吹芸散作千琼蕤。琼蕤当午转新色，王郎招邀过香国谓彦伯。猩丛对影不成欢，时有春愁暗相逼。春愁寂历霏云烟，夭韶绰约花可怜。芍兰伴梦醒何日，西潭目断催离絃汉甫寓居西潭。离絃凄恻晴如醉，墙角围阴被捐弃。旧约无端屋换金，年来堰北悲憔悴。空谷幽兰抱怨孤，天涯芳草惜蘼芜。分明纨扇伤秋意，化作琼台写艳图。清歌软舞喧斜昼，灵芸泪染冰壶透。依样涂脂斗茜妆，沈腰已自怜消瘦。消瘦重来思不禁，桃根摧折惜芳心指碧桃翦伐事。海东别有抛珠感，砚北新增断梗吟。珠抛梗断情无尽，锦障沉云病纡轸。同是枯桐爨下哀，莫教更向东风陨。仙客归程滞水涯，一番振触眷年华。诗成为寄程文海，可忆当时谢豹花[2]。

【注】

[1] 秭归，即子规。

[2] 谢豹花，即杜鹃花。清代厉荃所撰《事物异名录》中引《广事类赋》："杜鹃一名谢豹花。"

立夏前五日偕宋似山张瑞亭冯子诚[1]明照义阡寺看牡丹

李唐碑碣幻云烟，趁有名花证佛缘。展眼芳菲迟四月，惊心留滞已三年。书堂旧迹笼纱黯予在寺中读书数月，香国新诗斗紫妍。闻说尾春无几日，深林隐隐送啼鹃。

宛宛秾妆带露看，香风粉郁下经坛。吹残楝白情犹绮，买尽胭红画亦难。似有因缘参富贵，剧怜骨相太清寒。花城隐约骊驹促，翘首天涯独倚阑时瑞亭将之海陵子诚将之扬州。

【注】

[1] 冯子诚，即冯明照，其字子诚，家世、生平经历不详。

暮春感兴兼怀玉亭

楝风吹过牡丹时，鶗鴂[1]声声冒雨丝。一种离怀萦芍药，十分花事上酴醾。重闉消息春归早，孤馆光阴梦醒迟。为忆天涯丁卯客，几回惆怅盼归期。

【注】

[1] 鶗鴂，即"鹈鸩"，杜鹃鸟的一种。

四月八日程汉甫邀往钱也园[1]宅看牡丹即送其之东亭

香水霏云浴佛天[2]，小园重到几留连。花开四月日初暖，粉靽[3]一枝春更妍。

雕珮重含苔径雨，画簾轻拂竹炉烟。南风稳送征帆去，判袂匆匆别思牵。

【注】

[1] 钱也园，其姓字、家世及生平经历不详。

[2] 浴佛天，即佛诞日。佛教的重要节日之一。时在农历四月初八。

[3] 䩬，同“亸”字。形容(花朵)下垂的样子。

寓楼题壁

缥缈层楼望不穷，一年好梦太匆匆。草经雨过延新绿，花为春残褪浅红。人事几回愁擿埴[1]，天涯有恨感飘蓬。万金惆怅家书隔，消息何缘见海东。

节候才过蒌尾天，东风尘海又经年。懒从岐叔[2]夸千卷，枉说何曾费万钱。公膳屡闻饔鹜[3]换，侯家虚望客鲭[4]延。寒毡风味来其称，日日闲参米汁禅。

紫玉飘尘鬋已丝，名花辗转负芳时。荼蘼梦醒怀香草，薝蔔春残证果迟。白雪有情哀凤翼，黄金无分赎蛾眉。王郎[5]日夕归期促，怕见灵芸泪染脂。

归期已定劝加餐，客馆云深料峭寒。院北闲情憎懒散，潭西消息太槃桓[6]时玉亭西潭未回。剧怜佳识重逢少，太息空囊欲去难。几日天中逢令节，蒲觞合与话平安。

【注】

[1] 擿埴，成语“擿埴索涂”的简称。本意是指盲人用杖点地探求道路。后用以比喻暗中摸索，事不易成。

[2] 岐叔，指北齐时人崔儦。《隋书》载：“崔儦字岐叔。以读书为务，颇自负而忽人。尝大署其门下曰：‘不读五千卷书，无得入我室。’”即句中“夸千卷”之本事。

[3] 饔鹜，指卿大夫在公朝办事时所用的膳食。《左传・襄公二十八年》中记：“公膳曰双鸡，饔人窃更之以鹜”。

[4] 鲭，鲭鱼，鱼类的一种。

[5] 王郎，指东晋时王嘉。其《拾遗记》中记载：“(魏)文帝所爱美人姓薛，名灵芸……灵芸闻别父母，歔欷累日，泪下沾衣。至升车就路之时，以玉唾壶承泪，壶则红色。既发常山，及至京师，壶中泪凝如血。”即诗中后句“灵芸泪染脂”之本事。

[6] 槃桓，指徘徊、滞留。

东亭访汉甫不值

一棹东风里，来为访旧游。忽闻风山客，已放海陵舟。天远横兵气，波深滞别愁。何时溪上路君拟偕予及玉亭续游西溪，缥缈和清讴。

晓渡艾湖

残星带疏林，平湖破清晓。烟深不见人，鸣榔警棲鸟。棲鸟迷云断惊梦，归舟宛宛踏波行。荇丝菰叶黏天碧，无限离人望远情。

长公[1]印歌为范膏庵先生凌霞作

东坡仙人不住世，神空电往冷千偈。鹤峰[2]至宝落人间，篆纹倒掩星斑翳。流传尘海历沧桑，七百馀岁灾红羊。姚生[3]获此若拱璧谓登如，蛟螭蟠椟沉檀香。石湖先生癖好古，秦砖汉瓦恣搜取。坚城作横喧黄巾，一棹翩然转乡土去岁贼陷扬州先生移居棣上。江山风景非昔年，峨嵋客化骑鲸仙谓张松臞。高阳酒徒[4]半零落，兴来茶肆争流连。雄谈惊座展谐谑，琳瑯出土流膏薄。脂花蒸雾百沸煎，宝光焱焱贯胡愕。昨者姚生袁浦归，明姿触目所见希。嗜爱入髓玩延久，青玕[5]检眠情依依。袖中濯拭长公印，籀云镌秀石云润。雅贶拟作缣报碑，摩挲炫采驾瑶赆[6]。哇咬聚讼岑膺诬，往往辨论张与徐张安世徐元孝皆字长公。我时闻言发慷慨，珫瑀[7]讵可侪璠玙[8]。奎光耿耿冠斗野，毗岚在天吹不下。文章转劫虫鱼消，道号镵摹识者寡。君不见玉堂学士覃谿翁[9]，苏斋[10]鉴赏识弹空。又不见弇山诗本[11]购嘉泰，苏龛笠屐联吟篇。仇池[12]环玮不易得，此印犹存天水色。想当精气结淮南，劲骨未甘烽燹蚀。先生怀抱隘九州，鲲鹏下视燕雀啾。故应神物有真契，词坛作伴祛烦忧。烦忧历历增磊磈，猰貐连营盛江海。广陵咫尺归未能，行匣毋令聋瞽绐。印乎印乎阅世多，相从日日聆浩歌。亟当为尔置宋刿图书匣有名宋刿者，不须更与思岷峨[13]。

【注】

[1] 长公，指北宋文学家苏轼。“长公”为后世对其的尊称。

[2] 鹤峰，位于惠州西湖。“鹤峰返照”为当地十景之一。

[3] 姚生，指姚登如，其姓字、家世及生平经历不详。

[4] 高阳酒徒，指秦汉时人郦食其，其为高阳（今河南杞县西南）人，曾对刘邦自称“高阳酒徒”。司马迁《史记·郦生陆贾列传》中载：“（郦食其）复入言沛公，吾高阳酒徒也，非儒人也。”后亦用以代指嗜酒而放荡不羁的人。

[5] 青玕，青玕石。

[6] 赆，同“赆”字。指送别时所赠给财物。

[7] 珫瑀，似玉的石头。

[8] 璠玙,美玉名。

[9] 覃谿翁,指清代书法家、金石学家翁方纲,其号覃谿。

[10] 苏斋,翁方纲的号。

[11] 弇山诗本,明代文学家王世贞的诗集。因其号弇州山人而得名。

[12] 仇池,即仇池山。在甘肃省成县西部。苏轼曾作有《见和仇池》诗。

[13] 岷峨,指岷山和峨眉山的合称。苏轼的《满庭芳》词中有“归去来兮,吾归何处? 万里家在岷峨”句。

木圭山人[1]画竹图

山人王氏桂仙名,居金陵,善绘事,尝为京口闫怀伯[2]作此图。甲寅夏,哲弟召棠[3]携过北堰,袁君选亭见而爱之,因留赠焉。作歌以记其事怀伯名思忠召棠名思诚。

海东水掩晴云绮,严陵泊櫂花间宿谓召棠。篛篷听雨坐深宵,尺幅新图示文竹。竹径便娟薄染秋,重重瘦影减双钩。无端一种潇湘怨,化作丛铃碎佩愁。故人何逊官斋住谓梅屋,欹枕清言不知数。为我殷勤话玉人,天涯隔断长干路。玉人生小傍秦淮,掌上珠擎阿母怀。沙顿风流参小劫,蕊宫消息滞兰堦。韶期三五羞桃李,旖旎欢悰惬罗绮。皴碧依稀点画栏,琅玕入绘清如水。璅[4]骨珊珊韵带仙,红牙小拍斗芳妍。怀香懒寄蘼芜咏,爱素新参薝蔔禅。绣幙绡窗春思重,狎游无奈巫云哄。惆怅钩丝络已多,楼头催醒桃花梦。梦里开怀惹眼赊,凤鸾飘泊感卢家。泥金牒子遭尘涴,何处能寻古押衙。沅湘有客寻红约,百万缠头逞挥霍。灵雀传书递锦缄,彩鸾鉴誓搴珠箔。雀书鸳誓惜芳心,自分甘为并命禽。豆蔻含芬娇有主,周郎无奈不知音[5]。瑶琴转拍离絃讶,荡子菖蒲开易谢。决绝词成涕泪多,几番薄倖流莺骂。夜月姮娥独处时,颦眉敛恨意迟迟。霜欺雪压增幽咽,凭仗秦宫好护持。护持病萼怜腰瘦,强理残妆遣晴昼。佻巧从今罢鸩媒,枇杷门巷春依旧。旧曲霏云碧点尘,冰纨渲褪粉痕匀。却教腕底箖箊[6]弱,留与娉婷证后身。板桥作记徵婵屡[7]林竹泉板桥徵艳以桂为文状元,秀色餐馀情未厌。宛宛笙歌殢别筵,西来烽火生天堑。红巾结队阵云屯,雷鼓惊残倩女魂。羽箭一支催启钥,钿车匆促到江村盗伪军府令箭赚出城避居牛首。江村经岁伤留滞,摘花懒上鸣蝉髻。日暮轻添翠袖寒,篔筜在远嗟迢递。迢递风波未定难,蚕丝绾系触凄酸。拼将悼绿悲红意,长共才人陨濩[8]难。永夕凉飙生夏五,龙吟细细篁芦雨。索赠奚嫌妬绿筠时意卿女史在坐因戏及之，按图便合填金缕梅屋谱金缕曲。金缕低徊引兴遥，盈盈缣墨忆云翘。何当访艳江潭去，更写青纤问玉箫。

【注】

[1] 木圭山人，即序中所言王桂仙，家世及生平经历皆不详。

[2] 闫怀伯，序中所言闫思忠，其字怀伯，家世及生平经历不详。

[3] 召棠，指闫怀伯的弟弟闫思诚，其字召棠。句中"哲弟"指他人之弟，与"哲兄"词义相似。

[4] 璅，一种似美玉的石头。

[5] 周郎无奈不知音，即"周郎顾曲"典故。出自《三国志·吴志·周瑜传》："瑜少精意于音乐，虽三爵之后，其有阙误，瑜必知之，知之必顾。"

[6] 篻筡，竹子的一种，其叶薄而宽。

[7] 懕，形容安静、祥和的样子。

[8] 濩，分散、流落。

友鹤图为友鹤上人赋

上人旧寓扬州北来寺，朱浣岳[1]沆为作此图。客春避粤寇乱，驻锡北堰，暇日出图索题，为赋五十六字。

烽烟黯黯起兵氛，避地来参贝叶文。旧梦曾依缑岭[2]月，新图犹带海天云。霜棱风簌情同感，石白苔苍迹已分。何日扬州飞锡去，胎仙重与话离群。

【注】

[1] 朱浣岳，即朱沆，号浣岳。《扬州画苑录》载："朱沆，字达夫，号浣岳，一作完岳，一号浣芳，顺天大兴（今属北京市）籍，浙江绍兴人……道光二十一年（1841 年）任两淮泰州分司。性豪纵，喜观剧。善狂草……善画水墨人物，腴润有骨。"

[2] 缑岭，即缑山。位于今河南省偃师区东南。

题钱子雅[1]垂文广文村居小景横幅

写出幽栖境，脩闲笔若仙。浓青萦草树，斜白点林泉。诗酒寻高趣，尘沙避俗缘。鷦枝何所恋，检点买山钱[2]。

【注】

[1] 钱子雅，即钱垂文，字子雅。但家世及生平经历皆不详。

[2] 买山钱，即“买山隐居”的典故。出自《世说新语·排调》：“支道林因人就深公买印山，深公答曰：‘未闻巢、由买山而隐。’”

沈钟华兆庚小住北堰晨夕过从暇述馆太原旧事作诗纪之兼以誌慨

沈生来海陵，快晤慰晨夕。孤怀遣离愁，纠结趣冰释。诙谐述旧事，用资笑谭剧。生昔藉舌耕，东道太原易。蠢丑性犷悍，窊窊[1]地写僻。斋室扪涂泥，床几渍卤斥。土衔蚓穿屋，涎腥蜗篆壁。牟鸣骇牛宫，祝呼引鸡栅。村童抱书来，衫短不掩骼。目深面亦黧，履穿足复赤。稚蛮纵嬉玩，枯瘦耐鞭擿。屑麸豕豢牢，哆口食延客。午餐鼈去丑，宵膳鱼用腊。掩鼻肆疑鲍，横箸铁礙貘。凌杂语无次，酬酢意弗怿。须臾喧母嫫[2]，嫱奴[3]诧鬼瘠。避雨哄诅诟，堆粉盈桉席[4]家业粉曝未燥者每逢雨骤至堆置书室几遍。不图蚕舍罂，遽姤鸠盘厄。翻翻云阵过，酉阳射窗隙。蒸溼间腥膻，流滋等潮汐。腐扬气冲胃，凑虚汗浸额。骄虫臭屡拈，阴蛊毒每螫。问时春方和，望氛夏已赫。衣虽裸未能，情匪蹠[5]可惜。扁舟谢之归，寸衷差自适。懒溷[6]暂可驱，疵沴[7]久潜积。水帝扇遗虐，愁城布灾疫。炉洪汤火焊，谷寒语言咋。迁延月逾九，赦除病蠲百。藉非错忤多，奚至寒屯益。即今筮琐琐，弥觉形役役。谈虎色犹变，畏蝎气为辟。感君语慷慨，触我意怫逆。海尘滞羁囚，堰沙铩健翮。禅房憩清佳寓义阡寺五月馀，官斋苦偪窄。仲宣楼再登，郇公厨[8]未隔。煎熬饔馔歆，哮呼市声迫。远违孟轲诚，进哂晏婴策。所幸地既偏，亦有园可辟。蓺菊秋满篱，莳花根俪石。过从径开三谓玉亭彦伯芗谷子雅幼樵诸君，宴游影非双。东访宋玉邻谓似山，西过张衡宅谓瑞亭。招邀破寂岑，歌啸悦魂魄。俯仰虽则娱，颠踬究谁白。文章劫未消，萋菲[9]谤难责。颇欲谢鹪寄，亦冀免鼠吓。江海屯烽烟，关河横剑戟。朔风凌长风，雄心郁短軛。悠悠望前途，咄咄迷广陌。奉檄时久辜，系匏肯空绎。生年不自厉，适以召跼蹐。君才喜壮盛，光阴忌虚掷。屠龙属巨手，钓鳌踏危脊。宝思荆璞献，赝惩鲁鼎索。无为习雕篆，坐使再沦谪。作诗示箴儆，庶永舒捥[10]搤[11]。

【注】

[1] 窊窊，低洼积水。

[2] 嫫，古代神话中的人名。嫫母是传说中的四大丑女之一、黄帝之妻。

[3] 嫱奴，老年的女性。

[4] 桉席，桉树做成的席子。

[5] 蹠，同“跖”字。踩、踏的意思。

[6] 懰涠，混浊、混乱。

[7] 疵沴，代指伤害、灾害。

[8] 郇公厨，郇公指唐人韦陟。唐代冯贽《云仙杂记》卷三中记："韦陟厨中，饮食之香错杂，人入其中，多饱饫而归。语曰：'人欲不饭筋骨舒，夤缘须入郇公厨。'"也称作"郇国厨"。

[9] 薋葹，恶草的名字。这里应是用以比喻诽谤、说坏话的人。

[10] 捥，同"腕"。

[11] 搤，即"扼"字。

舟次兴化访毛小珊[1]凤起留连竟日纪之以诗

小泊昭阳棹，侵晨访故人。辞家同作客，话别各惊春。钲鼓天涯梦，乾坤乱后身。浇愁须买醉，莫厌酒杯频。

近午横风定，招邀结伴行。人烟喧小市，兵气壮孤城。古兴摊书惬，闲怀啜茗情。客里羞涩甚，摹篆意烦萦。

太息浮沤馆[2]李复堂鱓别业，春风旧梦醒。琴尊悲歇绝，书画感飘零。地胜遗仙蜕地为元柴默庵[3]飞升故里，天空散客星。郑虔留别业，拥绿怕重经拥绿板桥先生园名。

闻得云英在，天涯殢别愁。闲情滋九畹，客梦断三秋。兵火辞残劫，笙歌忆旧游。何郎[4]吟懊恼，惆怅隔秦楼时拟偕梅屋访兰英校书不果。

【注】

[1] 毛小珊，毛凤起字小珊，其家世及生平经历不详。

[2] 浮沤馆，位于今江苏省泰州市兴化市境内。清咸丰《重修兴化县志》："浮沤馆，顺天翁方纲记云：'是园在兴化南城内升仙里，元柴默庵飞升故地也，沟渠映带，竹树阴森。李复堂鱓因其地之幽僻，曾构楼阁数椽，缀以花草，以为退休之所，赋诗作画，日与诸名士啸傲其间，号曰浮沤馆。'"李鱓（1686—1756），字宗扬，号复堂，江苏兴化人，清代著名书画家，"扬州八怪"之一。

[3] 柴默庵，元代末期人，为四圣观道士。传说其飞升于泰州兴化南门内的升仙荡。

[4] 何郎，指友人何梅屋。

长生苑[1]古桧歌桧为明景泰时姜五常道士[2]手植

南风吹云黯晴色，古院沉沉昼纆[3]黑。星旗转影掀龙鳞，山鬼在阴不敢逼。

当階一树气郁蟠，松身柏叶森瑶坛。晴光闪影蚌缠黝，奇石攒立苔花乾。一枝上起薄云日，潜虬拏攫爪牙疾。一枝侧卧骨露栏，横筋诘曲斑螭蹲。其旁一枝态奇伟，返穿入穴象奔虺。惊雷过雨筍漏尖，腾舞凌空掣蛟尾。蛟尾飒飒喷涎腥，苍皮结篆鸟作形。鼎彝出土现灵怪，宝气欻忽摩铜青。我闻昔者五道士可常行五人呼五道士，风霆握手佐驱使。长春真人启豸关可常为刘长春真人[4]弟子，栖踪下饮盂城水。盂城地僻昭阳封，植桧咒伏丹台龙。红羊化劫劫未死，屹立不畏毗岚冲。后来作图黄子久邑人黄骍[5]绘图系之以诗，蚴蟉奇绘苍髯叟。新诗仿作古柏行，鬐鬣[6]秋寒笔云陡。去年兵哄斗牛旁，精甲贯日戈铤霜。芊墟伐木壮军气，烽火拉杂喧咸阳。乔柯委地隐残雾，断节零霜不知数。江山回首化秋烟，开府凄凉吊枯树。轩庭破梦飞浩歌，兴来眵[7]抹为摩杪。鹤巢隐隐畣长啸，沧桑无恙重相过。黄金电鑰扃仙宅，孤櫂催人日将夕。望里灵光峙岿然，苍茫更忆吴陵柏太州松林庵[8]柏奇古与此相似。

【注】

[1] 长生苑，位于今江苏省泰州市兴化市境内的东岳庙内。

[2] 姜五常道士，明代宣德年间人，东岳庙的第一代主持，全真教刘长春的嫡传弟子。

[3] 缅，黄昏时分阳光昏暗的样子。

[4] 刘长春真人，明时全真教道士，其生平事迹不详。

[5] 黄骍，兴化人，其姓字、家世及生平经历不详。

[6] 鬐鬣，指兽类（如马、狮子等）脖颈上的长毛。

[7] 眵，目眵、眼眵，也叫眵目糊、眼屎。指由眼睑分泌出来的一种黄色黏稠液体状物。

[8] 太州松林庵，即泰州松林庵。位于今松林庵，在泰州城内乌巷南首，传为明代储巏所建。清代道光年间泰州人夏荃《退庵笔记》中载："学宫（今泰州市海陵区东门大街学宫）西数百步有松林庵，不知创自何时。"

兴化吊明考功郎宗方城[1]先生臣

昔读考功集，古劲无纤词。长啸激明月，磅礴生雄姿。少年磊落负奇气，千言下笔云涛驰。骅骝奋起掇上第，白云涛[2]转分曹司嘉靖间成进士授刑部主事转吏部考功司。归来谢病绝人事，栖息不恋鷦鹩枝。百花洲上好风月，菡萏斗艳花盈陂本传云谢病归筑室百花洲读书其中。缥缃展玩乐昕夕，停车屡问元亭奇。鹤书转瞬促明诏，旌功颁爵无然疑本传云起复故官进稽勋员外郎。王李[3]腾骧擅文誉，志行颃颉相攀追。同官吟社结七子，撞钟伐鼓[4]陈华辞。柄臣专国集蟊贼，蜮弩钩射蘼子遗。

椒山[5]慷慨赴西市，仰天太息摧肝脾。锦袍匝翼蔽膏血本传云杨忠愍[6]劾严嵩[7]论公率同舍郎王世贞[8]等解袍覆其尸为文祭之，赫然一怒惊鸮鸱本传云嵩怒公出公为福建提学参议。八闽写僻地滨海，风雅提倡推经师。棘门荡荡布条教，士林传诵箴遨嬉。腥涎无端起蜃穴，楼船百道来倭夷。抚臣获罪待朝命，徵军议守支艰危。西门一旅尽精锐，昼夜巡眂环闉陴本传云嘉靖三十七年夏倭犯福建巡抚阮鹗[9]被逮三司共议城守公监西门。电光闪火怒霆发，当之磔裂无完尸。貔罴蹈险气慄息，解围倒偃中军旗。崇墉屹屹壮声势，强虏毋敢重来窥本传云寇攻西门臣发炮火却之后相戒不敢犯。捷闻又报泰甯[10]寇，轻骑驰赴狼兵随。四边堵截断归路，游鱼入釜歼鳞鬐。白莲村静夜编伍，紫云台迫朝杨麾本传云贼犯永安公率领百骑趋白莲村又命县丞李某以粤兵二百驰赴紫云台堵截归路。欃枪迅扫劫尘委，狐尾卷缩如疲羸。鲈浔厉气中筋骨，疾作不起穷巫医。空岩止止罕人迹后养疴武夷止止庵中，大星宵殒东南陲。华阳古洞勒仙辔，桃花千树东风吹公绝笔诗云于今更返华阳洞千树桃花待举鞭。讴歌颂德遍闽峤，武夷绝顶崇灵祠。宾吾刊牍议请谥，遗泽足慰乡闾思邑人魏应嘉题请议宾吾应嘉字。我来海陵夏过五，孤舟溪滞波沵沵。故人招饮集徒侣谓小珊，酒酣豪兴生吟危。玉龙归去不得见绝笔诗云玉龙高驾彩云回，芙蕖别馆香云萎百花洲有芙蕖馆。烽烟南望断消息，吉朱凶白今为谁。乘时慷慨树伟烈，如公奚患灾潜遗。晴虹会见出峰顶，崆峒掷剑挥蛟螭公绝笔句云我今先跨晴虹云迟尔崆峒第一峰。

【注】

[1] 宗方城，明代中期作家宗臣(1525—1560)，字子相，号方城山人，后世亦称宗方城。宗臣为兴化(今属江苏省泰州市兴化市)人，为明代文学的“后七子”成员，诗文创作主张复古，著有《宗子相集》。

[2] 洊，再次、多次。

[3] 王李，指王世贞、李攀龙。“后七子”的首领人物。

[4] 伐鼓，击鼓、敲鼓。

[5] 椒山，是指明嘉靖年间著名诤臣杨继盛，其字仲芳，号椒山。因嘉靖三十二年(1553年)，杨继盛上疏弹劾严嵩“五奸十大罪”而下狱，遇害时年四十岁。明穆宗时，追谥“忠愍”，故后世多称其为“杨忠愍”。

[6] 杨忠愍，即杨继盛。

[7] 严嵩(1480—1567)，字惟中，号介溪，袁州府分宜介桥村(今江西省分宜县)人。明孝宗弘治十八年(1505年)进士，累迁礼部尚书、翰林院学士、内阁首辅。严嵩专权乱政，嘉靖四十一年(1562年)被勒令致仕，嘉靖四十三年(1564年)其子严世蕃案发，严嵩被罢官、抄家治罪，于隆庆元年(1567年)死去。《明史·奸臣传》对其事有录，将其列为六大奸臣之

一。著有《钤山堂集》《直庐稿》《振秀集》《山堂诗抄》等作。

[8] 王世贞(1526—1590),字元美,号凤洲,又号弇州山人,南直隶苏州府太仓州(今江苏省太仓市)人,明代文学家、史学家,"后七子"的代表作家之一。现存《弇州山人四部稿》《弇山堂别集》《艺苑卮言》等。

[9] 阮鹗(1509—1567),字应荐,号函峰,明朝南直隶桐城县(今安徽省枞阳县)人。明世宗嘉靖二十三年(1544 年)进士,历官南京刑部主事、浙江提学副使。后因贪敛民财革职为民。明穆宗隆庆元年(1567 年)卒,年五十九。

[10] 泰甯,即今福建省三明市泰宁县。甯,同"宁"。

过钱绣园[1]景春别墅

不到南园久,相逢且暂过。闲怀延竹净,高致占花多。烽火催残梦,江山付浩歌。羡君幽憩好,何事觅烟波。

冉冉荷风里,丛兰送暗雪。簾疏清亦妙,人静淡俱忘。煑茗新情时,看花客思偿。重来欣有约,好待菊篱黄。

【注】

[1] 钱绣园,钱景春字绣园,但家世、生平经历均不详。

赠友鹤上人

小憩招提境,钟声永昼闲。枯禅参佛偈,胜迹话名山。屋爱支云稳,符嫌调水悭。翛然烦恼绝,花雨洗尘颜。

烽火天西警,喧喧战鼓雷。江横楼弩劲,城逈阵云摧。胜地群魔聚,祇林小劫开。慈航[1]何处泊,挂席[2]海东回。

此是传衣地,重来乌认芦。岩花朝赞诵,陀树夜跏趺。佛尘龙身狎,扬州鹤梦孤。剧怜公叔逝,谁更补新图朱浣岳为上人作友鹤图。

一觉重昏晓,黄粱梦已非。光阴蚕茧缚,身世鸟罗羈。珠柱分光好,元灯企影稀。寂寥邀我去时静涛招予过北极殿,惆隔怅斜晖。

【注】

[1] 慈航,佛家语。佛教认为佛、菩萨以大慈悲救度众生离开尘世苦海,有如舟航,故称慈航。

[2] 挂席,挂帆、升帆的意思。

题芥舟上人[1]七十小象

悭嫉閟元穆，忿覆缠窔幽。孤尘堕世网，郁轭[2]不自由。师乎具慧解，安住泯去留。慨念众生浊，汎若坳堂浮。旷观悟了了，缚着奚所忧。真如见明镜，契彼玉一钩。岩花证禅意，刹月横清流。此为寿者相，万劫祛鶬鸠[3]。

【注】

[1] 芥舟上人，上人是对持戒严格并精于佛学僧侣的尊称。但芥舟上人其人及事均不详。

[2] 轭，指牛鞅。牛拉东西时架在牛脖子上短而粗的曲木。

[3] 鶬鸠，布谷鸟的别称。

书邓牧心[1]先生伯牙琴后

先生宋人，家钱塘，国亡不仕，至元己亥入洞霄止於超然馆。沈介石[2]为营白鹿山房居之，手定诗文六十馀首，名伯牙琴，慨赏音之难也。

厓山[3]猎猎天风急，波底鱼龙作人泣。摩云金甲去不归，天水[4]伤心旧京邑。九琐山人先生自号抗志希，奔轶不受绦勒羁。南华一经析妙旨，元言窈穆开扃扉。少小探奇历名胜，招隐诗篇诩投赠。吴越苍茫赋大观，烟霞踏遍芒鞋胜。无端鼙鼓裂惊雷，宫阙凌虚化劫灰。白塔未消陵谷[5]恨，冬青何补髑髅哀。凄凄断梦春愁远，鶗鴂一声天未晓。郑史埋愁贯铁甬，谢歌垂涕招朱鸟。金戈摧折朔云寒，万里萧条行路难。半壁光阴收拾尽，琼台辗转认仙坛。仙坛缥缈霏霜雪，大涤苍茫迳途绝。南国兴亡赋黍离[6]，超然馆外增凄咽。翠蛟飞舞皱鳞重翠蛟亭九琐山十景之一，瘦沈寻幽踏晚峰。为筑灵栖题白鹿，护持残客隐芙蓉。芙蓉朵朵吹霞外，草窗愤激情无赖四库全书序云牧与周密谢翱友善密字草窗。太息空岩药草肥，一尊已向泉台酹翱临终寄先生诗有戴进芊生药草肥九锁山[7]人归未归之句。怨逝伤离环境过，繁华消歇旧山河。遗民坐抱吟篇老，侘傺[8]萦愁感已多。珠襦玉匣凋零久，断壁遗缣更何有。黯黯尘沙结阵来，登高极望空翘首。孤怀浩荡写新吟，梅竹横斜寄赏音。点笔自题前后序，署名雅称伯牙琴。琴絃迸裂流泉冷，惆怅苔岑触斜景。古调苍凉只自怜，吁嗟腥腐谁能省。兴来展玩遣深宵，石室魂归赋楚骚本传云先生殁后瘗剑履石室殿下。却忆洞天诸记外先生大涤洞天记三卷收入道藏，无多胜馥与零膏先生手定诗文由元迄明亡佚过半。东游诗卷沧桑度，十咏陶山蠹蟫悮。知是冰丝不肯留，故教飘瞥随烟雾鲍廷博曰先生诗文散亡后仅存四十四首张叔夏所题东游诗卷及与林霄山唱和陶山十咏无从物色。恍惚成连海上行，铜驼赍恨感平生。三千年后杨云死伯牙琴自序云三千年后必有杨子云，明月空悬吊古情。

【注】

[1] 邓牧心，即邓牧(1246—1306)，字牧心，号文行，又号九锁山人，世称“文行先生”，钱塘(今浙江省杭州)人，为南宋末期的道家学者、思想家。因其对理学、佛教、道教均持反对态度，故又自号“三教外人”。邓牧于南宋亡国后隐居于余杭大涤山洞霄宫中，一生不仕不娶。著有《伯牙琴》《洞霄图志》等。

[2] 沈介石，宋末遗民林景熙作有《留寄沈介石高士》一诗。但其姓字、家世及生平经历不详。

[3] 厓山，即崖门山，在今广东省新会县南大海的海域中。1279 年(南宋祥兴二年，元至元十六年)，宋朝军队与蒙古军队在崖山进行了大规模海战，以南宋军队的失败而告终，这代表着赵宋皇朝的陨落。

[4] 天水，古称秦州、上邽，为今甘肃省辖地级市。此处的天水，应是作以赵宋王朝的代称。《宋史》卷六十五：“天水，国之姓望也。”天下赵姓，皆出于天水。天水现有“天水堂”，为赵姓祭祖之地。宋朝统治者姓赵，因是，金兵南犯，掳走徽、钦二帝，宋徽宗被封为“天水郡王”，宋钦宗被封为“天水郡公”。

[5] 陵谷，原指丘陵和山谷。后常用以比喻自然界或世事的巨变。

[6] 黍离，《诗经·王风》中的诗篇。《诗序》中指出“黍离，闵宗周也”。后“黍离”一词遂成为家国兴亡之感的代指。

[7] 九锁山，即前句中所言的“九琐山”。

[8] 侘傺，形容失意的样子。语出屈原《离骚》：“忳郁邑余侘傺兮，吾独穷困乎此时也。”王逸注曰：“侘傺，失志貌。”

雨夜不寐阅赤雅[1]感赋七律四首

苍茫澄海起波澜，独客辞家去不还。晓瘴霾云连蛊彗，西风吹梦落乌蛮。雄关险峭萦新恨，征铎凄凉忆故山。却喜相思新结寨相思云鞞孃[2]所居塞名，翩翩书记角巾纶。

宛宛偏□[3]玉截肪，云台遗烈拜岑王。凤裘分暖含春色，龙髻围云斗汉妆。草檄飞书朝勒部，论兵夺槊夜飞霜。娥娙[4]仅有怜才意，弹铗何须暗自伤湛若白妄鱼诗有不堪弹铗向朱门句。

铜柱嵯峨两界屯，武陵西去倍消魂。山川形胜蟠龙洞，风雨嗥呼[5]泣鬼门。

剑气摩函青使庙，笛声编谱绿珠村。茅犀象生於两粤东曰茅犀西曰猪神笋箨蛇名归收拾，玮怪还从犵獠[6]论。

詹雨吹烟上客楼，蚌珠痾结独怀忧。雄才未许中原老，奇事偏从异国搜。避地诗曾题七究，绝交书亦壮千秋湛若有致阮怀甯绝交书。泽车款段[7]缘何事，惭愧平生马少游[8]。

【注】

[1] 赤雅，明末广东南海人邝露游历广西时所撰关于南方少数民族及其风俗的著作，共三卷一百九十七条。对于土司及各部落的制度风俗、山川古迹、交通道路、动植物及物产等均有较为具体的记录。

[2] 云亸孃，即"云亸娘"。邝露曾任瑶族女土司云亸娘的留掌书记。《赤雅》一书内容亦为邝露离开广西后对此段为官经历及见闻的记录。

[3] □，原字为"訾"。

[4] 娥娙，指姿容美好的女子。

[5] 嘷呼，呼叫、号叫。

[6] 犵獠，仡佬族。

[7] 泽车款段，下泽车、款段马的简称。轻便出行的意思。

[8] 马少游，是汉将马援从弟。其志向淡泊，知足求安，无意功名，认为优游乡里即足以了此一生。马少游曰："士生一世，但取衣食裁足，乘下泽车，御款段马，为郡掾史，守坟墓，乡里称善人，斯可矣。致求盈余，但自苦耳。"（《后汉书·马援传》）后世把马少游作为士人不求仕进知足求安的典型。

杂　诗

鸿鹄翔万里，上薄青冥端。云霓不可抉，不屑桷与磐。回飙转天外，激荡生峭寒。馀威肆砭削，中道摧羽翰。颠陨不复振，所历皆艰难。俯视莺鸠辈，蓬藋[1]栖息宽。翱翔及数仞，吟啄藉可安。吁嗟蒺藜困，忧患乃自干。

纯钧锻[2]雷橐，百鍊生精铓。乘时鼓锐气，藉以辟不祥。壮夫不知宝，絷[3]越如寻常。精神困剸割，杀气潜秋霜。铅刀抗声价，龙雀增悲伤。英雄抱奇伟，韬晦师蛰藏。神功运开辟，艰厄无所妨。信知济用具，顿折宜早防。

山海含菁英，镭[4]藏人弗识。生气潜为兹，累累不可测。宵衢示光怪，斑驳作霞色。奔批泄精奥，劚削伏蟊贼。蓄鳌[5]渐以亏，媪神不能力。奇才姤末世，寂处葆孤特。元关脱启扃，英华乃淹蚀。高深藉明监，永以谢雕饰。

种瓜瓜不繁，种豆豆不夥。非由天事偏，执业亦乖左。结根既微弱，刈获计益琐。及时不相报，退遂滋懡㦬。翘首胆中田，稻粱积硪硪。治生愧无术，负子羡蜾蠃[6]。浩然辟菑[7]畬，制行泯摧堕。当令蠹号仙，毋使鼊嗤跛。

蓂荚[8]辨晦朔，蟪蛄[9]昧春秋。脩短判物理，鄙见焉能周。孤尘寄天壤，根化以遨游。沉冥不自量，幻作服食谋。金石竭膏血，蛊溺贼奥幽。元气一以耗，躁急病弗瘳。尾闾卷宣洩，痛觉萦百忧。始知神龟寿，不能如蜉蝣。

阴谋道所忌，覆机败之媒。彀弩挟为用，一发成祸胎。群生狎处久，耦比无相猜。乘变伺瑕釁，噀影横见摧。物情恶机械，心腹潜蛇虺。贼人以陷阱，醢骨行召哀。达观阅尘幻，即事增叹唉。蠍[10]以钩自毙，蜮以矢自灾。

鸾凤鸣雝雝，鸱鸺鸣磔磔。仁暴既相悬，爱憎亦非辟。鲰来狃[11]方隅，抚时适其适。鬼车鸣夜昏，陡觉天地窄。鹊集率更贺，鹏赋贾生[12]厄。人事有盛衰，物变岂能责。旷观悟真源，琼茅笑谈掷。昕夕狎鸥群，吾将师海客。

粪壤不可处，鲍肆难自娱。何哉逐臭人，来结海上庐。蜣螂[13]挟丸转，爱玩腐化馀。攘羭[14]即末暇，久久乡泽除。君子秉孤介，独处怀抱摅。桐琴惬真赏，兰室延嘉誉。琅玕孕奇宝，其下棲鸾雏。霞裾曳云佩，行访仙灵居。

荒藤蔓中野，厥类丑且繁。旋云肆缠扰，郁郁蟠其根。匿阴闲缘隙，钩络为祸门。骏雄会奇兀，牵掣难久存。嵇吕[15]旷放士，志气争鸿轩。脱略不自检，束缚埋沉冤。虞渊薄寒日，紘涩惨不温。喟焉念圣哲，艰晦义弗谖。

谗搆乱黑白，孅恶淆参差。鸩媒太佻巧，凤皇乃受诒。琼台掩明月，佚女增伤悲。奴嫫闲窈窕，邃远谁能知。帝阍百神集，灵氛前致辞。帏非椴[16]可佩，荃非茅可訾。谇替进瑰行，震赫无犹疑。吁嗟彼鬼蜮，吾咏何人斯。

山鸡爱羽毛，羽雪择棲止。避险不下食，往来饿至死。嗟哉禽鸟微，耿介尚如此。何与今之人，骋诱从而靡。役役触秽蛆，营营附膻蚁。厉节无秋霜，动息成疲骫。铸鼎搜形模，繁猥亦可耻。玮宝陈璠玙，吾请匵[17]藏俟。

白云栖尘沙，浊世恶高节。珠玉侈宴娱，笙歌纵游媟。嗟彼腐与腥，甘之未能绝。君子葆明信，贞操媲霜雪。神灵定以澄，酸咸与时别。盗泉能污人，不为夷齐湟[18]。姬姜能娱人，不为禽季悦。持此千古心，庶几共颃颉。

【注】

[1] 蘿，即忍冬科植物蒴藋。短冠草灌木状草本。

[2] 鍜，指古时战争用以保护颈项的铠甲。

[3] 褺，重叠穿的衣服。

[4] 镉，封锁、锁闭。

[5] 蕃鳌,即“蕃厘”。

[6] 蜾蠃,即土蜂,是细腰蜂的一种。《诗经·小雅》中有“螟蛉有子,蜾蠃负之”的诗句。

[7] 菑,初耕、开荒的意思。

[8] 蓂荚,古代传说中的一种象征祥瑞的草。《竹书纪年》:“有草夹阶而生,月朔始生一荚,月半而生十五荚;十六日以后,日落一荚,及晦而尽;月小则一荚焦而不落。名曰蓂荚,一曰历荚。”

[9] 螗蛄,蝉的一种,体型较小。

[10] 蠍,即“蝎”字。

[11] 狃,拘泥、拘束。

[12] 鵩赋贾生,指西汉文人贾谊。因其作有《鵩鸟赋》而有此称。

[13] 蛣蜣,也叫“蛣螂”。昆虫的一种。民间俗称为“屎壳郎”。

[14] 攘羭,损美、掠美的意思。语出《左传·僖公四年》“攘公之羭”。杜预注曰:“攘,除也。羭,美也。”

[15] 嵇吕,指魏晋时士人嵇康与吕安的并称。后借以指挚友。

[16] 樧,古书上说的茱萸一类的植物。《说文解字》“樧”:“似茱萸,出淮南。从木殺声。所八切。”

[17] 匵,即“椟”。

[18] 涅,同“涅”字。可做黑色染料的矾石。

哭徐来峰玉丰宫赞

鸺鹠栖海东,欲飞倦无力。南风间滛霖,天地幻愁色。忧思从中来,残更只叹息。忆君昔少年,岳立森岁崱。文章郁奇气,鸿采蟠英特。我时偕子野谓张松臞,过从剖胸臆。骅骝各思骋,骎骎谢羁勒。后君居秦陲,我滞蓉城北。春秋间相见,欵曲无由得。离肠毂为转,穷愁日煎逼。吊古怀春申[1],及时抒抑塞。招邀上金台,飒爽战閦棘。上手枭成卢,珥笔蓬瀛侧。骥跛希未能,蛟沉望难即。中复遘其变,摧抑转乡国。息影邱垅旁,松楸泪悽恻。张生捧檄去,灵舆隔卭僰[2]。孤子鲜欢悰,雄剑锋潜匿。登望蜀与燕,慨念日轮仄。客春逞豪兴,京华踏尘黑。君时闻我来,驾车俟弗克。握手展情愫,论心绝雕饰。十载滞清班,师从堦虚陟。功名感憔悴,气血肓竖蚀。归与谢元亮[3],槃停意无极。冀门四月寒,孤絃调哀抑。行行催双辀,浩然弃鸡肋。君时闻我归,饯饮列酒食。殷勤策驽骀,振拂起僵踣。中席色不愉,怅望南飞翼。警柝喧城陬,相对情默默。归来郁惊魂,江海盛蟊贼。列郡罹烽烟，坚城删柞棫[4]。朝愁羽檄驰，暮骇军符敕。杞忧懔寒冰，寸肠迫辜皛。客程接君书，剖叙极朓寔。挈家居玉田，告病远弹劾。稍俟途逕平，赍装亟严饬。相期初服遂，归耕课稼穑。萧萧北风起，冻云惨如墨。道上逢汪伦谓怀堂，言君病结转。精神困药饵，羞馔却肥膧[5]。中心耿思虑，日夕增叹餩。浸淫及春仲，兵戈犹未熄。征鼓催薤歌，薤歌积惶惑。苍凉去国愁，慷慨平生忆。都门盛冠盖，九衢骋华轼。一官痛浮沉，才丰遇奇啬。微生阨尘羁，救丧惭匍匐。人情藉通显，悴落避如蜮。魂魄羁天涯，峨峨层冰慄。关河猰貐梗，骨月掩慙恧[6]。茫茫歧路间，孤寡藉谁恤。君乎在九原，亦当为愁悒。海东有鵩鶫，哀鸣和啾唧。巫咸何处招，千里梦难测。因之忆峨眉，双泪横凄溧。

【注】

[1] 春申，指春申君黄歇，战国时楚国人，曾任楚相。与魏国信陵君魏无忌、赵国平原君赵胜、齐国孟尝君田文并称为“战国四公子”。

[2] 邛僰，古时居住在西南地区的少数民族。

[3] 元亮，指东晋诗人陶渊明。

[4] 柞棫，栎树与白桜树的合称。

[5] 膧，同“殖”字。

[6] 慙恧，即“惭恧”。惭愧、羞愧的意思。

即　事

海东弥望阵云长，天外欃枪尚有芒。鬛索竟符谣黑獭，雨刀何救劫红羊。已闻上将历传檄，又听连营报撤防。况是北来消息恶，羽书日夜警封狼。

天堑频年断翼卫，鲂浔络驿[1]盛军容。空教珠剑旌羊虎[2]，不见楼船下濬龙[3]。斗变客兵朝入市，连江贼垒夜屯烽。临流击楫[4]英雄老，慷慨何人报九重。

军门号令肃如山，虎落天罗壁垒环。幸有先声摧破虏，绝无奇策上平蛮。朝廷枉作长城倚，战士虚夸合甲擐[5]。惆怅九原杨太尉[6]，当年戎马未曾闲。

大星昨夜落前营，刁斗惊寒惨不鸣。功罪未能逃国史，韬钤空自寄宗城。弃瑕重见班分阙，克敌何曾观筑京。太息天西绵蔓甚，独惭五等沐恩荣[7]。

十万军屯战垒愁，官符日夕催星陲。算缗[8]已入将军库，徵税重烦大吏筹。列肆钱刀兵作哄，中原瓜豆[9]客怀忧。东南民力蠲劖尽，野老吞声哭未休。

凶门一凿胆先寒，莽莽虫沙破阵难。避舍未妨迁幕府，论功旋欲按诗坛。帝孙重望歌偏稚，叔子轻裘梦亦安。汗马勋名酬不易，笑他蝺宪[10]太桓桓。

回首天涯矛盾缠，迁延无计枕戈眠。请缨久愧终军绩，缚筏宁知魏将贤[11]。岂果抗棱摧猰貐，居然合坐拜貂蝉。汉家自有封侯约，莫忘轮台[12]绘象年。

群寇娄娄借箸论，朝来按部独称尊。旌旗自昔雄西域，管钥於今重北门。帝为授才宜誓命，军逢鸣镝亦消魂。辕车偾绩[13]嗟何济，涕泣凭谁叩九阍。

【注】

[1] 络驿，即"络绎"。

[2] 空教珠剑旌羊虎，指北魏孝明帝赐给羊侃珠剑，以奖励他扮虎有气力的典故。出自《南史·羊侃传》。

[3] 不见楼船下濬龙，指三国魏晋时晋武帝命王濬为龙骧将军，以楼船破东吴铁锁事。中唐诗人刘禹锡《西塞山怀古》一诗有"王濬楼船下益州，金陵王气黯然收"之句，即指此事。

[4] 临流击楫，即成语"中流击楫"。《晋书·祖逖传》载："中流击楫而誓曰：'祖逖不能清中原而复济者，有如大江。'"

[5] 甲擐，即"擐甲"。穿着铠甲的意思。

[6] 九原杨太尉，九原，山西绛县、内蒙古包头市等地皆有九原之地名，无法确定为某处。杨太尉，有说为北宋时女将军杨八姐，亦未可确证。

[7] 沐恩荣，蒙受皇帝恩宠的荣耀。

[8] 缗，指成串的铜钱。每串一千文。

[9] 瓜豆，成语"瓜分豆剖"的简称。

[10] 螭宪，政令、法度的代称。

[11] 缚筏宁知魏将贤，指三国时魏国与吴国的江陵之战中，吴将潘璋伐木缚筏欲火攻魏军而未能成功事。《三国志·潘璋传》中有载："(潘璋)便将所领，到魏上流五十里，伐苇数百万束，缚作大筏，欲顺流放火，烧败浮桥。作筏適毕，伺水长当下，尚便引退。"

[12] 轮台，古西域地名。位于今新疆维吾尔自治区轮台县。汉武帝时曾置使者校尉，屯田于此地。

[13] 偾绩，败绩、战败。

荷觞忆旧词

俗以六月二十四日为荷花生日，昔随侍暨阳申耆师岁，招同人釃酒徵歌为花介寿。哲人既逝，闲关归来，高会云沉，良朋星散。今复傭书寄食、旅滞海东，望江上之烽烟，怆客中之风雨，萧斋闲寂，索处寡欢。回首旧游，弥增怅惘，爰缀韵语诗以记之，并寄承夏诸君誌同感焉承培元[1]字守丹夏炜如[2]字怡云。

海天露冷芙蕖泣，红雨黏愁泪痕湿。香国云孤断梦寒，波纹黯黯凄风急。蘅芜罥影带离情，翠盖擎芳浥露清。为忆观忆佳节好，旧游太息记蓉城。蓉城讲院澄池滢，仙客翛然寄清兴。引水种花花映奁，红阑一曲围苔径。苔径霏芸思渺绵，繁肴万选启华筵。酒酣喜进长庚祝，绮组缤纷上锦笺。画图襟带招吟侣张怀白作讲院荷觞图，骚雅镌辞陈乐语师命怡云仿楚骚为侑神乐语。宛转鱼云拂茜绡，梅酤[3]椰剖祛残暑。菡萏移根又作花，更邀新雨醉馀霞庚寅岁师复举荷觞之约有补邀新雨散绮霞句。谁知胜馥零膏恨，并入啼鸟写怨赊。龙门崩圻星光暗，乡泽销沉感凄断。花亦多情不再芳，璚[4]蕤转瞬随烟散。高会茫茫吊影徂，参差吹彻思萦纡。何人约取闲鸥鹭，补作西园雅集图。东风吹恨骊驹恻，送我凄凉转乡国。回首春申浦上云，飘然飞入棠湖北。棠湖波荡倚桡荃，海上思寻太乙莲。玉井雕琼空有信，珠华撷珮已无缘。荷觞往事分明记，幽兰宛宛伤憔悴。早是灵丝觅藕难，况兼病叶辞根易。雷霆喧激广陵涛，战垒排山结阵高。客里光阴增侘傺，愁红骋望断江皋。江皋骋望延清晓，凄绝菱歌参懊恼。心苦谁云薏可怜，便娟怕见花枝好。搴芳无计重徘徊，孤馆憎寒介寿杯。吟到蒲兰陂泽句，南皮[5]絃管应徐哀。荪兰迢递良期晚，惆怅香沉魂未返。夙约灵坛证果迟予旧有仙蕖梦曾作诗记之，如来世界情同绻。缥缈天涯隔赏音，名花无语怨难禁。江潭一样悲摇落，请续苓芳感旧吟。

【注】

[1] 承培元，诗前序中所言其字为守丹，但家世及生平经历均不详。

[2] 夏炜如，《江阴县志》中载："夏炜如，字永曦，咸丰四年(1854年)甲寅恩贡。少孤力学，尤擅词章，为李养一高足弟子。光绪三年(1877年)，重游泮水。年七十九卒。著有《鞫录斋集》。邑志传文苑。"不知是否为同一人。

[3] 酤，掺和。

[4] 璚，同"玦"字。指环状有缺口的佩玉。此处应是引申指形状像璚的日影。

[5] 南皮，古称南皮县，位于今河北省沧州市境内。

题袁选亭竹里煎茶图

绿云蔽庭除，散入篔筜谷。清风习习来，浓阴静如沐。呼童汲天泉，炉烟篆阑曲。茶经析妙旨，选石祛烦燠。翛然志闲旷，招凉乐晨夙。俛视褦襶[1]子，附影热为触。即时良可欣，达性识所欲。怀抱托此君，庶几邈尘俗。

【注】

[1] 褦襶，用以遮阳的斗笠。常以竹片做胎，蒙上布帛制成。

子雅招饮观荷

薰风吹雨过园林，座有良朋慰盍簪[1]。荷影清池涵夏气，兰分香露静秋心。闲怀未尽三升酒，高咏能消一曲琴。却喜灵虹归路近，不妨啜茗涤尘襟。

【注】

[1] 盍簪，也写作“盍戠”。指士人、文人聚会。

检书烧烛图

秦灰炎炎蠹鱼死，残腐摧尘魅魑喜。神灵抱籍辞酉峰，下为书城扫糠秕[1]。先生高隐俗虑芟，架上插列千琅函。兴来检阅苦乌黯，长恩镝眂潜为监。华星荐采蚘[2]脂短，太乙扬精电光满。编排整画签横牙，惊起天变烛龙懒。君乎七十颠毛枯，兀兀勘校毋乃愚。兔园册子[3]渺萤爝[4]，漆桶中人騃[5]且乐。

【注】

[1] 秕，不饱满的子实。

[2] 蚘，同“蛔”字。

[3] 兔园册子，代指读书不多的人奉为秘本的浅陋书籍。典故出自《新五代史·刘岳传》：“道行数反顾，楚问岳：‘道反顾何为？’岳曰：‘遗下《兔园册》尔。’《兔园册》者，乡校俚儒教田夫牧子之所诵也。”

[4] 爝，火把、火束。

[5] 騃，愚笨的样子。

看剑引杯图

牛斗藏星龙啸壁，孤剑沉寒朔云羃。髑髅夜静不敢啼，怒电潜芒百忧惄。精光郁郁胆气麤，鹈膏拭血红模糊。摩桫检视动光采，白虹闪影惊风胡。狂歌痛饮尊在手，醉呼龙泉作吾友。人间万事吹毛轻，酹尔残宵一杯酒。酒酣慷慨心飞腾，甲铁化锷诚可憎。祝君持此辟山鬼，不然去截长鲸尾。

宿雨未晴客馆岑寂邀许玉亭煮茗闲话感成七律八章末二首兼怀膏庵梅屋两君

夕阳隐隐挂残虹，又听雷声走海东。孤馆新愁增夜雨，十年残恨逐秋风。仲宣身世星辰隔，庾信[1]关河涕泪空。一勺天泉聊避俗，高斋相对遣幽衷。

旧游回首莽云烟，一觉扬州梦悄然。风雨寒惊狐鼠窜，干戈气逼斗牛缠。龙骧战士愁今日，马角孤军壮昔年。犹有伤心灰劫感，黄金白骨撼荒阡。

江海长鲸出没游，坚城刁斗逌含愁。旌旗按部喧貔虎，烽火鸣宵警髑髅。如我凫沉宜养晦，笑他虫达[2]亦封侯。寒毡苜蓿相望久，哪更车前羡八骏。

罗网迷云戢影迟，客心激楚少人知。不轻董氏呼鸡狗[3]，且共王融食蛤蜊[4]。莽莽乾坤终一劫，纷纷椎脱散千丝。旧游几辈衰退甚，留面无忘会合时。

曾共闲斋抱恨长，故园云树隔茫茫。沙沉悴羽天无路，波滞潜鳞泽有梁。海上犹然喧鼓角，人间何处决榆枋。深潭峻谷凭谁问，端策[5]还应季主商。

暑路年来事已非，凄凄生意雪霜微。消残皮骨神先蠹，割尽膏腴橐不肥。风影几曾劳捕捉，荃兰空自惜芳菲。联楹记取参军语鲍问梅曾书凡物可爱惟精神联以赠君，莫更明薰惹俗讥。

激宕豪情老渐衰，干戈未定故乡来。全家生计依人怜，薄命文章历劫哀。岁月仅容消槚[6]荈，笑谈何碍杂嘲诙。长公印好烦收拾，不许红羊更化灰。

金粉飘零吊六朝，芜城烟景亦萧萧。干戈两地惊离别，风月三秋叹寂寥。客路光阴匏实感，天涯踪迹荇丝遥君寄寓荇丝湖侧。菊花消息东篱近，重盼寻幽驻画桡。

【注】

[1] 庾信，字子山，南阳郡新野县（今河南省南阳市新野县）人，南北朝时文学家。庾信本为南朝人，因奉命出使西魏被扣留而使得其人生经历和文学创作分为前后两期，故唐代诗人杜甫在《戏为六绝句》中评价："庾信文章老更成，凌云健笔意纵横。"

[2] 虫达，西汉时期的军事将领，曲城县（今山东省招远市）人，后得封"曲成侯"。

[3] 董氏呼鸡狗，即典故"董龙鸡狗"。语出北魏崔鸿所著《十六国春秋》中的《王堕传》："人或谓之曰：'董尚书贵幸一时无比，公宜小降意接之。'堕曰：'董龙（荣之小字也）是何鸡狗，而令国士与之言乎！'"后以此为辱骂、轻视他人之意。

[4] 王融食蛤蜊，即成语且食蛤蜊。比喻（对事情或事物）置之不理。出自《南史·王弘传》："融殊不平，谓曰：'仆出于扶桑，入于汤谷，照耀天下，谁云不知，而卿此问？'昭略云：'不知许事，且食蛤蜊。'"

[5] 端策，仔细地数占卜所用的蓍草。

[6] 槚，茶树。

道旁见卖歌者感赋

拨尽琵琶泪雨潸，一声幽怨啭闲关。何时避却华鬘[1]市，流转尘沙望故山。
飘泊依依感凤鸾，客程凄激晚风寒。阳春白雪怜同调，惆怅天涯识曲难。

【注】

[1] 鬘，形容头发美好。

送张瑞亭移家海陵

西风吹落千林树，君来别我海陵去。霜天𪇆㯋噤不鸣，为君慷慨歌行路。君昔少年为冷官，清斋苜蓿朝盈盘。兴来弃置意兀兀，飞上扬州看明月。扬州明月天下无，漉沙佐绩心冰壶。官衙偪仄暂团聚，挈家南下催征舻。南来霜雪熬波澜，暑路光阴亦毫末。横江蛟鳄乘潮飞，烽火喧喧鼓声嘈。君时奉檄歌远行，掉头延望魂为惊。天涯骨月幸无恙，海东避地扁舟轻。蜗庐湿蛰病幽隘，客居窈默增长喟。黄金入橐燃桂空，何处筑台容避债。炎炎六月愁云缠，凤鸾悼影琴摧絃。俯看孝竹共凄殒，薤歌怆激骊驹旋。归兴怫郁百忧结，茫茫此愁向谁说。斗室魂栖双榇尘，空帏泪迸孤雏血。孤雏迸血泪不干，虺蛇攒雾烽烟寒。亭州路断不归去，登高惟见云漫漫。云漫漫，衡岳阻，昕夕萦愁警官鼓。辗转飘摇感室家，去住茫茫难自主。别来几日寒蛩号，短衣平揖辞我曹。匆匆握手黯无语，百绪萦刺如蝟毛。去年逢君在初夏，避暑清游敞吟榭。酒酣慷慨话平生，高怀凌轹惊残夜。残夜阴森气萧飒，街柝沉霜暮潮奞。枯鱼穷鸟各自怜，郴台招携萍梗合。传舍咫尺常相过，天涯局促如媒囮[1]。秋深奋迅抉云起，斥鷃[2]讵敢滋笑呵。吾生失计过东海，辕驹伏抑厕凡猥。九缠十结混垢蒙，太息岂惟忧一蟹。君行遇合会有期，我行彳亍将安之。何时振翮学黄鹄，骞举永谢蓬蒿嗤。

【注】

[1] 囮，指媒鸟，捕鸟时用于引诱的鸟。

[2] 鷃，同“燕”。燕雀之意。

九日拟邀同人登高未果孤斋寥寂用东坡重九次王巩韵得诗二首

豪兴侵寻懒复休，已教夙约负芳洲。莲台枉证八轮喻[1]静涛语石雨上人俱在东台，萸酒空令孤客筹。采采诗怀元亮径[2]，凄凄秋入仲宣楼。东篱行尽无人伴，太息黄花未解愁。

百种烦萦未暂休，西风萧瑟冷芦洲。空江真见浮三翼，沧海今逢下几筹。惑业渐增恶叉树[3]，婆娑空忆隐居楼。遥知丁卯桥头客，明月同悬两地愁时玉亭在西潭。

【注】

[1] 八轮喻，佛家有“八正道”之说：“世间之轮，有辐毂辋，互相资助，以成轮体，八支之正道，互相资助，以成正道，故譬之为轮。”即诗中所言的八轮喻。

[2] 元亮径，元亮为东晋诗人陶渊明的字。其《归去来兮辞》中有“三径就荒，松菊犹存”之语言。后常以元亮径或三径代指菊花、丛菊。

[3] 恶叉树，佛教典籍中所言树名。其子三颗为同一蒂。用来比喻人生的惑、业、苦。语出《楞严经》：“佛告阿难：‘一切众生，从无始来，种种颠倒，业种自然，如恶叉聚。’”

送玉亭归省兼寄问樵雪蕉诸昆仲

归期辗转未曾归，惆怅天涯愿久违。孤櫂暂欣乡梦近，中年渐悔客游非。西风瑟瑟催残叶，东海依依带落晖。寄取穷达两行泪，莫教洒上老莱衣[1]。

霜高木落九秋寒，故国重游兴未阑。献寿采馀陶令菊，循陔[2]咏补广微兰[3]。情娱鸥白承欢易君家有鸥白堂，枝借鷦黄寄食难。我比林鸟更凄寂，茫茫回首感无端。

三年北堰滞游尘，孤馆联吟客里身。差喜清谈延茗契，每逢胜赏负花辰。秋摧病骨同语恨，金转空囊不救贫。莫负临歧分手约，平原十日望征轮。

曾记芜城爪印留，谢家群从[4]日嬉游。干戈催醒樊川梦[5]，絃管空馀季重愁[6]。霜黯桐琴憎别调，风寒萍梗怨残秋。何当洗尽红羊劫，更放观涛夜月舟。

【注】

[1] 老莱衣，即“老莱子彩衣娱亲”典的简称。出自《艺文类聚》所引《列女传》：“老莱子孝养二亲，行年七十，婴儿自娱，着五色采衣。尝取浆上堂，跌仆，因卧地为小儿啼，或弄乌鸟于亲侧。”后遂用“老莱衣”代称孝养父母的行为。

[2] 循陔，《诗经·小雅》的《南陔》篇。毛传注曰“《南陔》，孝子相戒以养也”。后用此语来指代奉养父母。

[3] 咏补广微兰，广微是西晋文学家束晢的字。其《补亡诗六首·其一》题为《南陔》。首句为“循彼南陔，言采其兰”。故诗中有此说。

[4] 谢家群从，群从是指族中的兄弟子侄辈。语出南朝宋时刘义庆《世说新语·贤媛》：

"王凝之谢夫人,既往王氏,大薄凝之。既还谢家,意不说,太傅尉释之曰:'王郎,逸少之子,人材亦不恶,汝何以恨乃尔?'答曰:'一门叔父,则有阿大中郎;群从兄弟,则有封、胡、遏、末,不意天壤之中,乃有王郎。'"

[5] 樊川梦,即晚唐诗人杜牧所作《遣怀》诗中"十年一觉扬州梦,赢得青楼薄幸名"之句。诗中以此代指尘世经历、前尘世事。

[6] 季重愁,三国时曹魏文学家吴质字季重。其诗文多表述分离、别愁等情绪,故有"吴质愁多"之语。

菊　畦

朝行过菊畦,花花写幽艳。秋云掩疏篱,寒香娟初影。西风悄然来,偏反间斜整。宿露含馀清,人意淡相领。萧疏眷梦闲,延玩寄情永。采采吟陶诗,庶几尘嚣屏。

暮行过菊畦,斜阳向西没。天光净如水,清寒洗花骨。闲情结久要,寻香兴飞越。感兹夕影徂,眷彼幽芳歇。归鸟栖乔枝,喧喧警林樾。回首望疏篱,澄辉浸寒月。

九月十八日偕孔熙侑[1]昭炘许玉亭袁选亭四宜阁看菊

招携联袂步烟郊,莲界寻幽夹水坳。径曲却宜秋色补,情闲未许晚花抛。十年事业消煨芋[2],九月光阴感系匏。遥指疏林斜照隔,翩翩征鸟各归巢。

【注】

[1] 孔熙侑,孔昭炘字熙侑,家世及生平经历不详。

[2] 煨芋,北宋赞宁《宋高僧传》中记:"唐衡岳寺有僧,性懒而食残,自号懒残。李泌异之,夜半往见。时懒残拨火煨芋。见泌至,授半芋而曰:'勿多言,领取十年宰相。'"后多用以代指方外之遇。

湖孰迎鸾曲为伍伯皋[1]庆赐作

伯皋,金陵人,中岁失俪,续聘某氏。昏有日矣,值粤匪之乱,仓卒避地,二女陷围城中,无消息。今秋闻贼放妇女出城,聚居湖墅,束装往寻二女并聘室在焉,匆促纳姻偕赴北堰。暇过余述其事,作湖孰迎鸾曲。

湖村黯黯沾愁重，望断烽烟不成梦。一夜西风绾结双，雝雝[2]春色天边送。伍生家世众金陵，甲第连云紫绶膺。早岁风流夸跌宕，少年意气竞飞腾。金尊赌酒檀槽按，剧余琴絃感凄断。缥缈情波转劫难，鸳鸯旧誓随烟散。旧约迷烟去已遥，殷殷重续凤麟胶[3]。谁知红诺传春后，已听沧江战鼓骄。战鼓喧阗阵云黑，坚城摧陷愁无极。猰貐横刀结队来，天涯有客辞乡国。客路寻花兴易阑，带将新恨上征鞍。空囊羞涩依人懒，遗垒荒凉选梦难。故人家傍海东住谓子雅，春水桃花问前渡。雏凤萦怀托素交，更从幕府鲰隅赋。草檄飞书汉将营，山头延望逌含情。英翘在远罹兵劫，太息重围寄死生。死生未判怜纤梗，良夜迢迢悼孤影。刁斗寒增懊恼歌，相思络纬秋啼井。络纬啼秋往复还，清词叠唱念家山。江南节序催人老，满地兵戈别泪潸。传来消息飞云疾，闲说樊笼娇鸟出。身世浑惊负殼[4]蜗，光阴又感离巢鳦[5]。湖孰轻装策骑过，夕阳一带旧关河。靡吪[6]躭恨填胸臆，含蘗含辛泪几多。辛蘗连番增怅望，左家娇女忻无恙。藕恨弱质痛摧残，依旧明珠擎掌上。合浦珠还未觉迟，况兼牒扇讯无差。春归雅奏音如缕，巧为灵坛续断丝。丝丝绾系馀情绻，转为新妆忆明倩。仓卒笙歌起画阑，曲房宛宛陈欢讌。欢宴霏香桂蕊开，青鸾春影共徘徊。龙绡掩雾花初放，犀角围春梦不猜。相见依依话畴昔，合欢芳讯风沙隔。避地难忘辗转心，棲尘空为容华惜。避地棲尘百感侵，军锋绵蔓逼沙鲟。漫天荆棘归何处，肠断啼鸟失旧林。啼鸟永夜惊魂悄，一舸海云天未晓。绰约重窥倚镜函，芙蓉浥露轻红早。宛转轻红换晚秋，牵萝罢忆买珠愁。六张五角浑抛却，不用相望怨女牛。朝来过访披纡结，坐久清谈玉霏屑。说到良缘意倍欣，香尘婉嫣娇兰雪。兰雪情怀证夙缘，六朝金粉思绵绵。为君谱出迎鸾曲，笳吹声中斗绮妍。

【注】

[1] 伍伯皋，伍庆飏字伯皋，家世与生平经历不详。

[2] 雝，形容鸟类和鸣的声音。

[3] 凤麟胶，古时传说中黏合剂的一种。材质是以凤喙及麟角合煎而成。作为胶剂使用能够续上弓弩的断弦，连接刀剑等折断的金属之物。

[4] 殼，即“壳”字。

[5] 鳦，燕子的别称。

[6] 吪，教化、感化的意思。

接家书有感近事二首

一纸缄愁寄，凌寒警客心。离怀增辗转，孤馆费沉吟。世路风波大，干戈祸患寻。故乡彫[1]瘠甚，十万哭黄金。

闲隙凭空起，飞章[2]告密时。多缘财守虏，竟使狱翻疑。膏血朘何益，艰难卒莫措。祸胎延已久，太息补苴迟。

【注】

[1] 彫，即“凋”字。

[2] 飞章，指古时报告急变或急事的奏章。

钱池上招饮兼食羊肉戏作

空斋兀兀摧吟魂，朔风匝日迷朝昏。故人怜我太岑寂，折简邀饮过屠门。华堂春暖柑云幕，酒徒入坐展欢谑。兴来磅礴浮千钟，拇阵斜挥烛花落。狂歌倒吸尊罍飞，雕盘错杂陈鲜肥。馋牙摧割恣饱啖，饕腹讵省东方饥[1]。中坐摇摇动食指，异味不知何者是。须臾火气生精铜，蓬勃浮香上鼎耳。众宾如蚁喧残筵，大箸横索吞腥膻。斜桃长苗未肯让，党家风味[2]差随肩。吾生犓腴[3]抱奢愿，攒眉强食官厨饭。馎飥空想惠州一，披肋敢论宰相万。苏文年来读未熟，菜羹佐饍[4]分亦足。太常斋期习已久，骨相羞言飞食肉。海东岁月熟呷嫌，食单巧妬主簿髯。午桥妆点笑多事，芳甘羡饫厨娘签。壮怀懔懔感悽切，敕勒微歌散纡结。天山校猎写作图缵亭[5]有校猎图，招携痛饮黄麞血。残宵辗转街柝催，明月送客桥头回。只愁归去倦高卧，脏神告我菜园破。

【注】

[1] 东方饥，即“东方朔饿”的典故。东汉班固所著《汉书·东方朔传》中载：“臣朔生亦言，死亦言。朱儒长三尺余，奉一囊粟，钱二百四十。臣朔长九尺余，亦奉一囊粟，钱二百四十。朱儒饱欲死，臣朔饥欲死。臣言可用，幸异其礼；不可用，罢之，无令但索长安米。”后用以代指俸禄微薄，生活困窘的情形。

[2] 党家风味，明代陈继儒《辟寒部》中载：“宋陶谷妾，本党进家姬，一日下雪，谷命取雪水煎茶，问之曰：‘党家有此景？’对曰：‘彼粗人，安识此景？但能知销金帐下，浅斟低唱，饮羊羔美酒耳。’”后以“党家”或“党家风味”形容鄙陋、粗俗的富豪人家。

[3] 犓腴，用牛肉制成的肉脯。

[4] 饍，即“膳”字。

[5] 缵亭，指袁缵亭。

积雪初霁明月照空夜色送寒悄然一白余时被酒未醒酌天泉静对数刻燥渴蠲除俗虑遣释缁尘烦扰中当未能识此清景也诗以记之

玉龙散鳞甲,寒蟾孕光怪。霄衢卷层云,晶莹入世界。峭寒窈以生,纤埃净无介。天地绘虚白,尘缁哂别派。柑醪病枯肠,颠眩夜弗瘥[1]。欢然进灵液,对影数称快。观空洗乌暗,蠲垢祛芥虑。所嗟俗情琐,纷纷逞机械。清凉示方剂,性觉证禅呗。高洁虽可希,窘狭适自隘。即事眷景光,娱玩兴未败。双清续谢赋[2],庶若餐沆瀣。

【注】

[1] 瘥,病愈。

[2] 谢赋,代指南朝宋时谢惠连所作的《雪赋》。

许玉亭属题叶素庵[1]金书书篁扇画于己亥秋季

一握幽花瘦可怜,搯云缥缈思緜緜[2]。岁寒珍重残秋约,留伴桃枝十六年君题扇有众芳摇落后留此岁寒盟句。

云泥惨白糁金斑,粉墨凋零便面[3]闲。惆怅故人残梦断,横云空望浙西山。

易水笙歌写别愁,蓉城烟雨忆前游。天涯多少闲诗卷,黄叶西风晚未收予与素庵唱和极多今大半散佚矣。

官阁梅花放艳迟,海红珊赤雪飞时。空斋闲寂琴歌歇,触拨重吟感旧诗。

【注】

[1] 叶素庵,《清画家诗史》中载:“叶金书字素庵,仁和(今杭州)人。道光八年(1828年)举人。家贫鬻文京师,兼工书、画。”

[2] 緜緜,即“绵绵”意。

[3] 便面,本意指古时用以遮面的扇状物。后作为扇子的代称。

题鲍问梅逸读书堂图

钱塘鲍君问梅,嗜古工诗,多畜奇器。其先德於苕溪南浔市获东坡读书堂铜印,乞赵次闲先生绘读书堂图藏之。家君时尚幼,后遭王裒之、戚伯仲又相继逝,书帙散佚,庐舍残燬,幸图印尚在,遗箧因出付装池,复乞次翁补跋。顾君受笙见而慕之,许赋长篇持去。君时於役邗江,两年后旋里,顾君殁已久。后晤哲弟、庄季，始还是图。甲寅岁，余客北堰，君介许子玉亭索诗於余，因综其颠末，歌以纪之。

我行来海东，结交多奇士。参军磊落人，跌宕富文史。北风作雪飞花矗，丁卯客到停征舻。兴来慷慨述颠末，为君索赋书堂图。昔君先德历浔镇，购得东坡读书印。黯黯腥铜蚀土花，古光重浥苕溪润。籀篆镌星闪逝波，翠云斑驳恣摩挱。亟烦天水词人笔，装点琳琅入画多。缥缃整画溪山秀，皴染丹青森傑构。风雨苍茫藉护持，珍藏永为峩眉[1]寿。无端莪蓼[2]促歌声，棠棣诗愁肄雅赓。乔木旧家零落尽，云烟过眼散书城。是时君年尚髫稚[3]，已解伤心感经笥。稍长弥廑手泽贻，装池补乞彝斋记宋赵孟坚号彝斋。墨渖[4]淋漓结兴幽，一篇诗待故人留。空江路远不归去，消息凭谁问虎头。别离宿艸惊魂痛，岁月飘零成一梦。太息焦桐爨作灰，虚怀细字蛮奴送。玉扃仙人下九霄，蓂[5]头春信许重邀。却偕赵璧如期返，不共仇池转劫销。焚香静对增欢忭[6]，检玩何愁抹眵眩。传世书同宝晏楹，藏家石并珍乔砚。匆促天涯赋远征，雷纹篆带遣闲情。弇州笔录分明证，留伴横图弃箧轻。东淘岁月栖迟久，延望吴山隔牛斗。云树蟠烟尺幅宽，星斑为倩长恩守。宛转星斑洗露寒，淮南烽火太摧残。仲山鼎[7]讶单于没，原父尊[8]摹秦记难。沧蛰纷纷空怅望，君家旧物羼灵贶。电往神空七百秋，林泉写影知无恙。窈窕林泉倦客思君自号江南倦客，壮游未获艸堂赀。松杉落落悲衰晚，凄恻三年旧隐诗。我为君歌惄怀抱，荒涂踯躅行吟老。印子携分长帽书，敝庐何处归休好。触事兴怀感亦孤，风尘结契总吾徒。何当展取生绡看，浊酒斟云酹大苏[9]。

【注】

[1] 峩眉，即峨眉。

[2] 莪蓼，指《诗经》中的《小雅·蓼莪》。诗前两章以"蓼蓼者莪"起兴，表达孝子的思想感情。

[3] 髫稚，年幼、童稚。

[4] 墨渖，即墨水、墨汁。

[5] 蓂，即"蓂"字。

[6] 忭，欢乐、快乐。

[7] 仲山鼎，仲山也写作"中山"，位于今陕西省泾阳县西北。《汉书·郊祀志》中记："（汾阴得鼎）迎鼎至甘泉……至中山。"唐代颜师古注曰："中读曰仲，即今云阳之中山也。"

[8] 原父尊，即周陈公子叔原父鼎。

[9] 大苏，即北宋文学家苏轼。

客有邀余观剧者赋诗谢之

春花一觉散云烟，回首欢场剧可怜。吴苑旌旂招小部，燕台歌舞忆中年。蹉跎渐省前游悞，凄恻空争绮思妍。何日大罗[1]携手去，听他广乐奏钧天。

烽火连江战垒寒，故园消息隔漫漫。盲风怪雨侵愁老，豪竹哀丝选梦难。况是登场同傀儡，何须着脚[2]认衣冠。悲欢离合都虚话，且共凭轩玉戏看。

【注】

[1] 大罗，即大罗天。道家语。最高最广之天。三清天之统称。

[2] 着脚，放置脚足。引申为亲临其地的意思。

题芦雁图

云水空濛夜色阑，芦花写影墨痕干。西风飞尽荒厓雪，淼淼烟汀梦亦寒。

烽火惊秋客思非，海东一带稻粱稀。画图飘泊怜孤影，惆怅天涯何处归。

题蒋鹿潭[1]春霖水云楼词

颍叔风流旧擅名，一枝词笔寄闲情。天涯各有春明感，望断楼阴梦不成君渡江云词云那不见招手楼阴余去岁入都亦有楼阴梦杳无处重寻句因并及之。

扬州旧梦醒悲笳，灰劫连番寄恨赊。惆怅虹桥风雨夜，旌旂吹雪冷梅花君扬州慢词有虹桥风雨梅花开落空营句。

黄楼明月客心孤，江上芦花入画图。寄语故乡风景好，更烦烟水赋蓉湖君先籍江阴后寄居武昌。

烟水蓉湖迹已遥，多情雅韵许重邀。何时携着双鬟[2]去，坐向楼头按玉箫。

【注】

[1] 蒋鹿潭，晚清词人蒋春霖(1818—1868)字鹿潭，江苏江阴人，后居扬州。其与纳兰性德、项鸿祚有清代三大词人之称。《水云楼词》以作者自身所经历咸丰间的战争兵事为背景，感伤的情调比较突出。

[2] 双鬟，指古时年轻女子所梳的两个环形发髻。此处应是以此代指蒋春霖姬人黄婉君。

雪后自似山寓斋夜归

茫茫一白没荒塍，眼界空明信未曾。风紧柝声沉远巷，云寒星影闪残灯。敝裘憎冷肌生甲，断岸侵芒冻有棱。赢得诗成还自笑，无多酒力恐难胜。

冬月十七日偕许玉亭过黄子荣[1]寓斋索玩名人法画兼观饯书图子荣名安桐

西风结阵横空来，鸣虫唧唧号寒哀。芒刃砭割断肌骨，尘沙卷起愁城摧。我时访友邀叔重谓玉亭，卧虹倒影行崔嵬。钱生闭关不相值谓子雅，长鲸渴燥诗无媒。道逢醇老逞游兴谓缵亭钱藻字醇老，叩扃山谷书堂开。槎枒老树作奇态，残雪横径光皑皑。奚童解事煑佳茗，一瓯溅雨如春醅。披胸揽臆气慷慨，东方隐语争嘲诙。主人爱客出图轴，行箧宝护珍琼瑰。当轩展视动光彩，窗几明净牋云揩。一图锁谏戢椒寝唐阎令陈元达锁谏图，一图銕线描莲台明尤求白描罗汉图。最后一图擅奇致，牛腰捆束书盈堆。蓟门森森郁烟树，双轮碾雪骊驹催。尚书当年乞休暇，卜相不恋金瓯枚[2]。慰留不诏拜恩渥，诹日促钱缃缥回。风流京兆善摹写张诗舲先生绘图，寿阳作赋京都推令寿阳相国为饯书图赋。群公歌咏富词藻，金铿玉戛夸仙才。欢然捧手弗忍释，寒具不设无惊猜。须臾主人起语我，攒眉旧事增长叹。襄垣[3]去岁遘兵火，郡邑焱焱飙轮灾。湘东卷帙散尘土，宝台缃素成烬煨。兹图完好获天幸，幸未化劫随寒灰。惜哉遗籍就销灭，有若薙草芟根荄。清芬述德怅难继，谢家山远空徘徊。我闻君言意悽悒，空林飙鼓喧惊雷。三箧埋烟蠹鱼死，披玩重试飞丝炱[4]。寒鸦呕轧迫归去，斜阳闪影浮霜苔。明当偕君诣湛州，更拓眼界祛纤埃令叔幼公先生处藏书尚多。

【注】

[1] 黄子荣，黄安桐字子荣，家世与生平经历不详。

[2] 卜相不恋金瓯枚，此处反用了“金瓯卜相”的典故。明代张岱在《夜航船》中记：“古天子卜相，必书清望官名，纳金瓯或琉璃瓶中，焚香祝天，以箸挟之，得其名，即拜相，故曰枚卜，又曰瓯卜。”

[3] 襄垣，指襄垣县，位于今山西省长治市境内。

[4] 炱，烟气凝积而成的黑灰。民间俗称为“烟子”。

梅花帐歌为袁二选亭赋

东风岭上梅花春，明月淡淡寒香皴。南枝玉暖吹龙鳞，饥鹤啄蕊行苔茵。九疑缥缈来仙人，姿态婉约娇无隣[1]。何时赪萼分艳痕，幻入宝帐生绡温。碎红点点霏脂匀，横斜写影清纤尘。洞房窈窕薰炉奢，张云押珮兰针纫。风流彦道清味醇，幽情逸韵逋仙伦。薄寒索笑詹为巡，新词一剪戛玉陈。兴酣乘夜飞金尊，青绫被拥蚖膏[2]昏。醉馀万事删荆榛，冷蟾扑雪花满身。澹云栩栩悦梦魂，悄然转步罗浮村。招携缟袂闲扣门，翠羽寂寂声不喧。霜台散作千琼珉，醒枕一觉浮朝暾[3]。篆烟罥雾花有神，瑶琴三弄音调櫄[4]。旁枝带雨含酸辛，蹉跎三七愁芳辰。祝君莲角揄袂亲，珠霞倚茜慰笑颦。鸳鸯名字芙蓉新，合欢永夕陪兰荪。主人大笑花不嗔，作歌趁夕书粉筠。

【注】

[1] 隣，同“邻”字。

[2] 蚖膏，指蚖的油脂，用以作为点灯的燃料。蚖，古时的一种毒蛇。

[3] 暾，刚升起时的太阳。

[4] 櫄，同“椿”字。

匝月不雨天泉竭矣河水咸涩苦乏佳味每进一瓯焦渴愈甚读东坡惠山烹小龙团诗信清福之不浅也用聚星堂雪韵

空階黯黯卷风叶，寒冬无雨间飞雪。蛰龙睡足呼不醒，一勺涓涓客愁绝。午馀抛卷燥吻枯，小鼎分煎爨枝折。腥浑入口海气咸，沧影旋沙互生灭。诗肠痼结减清兴，调水无符竹空挈。仙客昔自眉州来[1]，惠山缥缈舒云缬[2]。流泉盘盘团作花，散入冰甆玉霏屑。兴来万壑写秋意，半岭松声夕阳瞥。我今水厄苦未消，净瓶蠲垢偈[3]灵说。何时嚼雪清道心，赋罢梅花戛寒铁。

【注】

[1] 仙客昔自眉州来，指苏轼，其为四川眉州眉山（今眉山市）人。

[2] 缬，有花饰纹样的丝织品。

[3] 偈，佛家用语。指佛经中的唱词。

寒夜读竹眠词[1]窗外雨声淅沥相和喜而有作仍用前韵

兰陵诗人賨秋叶，一卷新词餉冰雪。哀鸿切切猨[2]夜啼，并入愁心寒欲绝。

风花闪影梦消散，山水抛尘骨凄折。天涯沦滞廑百忧，未许豪情共云灭。狂歌击节声满空，急雨喧惊玉龙掣。三更噀水洗腥浊，孤馆零烟荡尘缬。亟呼堦下整瓶盏，詹溜翻翻浸瑶屑。明朝快意辨鱼蟹，侧听瓶笙响增瞥。茶经妙旨莽可谱，苕溪韵事饼同说。残宵凄寂送更迟，犹带馀音迸孤铁。

【注】

[1] 竹眠词，指清代后期作家、作者友人黄景仁的词集名，共二卷。

[2] 猨，即"猿"字。

风雪夜作不能成寐忆玉亭东淘舟中其寒烈当更甚也三用前韵

寒林飒瑟下枯叶，卷起随风杂飞雪。官斋寂静鼓不鸣，夜久空楼人语绝。黑甜索趣践尘约，回飙警梦感摧折。鼪鼯跳掷灯桨翻，一闪残花扑云灭。窗槅[1]摇摇作喧閧，陡讶掀帷剑花掣。醉眼欲合苦未能，虚忆清姝洗冰缬。东淘有客倦游兴，淅沥篷窗敲落屑。峭寒懔懔遘羯磨，空橐凄凄叹飘瞥。惊鸦瑟缩宵苦长，懡㦬情怀向谁说。只愁风定河冰坚，独赋天涯冷衾铁。

【注】

[1] 槅，即"棂"字。

雪霁后过黄幼公[1]少民词丈寓斋观所作二九雪景图四用前韵

河冰戛戛梅坼叶，独客凌寒踏残雪。叩关径入无俗尘，窗几轩疏韵清绝。胆瓶浸水香篆空，檀心一枝带霜折。兴酣示我雪景图，白闪层峦隔烟灭。粉界莹莹枯树黏，风棱暗黯[2]寒云掣。天涯孑立色不愉，关山转瞬花霏缬。君家画法有传派，小幅横题珠作屑。狂飙凄紧引归兴，树顶斜阳收一瞥。期君九九绘奇景君拟按九各绘一图，韵事明年海东说。卷图索饮问仙舫玲珑仙舫选亭斋名，悄转荒崖冻如铁。

【注】

[1] 黄幼公，黄少民字幼公，其家世与生平经历不详。

[2] 暗黯，疑或应作"黯黯"。

被酒夜归咽吻燥渴佳茗既尠枯肠莫润忆苏易简[1]冰壶先生作传事戏为诗以咏之兼以散酒五用前韵

孤灯挑穗落残叶，迷云转转花霏雪。渴龙带醉不得眠，白乳斟春延望绝。冰壶先生骨相臞，梅液侵寒齿酸折。清谈分浥井华润，冷趣闲参俗尘灭。亟当引缶带月明，合许咀糞共霜掣。世间万事适口耳，何用豢犓[2]眩网缬。味禅我愿作弟子，拜嘉满饫脆金屑。灵源荡涤腐肠药，烦垢蠲除目袪瞥。苏家作赋苦无暇，此妙畴能沃虀[3]。诗成髣髴梦见之，面目凌寒森古铁。

【注】

[1] 苏易简，字太简，梓州铜山县(今四川省德阳市中江县)人，北宋太宗时人。其冰壶先生事见南宋林洪所著《山家清供》："太宗问苏易简曰：'食品称珍，何者为最?'对曰：'食无定味，适口者珍，臣心知齑汁美。'太宗笑问其故。曰：'臣一夕酷寒拥炉烧酒，痛饮大醉，拥以重衾，忽醒渴甚，乘月中庭，见残雪中覆一齑盎，不暇呼童，掬雪盥水，满引数缶。臣此时自谓上界仙厨，鸾脯凤炙，殆恐不及。屡欲作冰壶先生传其事，未暇也。'太宗笑而然之。后又问其方，答曰：'用清汤浸以绿豆，解一味耳。或不然，请问之冰壶先生。'"

[2] 犓，(豢养的)牲畜。

[3] 虀，"齑"的异体字。

题眉生女史[1]花篮画册

东风消息占芳华，香色逢春上绛纱。分得镂金新样好，一重云隔一重花。

印子分红茜雪搓，风流小字赛横波。黛痕写出新蟾影，占尽春光入画多。

【注】

[1] 眉生女史，指明清之际"秦淮八艳"之一的顾横波(1619—1664)，其原名媚，又名眉，字眉生，号横波，江苏上元(今江苏省南京市)人。

题风雪归飘图送陈润生回兴化

西风黯黯雪漫漫，红染梅花信未阑。料峭暮云帆转处，送君归路海天寒。

佣书同是客中身，寥落偏逢饯别辰。一梦荇湖烟水隔，天涯愁绝未归人。

枯树寒鸦图

西风结阵暮云昏，秃树凌寒墨点痕。一阕新词增画稿，斜阳流水远孤村。

霜尾[1]惊闻唱毕逋[2]，空林凄寂客愁孤。天涯隔断春消息，何日看君屋上乌。

【注】

[1] 霜尾，即霜降节气的末尾时间。

[2] 毕逋，乌鸦的别称。

鬼车行

丁丑之月日建己，刘子拥被夜不眠。颓云压窗闪如墨，中有怪鸟哀音缠。初如引车上危机，后以转毂行旋渊。啾啾唧唧荡魂魄，西风吹作阴沙圆。旧传此鸟九头擅，奇诡渠逸名字长。源笺圆箕肖象脰[1]，环翅十八霍霍飞。空联啼呼溅血上詹屋，嗾[2]嫠吠影鸣向天。剚鸡酹酒事祈祷，不尔纠错灾祸延。我思此语等闲耳，巫瞽诳讋潜相扇。乾坤精气日迴薄，变化转荡纷万千。敬潜鸣枭省薇赋，长沙问鹏[3]薰兰捐。众生祸福电闪影，喜门凶域迁斡遄。何哉妖羽肆喧啸，乃与人事为蟺[4]缘。鲰愚傥恍累惑惑，拘囚窘促诚可怜。呜呼庭氏职久废，阳弓阴矢徒召愆。哲蔟[5]覆巢令亦罢，攻禜[6]不见书方悬。以兹丑类迭繁衍，训狐烈颈檀鸡[7]骞。乘时挟狡互矜诩，绵翼畏毒无敢前。踆乌射丸即跧伏，枫青叶黑声翏然[8]。此如潜魑伺暗灼，燐火髑髅拜月跳。寒烟荒塍百种作，嚄唶幽明之路行。异阡搜神鬼董亦多事，摹绘魑魅如狂颠。流乘坎止[9]各有分，蒂芥役役生命捐。早年遘遇惜艰阻，海东益复遭迍邅。磨牙猰貐血膏吮，太白吐彗狼生烟。干戈满地匝荆棘，东方乞米忧悁悁。哀音促祟亦疥癣，奚须端卜求筳篿[10]。

【注】

[1] 脰，脖子、脖颈。

[2] 嗾，象声词，驱使狗时发出的声音。

[3] 长沙问鹏，即西汉贾谊作《鹏鸟赋》的典。因其曾任长沙王太傅，故亦有“贾长沙”之称。

[4] 蟺，同“蟮”字。

[5] 蔟，古同“簇”。聚集、丛聚的意思。

[6] 禜，古时祈求神灵以消除灾祸的一种祭祀仪式。《说文解字》释曰：“禜，设绵蕝为营，以禳风雨雪霜水旱疠疫于日月星辰山川也。”

[7] 檀鸡，鸠鸟的别称。

[8] 翏然，象声词。形容长风吹过的声音。

[9] 坎止，指遇到危险、困难的情况而停止前进的现象。《易经》中“坎”卦为险的象征。东汉班固所著《汉书·贾谊传》中就有“乘流则逝，得坎则止”的语句。

[10] 篿，用灵草和小竹枝进行占卜。

甲寅嘉平月[1]钱君缵亭出祇林饯别图属题予将旋里空斋子处触绪增愁率成五古一首藉以志别

西风郁寒云，辗转引愁思。空斋寂无人，孤尘病匏寄。钱生叩关来，清谈破昏睡。示我饯别图，竹树有奇致。庚戌九月秋，良朋整归骑。高会促尊酒，离筵敞僧寺。风流唐子西[2]，点笔任绘事。群公盛歌咏，拳拳意肫挚[3]。披读缄新愁，惓然感幽邃。海东滞三年，过从惬昆季。招携及嘉辰，醇醪饮如醉。访菊证禅悦，看花遣尘累。兴来尔我忘，隐语杂嘲戏。藉兹苔岑欢，稍慰客徒悴。鹪枝遘飘摇，中道厄谗惎。凄凄牙生琴，尘沙迫捐弃。孤絃戛离声，凛冽畣霜吹。棲迟非所娱，颠倒亦何异。前游朔菌空，后会梗萍迟。徘徊念兰交，芳馨未容置。合併更几时，忻适[4]堕酲寐。鸿雪托赠言，请扬杜蒉觯[5]。

【注】

[1] 嘉平月，农历十二月的别称。

[2] 唐子西，北宋诗人、文学家唐庚（1070—1120）字子西，眉州丹棱唐河乡（今四川省眉山市丹棱县）人。《宋史·文苑》载："唐庚，字子西，眉州丹棱人也。善属文，举进士，稍为宗子博士，张商英荐其才，除提举京畿常平。商英罢相，庚亦坐贬，安置惠州。会赦，复官承议郎，提举上清太平宫（在凤翔）。归蜀，道病卒。年五十一。庚为文精密，通于世务，作《名治》《察言》《闵俗》《存旧》《内前行》诸篇，时人称之。有文集二十卷。"

[3] 肫挚，真挚、诚恳。

[4] 忻适，高兴、畅快。

[5] 扬杜蒉觯，即杜蒉扬觯。典故出自《礼记·檀弓》："知悼子卒，未葬，平公饮酒……曰：'蒉也，宰夫也，非刀匕是共，又敢与知防，是以饮之也。'平公曰：'寡人亦有过焉，酌而饮寡人。'杜蒉洗而扬觯。公谓侍者曰：'如我死，则必毋废斯爵也！'至于今，既毕献，斯扬觯，谓之'杜举'。"后以此典代指委婉劝谏、间接批评的行为。

魏芗谷[1]绍端寓斋腊梅一株花蕊为冻雀啄尽诗以惜之

暮行过西桥，言访伯阳宅[2]。庭前黄梅花，孤根介拳石。叶尽枝如枯，花残蕊复撼。冻雀声喧喧，啄啅[3]促摧易。凄凄宫样妆，遽妬尘沙阨。素心赏无人，何以慰寒客。徘徊孤月明，延望少芗泽[4]。东风有时来，枯槁空自惜。缄愁眷容华，写恨感沦谪。醉吟髯苏诗[5]，觅句情脉脉。

【注】

[1] 魏芗谷，魏绍端字芗谷，其家世与生平经历不详。

[2] 伯阳宅，伯阳，古贤人名，据传为舜的七友之一。《吕氏春秋·本味》中曰“故黄帝立四面，尧舜得伯阳、续耳然后成，凡贤人之德有以知之也”。伯阳宅应是代指友人魏绍端寓斋。

[3] 啅，同“啄”字。

[4] 芗泽，香泽、香气。芗，同“香”字。

[5] 髯苏诗，北宋文学家苏轼的别称。苏轼《客位假寐》诗中即有“同僚不解事，愠色见髯苏”句。

冬日登眺

莽莽颓云上海东，天涯寥落客愁同。占星岁月随年尽，积雪关山入望空。枯树饥鸦寒噪日，荒原病马晚嘶风。乾坤无限凋零恨，莫漫途伤阮籍穷[1]。

野烧侵愁迥化灰，孤怀兀兀首重回。运穷战伐尘沙合，劫尽冰霜草木衰。归计只惭空橐窘，壮心都为暮寒摧。空斋黯黯琴絃涩，慷慨何人共酒杯。

【注】

[1] 莫漫途伤阮籍穷，即“阮籍穷途恸哭”典。出自《晋书·阮籍传》：“（阮籍）时率意独驾，不由径路，车迹所穷，辄恸哭而反。”

腊八粥

泥莲池头慧云欱[1]，香水浇尘莲界踏。金身濯濯障碍捐，钟鼓喤喤震禅塔。朔风飞出斋厨烟，红莲馣馤芋果杂。天中作记孅七宝，屑豆咄嗟造僧衲。篆芸菡雾浮经幢，袈裟合十佛现蛤。一箪精舍逞奇变，施糜法力众声嚃[2]。萍虀[3]真味饫亦甘，讵用佐餐幻鸠鸽。桃花名字忏绮债，真禅弗暇野狐畣。参寥我结方外契，祇林曾下读书榻。朝来馈我粥一瓯，说法欣然会噬嗑。玉糁妙兴酥陀兼，珠榄味合砂糖厌。扁米求糏虽未能，防风七日香可嗒[4]。起闻佳节重脂馂，花信催开梅放蜡。萧斋默坐米汁参，扫除佚鲭祛茸阘[5]。天涯兵劫堕歌利，东方苦饥气呜唈。何当粥熟听鸡鸣，归去欢呼饯残腊。

【注】

[1] 欱，同“喝”字。

[2] 嚃，指不咀嚼而直接吞咽。

[3] 萍虀，即韭萍虀。出自宋苏轼《豆粥》诗中“萍虀豆粥不传法，咄嗟而办石季伦”句。

[4] 噆,(以口)衔、含。

[5] 阘,原意为小门户。引申为地位卑下、鄙陋。

闻客述洲上被贼事感赋

客自连城洲[1]上来,为言连城洲上事。朔云惨淡北风恶,觱篥横吹落妖彗。讹言四起众惊走,暮夜传呼贼麕至。前驱鼠黠引猘[2]狂,散入空原据平地。喧嚣结阵肆剽掠,鹰瞵闪闪攫挐恣。万人呼噪鼎为沸,阴沙骇慄鬼潜伺。刀光霍忽转霜雪,杀人如草血如渍。戈矛撞击铿有声,残骨醢糜踏飞骑。须臾威焰播祝融,焱焱掀红上旗帜。坚墉摆磨茅柴焦,赤土纵横胆魂悸。贼於其时益腾奋,搜索膏脂髊[3]腐弃。鸡犬历劫靡有遗,髑髅翻空礅轰队。纷纷鸟作桓山飞,遍野哀音杂魑魅。官兵闻警不敢前,间道潜行亟趋避。孤生窜伏草间活,十步掣牵九颠踬。东海故人怜我穷,严谷增暄意拳挚。故国回首未忍望,烽燹惊心泪盈背。深仇剸剬[4]复何日,太息阘门殉丑类。我闻此语气忧郁,妖氛日夕警薰炽。连营大帅荣貂蝉,藉兵赍粮弗为备。淮南蠲瘠逞摧剥,军符促勒肆无忌。黔黎丁厄谁所贻,武帐昏昏痛酲寐。震雷慴魄界九阍,被发无人诉穷悴。天涯岁暮朔气寒,消息茫茫逼尘累。长歌相对百忧集,横臆看云杜陵思。

【注】

[1] 连城洲,古时为瓜洲所属,应位于今江苏省镇江市丹徒境内,但现不知其具体所在及准确之情形。光绪五年(1879年)《丹徒县志·舆地志》有载:“连城洲、益课洲,俱在焦山北对岸,中分为江都县境。”《嘉庆瓜洲志》中亦有所提及:“在江都县南四十五里,东至丹徒县连城洲,西至花园港,南至金山,北至扬子桥,东北至冯家桥,皆瓜洲巡检司所辖也。”

[2] 猘,狂犬、疯狗。

[3] 髊,古同“骴”字。指(逝者)肉未烂尽的骸骨。

[4] 剸剬,原意为割断、截断。此处应是引申为(仇恨)了解、结束的意思。

龙尾砚歌

砚琢双龙,制甚奇古。市者索价甚昂,迁延待之,为有力者购去。爱不能释,诗以志怀。

古壁霏云云化石,上有罗纹带霜白。良工刳[1]琢巧运斤,波涛荡漗刷鳞脊。一龙奋爪髯须张,一龙掉尾筋角强。中含圆折抱珠月,墨花闪闪浮星芒。星芒洗雾金丝转，温姿劲骨露华泣。僧繇[2]点笔画未能，幻入苍青识者鲜。我来把玩哄市嚣，贾客索价如琼瑶。空囊羞涩口语吃，要化蚨子横相招。虚堂飒慄卷寒叶，蚴蟉作势风猎猎。拏空直下忽飞去，望眼迷茫感秋慄。君不见东坡凤咮[3]镌钗辞，峨眉消息无人知。又不见米家研山[4]天水泣，宝晋荒斋[5]抱呜唈。茫茫身世如云烟，萍楂相值非偶然。太乙化船去缥缈，石交冷落忧残年。残年岁月惊春待，良材抛掷受蚩绐。亟仿龙沼绘作图，日望遗珠出东海。

【注】

[1] 刳，剖开之后挖空。

[2] 僧繇，即张僧繇。南朝时梁吴中（今江苏省苏州市）人，一说为吴兴（今浙江省湖州市）人。生卒年不详。画家。

[3] 咮，（鸟）嘴。

[4] 米家研山，北宋书画家米芾作有书帖《研山铭》和绘本《研山图》。但对于研山的确切所指和所在尚存有争议。此处应是以研山石代指题中龙尾砚石。

[5] 宝晋荒斋，即宝晋斋。又称米公祠。位于今安徽省芜湖市无为市西北。米芾知无为军时所建的住所。

访友鹤上人不值

客心集忧患，惝恍堕昏雾。孤尘苦缚着，悭结不知悞。赞公[1]我所师，解脱有真趣。精庐界咫尺，披寻证觉路。竹树含霜悽，榔栗[2]带云度。袅袅旃檀薰，暖共残灰炷。噫兴楞严旨，幽微杳难悟。天龙去不归，羁囚痛沉痼。

【注】

[1] 赞公，佛家用语。指高僧。

[2] 榔栗，树木的名称。可用以制作手杖。后作为手杖、禅杖的代称。

寒夜归署过彦伯斋头闲话返寓楼独坐夜色照棂霜华团屋孤绪凄紧悄然忘寐适案头有东坡集读惠州诗数首既感公之迁谪益增身世之戚也

客行酣酒云，归来索佳茗。王生慰滞留，高谈俗尘醒。悄焉步层楼，倦目极孤迥。尖风破窗隙，凉月入天顶。旷立鲜俦匹，瘦骨耐寒洗。快兹腥雾收，瑕璃[1]化畦町。浩然谢昏梦，胸岳隐侹侹[2]。手招峨眉仙，相与豁酩酊。

酩酊蠲残宵，新诗气凌厉。海涛荡孤眼，摆云散昏翳。公乎命磨蝎，茎叶殒辞蒂。迁谪念穷薄,谤讪成淹滞。宦游归无期,太息江水誓。微生厄尘坌,怅望岁华逝。羁愁逼峥嵘,高歌为流涕。古欢证何时,慨然感身世。

身世被艰窘,车行失輗軏[3]。转键功罔施,旋飙力亦竭。攒发郁氛网,壮志销兀兀。阅事哂画虎,照壁恍见蝎。霄灵不我顾,懔冽砭诗骨。星辰解量移,风云去飘忽。玉局数且穷,分当遭颠刖。孑影绒远愁,凄凉吊寒月。

寒月照客怀,岁暮益凄断。黄金铄夜气,归期未能判。消息望故乡,烽烟界天半。吊影憎囊空,过时痛琴爨。寸肠搅万愁,明星不知烂。公徭瘴疠侵,龟鱼动悲惋。凄凄劳者歌,孤愤结云汉。持此千古心,庶慰蛰虫叹。

【注】

[1] 璃,玉的斑点、瑕疵处。

[2] 侹,原指挺直地平躺。后用以形容平直而长的样子。

[3] 輗軏,輗是指古代大车车辕前端与车衡相衔接的部分;軏指车上置于辕前端与车横木衔接处的销钉。《论语》:"子曰:'人而无信,不知其可也。大车无輗,小车无軏,其何以行之哉?'"

东海羁云曲赠黄幼公词丈

青山百尺云飞空,片云吹落东海东。烟峦九叠望不见,羁愁卷入飞云中。君家旧在襄垣住,宦游北向长安去。尚书门第擅清华,芸馆蜚声重词赋。崇班入直[2]领枢曹,紫禁传呼宠命邀。流水盘龙朝接轸,清尊旋蚁夜浮椒。东风消息春无恙,群美君才夸跌宕。箫管闲徵定子歌,旗亭选胜诗怀壮。辗转诗怀未许闲,连年乘兴走关山。寒波采石横潮渡,晓月卢沟策马还。宦海尘沙转尘远,天涯忽唱归来曲。前时未负饯书盟,缥缈林泉遂初服。结装君侍缦舆回,竹树寻幽旧径开。晨夕絜馨欣介祉,广徵新咏补兰陔。兰陔断绝寒飙撼,京国繁华眷今昔。瞥眼枌榆带别愁,匆匆又作扬州客。扬州一梦十年过,暑路光阴感较多。霜雪漂零生意薄,夕阳迢递隔岩阿。岩阿小隐栖迟好,闭户嬉娱悦怀抱。讵料城头战鼓喧,干戈催醒愁人老。尽室仓皇徒避兵,乡庐延眺不胜情。杜陵身世经烽火,慷慨吟成偪仄行。故人钱藻谓池上驰书至,绸密相关展亲谊。换取空江舴艋轻,茫茫性命孤篷寄。朔风峥嵘逼岁寒,全家堰北话团圞[3]。一枝暂许安巢借,百感无忧乞米难。痛定丹青箧芸检,兴来点笔工皴染。颠米迂倪仿样佳,林塘绡幅花龛掩。我时佣砚抱寒痎,兵事传闻系远怀。咄咄书空惭闷损,特寻夙约践高斋。高斋宛宛飞云合,激荡哀歌互酬畣。少壮轩腾能几时,一朝枯朽悲鸟咆。天南逐队走红巾,槐国淳于谢蚁尘。目极故园增怅惘，暮年翻逐乱离人。乱离日月支持惯，九折萦纡转如栈。太息令原灾祸贻，嗷嗸怕见分行雁。闻我将归意倍伤，深宵惜别绘图忙。画中杨柳含悽怨，更有新词写断肠。断肠词句牵长恨，万事萧条谁与论。篱下依人计总非，乡心同是蓴鲈绻。绻绻襄垣约已辜，梅花陇首再逢无。沉吟里堠消磨尽，恻恻松杉忆大苏君赠诗有我亦有家归未得句。我感君言触幽咽，玉龙游戏霏琼雪。芒角凌寒未肯销，残更酒醒敲孤铁。客馆辛盘屡奇思，再迟三日是春期。东皇芳讯谐邹律[4]，重见暄回黍谷时。黍谷暄暄近东海，飞云罥影春犹在。九叠烟峦洗劫灰，青山留梦羁云待。

【注】

[1] 直，同“值”字。

[2] 团圞，即“团圆”意。

[4] 邹律，意为邹衍所吹奏的旋律。《列子·汤问》云：“微矣子之弹也！虽师旷之清角，邹衍之吹律，亡以加之。”东晋时人张湛注曰：“北方有地，美而寒，不生五谷。邹子吹律煖之，而禾黍滋也。”后常以邹律比喻带来温暖与生机的事物。

立春日作用石筍山房人日立春韵二首

乾坤莽莽催残岁，青律[1]吹云阅幻场。人事仅教随幻转，天心都为送春忙。关河迅扫妖氛净，歌舞重开客思长。更喜土牛占验[1]好，新添乐事说江乡。

东国三年留滞久，惊心浩荡换残场。客怀未觉逢春暖，别绪翻如饯岁忙。鸿爪印留残雪浅，骊歌声入暮云长。明朝会见东风转，稳送扁舟返故乡。

【注】

[1] 青律，古时为了预测节气，将苇膜烧成灰，放在代表十二个月份的十二律管内。代表春天的律管被称为青律。

[2] 土牛占验，即打春牛。立春这一天的活动上，由官员执红绿鞭或柳枝鞭打由土制成的土牛三下(亦有用土杖击打的情况)，然后交给属吏与农民轮流鞭打，把土牛打得越碎越好。这是古时立春的民俗之一。宋代高承所编撰的《事物记原》中即有所记载：“周公始制立春土牛，盖出土牛以示农耕早晚。”

题钱子端垂绪箑梅小影

长身孑立玉无瑕，面目庐山识未差。分得画图纨扇影，一般高格拟梅花。

鸲寄连年滞海隅，谢家群从日嬉娱。何时添写闲鸥鹭，补作孤山踏雪图。

十九日鲍问梅招同人祀东坡先生於寓斋余前一日促棹返堰未及与会翌日作诗奉呈

峨眉仙人去今七百年，峨眉山色幻入空青天。奎宿腾精接斗野，星光奕奕旁瞩南弧躔。维嘉平月日癸丑，读书堂中置春酒。江南倦客逞豪兴，招接吟朋为公寿。东风昨日天上来十八日立春，海东信转梅花开。古香送暖占园尽，髫鬌笠屐同徘徊。群公跌宕富文藻，长谣短咏抒情好。当筵击节觥筹飞，玉局闻歌亦倾倒。我生命宫遘蝎磨，两年奔走尘坌多。嘉辰促櫂转北堰，高斋迢递愁如何。愁茫茫，酌醽醁[1]，西云荡荡峨眉绿。孤舟续作介寿篇，遥和鹤飞赓一曲。

【注】

[1] 醽醁，也写作“醁醽”或“绿酃”。美酒的别称。

祀灶歌

北风吹春共愁卷，爆竹飞声入云转。云车风马天闩[1]开，腊鼓喧喧碎尘碾。红莲近夜香满盂，交年祈福闻欢呼。烧钱酹酒乞利市，客程对此增长吁。去年孤櫂东淘住，今年北堰归期误。床头虚耗照未能，空橐侵寒痛迟暮。暮寒烈烈霏椒觞，中宵吉语端訊忲。屠苏归占好消息，稳取髻神[2]延岁祥庄子达生篇灶有髻注髻灶神也。

【注】

[1] 天闩，即天门。

[2] 髻神，《庄子·达生》中有“灶有髻”句。西晋司马彪在其《庄子注》中释曰：“髻，灶神，著赤衣，状如美女。”后成为民间习俗中的灶神形象。

南鸿集(前集)

注: 依《北京师范大学图书馆藏稀见清人别集丛刊》第二十五册所收录,《南鸿集》于第105—182页(前集)、第256—363页(后集)分别出现,集中所载诗作文字亦存有不同。为对刘倬的诗歌创作进行系统、完整的讨论,两处文本皆照实收录。其中文字所存差异之处,于后现之处进行说明。此处为原收于《北京师范大学图书馆藏稀见清人别集丛刊》第二十五册第105—182页所录之诗作。

瓜浦阻风

已负扬帆兴,孤舟泊水村。横风冲岸急,浊浪接天昏。人立危矶石,山迎古寺门。忽闻长笛起,永夜欲销魂。

渡　江

霞绮横空接翠微,插天帆影透晴晖。波涛万里排云远,芦荻三秋捲浪飞。南去金焦[1]遮面面,东来溟渤望依依。长江流尽英雄恨,銕锁销沉霸业非。

【注】

[1] 金焦,金山与焦山的合称。两山皆位于今江苏省镇江市内。

登燕子矶

危矶高结佛头青[1],绝顶登临着屐经。远岫插云遮日月,秋风吹浪走雷霆。天开吴楚诗怀杜,夜带鱼龙水气腥。燕子不归空寂寞,隔林烟树望冥冥。

【注】

[1] 佛头青,形容山林晚色。林逋《西湖》云:“春水净于僧眼碧,晚山浓似佛头青。”

陈后宫曲

西风吹云叶乱舞,卷起黄蒿作人语。土花晕碧苔花红,旧是陈宫一片土。忆昔南朝全盛时，六宫奉诏选蛾眉。君王妙制临春曲，狎客停歇玉树词。望仙结绮遥相向，甲煎沉熏九华帐。绣幰[1]侵寒夜月迟，珠簾窣地春风漾。第一才人张丽华，当筵解唱后庭花。楚门阿监催鹅管[2]，花禁宫姝走凤车。同时龚孔[3]承恩遇，舞衣宛宛凌波步。更写宫中学士图，江山总被无愁误。江上貔师[4]百万来，楼船风急鼓如雷。石城高竖降旛字，电转兴亡剧可哀。烽烟四面琼楼圮，罗绮飘零随逝水。胭脂井[5]冷花不春，美人曾向此中死。绣匣珠襦感慨多，繁华萧瑟恨如何。一杯谁酹中官[6]酒，千载空馀子夜歌。残碑断碣生莓黛，迷离锦雨金鹅慨。铜瓦飘残白奈花，间堦长遍瓢儿菜。惆怅陈宫旧梦醒，六朝金粉笑零星。红心草茁靡芜冷，留伴青山万古青。

【注】

[1] 幰，车上的帷幔。

[2] 鹅管，指乐器中的笙。因笙上的管形状如同鹅毛管，故有此称。

[3] 龚孔，陈后主的二位妃子。与贵妃张丽华均受陈后主的宠幸。

[4] 貔师，因传说貔貅生性凶猛，古时军旗、军符上绘有貔貅的形象。后成为军队的代称。

[5] 胭脂井，是指南朝陈国景阳宫内的景阳井。后人所重建旧址在今南京市鸡鸣寺内。传说隋兵南下攻陈时，陈后主与宠妃张丽华、孔贵嫔投此井而亡。又称为辱井。南宋周必大《二老堂杂志》中有记：“辱井者，三人俱投之井也，存寺之南。甚小而水可汲，意其地良是，而井则可疑。世传二妃将坠，泪渍石栏，故石脉类胭脂，俗又呼胭脂井。”

[6] 中官，本为古官名。《国语・晋语》中云：“诸姬之良，掌其中官。异姓之能，掌其远官。”三国时吴国人韦昭注曰：“中官，内官。”后用以指宫内或宫内之人。

长干曲

请停长干吟，听我长干曲。长干女儿年十五，春风绰约颜如玉。射雉[1]郎君正少年，五陵裘马自翩翩。一朝瀚海从军去，肠断琵琶出塞篇。暮云黯黯长干柳，昔日繁华竟何有。明月何时飞上天，破镜应悲别离后。金粉飘零怨奈何，儿家门巷落花多。青溪水接秦淮水，永夜凄凄白紵歌[2]。

【注】

[1] 雉，野鸡。

[2] 白紵歌，古乐曲名。流行于吴地的舞曲歌辞。又被称为“白纻舞歌”或“白苎词”。

野　　望

长干一带暮云遮，疏柳萧萧隔岸斜。十里楼台寒玉树，六朝宫阙满苔花。荒原落日嘶征马，古渡西风噪乱鸦。谁把后庭歌一曲，凄凉重与诉琵琶。

桃 叶 渡

远天沉沉黯云雾，六朝金粉秦淮渡。不见渡江人，惟见隔江树。三月渡口桃花飞，秦淮女儿学画眉。盈盈一片胭脂水，流到前溪怨别离。

登雨花台

晓出城南门，驾言[1]游广陌。怪石峙连蜷，去天近咫尺。浮图插半空，楼台凝绀碧。仰眺石头城，繁华感今昔。俯瞰大江流，莽莽一线窄。孤云黯疏林，黄叶带霜赤。言访支公庐[2]，迥与尘嚣隔。禅房窈以深，挥麈清谈剧[3]。寒泉水泠泠，石乳转虚白。煎茶漾炉烟，清风生两腋。山水有真赏，奚必为形役。古寺送钟声，尘虑消无迹。

【注】

[1] 驾言，《诗经·邶风·泉水》中有"驾言出游，以写我忧"之句。后用以指代出行、出游之意。

[2] 支公庐，支道林庐舍的简称。东晋高僧、文学家支遁(约 313—366)，陈留(今河南开封)人，字道林。以字行世。后世将其曾于建康(即今南京)讲经、修行处称为支公庐。

[3] 禅房窈以深，挥麈清谈剧，原文标注"此二句删除"。

江上闻雁

一声征雁起平沙，隔浦寒潮浸荻花。自是年年怨离别，秋风吹梦落天涯。

舟中偶成

万顷芦花白，双桡拨雾行。潮回知夜永，风定觉帆轻。鸥鹭寻闲趣，江湖续旧盟。故国回首问，惆怅不胜情。

黄天荡

一棹飘然去，横江露未晞。风寒吹水立，潮劲挟云飞。岸阔收银嶂，天低接翠微。羡他罛舶[1]稳，灯火打鱼归。

江左屯师日，曾停赤鹢舟[2]。三千浮壁垒，百万走貔貅。一自将军去，空馀战舰秋。平沙沉折戟，不尽古今愁。

【注】

[1] 罛舶，带有渔网的渔船。

[2] 赤鹢舟，指船头画有鹢鸟图像的船。《晋书・张协传》中载："乘鹢舟兮为水嬉，临芳洲兮拔灵芝。"后常以此泛指船。

舟中望焦山

赋命穷薄轻江潭东坡集中句，渺然一粟寄沧海。焦山屹立江之中，江头水落潮痕在。其中怪石何盘陀[1]，危峰倒影翻洄波。横江独鹤破空去，茫茫四顾青山多。篙师争渡不停楫，峭云一帆饱落日。倚天楼阁凌海门，回头惟见海霞赤。天风飒飒荡心魄，山气入云化云黑。渔舟隔岸星火明，江豚吹浪栖鸟惊。夜深渡断远不识，径欲燃犀[2]照百物。我行卜宅居此山，孤崖坐视顽石顽。山灵抚掌笑不已，负者有如此江水。

【注】

[1] 盘陀，形容石头不平的样子。

[2] 燃犀，本意指燃烧犀牛角以照明。南朝宋刘敬叔所撰《异苑》："晋温峤至牛渚矶，闻水底有音乐之声，水深不可测。传言下多怪物，乃燃犀角而照之。"后比喻明察事物，洞察奸邪。

江阴道中

艇子瓜皮[1]稳，中流自在行。鱼虾喧远市，云树冷荒城。雾重迷山影，风高断水声。烟波如有约，好与证前盟。

苍莽菰蒲外，孤村近水崖。疏篱晴种竹，枯树晚栖鸦。倚棹迷烟浦，沽春傍酒家。何人抱幽怨，凄咽诉琵琶。

【注】

[1] 瓜皮，即瓜皮船。也称作"瓜皮艇"。一种较为简陋的小船。

琴台舟次

空台旧傍伯牙居，瑟瑟菰蒲夹岸疏。流水何心托哀怨，西风如雪上琴鱼。

山塘晚泊

烟水空濛里，孤舟傍岸停。澄湖澹疏柳，远雁度残星。山影笼云重，萧声倚醉听。主人归去后，梦断锦帆泾。

虎邱绝句

白公堤上柳毵毵，万顷晴波涌翠岚。莫向离亭怨离别，销魂秋色满江南。
芙蓉黯黯夹红楼，缥缈珠云翠槛浮。小婢卷簾呼梦醒，绿波如镜照梳头。
绿阴冉冉上苏台，傍水人家画阁开。何处琵琶诉幽怨，满湖灯火酒船来。
柔橹轻移荡画桡，空濛云树漾寒潮。太湖水接吴江水，二水平分宝带桥。

剑　池

神剑破空去，惟馀池水青。寒芒浮日月，绝壁走雷霆。踞虎迷孤迥，垂虹望杳冥。至今岩石畔，健笔许镌铭[1]。

【注】

[1] 镌铭，应指“虎丘剑池”四字。原为唐代书法家颜真卿之子颜頵所书。

真　娘[1]　墓

缥缈芙蓉镜月圆，罗裙化蝶黯秋烟。年年西阁笙歌里，风雨蘼芜泣杜鹃。

【注】

[1] 真娘，唐时吴中名妓，本名胡瑞珍。唐代范摅所撰《云溪友议》中载：“真娘者，吴国之佳人也。时人比于钱塘苏小小。死，葬吴宫之侧。行客慕其华丽，竞为诗题于墓树。”

蕊宫仙史[1]曲

情天历劫罡风起，澄霞黯黯彩云死。蕊宫深处玉人居，天花散落飞红紫。玉人旧是薛琼枝[2]，画阁朝裁绮丽词。绝代容华艳桃李，羞眉熨贴破瓜时。阿翁作守杭州去，风帆直指西兴路。红树青山转画桡，杳如洛水凌波步。山水依依有夙缘，问花楼外柳如烟。绿荫缥缈虾鬚[3]护，细按珠琴第五絃。筑居更傍澄湖曲，湖外鸳鸯隔花宿。十里晴漪荡碧空，湖波照见双蛾绿。手植闲堦百本兰，花时宛转倚阑干。碧城十二春如海，香国仙心沁露寒。东风暖漾仙心逗，密叶重花杂绮绣。不数隋家甲煎熏，盈盈馥郁黏衣袖。隐约低徊惜后身，冷香逸韵最宜春。相思别有伤心处，回首三生感镜因。妆台日夕脩花谱，教焚龙脑[4]迷朱户。蝶袂纤纤衬凤凰，远山螺黛娇眉妩。最是春宵风日清，中流自在放舟行。青青一带苏堤柳，合与杨枝诉旧盟。西湖三月花绕郭，扣舷低唱江南乐。悄把春荑点玉笙，闲情早自怜飘泊。清夜横空月似霜，紫衣乌帽艳红妆。五花马簇雕鞍软，百宝钗分绮袂香。相逢侍女真殊绝，累骑从行去飘瞥。压领春衫玉镜明，横腰宝剑秋云掣。箫管参差画舫中，仙姝吹下广寒宫。芙蓉花放秋江外，搀入馀霞映晚红。晚红楼阁三霄迥，白紵歌成放烟艇。夜深忽作水龙吟，栖鸟归林惊梦醒。驾珮珊珊褪舞衣，太阿[5]出匣电光飞。白虹一掷江潮立，金粉迷离黛雨霏。万舟如蚁江亭外，三五明星夜未艾。解珮人疑洛浦来，扣簪地敞瑶池会。芳草萋萋旧恨侵，红笺自写断肠吟。六桥[6]日暮花成雪，从此春愁托寸心。萧萧疏雨蘼芜院，落英飘砌飞如霰。絮果兰因忏此生，含情无语羞人见。病骨支床怨未消，故园归路望迢迢。碧油[7]何处凄凉道，红泪偷弹湿镜潮。调脂旋作簪花引，丹青点染空房静。更写仙装入画图，五铢绰约凌虚境。题罢云鬟着意看，蚕丝辗转惜春残。云魂杳杳蓬莱阙，阆苑宵开七宝栏。雾髻垂臂春思重，管领花城作云从。回首山河已劫灰，南朝罗绮成秋梦。素水相邀踏海山，亲骑猛虎叩云关。天风環珮泠泠下，琼阙珠田指顾间。杨生[8]好作扶鸾戏，醉描香案簪花字。暮雨空江杜若斜，依依无限生前思。宋玉飘零易感秋，埋香梦断泣荒邱。冬青树老胭脂冷，啼彻空原杜宇愁。

【注】

[1] 蕊宫仙史，见清代乐钧所著的文言短篇小说集《耳食录》，篇首曰："乾隆癸卯春，金溪杨孝廉英甫为扶鸾之戏。有女仙降坛，署曰'蕊宫仙史'，自叙为宋祥符间人，赍恨早逝，游于阆风之苑，获遘上元夫人，命居蕊珠宫，掌玉女名箓，云云。"篇末记："此篇得于吴君兰雪，余绝爱之，并录于此。"

[2] 薛琼枝，即《蕊宫仙史》。《耳食录》中载："仙史姓薛氏，名琼枝，湘潭人，年十七，才艳绝世。随父某守杭州，遂家焉。所居曰'问花楼'，俯临西湖，云树烟波，凭槛可接。性爱兰，手植千百本。衣袖裙衩，皆喜绣之，或画为册卷，花叶左右，题句殆遍……疾且笃，强起索笔，自写簪花小影，旋即毁去。更为仙装，倒执玉如意一柄，侍儿旁立，捧胆瓶插未开牡丹

一枝。凝视良久，一恸而绝。著有《问花小稿》四卷，今无传本。降坛诗甚多，众尤爱其绝句。”

[3] 鬚，同“须”字。

[4] 龙脑，香料龙脑樟的简称。

[5] 太阿，亦称作“泰阿”。中国古代十大名剑之一，为战国时越国欧冶子和吴国干将两大剑师联手所铸。《战国策》中记“龙渊、太阿，皆陆断马牛，水击鹄雁，当敌即斩坚”。

[6] 六桥，一说为映波、锁澜、望山、压堤、东浦、跨虹等西湖外湖苏堤之上的之六桥，宋时苏轼所建；一说为环璧、流金、卧龙、隐秀、景行、濬源等西湖里湖之六桥，为明带杨孟瑛所建。此处应是指前者。

[7] 碧油，碧油车的省称。指古时女子出行所乘用青蓝色油布作车帷的车辆。

[8] 杨生，即《耳食录》篇首所言“金溪杨孝廉英甫”。

弄潮词未抄[1]

江风日日吹平沙，江潮汩汩卷浪花。弄潮女儿刺船[2]去，蒹葭遥隔秋江涯。

迎潮送潮逐逝波，女儿姊妹倚棹歌。朝朝暮暮卜潮信，风波江上愁如何。

【注】

[1] 未抄，此二字为原文自注。

[2] 刺船，撑船的代称。《庄子·渔父》中有“乃刺船而去，延缘苇间”句。

寓斋逢宋兰圃[1]夜话

夜深独酌酒千杯，风雨论心旧梦回。澄海楼台化妖蜃闽海之变君时在抚军幕中，孤山风雪问寒梅君集中有忆梅诗数十首。高情薄日凌虹气，健笔干云吐凤才。趁晓扁舟别君去，残更早听戍楼催。

【注】

[1] 宋兰圃，姓字、家世及生平经历不详。

寄家吟荘伯

又作河梁别，离怀两黯然。征书催远道，归思逼残年。云锁江天外，春生杖履前。料应梅信早，高咏继逋仙[1]。

【注】

[1] 逋仙，指北宋诗人林逋。其隐于西湖孤山，不娶，以种梅养鹤自娱，故后世以“逋仙”称之。

京 岘 山[1]

日者高吉卜算工，君王巡幸又江东。虚传胜境劳开凿，王气依然起[2]沛中[3]。

【注】

[1] 京岘山，位于今江苏省镇江市东部。唐时许嵩所著《建康实录》中载：“案，《史记》：秦始皇三十七年，东渡江，使赭衣三千凿朱方京岘山东南陇。”民间亦有此处为秦始皇时所凿，以泄王气的传说。

[2] 起，即“起”字。

[3] 沛中，指汉高祖刘邦的家乡沛县；后也以《沛中歌》作为刘邦过家乡时所作《大风歌》的代称。

古意和鹿苹[1]词丈未抄[2]

绝代风流擅胜场，儿家旧住郁金堂[3]。春深鸳管翻新曲，香袅鸾梳试靓妆。自分容华钩月丽，定馀声价斛珠量。箧中赢得缠头锦，妒煞东家姊妹行。

缥缈烟花瞥眼过，啼蛾慵髻恨如何。占星消息逢张角，入梦繁华尚绮罗。隐隐三生迷玉案，迢迢一水隔银河。旧时女伴皆仙去，懒向芸窗[4]染黛螺。

曲槛芙蓉淡惹秋，红霞一角暮云收。浮名半为空花误，薄命惟馀逝水流。韶景飘零寻镜约，嫁衣检点背人愁。笑他多少闲花柳，早占东风傍画楼。

冉冉垂鬟十八时，鹍絃小拨雪儿词。柳腰一捻春馀艳，梅额三分翠点眉。团月情怀怜彩凤，误人夫婿怨金龟。天涯催醒蓬山梦，怕向尊前诉别离。

【注】

[1] 鹿苹，姓字、家世及生平经历不详。

[2] 未抄，此二字为原文自注。

[3] 郁金堂，南朝徐陵所编《玉台新咏》中引梁武帝《河中之水歌》有“卢家兰室桂为梁，中有郁金苏合香”的语句。后常以之“郁金堂”或“郁金屋”作为女性居室的美称。

[4] 芸窗，指书斋。

匏寄轩分和杜工部四韵消寒[1]第一集

病 柏

参天有奇姿，直上二千尺。文章世所希，孤根寄幽僻。无端历奇劫，霜雪竞相厄。枝干戕西风，惊雷荡灵液。鸾凤去九霄，空心剥残碧。翳彼栎与樗，敷秀[2]托水石。岁寒逼重阴，乃遘雨露泽。胡为棵栋[3]材，失势即凋易。植节苦不早，才大空自惜。吁嗟造化功，摩挲感今昔。

病 橘

南方产甘橘，植近湖湘滨。累累结奇实，作颂怀楚臣[4]。西风不终朝，秋水荡其根。蛟龙咽芳臭，败叶凋残鳞。沃土伏遗孽，时有虫蠹亲。遂令上林选，终成遘蹇屯。作贡竭淮海，厥包奚所陈。胡不徙远岫，宝护全其真。千头集奴婢，及时宴嘉宾。谅哉园税饶，足拯园客贫。

枯 槐

丛兰煎灵膏，委地就销灭。戕贼乃自媒，畴能葆芳洁。何哉彼云櫰，结根殊卓绝。所惜质未坚，致令阴火爇。旁灼捐残脂，中炙耗积血。毒虫瞰死生，败色竞施鮑。百围如碎冰，精气遽已竭。工师色然骇，爰置不材列。雕斵无所施，雨露岂容窃。回首顾栟榈[5]，欣欣励高节。

枯 枬

江南肥饶地，所产异常殖。荣枯判东西，阴阳沐灵德。罡风下秋尘，元气互侵蚀。奇干凋霜青，残根掩云黑。雷霆纵斧斤，坐视生机塞。芘[6]荫无本源，倾覆逞蠡贼。昔者凌穹霄，栽培藉神力。今也顿重渊，憔悴削练色。茫茫天地间，孑立伤孤特。即此悟盈虚，观物三叹息。

【注】

[1] 消寒，消除、度过寒冬之意。古时文人习俗和活动之一。自冬至日起常以消寒图、消寒诗等形式进行。

[2] 敷秀，(植物)开花。语出《宋史·乐志》："发荣敷秀，动植滋丰。爰酌兹酒，肸蠁交通。"

[3] 棵栋，同"栋梁"意。

[4] 楚臣，指战国时楚人屈原。因其作有《橘颂》诗，故诗中有"作颂怀楚臣"句。

[5] 栟榈，棕榈的别称。

[6] 芘，古同"庇"字。

题李氏三忠集[1]

中丞武舟先生[2]

百万王师入玉关，三边烽火照愁颜。桂林日黯哀诸将，梅岭春深静百蛮。一自波涛收涨海，至今风雨泣灵山。习家池[3]上休回首，止水空题泪血斑。

观察我贻先生[4]

册命遥分百粤城，监军仗节赋长征。九边虎豹重関[5]险，一代山河半壁撑。自有孤忠酬定国，空馀遗烈继真卿。剧怜一片端州[6]水，寒月苍茫杜宇鸣。

侍御廷硕先生[7]

早岁声名震帝乡，埋轮壮志竟谁偿。柏台霜老悲乌府，桂水风寒怨马场。密诏有时飞白简[8]，残骸何处伴青阳。招魂落日空山外，凄绝离骚第二章。

【注】

[1] 李氏三忠集，李氏三忠是指明末南直隶常州府宜兴县（今属江苏省无锡市）人李用楫、李颀、李来。清李庆来（李用楫玄孙）所辑《李氏三忠事迹考证·序》中指出："李氏三忠者，曰用楫、曰来、曰颀，颀于用楫为大父行，来用楫同产弟也……用楫、来先后以抗大兵死节，颀以谋诛孙可望，事泄，与大学士吴贞毓等十八人同日遇害于安隆，合瘗安隆北关之马场，世所称十八先生者，颀其一也。"

《李氏三忠事迹考证》共二册，道光年间刻本，现藏于国家图书馆。《李氏三忠集》，今未见，不知与《李氏三忠事迹考证》一书为何种之关系。

[2] 中丞武舟先生，指李用楫，其字若济，号武舟。

[3] 习家池，亦称作"高阳池"，是西晋时襄阳郡的游览园池。《晋书·山简传》中载："简镇襄阳，诸习氏荆土豪族，有佳园池。简每出游嬉，多之池上，置酒辄醉，名之曰高阳池。"后多用以借指园池、名胜之地。

[4] 观察我贻先生，指李来。其生平事迹不详。

[5] 関，即"关"字。

[6] 端州，今广东省肇庆市端州区。

[7] 侍御廷硕先生，指李颀。其曾官至江西道监察御史，故有此称。但《李氏三忠事迹考证》中说李颀字"廷实"，不知此二者关系如何。

[8] 白简，古时朝堂用以弹劾官员的奏章。《晋书·傅玄传》中载："每有奏劾，或值日暮，捧白简，整簪带，竦踊不寐，坐而待旦。"

再题三忠附录

三冈先生[1]

慷慨从军去，其如灰劫收。孤生全友义，败血荡边愁。妻子情如寄，河山恨未休。至今家乘在，风节著千秋。

玉华先生[2]

一万九千里，天涯独往还。孤踪凌绝塞，残骨拜灵山。碧血埋遗恨，黄尘洗旧颜。招魂空极目，时洒泪斑斑。

中丞公妹[3]

纔[4]熄烽烟警，何期又判璋。佳期失鸾凤，孤梦冷鸳鸯。夜月曾啼恨，深闺枉断肠。请将贞石[5]勒，凭吊阐幽光。

【注】

[1] 三冈先生，《李氏三忠事迹考证》中载："李三冈，字玉华，邑诸生，才力过人，通武略。见世乱，常有匡救之志……得间潜逃，追骑至，匿水中，以藻敷面，得抵家，呕血数升几死。未几，大兵渡江，遁迹山中。数年不出，闻永历在广，终不忍峦。"

[2] 玉华先生，指李三冈。

[3] 中丞公妹，指李用楫的妹妹，但其姓字、生平、婚姻等事不详。

[4] 纔，即"才"字。

[5] 贞石，原意为坚石。后亦作为碑石的代称。

穆天子宴春宵宫图消寒第二集

海天澒洞扶桑红，绛云煜采开灵宫。天子求仙纵宵宴，一时方士争相从。龙蛇螭鹄幻奇景，五光十色排苍穹。须臾夜静荡曛黑，冰荷倒出孤壑中。王母凌虚翠凤辇，雷声隐隐驱灵窿。丹玉之履碧蒲席，环以文豹蟠以虹。旁列女侍荐膏酒，铢衣曳珮锵天风。猩唇豹胎奚足贵，昆莲嵰[1]雪晶壶供。宴酣钧乐洗尘耳，群姝杂沓呈鼓钟。重霄宝器磨青铜，星月瞩汉升海东。六幺缦拍世所宗，天魔小队幻鱼龙。王乎所好太荒忽，时於幻渺矜元功。鼋鼍驾梁渡江浒，帝台列传邀井公。耄荒作刑国祚覆，元气销烁将为穷。文武建业示孙子，造邦实启镐与丰。宣王中兴盛朝会，群臣作颂歌车攻。传之易代纪神鬼，延年秘术萦其衷。君不见秦皇斋祓乞灵药，徐市历险搜冥踪。蓬莱缥缈不可到，辒辌[2]转瞬行匆匆。又不见汉武候神辟太室，露盘承液华精融。俄焉汾鼎[3]落灰劫，柏梁[4]日暮飘秋蓬。古来仙佛本乌有，慎内闭外洵凿空[5]。此图惩覆作龟鑑，勉哉葆一蠲神聪。

【注】

[1] 嵰，形容山势险峻的样子。

[2] 辒辌，指古代可以卧的车。后作为送葬灵车的代称。《史记·李斯列传》中载："李斯以为上在外崩，无真太子，故秘之。置始皇居辒辌车中，百官奏事上食如故。"

[3] 汾鼎，汾阴之鼎的代称。汉武帝元鼎元年(前116年)，于汾阴(今山西省运城市荣河镇)得到一个宝鼎，即为汾鼎。后以此代指国祚、政权。

[4] 柏梁，柏梁台的简称。位于西汉宫廷的未央宫内。后亦可作为宫殿、宫廷的代称。

[5] 凿空，指开通道路。《汉书·张骞传》："于是西北国始通于汉矣。然骞凿空，诸后使往者皆称博望侯。"

寒雁谣消寒第三集

颀风戛頮[1]云，四野腾寒潮。空村静人烟，白昼啼怪鸮。南来鸿雁落中泽，哀鸣逐队何嗷嗷。稻粱不可觅，芦荻无完条。是时荡潏淮水骄，雷霆碾雪行九霄。蛟龙磨牙吮盅血，生死奚翅悬霜匏。昨闻危堤忽崩卸，屋上倒卷三重茅。狂呼乞救援树梢，中流破浪乘小舠。残骸冲击罗轻巢，瞪视陡览心旌摇。星月茫茫黯无色，前群后侣纷相招。横空结阵作遐举，逝将去汝适乐郊。呜乎转徙亦非计，人情举世争漓浇。羽毛招祸堕机阱，天涯倏忽悲鸾飘。有客深宵起愁思，长歌击节持酒瓢。愿绘流民图，哀此寒雁谣。

【注】

[1] 頮，同"颓"字。

枯鳞曲

秋水上河鱼，掉尾荡空绿。咸潮卷雪孤云飞，跳尘坐受泥途辱。骄阳灼龟纹，九龙竞衔烛。败骨凋残腴[1]，生机乃顿蹙。大江日日沙涛矗，长虹一线上鳞屋。潜虬破浪逞攫拏，蜃市凭虚鱮[2]帆矗。灵鲲直上蟠海门，扬鬐跳云碣石暴。仙坛锦鲤乘风来，瞥眼登龙洗尘俗。此鱼一旦悲脱渊，湿沫濡煦复蜷蚼。元驹剥肤厄险灾，匪但饮河疾呼腹。升斗之水且未遭，安望西江散流瀑。吁嗟悲鱼兮勿悲哀，天下屯亨[3]如转毂。东海波臣困车辙，南山饥蛟闭井渎。汤火兀兀惊飞魂，混珠行将矐其目。哀歌无端百感生，济川旧约畴能续。请辍钓鳌吟，独听枯鳞曲。

【注】

[1] 膄，即“瘦”字。

[2] 鱮，古时鲢鱼的代称。

[3] 屯亨，代指困顿与通达的状态。

寓斋题壁未抄[1]

日落暮云合，空林倦鸟还。寒潮围锛甕，湿雾断金山。诗思三更里，乡心一夜间。明朝会开霁，江上放舟还。

【注】

[1] 未抄，此二字为原文自注。

正月十五日抵舍作未抄[1]

客子畏南游，命驾转故园。征衣去尘浣，稍息车马喧。贫家值令节，草草罗盘飧。沽酒试浅酌，促坐伸寒暄。言我去三月，天末印爪痕。微闻异乡景，请复次第论。我时病纡郁，太息无一言。骨月为饥驱，终岁辞衡门。矧[2]复处僻壤，望远劳惊魂。闲关断消息，脱略难具陈。不如筑团室，孝友敦天伦。何为赋行役，营营朝与昏。宿抱未能遣，聊且尽一樽。回首望南云，辗转祝寿椿[3]。

【注】

[1] 未抄，此二字为原文自注。

[2] 矧，况且、何况的意思。

[3] 椿，古时因椿树存活时间长，为长寿之意，后用以代称父、父母。

怀云轩[1]未抄[2]

迢迢湖上柳，皴绿未成阴。之子不可见，相思空好音。愁馀春水隔，望极暮云沉。何日重携手，尊前豁素襟[3]。

【注】

[1] 云轩，即集中他处文字所提及的张云轩。与张松臞为兄弟，但其姓字、家世及生平经历不详。

[2] 未抄，原文自注。

[3] 素襟，襟怀、怀抱。

春晚偕松臞[1]野望

荒村烟树望冥冥，欲遣闲心着屐经。深月淡连春水白，东风寒滞柳条青。湖头帆影遮残雾，天外愁怀寄女星。绝少金貂解沽酒，怕听歌舞过旗亭[2]。

【注】

[1] 松臞，即张鸿林。张云轩之弟，家世、生平经历不详。

[2] 旗亭，酒楼的代指。古时酒楼之上常悬旗为酒招，故有此称。

感兴自述和松臞作

早岁情怀易寂寥，年来踪迹叹蓬飘。江山过眼空千古，金粉迷烟问六朝。尚有闲愁怜解珮，未容末路怨题桥[1]。大罗天上霓裳好，回首云途万里遥。

古道冲寒匹马驰，西风吹雪酒醒时。酬恩剑冷要离冢，结客诗题短簿祠。絃管翻令催宝筑，琴尊空遣赋琼枝。蘼芜零落胭脂冷，谁上苏台[2]续断碑。

对酒高歌出塞行，苍茫月色古长城。绣旗飞队春围幕，镔铁横秋夜有声。白雪琵琶儿女怨，玉关杨柳古今情。书生大有封侯想，挥手天涯意气倾。

已负昂藏七尺身，青衫憔悴暗愁春。蛾眉自昔空馀恨，狗盗於今只算緡[3]。锦瑟迷花曾有梦，金台市骏更何人。十年望眼乡关客，甲帐招魂感旧因。

【注】

[1] 题桥，题桥柱，典故名，典出《华阳国志》卷三《蜀志》。汉司马相如初离蜀赴长安，曾于成都城北升仙桥题句于桥柱，自述致身通显之志，曰："不乘赤车驷马，不过汝下也！"桥名作"升迁"。后以"题桥柱"比喻对功名有所抱负。亦省作"题桥""题柱"。

[2] 苏台，姑苏台的简称。

[3] 緡，古同"緍"。原意为串铜钱的绳子。后亦作为铜钱、钱币的代称。

南塘花艇[1]谣

湖光潋滟波含烟，东风三月柳脱绵。桃花萦絮黏琼楼，春草涂绡上钓船。花草迷离带愁思，长堤十里停歌吹。有客低徊忆旧游，凄凉重说当年事。当年此地聚群花，蛱蝶迷芳笑语譁[2]。画舫盈盈围蜀锦，疏簾隐隐护江纱。风流选丽留深巷，几处芸妆障娇面。卢女韶年未破瓜，秦娥镜阁曾开宴。绿酒红灯伴寂寥，熏炉含雾夜焚椒。剧怜拇阵传呼里，细点纤葱按六幺。六幺按拍歌声续，寻絃赴节娇丝竹。已听琵琶裂帛音，又闻箫管流珠曲。歌罢缠头落舞衣，轻鞾[3]窄袖斗芳菲。鸳鸯索爱遗钿盒，翡翠通巢压绣帏。绣帏钿盒纷无数，朝云暮雨巫山路。戏綵争夸贴地腰，踏青群羡凌波步。宛转兰桡结队游，银河淡扫月如钩。只缘别绪怀鸾凤，哪有闲心惜鹭鸥。秋风一夜催萧索，盟誓三生感飘泊。西子传闻去五湖[4]，枉教天上悲香诺。剩粉零脂觅断踪，湖边冷露泣芙蓉。楼台写怨鞋留谶，苕玉前身不再逢。远渡沉沉隔葭水，红桥一带随烟圮。冷月霜罗入画图，斜阳衰草凋罗绮。我亦频年梦彩裙，天涯回首忆蘅云。珊鞭金勒寻春去，豆蔻梢头散锦纹。估[5]舟日暮迎潮上，古寺钟声送残响。放鸭人归蒲作帆，打鱼客至丝为网。不见前番窈窕娘，沿流曲曲认迴肠。何时再结蘼芜约，占尽温柔住此乡。

【注】

[1] 花艇，指古时船艇的一种。船上豢养有艺伎以吸引、娱乐宾客。

[2] 譁，同“哗”。吵闹、喧闹的意思。

[3] 鞾，即“靴”字。

[4] 西子传闻去五湖，即“西子扁舟”的典故。亦称作“范蠡扁舟”。典故出自《越绝书》“西施亡吴国后，复归范蠡，同泛五湖而去”的记载。

[5] 估，疑应为“孤”字。

感兴

鞍马匆匆岁月过，胜游空目阻关河。楚词哀怨悲山鬼，香国繁华付梦婆[1]。不为风尘摧傲骨，独馀憔悴泣商歌[2]。天涯无限飘零恨，饥凤愁鸿奈若何。

远见天门詄荡[3]开，谪居无复住蓬莱。宝刀夜月苍鲸吼，铗勒西风赤骥哀。挥麈谁招分芋[4]客，屠龙应惜倒绷孩[5]。眼看朋辈青云上，谁是梁园[6]作赋才。

记向淮山作壮游，风霜早敝黑貂裘。曾经废垒哀枚叔[7]，独倚空台吊故侯。白社烟花偕日丽，黄河波浪与云浮。信陵已死宾朋散谓书槐程君，衰草斜阳满目愁。

【注】

[1] 梦婆，即前文所言春梦婆。

[2] 商歌，指旋律以五音中商调为主音的歌声。风格多悲凉哀怨。

[3] 詄荡，形容空旷无际的样子。

[4] 分芋,"懒残分芋"的简称。见前文《九月十六日偕孔熙侑昭炘许玉亭袁选亭四宜阁看菊》诗中"煨芋"一注。

[5] 倒绷孩,指接生婆把初生婴儿倒着裹襁褓的情形。后用以比喻因为疏忽做错了熟悉、惯做的事情。北宋魏泰《东轩笔录》中有"晏公闻而笑曰:'苗君竟倒绷孩儿矣。'"之句。

[6] 梁园,即梁苑,也称作菟园,西汉梁孝王所营修的东苑。《史记·梁孝王世家》中记"于是孝王筑东苑,方三百余里,广睢阳城七十里。大治宫室,为复道,自宫连属于平台三十余里……招延四方豪杰,自山以东游说之士,莫不毕至"。后世文学常以梁苑或梁园作为咏王侯宅园、文人聚会的代称。

[7] 枚叔,指西汉文学家枚乘,其字叔。

赠张二松臞即题其停云阁集后

吾生好壮游,束发走天下。不遇同心人,谁寄尘外赏。张生倜傥鸾鹤群,健笔独扫千人军。文章之妙足千古,妥帖排奡[1]无其伦。酒酣白眼邈四海,千杯万杯浇魂磊。呵壁狂歌欲问天,元气淋漓泣真宰。花月沉沉思悲痛,白雪幽兰托吟讽。吊怨哀离无限情,繁华回首成春梦。春梦飘零泣梦婆,愁鸿饥凤天边多。床头金尽壮气短,张生张生将奈何。去年棘闱贡秋赋,西风鹗荐排云路。尘海渐无仙筏迎,美人自古伤迟暮。迟暮亦何悲,凄凄多苦音。夜深雄剑抱秋水,寒芒倒卷愁人心。愁人所在无不有,君诗自是射雕手。万丈光铓[2]烛星斗,天风飒飒蒲牢吼。我读君诗长太息,引杯欲饮无颜色。焦桐将作爨下灰,世无中郎焉能识。吁嗟乎,男儿生当云骞复霞举,何为穷途犹受狍鸮侮。龙门杳杳元音哀,坐使淮阴哙等伍[3]。

【注】

[1] 排奡,形容文笔矫健、纵横。

[2] 铓,同"芒"字。

[3] 淮阴哙等伍等伍,即成语"羞与哙伍"。哙指汉高祖刘邦麾下的猛将樊哙。淮阴侯韩信鄙视他而不屑与他同为列侯。司马迁《史记·淮阴侯列传》:"信尝过樊将军哙,哙跪拜送迎,言称臣,曰:'大王乃肯临臣!'信出门,笑曰:'生乃与哙等为伍。'"后常用以代指以跟某人在一起、为伍为耻辱。

六月二十三日申耆先生[1]招饮即和其观莲小集元韵

绿阴缥缈送新凉,小坐闲知午荫长。只和水云寄真赏,定馀风露占韶光。尘缘已尽空濛色，诗思能清自在香。明日观莲是佳节，不妨樽酒聚欢场。

曾结清池锦绣堆，几回珠艳缀琼瑰。独饶灏气凌波赏，为有仙心浥露开。阅遍繁华流水淡，悟馀空色幻泡催。美他吟兴闲中得，多少春风上讲台。

依依望断故园花，欲咏蒲兰枉自嗟。怨托苦心留梦永，香飘残恨寄情赊。计时踪迹联萍梗，向晚光阴又绮霞。记得荷觞徵韵事，画图长此胜游夸。

超然高格问谁先，根钝难参最上禅。曾是吟朋招白社[2]，希将仙字步青莲。清心已饫三升酒，拔闷惭呈十样笺。我愿年年祝花寿，踏流重证镜中天。

【注】

[1] 申耆先生，清代学者、文学家李兆洛，字申耆，阳湖（今属江苏省常州市）人，阳湖派的代表作家之一。

[2] 白社，本为地名，位于今河南省洛阳市东。《晋书·隐逸传》中记："洛阳有道士董威辇常止白社中，了不食，陈子叙共守事之，从学道。"后常以白社借指隐士或隐居之处。

题讲院荷觞图[1]

孤亭结云云覆屋，曲径深深荫脩竹。天浆下注翻芙蕖，中有沙禽傍水宿。晶帘倒卷浮朝霞，万点晴红荡心目。翳惟谪仙屏尘嚣，卜沪[2]溪居仿茂叔[3]。华筵缥缈天上开，荐以瓜果选吉卜。传觞四座椒雨飞，浊酒酹花为花祝。我从去年来澄江，春风坐对散清馥。先生示我荷觞诗，如证灵脩佩奇服。在乙酉岁观莲节，戏招吟朋破幽独。张君妙笔绘作图谓怀白，冠以新诗盈帧幅。韵事高怀今古稀，胜游小占林泉福。年年真赏寄莲界，云锦重开众香谷。

【注】

[1] 讲院荷觞图，指道光五年（1825 年）六月荷花盛开时，李兆洛在江阴暨阳书院举行宴饮，张莹（字怀白）作图以纪念一事。

[2] 沪，形容水深且广的样子。

[3] 茂叔，指"北宋五子"之一的周敦颐，其字茂叔，作有《爱莲说》。

促　织

梧荫清如水，西风露草侵。孤吟托绮怨，永夜续秋心。申以缫丝恨，催残断杵音。凄凄蓬径里，和月咽衣砧。

已罢回文织[1]，刀环百感生。不堪明月夜，忽送断肠声。我亦飘萍梗，天涯寄远情。孤灯倩花卜[2]，愁听候虫鸣。

【注】

[1] 回文织，指“回文织锦”的典故。《晋书·列女传》中有记：“窦滔妻苏氏，始平人也，名蕙，字若兰。善属文。滔，苻坚时为秦州刺史，被徙流沙。苏氏思之，织锦为回文旋图诗以赠滔。宛转循环以读之，词甚凄惋，凡八百四十字。”

[2] 孤灯倩花卜，即卜灯花的民俗。灯花是指蜡烛或者油灯中的灯芯燃烧后，在火焰中如同花朵。民间以灯花作为吉卜的象征。

六　夕

宛转相思一水湄，峡云迢递又何之。望穷碧汉三千界，数尽银潢十二时。只许烟波带兰讯，未应张角误瓜期。年年此夜天涯梦，惆怅香城怨别离。

七　夕

星汉横斜淡欲秋，长空缥缈月如钩。罗云卷尽占花梦，锦水飘残卜镜愁。残夜几曾托香怨，闲情宛尔证灵脩。参媒氏妁[1]荒唐甚，乞巧空馀鳷鹊楼[2]。

【注】

[1] 参媒氏妁，亦写作“氏妁参媒”。媒人、媒介的意思。

[2] 鳷鹊楼，西汉时宫观的名字，建于汉武帝建元年间，旧址在长安甘泉宫外。司马相如《上林赋》中有“过鳷鹊，望露寒，下棠梨，息宜春”句。郭璞引张揖注曰：“此四观，武帝建元中作，在云阳甘泉宫外。”

八　夕

又是秋心逐断槎，鸳机罢织惜年华。铜龙水尽迷朝露，珠凤缘空泣暮霞。仅有闲怀寄栀子，依然无耦怅匏瓜。人间肠断知多少，云树空濛别恨赊。

采 菱 曲

杳杳烟波尽日凉，秋风吹冷白鸥乡。刺船直入水云里，欸乃一声摇夕阳。

茜纱隐隐薄於霞，碧玉轻盈正破瓜。解唱江南断肠曲，年年秋恨寄菱花。

题江襟三[1]词丈脩竹千竿一老人图

绿云遮不断，併作浅深阴。之子负高寄，言寻脩竹林。宦情消壮岁，诗思入秋心。早晚平安报，萧然策杖临。

【注】

[1] 江襟三，姓字、家世及生平经历不详。《脩竹千竿一老人图》亦未见。

踏桥行未抄[1]

暮云黯黯湿香雾，圆月凝寒转银兔。彩虹倒影浮波心，飞鸟没空入深树。东邻女伴去踏秋，六街夜静珠尘浮。珊珊仙珮逞华艳，金莲贴地垂双钩。西风吹云荡晴色，雁齿排空峭天直。软步黏苔上绣茵，含情低语无人识。须臾翼翼双门开，蓉台逐队游人来。红霞点靨戏避去，蝶蜂故作花丛媒。宛转下階秉明烛，浅衬蕉衫薄罗縠。絜果低徊忏此生，香城兰梦占花卜。花卜经秋托凤灵，重帷深锁玉玲珑。双星巧结银河渡，缥缈芙蓉祝昉[2]铃。

【注】

[1] 未抄，此二字为原文自注。

[2] 昉，明亮、天亮。

江上阻风

便拟乘槎破浪痕，风涛斜卷断云根。千寻[1]雪涨排沙浦，万顷星潮接海门。别路催愁孤棹倚，天涯击楫几人存。银缾[2]沽酒沧江晚，渔火微茫隔远村。

【注】

[1] 千寻，形容极高或者极长。古时以八尺为一寻。

[2] 银缾，银白色的灯台、烛台。

京口吊钱元镇[1]年丈之鼎

旧恨茫茫逝水流，无端残梦逐沙鸥。荪兰迢递灵均恨，花月飘零杜牧愁。占镜功名催去鸟，迷蕉身世[2]泣沉虬。风流雅忆秦淮海[3]，碑版[4]文章一代留。

【注】

[1] 钱元镇，即钱之鼎。翟灏《台阳笔记》载："钱之鼎（？—？），字鹤山，清嘉庆年间江苏丹徒人。"不知是否即为题中所言。另，现存《双花阁词钞》一卷，题为钱之鼎所撰，嘉庆十七年（1812年）三山草堂刻本。

[2] 迷蕉身世，亦写作"芭蕉身世"。佛家语。出自《大般涅槃经》"凡夫愚人常所味著。贪淫瞋恚愚痴罗刹止住其中。是身不坚犹如芦苇伊兰水泡芭蕉之树"之句。

[3] 秦淮海，指北宋作家秦观（1409—1100），其字少游、太虚，号淮海居士，故世称"秦淮海"。

[4] 碑版，亦写作"碑板"。原指碑碣上所题刻的志传一类文字。后常用以泛指碑碣或拓印的碑帖。

金山夜泊

孤棹破烟去，江山万里开。沉蛟弄明月，倒影上楼台。云定澄潮落，风高画角哀。残铭摩背读，登眺几徘徊。

舟次三汊河[1]

去去日将夕，孤舟滞水涯。潮生千顷阔，风定一江斜。残梦依归雁，浮踪托断楂。忽闻疏磬澈，知近己公家。

【注】

[1] 三汊河，位于今江苏省南京市西南部。清初顾祖禹所撰《读史方舆纪要》江宁县"新开河"条记："自下新河而东，水分三股，一引石城桥，一引江东桥，一自草鞋夹以达于江，名三汊河。"

京口望江

万顷浮烟一望收，孤城抱月远横秋。云沉绝壑潜蛟起，风转灵旗独雁留。残荻萧萧迷蒜岭[1]，寒潮隐隐落瓜州。江流洗尽南朝恨，回首苍茫北固楼。

战舰排空历怒涛，牙旗猎猎阵云高。芙蓉秋水凝寒锷，雕鹗[2]西风拥节旄。玉帐朱竿摩日月，海门银线卷刀弓。天涯惯作封侯梦，浊酒分红上锦袍。

【注】

[1] 蒜岭，位于今福建省福清市西南。《读史方舆纪要》中记："（蒜岭）以山形如蒜瓣而

名。一云以山石间多产蒜也。登其巅，东望涨海，弥漫无际。”

[2] 雕鹗，雕与鹗的并称。后亦用以泛指猛禽。

舟中读离骚

生憎鸩鸟[1]惯为媒，永夜闲情寄酒杯。湘草未消流水恨，白云无尽楚天哀。空山鸾凤翻摧翮，乱世蛟龙亦忌才。读竟怀沙倍凄恻，孤篷疏雨送愁来。

【注】

[1] 鸩鸟，毒鸟的一种。传说把它的羽毛放在酒里，有剧毒。清代陈士铎《辨证录》中即有“人有饮吞鸩酒，白眼朝天，身发寒颤，忽忽不知如大醉之状，心中明白但不能语言，至眼闭即死”的描写。

题独立大师禅话后

西方极乐界，其下诸佛国。了了明真如，迺能悟空色。大师服初禅，信受罔或忒。妙谛彻三昧，元言秉其则。独立阐筏喻，搏象运全力[1]。花水澄虚怀，静观皆自得。智慧放光明，木义戒为式。巾瓶契净因，箭机两相值。演梵证菩提，迦耶表孤特。一切诸障碍，屏弃不我即。一切诸妄想，生灭不我惑。现身说宝法，微妙畴能测。般若波罗蜜，是谓善知识。仆也行脚僧，拓盋[2]谢家食。谈禅逞华辞，参真摄内德。我师具达观，盪灵众私克。窃愿却红尘，斋心游净域。合十依蒲团，六道去蟊贼。

【注】

[1] 搏象运全力，佛家语“狮子搏象兔皆用全力”的简称。语出宋代普济《五灯会元》：“昔有一老宿，因僧问：‘师(狮)子捉兔亦全其力，捉象亦全其力，未审全个什么力?’老宿曰：‘不欺之力。’”比喻对待大小事物，均认真对待、全力以赴。

[2] 盋，即“钵”字。

题罗两峰[1]村童逃学图

两峰山人善绘事，画水画石象其地。米老泼墨何淋漓，曾貌鬼趣肖魑魅。何年写作逃学图，艺与神会众妙备。村童破帽大布衣，有时结队逞游戏。残书打包笑胡卢，三五纵横列以次。柴门临场十丈宽，巧转深丛见人避。东邻西邻遥招呼，碎剪残笺插旗帜。或假面具伏旁道，或作达官牛代骑。金鼓喧嚇恼比邻，倒拖芒鞋伺騂牸[2]。偶然兴尽輙星散，如鸟窜林引其类。山人貌此称绝技，即绘劝学寓深意。会当仿榻陈讲堂，请勉弟子毋自弃。

【注】

[1] 罗两峰，即清代画家罗聘（1733—1799），其字遁夫，号两峰，又号衣云、花之寺僧等。“扬州八怪”之一。

[2] 騂牸，牛马的代称。

招 香 词

东风杨柳围珠楼，流莺含絮催离愁。当筵忽送断肠曲，宛转飘零忆旧游。东家有女十三四，灵犀一点牵愁思。梅额先春淡惹红，芸脂压鬓新涂翠。阿母平康[1]有盛名，秋娘老去擅风情。鸳衾留约嫌更短，鸡枕[2]迷香索笑迎。无奈寻春狂蛱蝶，偷窥欲寄訇訇牒。哪识姮娥喜独居，定情无梦题红叶。苦恨良媒触素怀，玉人深锁静兰堦。芸窗掩月描鸾镜，画帐涂云落凤钗。残妆隐隐飘罗绮，绝代容华艳桃李。仙国迟逢解珮踪，有人怅望银河水。年去年来恨不禁，蚕丝辗转病魔侵。唾痕碎溅相思草，染尽猩红伴绿阴。薄命殷切寄深喟，愿洗闲愁入莲界[3]。粥鼓斋鱼伴此生，烟花从此消残债。公子王昌负壮才，良宵选艳箔云开。隔簾一见倾心许，双袖垂珠纳镜台。深情缱绻从头诉，参媒氏妁通云路。桑海低徊乞绿章，肯留后约将人误。明年夫壻去天涯，回首西陵油壁车。何日双棲同命鸟，何时开出并头花。转瞬泥金胜文战，粉署仙郎转乡县。门巷依然锁落英，秋雨沉沉闭深院。深院惊寒梦寂寥，偷弹香泪湿冰绡。灵巫占谶呼难起，一把东阳瘦沈腰。北邙入夜西风疾，芙蓉萧瑟悲初日。天上人间断夙因，招魂空覔回生术。孤榇[4]曾闻寄梵宫，哀猿和血泣秋蓬。无端啼粉飘脂怨，又向荒郊续断蛩。有客拈毫叙芳洁，公瑾新诗增凄咽。更写长康[5]留视图，镌华仅许夸三绝。杜牧经年感慨多，浮云西北望如何。绿珠缥缈无消息，怕听江南白纻歌。

【注】

[1] 平康，亦称作“平康里”“平康坊”。唐时都城长安丹凤街有平康坊，为妓女聚居之地。唐孙棨《北里志》中载：“平康入北门，东回三曲，即诸妓所居之聚也。”后以此代指妓女的居所。

[2] 鸡枕，即神鸡枕。为唐代名妓史凤所作诗歌的题名。诗中写“枕绘鸳鸯久与栖，新裁雾縠斗神鸡。与郎酣梦浑忘晓，鸡亦留连不肯啼”，描绘了其待客的情形。

[3] 莲界，莲花世界的简称，指佛地，即佛教中所说的西方极乐之地。

[4] 榇，即“榇”字。

[5] 长康，东晋画家顾恺之字长康。后用以代指书画家。

古诗十章寄答鹿苹词丈并简里中同社诸子

论诗宗汉魏，鄙哉耳食言。宋唐别门户，役役空自烦。末流窃馀习，藉托韩杜尊。神龙戢首尾，炫目窥爪鳞。要为秉圭的[1]，独力穷本原。乃能畅华藻，雕削搜灵根。元精诉真宰，葆一驱冥昏。风云铸奇色，穮秾扬其尘。勉旃慎趋步，可以息众喧。

吾乡盛风雅，中道义歇绝。槃敦[2]委荆榛，蛙鸣间蚓穴。先生起蓬庐，枷芟慎区别。险势凿五丁，秋隼凌空掣。镌劖暨窔幽，膏馥葆香洁。寸管持骚坛，乃争砥柱烈。独恨知音希，韶华去飘瞥。香草抱孤芳，西风送萧屑。感此劳中肠，喟焉慕前哲。

高门联戚谊，里闬[3]时过从。春韶二三月，胜约偕冠童。贱子去淮阴，唤渡凌晓风。吊古韩侯台，遗恨埋秋丛。缥缈眷南云，云树遮湖东。征帆落天上，孤棹携诗筒。握手话萍梗，萍梗浮断踪。可怜骊驹曲，三叠何匆匆。相思隔天末，愿言寄塞鸿。

孤鸿盼云路，同上秦淮船。四絃换清商，白发悲萧萧。金粉眷尘约，香市牵兰苕。吁嗟倾城姝，一梦如烟消。空楼罥星网，断绣遗雾椒。情天化残劫，鸾凤畴能招。新诗吊秋坟，镜约虚且寥。浮踪渺安托，已矣朱颜凋。

罡风日夕吹，吹我下蓬瀛。神山不可即，时有回风生。墨云蔽潜蛟，碧海歼巨鲸。霓裳咏天上，魂梦牵瑶京。干将郁奇气，四顾忧烦萦。烦萦独何为，襆被将远行。河干赋折柳，江树延离情。转蓬无定踪，啼鸾无端声。孤篷带明月，去去指蓉城。

蓉城孤插天，沧江环其下。海门上银潮，荡潏竟终夜。春申有遗封，霸业久凋谢。珠履与玳簪，倏忽飘秋麝。古墓飞荒烟，衰草绿石罅。雄国感崩圻，人事犹传舍。晦朔悟朝菌，盈盈总如乍。怀古作悲音，临风一叹咤。

白日蔽四野，朔雪凝重峦。短褐不蔽身，客子惊炎寒。孤树薄乔阴，落叶飞漫漫。低徊盼落叶，感慨生长叹。骇兽眷俦匹，啼鸟求榇[4]栾。幽抱耿太虚，缟纻[5]鲜古欢。独酌持酒瓢，未半兴辄阑。申章告良哲，怀哉行路难。

野雀噪庭柯，有客故乡至。遗我故乡书，上有相思字。流连惜景光，慷慨话尘事。傭书辞井闾，旅食聊可寄。宾馆萦茅龙，旁屋豢驯牸。面瞰艾湖秋，秋水生荷芰。鹔[6]蜶遣闲情，风花契归思。三复村居篇，旧游敢轻置。

旧游已如尘，新愁复如雨。吾生感蜉蝣，天涯独凄苦。宛马厄其羁，饥凤铩其羽。神剑埋雄锋，肝胆泣蛩駏。空谷锵元音，虚怀纳钟庚。芝林擢春华，葸[7]室采秋杜。骚雅叩真师，□[8]□[9]薄狐鼠。请葆岁寒心，黾勉敦古处。

连城选合璧，皋兰每竞芳。吾党盛华彦，矫首思云骧。张子云轩松腥蓄翰能，俊誉蜚膠庠[10]。龚生石生宝冲识，奕奕神气扬。南樵谓符春亭激芬蕤，奇律争归昌。秋雕互摩穹，径欲腾扶桑。伊余独奔走，蟥蚁时嘲伤。江湖达鲤信，带水空茫茫。猗与慎令仪，行矣观国光。

【注】

[1] 圭的，量器、准则。

[2] 槃敦，朱槃玉敦的简称。珠槃，用珍珠装饰的盘子；玉敦，玉制的盛器。

[3] 闬，里巷内的门。亦可用以泛指门。

[4] 櫹，古书上说的桂树的一种。

[5] 缟纻，白绢所制的带子与麻布所制的衣服。语出《左传・襄公二十九年》："（公子札）聘于郑，见子产，如旧相识，与之缟带，子产献纻衣焉。"

[6] 鹔，鸟名，也叫作黄鹂鸟。

[7] 葸，害怕、胆怯。

[8] □，原字为"睖"。疑或应为"瞠"字。

[9] □，原字为"睡"。

[10] 膠庠，本指周代学校名。周时膠为大学，庠为小学。故后世通称学校为"膠庠"。

秋日杂感

无端残劫落尘寰，珠斗星旗射血殷。谁遣红云蒸白日，致令黑雾羃青山。天边城郭苍茫外，海上楼台变灭间。欲向灵巫问消息，又看狂豹驭风还。

利薮[1]茫茫欲问津，揭天风浪起珠尘。寻源已竭鲛人贡，按部空搜水府珍。上客几时呈海策，下方无路谒钱神。可怜一片烟花地，从此凋零不复春。

天市垣高百货通，妖旂欻忽报兴戎。龙岗踞险蟠枭党，鱼海捐赀搆狡童。仅有残星罹小劫，何曾太白避丰隆。文昌珠气从今竭，惆怅年年赋大东[2]。

上相当关握虎符，九霄星斗乐争趋。浑河[3]赤贝无遗种，涨海红琪有断株。不信人间开蠹市，谁知天上起萑苻。神閫路绝空翘首，慷慨重游谢赤狐。

天府雷霆戢巨魁，日边星使斗车催。坐看霖雨施鸿野，岂料贪泉诱鸩媒。热客钦金曾作市，冷商避债已无台。愿分河伯西江水，洒向云衢化梦埃。

拯獘[4]曾无济世谋，索瘢求垢费持筹。章封呓语回天听，泽靳灵膏散鬼愁。争说卢循屯海国[5]，笑他吉甫[6]在扬州。书生经济都如此，却累天涯泣楚囚。

万井萧条散绮罗，凄凄中泽恨如何。讵拌穷鸟[7]长输钞，只恐潜虬又作波。覆釜遗薪嗟下策，彻桑过雨托哀歌。膏腴指日归乌有，苦恨年来弃旧窝。

九州财赋东南重，转瞬繁华委暮烟。毕竟大官无胜筭[8]，顿教列市趁荒廛。藻扃黼帐[9]愁谁主，冷筑哀絃剧可怜。何日芜城一凭眺，苍凉写入鲍昭[10]篇。

【注】

[1] 利薮，指利益、财利聚集的地方。

[2] 大东，指《诗经·小雅》的《大东》篇。诗中描绘了人民所遭受的剥削和不满情绪。

[3] 浑河，古时称沈水或小辽河，为历史上辽河最大的支流，流域范围主要在辽宁省中东部地区。

[4] 獘，即“弊”字。

[5] 卢循屯海国，指东晋末年，卢循于海上起义事。

[6] 吉甫，指中唐时政治家李吉甫。其曾于元和三年（808年）出镇淮南道（治所在扬州），为节度使，政绩颇丰。

[7] 穷鸟，本意指无处可栖的鸟。西汉赵壹作《穷鸟赋》有“有一穷鸟，戢翼原野”句。后引申以比喻处境困穷的人。

[8] 筭，同“算”字。指计算时所用的筹码。

[9] 藻扃黼帐，指装饰华美的门窗和华丽的帷帐。

[10] 鲍昭，应为“鲍照”。

题东江渔者手书五律四十四首后

避地东江去，风尘旧恨侵。都将家国泪，併入短长吟。残梦催尘劫，孤舟泊暮林。浮生亦何有，辗转寄哀音。

千七百馀字，长城擅古言。江湖空写怨，荆棘况销魂。客思从谁诉，乡心忍复论。杜陵宗派古，宝墨至今存。

闻　雁

夜坐苦无绪，忽闻征雁哀。愁云结寥廓，祸网睨尘埃。江海搏鹏路，风霜谢鸩媒。故园秋色好，且逐怒飙回。

蕉

叶叶黏云重，临风又结阴。空庭浸遥碧，宛转化秋心。薄恨凭伊卷，相思如许深。天涯归梦断，永夜寄长吟。

啾[1] 毒 行

蝍蛆性制蛇，蜥蜴善缘壁。两虫适相值，鼓锐慑劲敌。辟砂逞搏噬，蹑足运攻击。如为蛮触争，遽作蚌鹬阋[2]。须臾一军歼，股栗告败绩。近灾孚易占，剥肤有馀戚。蝍蛆布凶德，致螫竞凌轹。有客循階除，祛热展良觌[3]。睨壁呼骇观，数典诧历历。蜮以蚶弩侵，蝟以腹矢毂[4]。蝮蛇产南方，齧草戕甘沥。毛虫蚀花背，截刺旋丝羃。凡兹毒蛊溃，动如发中的。主人逌[5]尔笑，舒辞遣尘惑。天地物生万，历劫互推激。螣蛸[6]斗震霹，翳彼机械深。造物难为力，惟以毒制毒，乃能快荡涤。譬如圣明世，群丑结狼獥。兵戈兆欃枪，玉石罹火焱。馀孽乘反间，羽翼逞剪剔。至哉理不移，已矣心如惄。书之作灵符，无为名巫觋。

【注】

[1] 啾，即"啖"字。

[2] 阋，争吵、争斗。

[3] 觌，指良好的、愉快的会面。

[4] 毂，击打、打击。

[5] 逌，同"悠"字。

[6] 蛸，同"蚀"字。指赤色的虫子。

读双花阁词稿[1]

红牙低拍引金尊，憔悴青衫湿泪痕。清尘未消名士恨，雄虹翻化美人魂。梨花江国春寻梦，芳草南园昼掩门。莫向风尘怨飘泊，天涯谁识旧王孙。

画簾珠箔雨潇潇，镇日闲愁花镜潮。远近楼台横北固，迷离金粉吊南朝。三生哀怨吟凰竹，两字功名证鹿蕉[2]。寄语风流狂吏部，灯前巧按玉人箫。

宛转闲怀付绣囊，玉笙吹彻海天长。芸脂隐约迷椒管，珊翼参差占画堂。曾共绮霞乞歌舞，亲题珠字协宫商。东风吹醒樊川梦，鸡枕莲灯认渺茫。

曾解金貂换酒归，香城消息是耶非。春分白纻黏痕湿，秋老红娇逐梦飞。团扇裁云遮月魄，方绡笼雾寄星妃。琵琶一霎冰絃涩，笑指章台柳十围。

秋水文无寄远情，酒旗歌板证前盟。惯馀张角迷琼月，别有韶华冠玉京。荳蔻春深花作市，芙蓉香暖锦为城。梁园赋雪新词唱，赢得青毡百感生。

碧海茫茫拟问禅，骑鲸人去望如仙。浮沉迢递联冰雪，慧业空明托蕙荃。旧约几经留凤篆，新声宛尔度鹍絃。南唐小令销魂甚，珍重瑶坛[3]第一篇。

【注】

[1] 双花阁词稿，钱之鼎所撰词集。

[2] 鹿蕉，亦作"蕉鹿"或"鹿梦"。出自《列子·周穆王》："郑人有薪于野者，遇骇鹿，御而击之，毙之。恐人见之也，遽而藏诸隍中，覆之以蕉。不胜其喜。俄而遗其所藏之处，遂以为梦焉。顺涂而咏其事。傍人有闻者，用其言而取之。既归，告其室人曰：'向薪者梦得鹿而不知其处；吾今得之，彼直真梦矣。'"后以此比喻个人的荣辱得失。

[3] 瑶坛，即瑶台。用美玉砌成的高台。后多用以代指神仙的居所。

夜　坐

西风兼雨至，孤思入秋声。静夜百虫绝，此心如水清。疏灯遮月满，宝剑化云横。待晓披衣起，遥天放嫩晴。

雨夜读昌谷集

商飙驱云化残暑，老鸮夜静作人语。孤灯黯黯煎澄膏，深房笼雾窜苍鼠。古诗一卷荡绮愁，空山魑魅悲清秋。摩天健笔补造化，盘盘宝气凌斗牛。羲和浴日出瑶阙，倒骑踆乌[1]逐明月。南弧东壁神曳烟，银潢一泻水为竭。太行西来云瞩霄，潜虬卷瀑翻银潮。巨灵入海斗河伯，飞仙踏剑星辰摇。土花剧碧破幽梦，昆鼎蟠螭泣枯凤。鉴色遣招青眼胡，鼪鼯齧血凿苔洞。黄尘匝地羃荆棘，九龙啣烛没西极。猰貐磨牙虎传翼，巫阳叩阍剪妖魃。雷车下召排惊霆，芸泥镂篆神效灵。绛旗欻纷蔽天半，呼星驭鬼烟气青。骏骨查牙压车毂，和璧在山瓊[2]荫縠。紫皇睒电收诗兵，下与词坛剖鱼目。我生甘受熊虺吓，乌兔鞭轮惜虚掷。玉楼拔地千百尺，安得捐珮去谒长爪客[3]。

【注】

[1] 踆乌，古代神话传说太阳中的三足乌。《淮南子·精神训》中有"日中有踆乌而月中

有蟾蜍”句。后亦用以借指太阳。

[2] 瓔,像玉一样的石头。

[3] 长爪客,指唐代诗人李贺,即题中《昌谷集》的作者。李商隐所著《李贺小传》中有“长吉细瘦,通眉,长指爪,能苦吟疾书”句,故有此称。

漫 兴

飒慄西风戦[1]野蒿,湖山烟树暮天遥。摩云俊鹘[2]经秋健,跋海鲸鱼掣浪高。张籍风怀偏洒落云轩昆仲,杜陵词赋剧萧骚牧田鹿苹两词丈。即今谁忆登楼客,浊酒驱愁首白搔。

光阴瞥眼逐年过,遗垒苍茫恨若何。歌舞翻馀新岁月,风云犹拥旧山河。春苔过雨寻珠履,秋水生潮洗石龟。我剔残碑一惆怅,不堪重听楚人歌。

三山风景问蓬莱予梦中有客赠七截一章醒时仅记末二句云云霄翛羽寻常事待尔蓬莱第一山,绝顶登临倦眼开。碧海蒸云通幻市,红霞冠日瞩星台。争看劲翮排云迥,浪说神风引棹廻。怪底春婆催梦醒,疏窗月上烛馀灰。

击筑高吟感旧章,风尘迢递怨孤芳。迎秋蒲柳遮残叶,逞艳芙蓉斗夕阳。早岁鸿泥淹北国,年来萍梗滞南方。关心空负蓴[3]鲈约,回首天涯鬓点霜。

【注】

[1] 戦,即“战”字。

[2] 鹘,候鸟的一种。

[3] 蓴,同“莼”字。

秋日郊行

秋思无端昼掩关,登临转拟破愁颜。湿云白酿千林雨,落日红遮半面山。隐隐芙蓉连水阔,依依鱼雁寄书艰。只今牢落天涯客,咫尺琼楼未许攀。

里 巫[1] 曲

西风飒飒飘紫烟,鬼伯伺人语作□[2]。十家五家如蔓延,里巫剪纸焚告天。宝马踏云骖凤軿,朱霞晃日灵旗翩。中堂再拜薰兰荃,芝蓴蒲芰菱芡莲。雷霆匝室金匏宣,元衣斗舞仙乎仙。剸鸡截血蛟珠圆,凫花荐罼陈绮筵。怪虬慑魄潜九渊，北斗注籍病霍然。莲脂爇火彻豆笾[3]，五星拱极[4]鸾捧船。灵浆斟液浇寿泉，主人贯福纳酒钱。吁嗟乎！黄垄劚[5]泥间陌阡，胡不筮日召巫祈延年。

【注】

[1] 里巫，乡里歌巫的简称。

[2] □，原字为“磾”。

[3] 笾，指古时竹编食器的一种，形状如豆。在祭祀、燕享时用以盛放果实、干肉等物品。

[4] 拱极，即“拱极星”，也称作“拱辰”。

[5] 劚，即“斸”字。

月夜寄怀里中诸子

迢迢素月明，相思永夜清。画楼遮不断，时见远山迎。我有双琼管[1]，经秋作凤鸣。因之忆嘉客，萧艾[2]证离情。

【注】

[1] 琼管，亦写作“璚管”。乐器笛的美称。

[2] 萧艾，本指艾蒿和臭草。后常用以比喻品性不好的人。

题孟鱼矼负瓢图[1]

朝负瓢，催诗逋[2]。暮负瓢，踏酒垆。先生豪趣赋小隐，烟霞之癖畴能如。棕鞋桐帽入图画，苍茫孑立孤怀孤。筇杖拨云去，古貌清且癯。玉局仙人醒尘梦，行歌竟日为长吁。此瓢硕腹皤然麤，中有南渡葫芦之汉书[3]。晋唐墨刻永搜贮，摩搨脱尽羁勒拘。长材岂必甘濩落，坐嗤惠文五石瓠[4]。我时匏系寄感慨，百城独拥胡为乎。安得远陟箕山麓[5]，近访颜生[6]庐。与君日日相招呼，狂吟击碎青珊瑚。

【注】

[1] 孟鱼矼负瓢图，其图未见。

[2] 逋，拖欠、延迟的意思。

[3] 南渡葫芦之汉书，即“瓠芦汉书”之典。见《南史・萧思话传》附《萧琛传》中载：“始琛为宣城太守，有北僧南度，唯赍一瓠芦，中有《汉书》序传。僧云：‘三辅旧老相传，以为班固真本。’琛固求得之。”

[4] 五石瓠，即“魏王瓠”之典。《庄子·逍遥游》：“魏王贻我大瓠之种，我树之成，而实五石。以盛水浆，其坚不能自举也。剖之以为瓢，则瓠落无所容。非不呺然大也，吾为其无用而掊之。”后常以五石瓠或魏王瓠代指大而无用之物，或引申为怀才不遇之感。

[5] 箕山麓，西晋皇甫谧《高士传》中载：“许由，字武仲，阳城槐里人也。为人据义履方，邪席不坐，邪膳不食。后隐于沛泽之中……许由没，葬箕山之巅，亦名许由山，在阳城之南十余里。”后常以此代指隐士的隐居之所。

[6] 颜生，即颜回，字子渊，春秋末期鲁国人，孔子的弟子，孔门七十二贤之首，儒家五大圣人之一。

和申甫先生[1]食河豚元韵

荻芽短短春洲生，渔师结网如列城。江潮渤潏雪吹上，险穽巧中偕鲂□[2]。腥风过市散尘坌，侏儒诧述鰤鰤[3]名。老饕阅顷动食指，圆鞠计数覈[4]掸抨。歼腮去颊肖奇诡，斑纹镂碧琼贝莹。良工剔腹荡盅血，寒云瞥过霜刃轻。长日融阳灶觝净，蒌蒿菘筍拙火烹。家人卷舌亟呼莫，奈何冒死鳞逆撄。屠门大嚼且快意，肠胃延爽甘饫英。即如膨胀亦偶尔，岂容执一互较衡。彭殇生促注斗籍，胡不析理持其平。何哉鄙劣域管见，坐视膏馥瞰鬼惊。或云触物竞嗔斗，伺隙有若鹬蚌争。饥蛟破浪掉锯尾，逆逞犷悍蟠九兵。雾罶[5]蔽星脱机彀，长驱潜鳄戕华缨。毒螯齴[6]剟置危地，遗孽籍口传阴铿。天刀坼肉胆未慑，鲲鲵踞冗合沓并。圣灵替勳遏雄虓，掣石投卵剋[7]苞萌。犹且窜莽恃矫捷，混珠之目毋乃盲。惊霆排电震□[8]穴，屏慄郁缩息懒惰。鲮蛇踑跀[9]剥铠甲，沸汤就灼销残酲。吁嗟群丑翦羽翼，正奇辟酖[10]渍厥成。况兹鳡[11]鲐佐食品，夹箸奚啻眥枭羹。不须咄咤命投畀，筋脉摇动嗤暝娸[12]。吾生旷达恣饱啖，左矛右盾五岳横。熊蛙肥瘦古所训，融精变奕奕变熊。呈中孚占信孕阳，群阴摧朽当耨耕。毛君镌妙暨毫末，碧海駈击掣巨鲸。敬请篆石榜愚谷，口蜜腹剑惩幻盈。

【注】

[1] 申甫先生，即毛申甫。其姓字、家世及生平经历不详。

[2] □，原字为“鲭”。

[3] 鰤，鱼的一种。

[4] 覈，同“核”字。

[5] 罶，捕鱼的竹篓子。

[6] 齴，形容牙齿锐利、锋利。

[7] �，同“黥”字。
[8] □，原字为“䱊”。
[9] 刖，即“刖”字。
[10] 酖，同“耽”字。
[11] 鯸，指河豚。
[12] 娯，平静、美好的样子。

秋　怀未抄[1]

鸿雁哀鸣翔南冈，蟪蛄息影匿北堂。美人天末梦其吉，客子中夜思未央。飃[2]冽凌秋薄双翮，精诚逐云出八荒。何时抉汉揽霞珮，坐视坤阙百鸟颃。

【注】

[1] 未抄，此二字为原文自注。
[2] 飃，同“飘”字。

美　人　蕉

曲径云寒衬藓茼，丛蕉分艳暗香新。红绡隐隐迷初日，碧玉盈盈认后身。霜叶经秋缘恨卷，露华催梦染脂匀。西风一霎飘零甚，愁绝花城买笑人。

【注】

[1] 原文为“茼”，疑应为“茵”字。

秋暑不解拟古热行未抄[1]

商音中申律，炎帝乘馀威。金火铄元气，丙丁遽来归。洪铲铸瘴水，蒸云蔽烟圻。踆乌竞虐焰，侵晨露华晞。书城破清寂，荡垢摩腰围。骄蚊齧败血，密雾笼停晖。谒客束冠服，流汗芒刺衣。苦无造冰法，刁刁凌风飞。毒蛊蚀阴孽，病暍[2]行致腓[3]。昊穹互翻覆，冒险撄危机。炙手慎巧避，吁嗟害岂微。长歌时自遣，凉飔伫可希。

【注】

[1] 未抄，此二字为原文自注。
[2] 暍，同“瞎”字。

[3] 腓，因疾病而行走困难；枯萎。

题梧溪集[1]后用郯仲义[2]题旧稿韵

席帽山人[3]逞高寄，风义卓立无与侔。文星堕地作诗史，奎林[4]华宝兼为收。弱冠妙誉满天下，时有豪气凌九州。梧溪作字表先泽先生以祖母徐夫人手植双梧於横河之上因自号梧溪子，布衣抗节觇纯脩。岂令遗泽混尘滓，莺鸠一笑嗤群流。堂奥[5]骎骎辟汉魂，平生著述追韩欧。五门献瑞上天子，河清颂与参军俦。大臣荐之不受职，烟江泛棹寻渔讴。伪吴[6]开邸集宾从，公卿滥爵膺貂裘。景贤楼高矗云起，吴陈入幕资宦游元至正间献河清颂於朝大臣荐之辞不受时张氏开邸姑苏招贤礼士先生远引终始不汙一命。先生超然作凤举，避兵坐刺乌泾舟。是时海内竞烽火，群雄赤手争王侯。真主提剑起淮泗，戈船百道临沧洲。一朝国祚倏烟灭，钓竿独拂珊瑚钩。徵车下诏辞不就，闲星有似沙鸥浮洪武初有以先生荐於北上者召之甚急亦以老病固辞。诗歌写歌亦馀事，词坛健笔风飀飂[7]。黍离满地羃荆棘，入山拟叱王冕牛。阐彝褋幽出至性，综事婉直追春秋。杜陵风雅有继述，鲸鱼跋浪珠光留。澄江地僻不归去，结庐小隐东海沤。兴来慷慨寄悲痛，茫茫身世哀江头。铗崖镌序属心赏，玉峰冰雪盈双眸。我来展卷快披读，宣磁巧击玲珑瞉。深情远韵此为最，奚假饾饤[8]贻人羞。惜哉槃敦就销歇，蟪蛄在野鸣啁啾。椠椠大集足千古，如公於世诚何尤。梅花古院吊陈迹，筑亭便拟名休休。怀贞卓谊并日月，糟醨[9]餔啜非所忧。仲连蹈海[10]有如此，叙言请证番阳周番阳周伯琦序梧溪集末云异时如传逸民吾必以原吉为鲁仲连之列。

【注】

[1] 梧溪集，元末王逢所撰诗集。

[2] 郯仲义，亦作“郯仲谊”，是指元末明初作家郯经。其生卒年不详，籍贯有杭州、陇右（今甘肃全境加新疆大部）、维扬（今扬州）等说法。

[3] 席帽山人，元末诗人王逢的自号。王逢，字原吉，号最闲园丁、梧溪子、席帽山人等，江阴（今江苏省无锡市江阴）人。后避兵祸居于梁鸿山、松江，筑室于乌泥泾。明洪武年间以文学征召，王逢谢辞不就。卒年七十。

[4] 奎林，即奎星，也称作“魁星”，二十八宿之一，为主宰文运的吉星。

[5] 堂奥，本意指房屋的深处或腹地。后用以比喻深奥的道理或境界。

[6] 伪吴，指元末至正二十三年（1363 年），张士诚自立为吴王所建立的政权。

[7] 飀飂，象声词。形容风动、飘扬的样子。

[8] 饾饤,原意指将食品堆叠、摆设在盘中。后用以比喻文字琐碎、杂乱地堆砌的情况。

[9] 糟醨,酒的代称。北宋司马光《酬永乐刘秘校(庚)四洞诗》中有"又非郑伯有,壑谷甘糟醨"的语句。

[10] 仲连蹈海,即"鲁连蹈海典"。《史记·鲁仲连邹阳列传》中载:"(鲁仲连曰)彼秦者,弃礼义而尚首功之国也,权使其士,虏使其民。彼即肆然而为帝,过而为政于天下,则连有蹈东海而死耳,吾不忍为之民也。"

十二月二十九日申耆夫子[1]招祀东坡先生於暨阳书院之聚星楼即席和生甫先生万字韵五古一首

风霆植奇节,摩穹遘险困。微生秉耿介,鄙俗召嫌怨。昔读海外文,灵怪起方寸。公乎厄世网,岭峤远迁遯[2]。春梦化幻泡,祸机中千万。猗嗟蛟与鳄,钩党竞滋蔓。披发诉阊阖,元气散飞坌。灵垣瞩奎曜,宝鼎古香喷。桂酒酌兕觥,并起肃拜献。云旗凌朔风,占月已丑建。高论千古名,宴酣破沉闷。慷慨痛蝎磨,游戏徵毳饭[3]。南飞有遗曲,感此寄深绻。别思托暮云,迢迢散尘愿。请持介寿尊,离筵互酬劝。

【注】

[1] 申耆夫子,指李兆洛。

[2] 遯,即"遁"字。

[3] 毳饭,文人幽默、戏谑语。"毳"的字形为三"毛",南粤与闽南语音中"毛"同"冇",无、没有的意思,"毳饭"即三无之饭。语出南宋曾慥所著《高斋漫录》:"一日,钱穆父折简召坡食皛饭,坡至,乃设饭一盂,萝卜一碟,白盐一盏而已,盖以三白为'皛'也。后数日,坡复召穆父食'毳饭',穆父意坡必有毛物相报。比至日晏,并不设食,穆父馁甚,坡曰:'萝卜、汤、饭俱毛也!'穆父叹曰:'子瞻可谓善戏谑者也。'"

延陵十字碑[1]

昔闻季子聘齐鲁,让国之义高千古。延陵避迹辞嚣尘,孤坟卜吉占坏土。穹碑三丈上蟠斗,云回镂篆势飞舞。宣尼[2]笔格世仅见,独留墨宝傍申浦。呜呼十字阐深情,达节微衷此能剖。春秋末季尚兵乱,巨奸窃柄互迁仵。宗邦酿祸臣弱君,沫土正名孙祢[3]祖。天地交否占卦凶,伊谁俭德秉常矩。勾吴继代起伟人,大义直为名教补。传之四国钦风徽,凿石镌贞匹岣嵝。吁嗟游夏辞莫替,麟经奥旨窃有取。年深时复虞缺折，墓门日落窜鼪鼠。黀沙砺面蕃血斑，苔花蚀紫逗秋雨。雷霆截云碾九霄，丁甲[4]入地搜残腐。乃至呵护藉神力，元气淋漓薄天宇。年来扪藓观古碑，坐扫千钧笔如弩。信乎圣德之大无不包，下逐邈斯惩群瞽[5]。

【注】

[1] 延陵十字碑，即延陵季子墓碑。在今江苏省丹阳市延陵镇。相传为纪念春秋时吴国公子季札让国不受而立。延陵为其封地。

[2] 宣尼，指孔子。西汉平帝元始元年(公元1年)孔子被追谥为"褒成宣尼公"，因有此称。明人都穆考证说："吴延陵季子墓在于常州江阴县申浦，墓故有碑曰'呜呼有吴延陵季子之墓'，相传为孔子之笔，其大径尺，体势奇伟。"

[3] 祢，祭祀、奉祀。

[4] 丁甲，六丁六甲的简称。本为道教中的神名。后用以泛指天兵天将。

[5] 瞽，眼盲之人。

前　题代作

阴雷劈空截山骨，丰碑凿字体奡兀。孤坟曲峙申港[1]隈，卓哉高义揭日月。相传碑自宣圣书，摩云点篆千钧如。元精耿耿瞩霄汉，东南宝气凌邱虚。我闻车辙历四国，独令勾吴外圣德。此碑或者出赝鼎，雷回藉状寒燐色。不然星辰使遥临东鲁城，束帛敬谒杏坛侧。大书十字穷雕镌，贞石凿置墓门北。呜呼季札[2]贤公子，让国不受弃如屣。当时君臣兄弟竞剪屠，鱼中寘[3]剑望侪死。避地卜吉居延陵，磨琼表德迺如此。麟经巨鉴昭千秋，书人书字警列侯。爰以古谊作碑赞，约章志晦无与侔。俄焉红羊化灰劫，阴霾倒卷鼪鼯血。沧桑金石有时销，荒榛半圯埋残碣。有唐天子元宗朝，仲容摹画工锼雕。其馀宋明逞变体，亦复镂拓辨采鼍[4]。要之玮宝以人重，欧阳献疑诮说梦。秦汉之间重邈斯，畴能匹体相伯仲。又况风霆植仆储真精，奎垣瞩耀灵秘呈。岂如瘗鹤之铭[5]昏泥滓，坐视斗斗之气蟠丰城。敬请仿搨万本析蝌蚪，光芒赫奕允不朽。

【注】

[1] 申港，在今江苏省无锡市江阴西部。

[2] 季札，即前诗所言季子。

[3] 寘，放置。

[4] 鼍，类似龟的一种动物。

[5] 瘗鹤之铭，即《瘗鹤铭》。刻在江苏省镇江市焦山的断崖石上，刻于南朝梁时天监十

三年(514年),由著名隐士华阳真逸所书。

赠叶素庵孝廉未抄[1]

离筵荐尊酒,竟夕歌骊驹。风帆指申浦[2],去去转井闾。君家余杭郡,冠盖临交衢。春潮瞰天目,秋月澄平湖。兴来掷椽笔,陡作摩崖书。翔鸿振脩羽,潜蛟奉华珠。以此扫千军,独出无古初。枉驾贶琼玖,新诗佩瑾瑜。遥情寄楮墨,相思搴珊株。愿言市双鲤,瑶函惠吴都。贱子滞萍梗,管见窥一隅。琼楼界咫尺,占谶招灵巫。载赓[3]将伯吟,芝室擢[4]秘模。

【注】

[1] 未抄,此二字为原文自注。

[2] 申浦,即前文所言"申港"。《新唐书·韩滉传》:唐永兴初,韩滉镇润州,"造楼舰三千柁,以舟师由海门大阅,至申浦乃还"。《太平寰宇记》载:"春申君开申浦,置田。"因名。

[3] 载赓,即赓载。相续而成的意思。

[4] 擢,提拔、提升。

白 桃 花

洗尽残红露点浮,疏花一角倩魂留。空江月上迷春渡,古洞云对放钓舟。隐隐闲情黏粉黛,凄凄残梦袅银钩。玄都观里重回首,惆怅刘郎已白头[1]。

【注】

[1] 玄都观里重回首,惆怅刘郎已白头,指中唐诗人刘禹锡作《游玄都观》《再游玄都观》诸诗事。

红 桃 花

浅黛依依隔水村,红墙宛转仅销魂。芸脂一抹春窥镜,人面重寻[1]昼掩门。别院笼纱浮浪縠,天台过雨衬霞痕。绝怜庾信探幽[2]日,望断湘洲醉眼浑。

【注】

[1] 人面重寻,即唐代诗人崔护作《题都城南庄》诗及其本事。诗中有"人面不知何处去,桃花依旧笑春风"句。

[2] 庾信探幽,南北朝诗人庾信《幽居值春诗》中有"山人久陆沉,幽径忽春临"句。

观音寺古柏行

西风卷叶烟濛濛，拏云直上摩长空。此树婆娑不知几百载，结根乃在莲台东。我从去年渡桃港，苍茫吊古春申封[1]。玳簪珠履久星散，残岩踏遍荆榛丛。东城古寺绝幽寂，旃檀缥缈金人宫。空堂昼锁浸深黑，秋苔缘壁凋霜红。旁有劲柏势蟠屈，峭立千丈何童童[2]。灵根转地结蜗篆，翻枝倒卷摇青铜。一株下视荫华盖，一株突起凌虬龙。雷霆劈云劫火死，独留孤幹尘埃中。夜深爽籁落天际，须臾散入钟楼钟。浮尘掉尾荡烟雾，闲云野鹤棲孤踪。老僧不解述时代，茫茫桑海将焉穷。吁嗟乎，茫茫桑海有时易，惟尔凌寒卷叶撑西风。

【注】

[1] 春申封，春申君的封地，即前文所言的申港或申浦。

[2] 童童，形容树叶浓密而下垂的样子。

野　鹰　来

商飙飒瑟驱尘埃，平沙莽莽青云开。山川突兀逞雄瞩，孤愁併入生烦哀。野鹰来，野鹰来，方今狍鸮在野，鸠鸟诱媒，黄鹄荐俎，青鸾化灰。南山虞人[1]设网罗，雄飞转瞬撄祸胎。金眸玉爪混尘滓，困顿坐令鸠莺咍[2]。胡不招群结侣越紫塞，摩空迅律翔高台。大漠草枯厉霜气，鹏雏上薄毛羽灾。下逐狐兔竞狡捷，饥翅巧中血掴鰓[3]。雄心搏噬乃如此，嗟尔屏息慄伏胡为哉。野鹰来，野鹰来，慎勿瞻顾而徘徊。

【注】

[1] 虞人，掌管山泽苑囿的官员。《周礼・夏官》中就有“虞人莱所田之野为表”的记述。

[2] 咍，嘲笑、讥笑。

[3] 鰓，(动物的)角中骨。《史记・乐书索隐》中有“牛羊有鰓曰角”之语。

和德明府[1]咏经参军克勒马作[2]

健儿骑马如乘船，风云踔踬谁与前。传闻叱拨出西极，朝刷瀚海宵并燕。和门相骏获拱璧，雄姿飒爽空九边。拳毛转漆怒睛朗，霜蹄转电雷殷阗。赤骍青騂[3]厕其下，匈秣不羡禾百廛。团云羃发尾稍鎍，元玉照耀黄金鞯。龙媒[4]声价此为最，雕鹗突兀凌秋天。使君旧隶羽林籍，滇南万里骖骊騧[5]明府有滇海南归图。

故应一顾有神契，摩髋镂髆[6]惊腾旋。方今雷对展骥足，御縶以约无迂牵。王良伯乐两相值，行将排阖扬珊鞭。独不见宝马登歌汗血新，蒲梢[7]入贡天厩驯。

【注】

［1］德明府，指德宣，字子浚，号西涧，汉军旗人，为嘉庆癸酉年（1813年）举人，曾官江阴知县，故有明府之称。

［2］咏经参军克勒马作，诗作未见。经参军亦未知其人为谁。

［3］驎，指毛发呈鳞状斑纹的青色马。

［4］龙媒，《汉书·礼乐志》："天马徕，龙之媒。"颜师古注引应劭曰："言天马者乃神龙之类，今天马已来，此龙必至之效也。"后因称骏马为"龙媒"。

［5］騆，指毛色是青黑色的马。也称作"铁青马"。

［6］髆，肩膀。

［7］蒲梢，亦作"蒲捎"或"蒲稍"。古时骏马名。

观斗蟋蟀未抄[1]

西风瑟慄空穴号，秋霜慑劲虫兵骄。灵膏蒸餧[2]伺縻豆，夜深瓦缶鸣嘈嘈。狎客选材辨青赤，平权以准穷纤毫。伊谁戗[3]盆幻坚壁，剽疾作势工戦挑。胡为蓄怒运机彀，侧睨伺殆窥鸷骜。磨牙利角蜮刺弩，截须狡胜蝟缩毛。是时满座寂无语，双眸下注掣电劳。须臾促阵逞搏噬，两雄并起蹂其曺[4]。夹控争险病痒噤，纵剺[5]戛邪结股牢。有若螗�抗虓虎，转嗤渠略较巨鳌。观者如山汗流浼，伏冗慄息无敢挠。将毋嗜杀中金气，祝胜懔负忧心忉。未几歼丑逐奔北，窜捷巧若脱兔逃。将军鼓翼竞喧嚇，酬庸贵压蟹掉螯。传呼夺帜眩珍贝，盘花织艳罗旌旄。咄嗟立辧[6]市沽酒，觥筹错席烹羊羔。岂真瓢[7]□[8]诧归愷，坐令蚍撼群爬搔。从容□掌绘砺接，左盪右决驰誉褒。吴儿好事晰虫谱，朝夕誉门摭价高。中人破产十居九，独令意气惊雄豪。我今作歌采短韵，偏师阻隘句诘謷。安得悬之国门发聋瞶[9]，词坛草檄箴荒敖。

【注】

［1］未抄，此二字为原文自注。

［2］餧，同"喂"字。

［3］戗，（方向）相对、相逆。

［4］曺，同"曹"字。

［5］剺，削去脸皮。古时的一种酷刑。

[6] 辦,同“办”字。

[7] 粿,“果”的异体字。

[8] □,原字为“詉”。

[9] 瞶,同“聩”字。指耳聋。

钱神歌

矞云赩欻金作穴,九星煌煌丽琼阙。天风飒奕灵旗开,上清童子五铢结。昔闻经神联文昌,又间墨神散瑶屑。何哉兹神以钱贵,得毋[1]铜臭逼人为气烈。群真朝天幻玉节,鹁金融火[2]铸飞雪。错契纳赂乞九遷[3],上跻仙吏名器窃。胡为仕宦太薰炙,坐令神灵灼中热。昌黎五鬼曳柳船,行泛穷海截黑湟。投刺饬谒闭珠库,嚄嚄啃啃[4]强掉舌。朱旂彗日蔽地来,霞裾闪色错紫玦。前驱飞蚨昴旆旋,后骑王邓马勒□[5]。金刀脱佩招天魔,钧乐[6]三终帝阍彻。震雷驭阊百里惊,巫咸衔诏拥鸾辙。命遣甲丁清贪泉,秽德[7]沃汤就消灭。方今四宇日再中,小丑匿阴荡苞蘖。多士兢兢石砺操,屏赇[8]完素葆介洁。离明瞩电暨窔幽,敢以丧宝诮箴亵。嗟乎尔神亶[9]不聪,爪牙吞攫逞饕餮。锱铢布算积危穽,作踊示后伏遗孽。又况字体从金旁转戈,杀机巧中精气竭。季奴骄纵灾剥肤,桑孔[10]析毫败罹铗。尔胡弗示人以作善之祥、饬簠[11]之哲。而乃据膏盗腴肥其家,使知[12]者昏达者拙。吾生读书却世网,画易俟命奉真诀。朝夕营计囊赀捐,左右支诎耗心血。咄咄势利达冥漠,独於贫富善区别。吾将遣尔煎念涤虑去滓秽,木枕制闲戒蹉跌[13]。去官选一绍会稽,不与谋甗[14]竞私肖颃颉,持盈秉鑑惩厚亡。日昃月蚀理寄捩,谨以此语大书深刻置奎壁[15],爰使吴濞[16]沈充[17]之辈化鄙劣。

【注】

[1] 得毋,同“得无”。意为恐怕、是不是。表推测的疑问语气词。

[2] 鹁金融火,即鹁火。道家语。指内火、心火。

[3] 遷,即“迁”字。

[4] 嚄嚄啃啃,同“嚄啃”。形容大声吼叫的样子。

[5] □,原字为“觽”。

[6] 钧乐,“钧天广乐”的简称。钧天,古代神话传说指天之中央;广乐,指优美而雄壮的音乐。本意为天上的音乐、仙乐。后用以形容优美雄壮的音乐或乐曲。

[7] 秽德,指污秽、恶劣的行为。

[8] 赇,收受贿赂。

[9] 亶，同“但”字。仅、只的意思。

[10] 桑孔，汉代著名理财家桑弘羊与孔仅的并称。

[11] 簠，古时祭祀用以盛放谷物的器皿，长方形，有足、盖和耳。

[12] 知，同“智”字。

[13] 蹉跌，指失足跌倒。亦比喻失误、错误。

[14] 甂，指坛子一类的瓦器。

[15] 奎壁，本为二十八宿中奎宿与壁宿的并称，古时传说此二宿主文运，后用以代指文苑或文学创作。

[16] 吴濞，吴王刘濞的省称。其曾在封国内大量铸钱以扩充势力。汉景帝时，刘濞因发动吴楚等七国之乱而兵败被杀。

[17] 沈充，东晋初年的官员，曾起兵叛晋，后被故部将所杀。沈充出身于吴兴沈氏豪族，曾在龙溪（今浙江省湖州市德清县钟管镇西南）铸小五铢，世称“沈充五铢”。

欹 器 图

我闻兕觥[1]褒尽忠，荐馨承祀先德隆。何年欹器沐遗泽，上侔斋室斶酒同。覆虬砺角字镂背，以形合范磨青铜。赵君[2]作守宰闽越，威凤一羽凌霄翀。公馀辑志证史传，琴堂春静官烛红。旧传環宝出傅氏[3]，云烟历劫归南丰。寓书乞观遣下走，欲以摭覈徵倕工。元精耿耿落天半，欻如凤盌辞罍宫。摩挲检视动光采，灵瑜糁绿包篆虫。猗与琼玖拜嘉贶，断金铭德缶纪功。浙西中丞运精鉴，辨事有若针芥融。流转敬拟错刀赠，时见宝气蟠金虹。惟公卓识冠人代，请规矩度昭群矇。�青贯月瞩星斗，宣炉铸火迎丰隆。传之孙子守型典，雷纹沉黝镌鼎钟。岁时庙享卜柔日，蘋蘩[4]展敬圭臬崇。芝华育秀结云纽，虒觚[5]鱼洗争玲珑。大贤手泽衍馀庆，谁其褫美兹益共。卓哉令子善继述，舒忱秉孝敦父风。云帷剔蠹补残帙，蓼莪[6]寄痛心冲冲。良工制锦擅绝技，模图点笔妙手空。团雾古色削鬼斧，两旁欒耳玉琢璁。旃楠镂匣贮寝庙，不令铜仙石鼓埋荒丛。词坛褒阐著其实，庶几兕觥铭寿相始终。

【注】

[1] 兕觥，商和西周所盛行的盛酒或饮酒器，多椭圆形腹，盖子是带角的兽头形状。《诗经·卷耳》中即有“我姑酌彼兕觥”之句。

[2] 赵君，或为明中期人赵用贤。赵用贤（1535—1596），字汝师，江苏常熟人，隆庆五年（1571 年）进士，曾官至吏部侍郎，谥“文毅”。清代嘉庆年间人张晋所作《兕觥归赵歌并序》

的序言中说："嘉庆壬戌，余寓都中玉极庵，同寓为明赵文毅公后裔同葵明府。出示石刻兕觥，归赵诗册并所绘兕觥图。"

[3] 傅氏，姓字、家世及生平经历不详。

[4] 蘋蘩，两种可供食用的水草。古代常用于祭祀。后亦用以代指祭祀或祭品。

[5] 虺觚，指装饰有虺形的觚瓶，用作酒器或礼器。《类书集成》载："右高一尺六分，深七寸五分，口径五寸二分，容八合，重一斤十有五两，无铭。四面皆饰虺形，以雷纹间错。夫虺之求伸，待雷而后动。而雷之震惊，必以其时。觚，饮器也。其饮得不以时哉。"

[6] 蓼莪，原为《诗经·小雅》中的一篇。因诗中表达的是子女追慕父母抚养之德的情思，后常以"蓼莪"代指对逝去亲人的悼念。

惆 怅 词

惆怅深宵别思赊，年来萍梗滞天涯。云归断峡迷残锦，雾点香城梦落花。一霎东风怨憔悴，几回流水怨年华。珮環尽日无消息，深院炉烟缕缕斜。

惆怅欢场一梦遥，送春风雨又萧萧。相思张角星河寄，检点鸳鸯画障描。宛宛闲怀萦白纻，依依残恨托红蕉。繁华天上空如许，愁向人间问玉箫。

兕觥归赵歌[1]

灵犀镌巨觥，古色鉴彝卣[2]。卓哉文毅公，直节允不朽。粤昔神宗朝，江陵弼左右。夺情断至性，天变示惩纠。寒蝉噤不鸣，瑟缩玷官守。惟公秉大义，谔谔[3]斥其否。雷霆斗逆鳞，金锁贯两肘。涕泣辞午门，仓皇纳簪绶。同时许文穆，都亭饯杯酒。文羊角鬌鬌[4]，斑纹浸沉黝。临歧沐琼德，高谊佩良友。白虎古有尊，庶几垂永久。沧桑幻云烟，摧廓落滓垢。呵护遣甲丁，齧蚀靖群丑。风尘遘奇会，流转归曲阜。赵君眷祖泽，寤寐抱慄斶[5]。道路界山海，傧绍[6]倩谁某。覃溪翁学士，寓书饬下走。菌云蟠霄衢，倏忽宫换丑。完璧西辞秦，再拜别鲁叟。天机互循环，圜散数匪偶。惟此孝思笃，廼见先德厚。庙享卜吉日，豆籩[7]间清酸。乡贤秉正祀，兹器褎然首。更有宿觜[8]藏，忠烈纪人口。远配岳祠爵，近规秘府[9]白。

【注】

[1] 此诗所写，即前首《欹器图》所言之事。

[2] 卣，古时用来盛酒的器具，口小腹大。

[3] 谔谔，形容直言或争辩的样子。《史记·商君列传》中有"千人之诺诺，不如一士之

谔谔”的语句。

[4] 觺觺,形容兽角锐利。

[5] 懰,忧伤、悲伤。

[6] 傧绍,导引、接待宾客。

[7] 簻,即“笯”字。

[8] 胔,腐烂的肉。

[9] 秘府,指古时宫廷中用以收藏图书秘籍的地方。《汉书·艺文志》:“于是建藏书之策,置写书之官,下及诸子传说,皆充秘府。”

题采杞图[1]

言陟北山上,西风生暮烟。绿云黏雾湿,红豆羃霜鲜。采采此盈掬,疏星嵌影圆。倩谁图粉本,深径一囊肩。

薄暮转斜照,言归指敝庐。呼童浸珠屑,祓濯[2]鲜香俱。荡垢结真契,融精探道书。问他乞仙者,却老定何如。

【注】

[1] 采杞图,其图未见。

[2] 祓濯,指通过斋戒、沐浴等方式来清除污垢。

淮游小草

舟过露筋[1]

远水淡春色，墨云翻四围。炊烟迷古道，老树护柴扉。孤艇身如寄，故乡情已违。崇祠[2]瞻眺久，风雨卷灵旂。

【注】

[1] 露筋，位于今江苏省扬州市高邮市南。

[2] 崇祠，高大的祠堂。

春日偶成

春草短长亭，春波漾远汀。年年艾湖上，杨柳为谁青。萍梗踪无定，烟花梦易醒。强持一卮酒，无那感飘零。

题莲姑传

莲姑，姓顾氏，竹山[1]人也。父母早丧，依兄而居，辽兵乱为贼所虏，避迹山中。适某公子以军令督师过其处，蔽以布帐，饮以豆粥，廼得生焉。诘朝入城西白云庵。公子时至庵中，间通语言，知为才女，迎至节署。诸女伴咸爱怜之。公子琴书衣饰皆女经理，女暗以红丝缝公子衣领上。未及，公子归，人咸为女喜。女亦自幸。时有蔡老垢仙者，以术数游荆楚间。闻女美，扬言曰："竹山旧游地也，女之夫素相识也。"公子信之，托送女归。女闻之，言於公子曰："一载再生，公子恩也。青衣毕世愿斯足矣。闺行合为？且妾年非幼，父母有择婿事，儿岂不知？今行矣，命也。夫复何尤！妾小字莲姑，愿公子书於座右，日孤魂无依聊慰相思於地下。"言讫，欷歔欲绝。公子掩袂出。女竟为蔡老挟之去。日暮泊舟江滨，命歌以侑酒[2]，不应，挞之几死。三更起，投江中。呜乎，玉碎珠沉，红颜飘泊，斯为甚焉。凌芝泉[3]参军胥作传，予因诗以吊之。

曾从妆阁试裁纱，曾傍闲階学种花。十里垂杨三径月，竹山山外是儿家。
无端烽火海天西，战垒三更振鼓鼙。惆怅欲归归未得，黄沙匝地阵云低。
旌旂四面拥军门，风雨萧萧夜气昏。薄命自怜倾国色，更无人处暗销魂。
布帐重营远战氛，阇罗[4]一勺露华薰。侬家愿傍莲台住，香海茫茫拜白云。
白云缥缈试莲台，午倦停针粥鼓催。检取金经摹梵字，妙华十幅宝幡开。
宛转新妆掠髩鵶[5]，戟门荡荡驻香车。天涯诉尽飘零恨，移榜雕阑护落花。
公子才名第一流，十年长复玉关游。征衣缄笥殷勤寄，一寸红丝一寸愁。
东风镇日画簾开，五色春花费剪裁。一带夕阳芳草绿，王孙远道又归来。
莲幕云霏锦字香，将军座上拜王昌[6]。参媒氏妁评量罢，更与氤氲春绿章。
芍裀兰枕梦相邀，从此蓬山路不遥。一种痴情羞欲语，待他牛女会星桥。
噀沙嘘雾幻丝罗，平地茫茫又作波。恼恨鸳鸯抛旧牒，人间争奈鸩媒多。
宛宛华年镜水更，深恩回首痛离情。玉箫愿作韦家婢[7]，不愿情天祝再生。
揽袂牵衣惜别迟，孤魂太息怅何之。芳名偷向檀郎[8]嘱，留慰泉台傍影思。
猩红染血感无端，银烛吹脂永夜寒。一种倾城多顾惜，相思花放泣离鸾。
孤篷黯黯去江东，双桨催潮漾晚风。怅望镜台消息隔，何堪怨耦赋题红。
清歌缦舞忆嘉辰，宛转湘妃证旧因。二十四年香梦醒，一江明月碎秋蘋。
小劫蛾眉影亦孤，零脂剩粉寄长吁。多情毕竟成虚话，枉写真真入画图。
一觉华胥旧镜牵，吹箫人去怅无缘。何时鍊就娲皇石，重补人间缺陷天。

【注】

[1] 竹山，竹山县，隶属今湖北省十堰市。

[2] 侑酒，劝人饮酒。

[3] 凌芝泉，凌霄字芝泉，但其家世、生平不详。

[4] 阇罗，疑为“萨阇罗娑香”的省称。佛家香料中的一种。

[5] 鵶，同“鸦”字。

[6] 王昌，男子名。南朝梁武帝《河中之水歌》：“河中之水向东流，洛阳女儿名莫愁……人生富贵何所望，恨不早嫁东家王！”传说王昌即“东家王”的名字。后常以宋玉和王昌的并称，来代指女性理想中的丈夫或情人。

[7] 韦家婢，指玉箫。此处用的是“玉箫旧约”的典故，其本事见唐代范摅所撰的《云溪友议》。

[8] 檀郎，指西晋时潘岳，其小字檀奴。刘义庆《世说新语·容止》中：“潘岳妙有姿容，好神情。少时挟弹出洛阳道，妇人遇者，莫不连手共萦之。”后世文学常以“檀郎”代指女子的夫君或所爱慕之人。

寓园[1]春望

春色望无际，春云又作阴。重岩飞瀑泻，深树夕阳沉。柳絮白黏水，杏花红隔林。有人邀永夜[2]，仝[3]抚七絃琴。

【注】

[1] 寓园，又名可园、可以园。其址在江苏省淮安市河下镇竹巷大街。乾嘉年间致仕官员程易所修建的宅园。程易，字圣则，号吾庐。出身于盐商世家，乾隆年间曾候补两淮盐运副使，终获四品京官荣衔。

[2] 夜，即“夜”字。

[3] 仝，疑或应为“同”字。

早春次韵

柳阴深处燕呢喃，椮径香泥湿翠衫。地近清池垂杏络，人逢薄暖试蕉衫。当筵劝酒刘伶插[1]，隔院移花杜甫镵[2]。却喜毘陵[3]芳讯近，故人天半落征帆时管印轩先生自常州来。

【注】

[1] 刘伶插，“插”应作“锸”字，指一种用来掘土的工具。刘伶是魏晋时名士，为人放达不羁。《晋书》中载：“(刘伶)常乘鹿车，携一壶酒，使人荷锸而随之，谓曰：‘死便埋我。’”即“刘伶锸”典故的出处。

[2] 杜甫镵，镵是古时的一种踏田农具。“杜甫镵”之语，出自唐代诗人杜甫的《乾元中寓居同谷县作歌》组诗的第二首中的“长镵长镵白木柄，我生托子以为命”句。

[3] 毘陵，也写作“毗陵”。今江苏省常州市一带的古称。

九日和家吟茳伯韵

夜静灯寒促漏声，当阶梧月倍澄清。吟馀橘柚增时序，插罢茱萸忆弟兄。中酒豪情从剑寄，经秋病骨怯风生。布帆岁暮归来晚，诗思离愁合并倾。

九日杂咏

雨雨风风送晚凉，登高令序是重阳。持螯曾结三秋约，对菊仝倾九日觞。故国有人证兰讯时接云轩书，天涯何处觅萸囊。江枫岸柳增摇落，又报河流浊水黄。

渺渺长空望若何，近来消瘦等维摩[1]。名花暂向闲中赏，佳节偏从病中过。永夜归心随梦远，一番秋恨若愁多。淮阴台上蓬蒿满，渔艇围烟和棹歌。

花事园林半已残，清池流水映疏栏。黄催橘柚经霜转，红入芙蓉浥露干。对景恰宜三径绘，破愁欲拟一诗难。鲤鱼风起秋潮上，待向江禾把钓竿。

龙山秋树簇霞纹，镇日闲愁藉酒醺。朋友情怀莺自谷，弟兄踪迹雁离群。华年转瞬三秋晚，乡国关心一水分。屈指蓴鲈消息近，楼台缥缈盼归云。

商飙瑟瑟静生凉，两岸菰蒲界夕阳。冬夜新诗盟水石，北窗残梦傲羲皇。花因寒重增秋色，人为愁多减热肠。最好高楼闲眺处，一声铁笛晚苍茫。

疏林一带间丹枫，图画天然点缀工。山橘黏霜凋鸭绿，海棠和露湿猩红。赏秋客至分新酿，锄圃人归带晚菘[2]。惆怅深宵眠不稳，邻家砧杵和西风。

寒云渺渺曳蒹葭，秋思分明水一涯。荻港烟波渔父宅，豆花篱落野人家。山浮远翠经烟锁，树滴残红带雨斜。何处艣[3]声呕轧[4]起，隔林倚仗数归鸦。

宛宛光阴逝水更，翛然泉石证新盟。琼瑶媵恨人同远，风月蠲尘梦亦清。小饮仅堪呼乐圣，馀闲暂拟破愁城。江村赢得寻幽趣，又向荒畦课菊英。

钟磬浮清音，远闻旃檀香。空濛静禅心，我停幽兰曲。倚石弹瑶琴，弹琴歌梅花，缥缈思云岑。云岑不可即，江水与之深。美人会归来，令我开尘襟。

【注】

[1] 维摩，“维摩诘”的简称。《维摩经》中载：“佛在昆耶离城庵摩罗园，城中五百长者子至佛所请说法时，居士维摩诘故意称病不往。佛遣舍利弗及文殊师利等问疾。文殊问：‘居士是疾何所因起？’维摩诘答曰：‘一切众生病，是故我病；若一切众生得不病者，则我病灭。’”故佛家中有“维摩病”“维摩瘦”之语。

[2] 菘，古时对白菜一类蔬菜的通称。

[3] 艣，亦作“艪”字。

[4] 呕轧，象声词。摇橹的声音。

题　画

东风双燕语呢喃，红雨霏霏湿翠衫。一曲水红弹未了，落花飞上紫蕉衫。

湖上晚归

一棹棠湖外，依依送远风。云迷新水白，帆带夕阳红。画意分烟艇，诗情上钓篅[1]。清游归路晚，斜月挂篱东。

【注】

[1] 钓篅，即“钓筒”。插在水里用以捕鱼的竹制器物。

将之淮前一日留别诸弟

拟挂蒲帆[1]走大河，从今愁绪托微波。梨花春尽三生怨，桂子秋寒一曲歌。客路飘零知遇少，少年兄弟别离多。天涯早寄平安字，莫负清淮赤鲤[2]过。

【注】

[1] 蒲帆，用蒲草编织的船帆。

[2] 赤鲤，也称作“赤骥”。传说为神仙所乘的一种神鱼，能飞越江湖。汉代刘向《列仙传》中载：“(琴高)辞入涿水中，取龙子，与诸弟子期曰：‘皆洁齐待于水傍，设祠。’果乘赤鲤来出坐祠中。”

舟中怀张松臞鸿林

相逢才几日，相别又经年。风雨新愁积，江湖断梦牵。壮怀分酒国，豪气入诗篇。何日棠湖上，苔岑[1]旧约连。

【注】

[1] 苔岑，比喻志同道合的朋友。语出东晋郭璞的《赠温峤》：“人亦有言，松竹有林。及余臭味，异苔同岑。”

秦郵[1]夜泊

又向河干买棹游，孤篷卸[2]雨古湖头。春迟杜牧三生约，晚听桓伊[3]一曲秋。远水楼台连甓社[4]，疏林烟火夹秦郵。东风黯黯长堤柳，管尽天涯客子愁。

【注】

[1] 秦郵，“郵”即“邮”字。秦邮是今江苏省扬州市高邮地区的别称。因公元前223年秦始皇在此筑高台、设邮亭而得名。

[2] 卸，疑或应为“御”字。

[3] 桓伊，东晋名士、音乐家。《晋书・桓伊传》中载：“(桓伊)善音乐，尽一时之妙。”

[4] 甓社，湖名。在今江苏省扬州市高邮西北。

闻官军进剿回匪报捷二次矣喜而有作

骠骑营横战垒开，兵行绝域羽书来。山清雪嶂妖锋扫，云转星河战鼓催。十万铜旗归虎帐，三千练甲走龙媒。先声已落幺麿[1]魄，小劫虫沙尽化灰。

露布宵飞达九阍，止戈化早播中原。西来蜃雾蛟宫净，北走龙沙兔窟翻。转战连番寒地穴，櫜弓[2]不日拜天恩。愷旋[3]应有裒[4]功典，戈甲连云耀戟门。

【注】

[1] 幺麿，"幺麽小丑"的省称。比喻微不足道的小人。

[2] 櫜弓，藏弓的意思。用以比喻战事平息。

[3] 愷旋，即"凯旋"意。

[4] 裒，聚集、汇聚。

春　　社

夭桃灼灼柳丝丝，已到江东祭社时。几处鸡豚喧野市，一村箫管赛丛祠。治聋酒[1]熟浮春甕，停绣人来打柘枝[2]。扶醉晚归花影[3]

【注】

[1] 治聋酒，指社日当天饮的酒。民间传说社日时饮酒可以治耳聋，故有此名。

[2] 柘枝，"柘枝舞"的省称。

[3] "花影"后字句脱去，篇章不全。

周应星[1]兆騋为赋柳之会人拈二韵诗成十千汇而存之以佐咏芍之胜书槐程君壬午岁招仝人寓园咏芍

袅袅丰姿几见怜，白门[2]花事怅如烟。向人果否能知语，依我偏疑欲着绵。风缕添将三月恨，雨丝巧结一春缘。羡他谢女[3]饶清兴，尽把芳心托画笺柳絮[4]。

春信天涯望眼浑，青青柳色又江村。描残碧玉三分样，画出黄金一缕痕。知否王恭[5]曾入谱，累他京兆[6]几销魂。隋宫莫漫夸螺黛，此妙还从汉殿论柳眉[7]。

【注】

[1] 周应星，周兆騋字应星，但其家世及生平经历不详。

[2] 白门，南朝时建康城宣阳门的俗称。后应以代指南京。

[3] 谢女，指东晋时才女谢道韫。南朝宋刘义庆《世说新语》中载其"咏絮之才"。

[4] 柳絮,作者自注。

[5] 王恭,即"王恭柳"的典故。王恭,字孝伯,东晋时太原晋阳(今山西省太原市)人。《晋书·王恭传》中记:"(恭)美姿仪,人人爱悦。或目之云:'濯濯如春月柳。'"后常以"王恭柳"代指有美容仪的男子。

[6] 京兆,指"张敞画眉"的典。《古今图书集成·草木典》柳部引《古今诗话》:"汉张敞为京兆尹,走马章台街。街有柳,终唐世曰章台柳。故杜诗云:'京兆空柳色。'"即指此事。

[7] 柳眉,作者自注。

宫　词

永巷残妆掠鬓鸦,鹍絃镇日冷琵琶。上阳宫里春如海,风雨无人问落花。

天上羊车不再来,黛蛾蹙雨扫难开。年年冷落长门里,羞把黄金买赋回[1]。

【注】

[1] 羞把黄金买赋回,即汉武帝时陈皇后千金求《相如赋》的传说。司马相如《长门赋》序:"孝武皇帝陈皇后时得幸,颇妒。别在长门宫,愁闷悲思。闻蜀郡成都司马相如天下工为文,奉黄金百斤,为相如、文君取酒,因于解悲愁之辞。"

午日酒后偕章映萼[1]棣萧子虔[2]秉钺游荻庄[3]

胜游须及时,流光迅如电。佳节届重午,高轩开雅宴。美酒泛菖蒲,蔬果充庖膳。痛饮累十觞,凭栏挥纨扇。脱珮酬主欢,日余酒兴倦。折柬招吟宾,兰期觌良彦。买棹泛中流,掠水飞轻燕。停篙傍西园,芦荻波痕溅。茶烟荡荷风,游丝袅竹院。岩石绣苔衣,孤亭糁花片。坐观五老碑[4],篆痕间隐见。忆我去年春,携朋此游讌。人事几迁移,风花互更变。高士归毘陵谓心陔绍仔二词丈,南云时眷恋。归兴赋新诗,琴絃共凄咽。

【注】

[1] 章映萼,章棣,字映萼,家世与生平经历均不详。

[2] 萧子虔,萧秉钺,字子虔,家世与生平经历均不详。

[3] 荻庄,旧址在今江苏省淮安市境内的萧湖,清早期时的盐商程镜斋所修建,曾为乾隆皇帝南巡淮安时的行宫。

[4] 五老碑,指荻庄内的《五老讌集处》石碑,为乾隆时金坛人王澍所篆。

秋日村居和程怡然悦元韵[1]

【注】

[1] 此篇仅有题目，诗中文字阙如。

藏经楼[1]望积雪并怀徐砚卿嵩庆之溧阳

积雪压湖水，飞鸟归寒林。层楼峙傑构，淡日廻松阴。西风卷贝叶[2]

【注】

[1] 藏经楼，位于溧阳（属江苏省常州市）屏风山的屏风寺中。

[2] “贝叶”后字句脱去，篇章不全。

寓园主人招集荫绿草堂[1]觞初荷消夏第一集

油云敛骄阳，薰风驱溽暑。漫空雨作阴，新水净如许。浮钱圆叶萦回波，倒卷轻绡浸烟渚。红衣独立霏晴霞，初日芙蓉黯无语。主人折柬招吟宾，莲池列坐迷花茵。冲泥径践谢公约，青萍漾漾排纤鳞。须臾凉飙入虚牖，拇阵喧呼酌大斗。割美炙，倾旨酒，调冰瓜，雪丝藕，侑以新词祝花寿。愿花金作環，愿花玉作芝。亭亭净植占图画，重台并萼争述离。去年荷觞寄胜赏，荐新嘉果覆诸掌。仙字排珠鸾凤鸣，披云竟日逞霞想。今年闰月花事早，香城挹露建翠葆。瓜及无烦羯鼓催，湘妃剪样雕琼好。华堂夜静疏簾开，星灯吐艳珠为胎。搓芸碾麝散清馥，碧筩入手空徘徊。徘徊四望霏瑶屑，花宫错锦笙歌彻。更请仙坛奏绿章，延庚[2]重待观莲节。

【注】

[1] 荫绿草堂，位于寓园内，占地约三间。

[2] 延庚，延龄、长寿之意。

消夏第二集分咏

刘桢感遇

少小功名谢伏雌，金台遭会寸心知。却当公府承恩日，犹忆宾曹辟掾[1]时。

壮志几曾摩凤翮，闲情莫漫赋鹪枝[2]。独怜鸿网徵收后，肠断平生橘柚辞[3]。

【注】

[1] 辟掾，(被)授予官署属员职务。

[2] 鹪枝，语出《庄子·逍遥游》："鹪鹩巢于深林，不过一枝。"后以此比喻聊可自慰的境遇。

[3] 橘柚辞，指汉代的《橘柚垂华实》诗，作者佚名。诗中有"橘柚垂华实，乃在深山侧……委身玉盘中，历年冀见食"等句，以表达不为世用的愤懑之情。

郭璞游仙

寰海烽烟逼帝乡，铜驼荆棘恨茫茫。偶辞风举怀烟客，仅可鸾楼问女床。天上有时谒阊阖，人间无地决榆枋。剧怜末路撄尘网，惆怅丹谿[1]愿未偿。

【注】

[1] 丹谿，也写作"丹溪"。道教用以指仙人所居住的地方。

左思招隐

忽降徵车领秘书[1]，平生壮志感何如。放怀泉石耽幽癖，回首风尘赋隐居。渐拟荣华托霜雪，只宜踪迹混樵渔。茫茫今古荒途外，歌啸频年绮思祛。

【注】

[1] 秘书，指左思曾任秘书郎的官职。《晋书·左思传》中载："(左思)自以所见不博，求为秘书郎。"

阮籍咏怀

茫茫穷途恸哭过，终年哀怨托悲歌。秋风吹藿愁无那，明月啼鸿恨若何。论事空怜裈处蝨[1]，登高惟见棘埋驼。何时长啸苏门上，风雨苍茫涕泪多。

【注】

[1] 蝨，即"虱"字。

淮阴土人濬河获铜剑一程子怡然[1]以重价得之晚归置酒招余往观青绿斑剥古光黝然用苏东坡武昌铜剑歌韵纪其事并邀同作

西风怒激清淮沙，淮流汩汩腾龙蛇。龙行逐浪迅如矢，冲飙截断黄龙尾。雷霆倒击阴火飞，腥铜黯黯云生水。古光鑑人黑如铁，鳞铁瞻纹星字裂铁上镌精星二字星字有裂纹。书城径夜懔毛发，手携一规太古血。斩蛟殪虎事可为，兴来掷笔邀和诗。神芝熊煜[2]祝佳识，引杯坐饮闲支颐。

【注】

[1] 程子怡然，其人、其事不详。

[2] 熊煜，光耀、明亮。

无　题

金鼎香霏一缕烟，湘簾斜卷薄寒天。蝶衣黏雨空寻梦，蠹粉[1]抛尘已化仙。宛尔轻云迷旧怨，好从流水认华年。殷勤记取蓬山信，绡帕依依落枕边。

渺渺琼轩熨绣襦，相思欲寄味如荼。燕娘梦冷钗敲玉，鲛妾肠廻泪溅珠[2]。有恨拼成鸠逐妇，多情长愿凤生雏。胡麻饭熟天台杳，春水桃花忆画阁。

绮阁昼沉帐玉人，粉痕红褪露华匀。屏开屈膝迷香国，帐掩同心衬锦茵。秋水芙蓉曾写怨，东风芍药又逢春。低徊寄语司香尉，莫使名花更染尘。

卷尽情丝袅院门，凌波罗袜淡馀痕。天边有路教奔月，海上无香觅返魂。絮果兰因增怅望，参媒氏妁怨朝昏。玉箫再世凭谁证，惆怅江南红豆村。

【注】

[1] 蠹粉，书册中蠹虫死去之后的粉末。

[2] 鲛妾肠廻泪溅珠，题为汉人郭宪所撰《洞冥记》中记载了鲛人泣珠的典故。此处以鲛妾流泪代指女性的悲伤、情感的落寞。

寓斋早起

香城隐隐散蜂衙，一点晴晖隔绛纱。霜重绿沉怀梦草，风寒红透断肠花。金蛾秋冷诗魂艳，宝麝烟消别恨赊。怪底小窗无个事，残昼检点插签牙[1]。

【注】

[1] 插签牙，即签牙插架。签牙是指书卷上作标识，用来便于翻检书籍的签牌。常用牙骨等材质制成。

游荻庄怀管印轩先生

短棹冲寒泛射湖，不堪回首唱蘼芜。繁华入梦催蝴蝶，花草埋烟泣鹧鸪。此地残碑摹五老，当年名士忆三吴。南云缥缈鱼书[1]杳，谁写葭苍露白[2]图。

【注】

[1] 鱼书，代指书信。语出《乐府诗集·饮马长城窟行》的第一首，诗中有“客从远方来，遗我双鲤鱼。呼儿烹鲤鱼，中有尺素书”之句。

[2] 葭苍露白，语出《诗经·国风·蒹葭》：“蒹葭苍苍，白露为霜。”后常以葭苍露白来代指思慕、渴求的情态。

秋　夜

飘然蝶梦醒南华，剪翦[1]西风透碧纱。伴我闲愁惟络纬，个人幽恨诉琵琶。蛩啼夜月侵红露，蛾扑残灯点绛花。惆怅故园归未得，长将零落怨天涯。

【注】

[1] 剪翦，疑应为“翦翦”二字。

舟过秦邮有怀徐子昌玉丰

归棹湖天急，孤城黯夕曛。相思寄之子，天末怅停云。枫叶空林下，渔歌隔浦闻。何时重握手，尊酒话离群。

舟行偶成

残月深林外，征帆渡水涯。孤灯人罩蟹，老树夜啼鸦。客冷飘枫叶，潮生浸荻花。莼鲈归思切，指点白鸥家。

读松腥秋夜怨歌题后

红牙低拍暗销魂，隐隐青衫湿泪痕。江上芙蓉半萧瑟，年年秋恨寄王孙。

我亦多情怨玉箫，愁怀翻借酒杯浇。天涯怕诉飘零恨，桐尾[1]於今已半焦。

【注】

[1] 桐尾，梧桐尾的省称，代指良琴。语出《后汉书·蔡邕传》：“邕闻有人燃桐木而炊之声，知此桐木为制琴良材，因取以为琴。琴成，果有美音，而其尾尚焦。”

饥鹤吟赠周鹿苹词丈乔龄[1]

老鹤盘空来，嘹唳破白云。抱此千古心，不与凡鸟群。狂飙飒飒卷尘黑，怒睛下视矫双翼。翩然一击凌九皋，北山张罗不能得。朝游蓬莱巅，夕发沧海滨。大鹏招之去，径排天阙干星辰。迢迢身世秋云薄，一旦摧翎下寥廓。素衣零落空自怜，半生甘受牢笼缚。风雨凄其，无枝可依，弋人在野，鹤将何之？鹰隼攫人剔毛血，藩鷃[2]咬咬上丹穴。昂首长鸣泣向天，云路茫茫愁欲绝。我作饥鹤吟，凄凄愁人心。鹤今病罗网，举世无知音。鹤兮鹤兮天宇高，何不挈云直上摩青霄？而乃终年蹭蹬安蓬蒿，夜深苦作寒虫号。我歌饥鹤吟，泪下不能止。莺鸠[3]有时翔万里，吁嗟鹤兮乃如此。

【注】

［1］周乔龄，据《余姚县志》载："周乔龄，字耐士，号藕香，嘉庆己未（1799 年）进士。"所存诗作中有《中秋夜汉口竹枝词》《汉皋》二首，或可推断曾仕于汉口等地。但与题中所言不知是否为同一人。

［2］藩鷃，藩篱之鷃的省称，指栖息在篱笆间的鷃鸟。出自战国时宋玉《对楚王问》："故鸟有凤而鱼有鲲。凤凰上击九千里，绝云霓，负苍天，足乱浮云，翱翔乎杳冥之上；夫藩篱之鷃，岂能与之料天地之高哉。"后用以比喻见识浅陋、识见狭小的人。

［3］莺鸠，也写作"学鸠"，指体型小的鸠鸟。《庄子·逍遥游》中有蜩鸠嘲鹏的描写："蜩与学鸠笑之曰：'我决起而飞，抢榆枋而止，时则不至，而控于地而已矣，奚以之九万里而南为？'"

题罗两峰村童逃学图[1]

两峰山人善绘事，画水画石肖[2]其地。米老泼墨何淋漓，曾貌鬼趣象[3]魑魅。何年写作逃学图，艺与神会众妙备。村童破帽大布衣，有时结队逞游戏。残书打包笑胡卢，三五纵横列以次。柴门临场十丈宽，巧转深丛见人避。东邻西邻遥招呼，碎剪残笺插旗帜。或假面具伏旁道，或作达官牛代骑。金鼓喧嚇恼比邻，倒拖芒鞋伺驯服[4]。偶然兴尽輙星散，大者前行幼者次。我疑村夫子，忧楚日严试。又疑课农经，目不识丁字。后先相率争潜逃[5]，如鸟窜林引其类。山人貌此称绝技，即绘劝学寓深意。会当仿榻陈讲堂，请勉弟子毋自弃。

【注】

［1］此首亦见前文《南鸿集》，文字存有不同，为见全貌，将此二诗之异处予以标明。

[2] 肖，前文作“象”字。

[3] 象，前文作“肖”字。

[4] 驯服，前文作“騂犊”。

[5] “大者”至“潜逃”数句，前文阙如。

秋阴连日岑寂无绪鹿苹丈云轩昆仲招集停云阁闲话晚归被酒因缀辑所为激昂感慨者率成四律兼索和章[1]

秋夜[2]情怀易寂寥，年来踪迹叹蓬飘。江山过眼空千古，金粉迷烟吊[3]六朝。尚有闲愁怜解珮，只馀残梦恋题桥[4]。大罗天上霓裳好，回首云途万里遥。

古道冲寒匹马驰，西风吹雪酒醒时。酬恩剑冷要离塚，佐幕书投[5]短簿祠。絃管翻成金缕曲[6]，琴尊催和玉山诗[7]。蘼芜零落胭脂冷，谁上苏台续断碑。

按拍[8]高歌出塞行，苍茫月色古长城。绣旂飞队春围幕，铁铗横秋夜有声。白雪琵琶儿女怨，玉关杨柳古今情。虎头燕颔英雄老[9]，挥手天涯意气倾。

已负昂藏七尺身，青衫憔悴暗愁春。花宫歌舞莺啼雨[10]，槐国功名蚁化尘[11]。锦瑟迷云空有恨[12]，金台市骏更何人。十年望眼乡关客，甲帐招魂感旧因。

【注】

[1]《南鸿集》(前集)中有《感兴自述和松臞作》诗，与此篇文字略有不同。为见全貌，将此二诗之异处予以标明。

[2] 秋夜，前文作“早岁”。

[3] 吊，前文作“问”字。

[4] 只馀残梦恋题桥，前文作“未容末路怨题桥”。

[5] 佐幕书投，前文作“结客诗题”。

[6] 絃管翻成金缕曲，前文作“絃管翻令催宝筑”。

[7] 琴尊催和玉山诗，前文作“琴尊空遣赋琼枝”。

[8] 按拍，前文作“对酒”。

[9] 虎头燕颔英雄老，前文作“书生大有封侯想”。

[10] 花宫歌舞莺啼雨，前文作“蛾眉自昔空馀恨”。

[11] 槐国功名蚁化尘，前文作“狗盗於今只算缗”。

[12] 锦瑟迷云空有恨，前文作“锦瑟迷花曾有梦”。

牵 牛 花

风光宛宛近清华，刷翠迷云屋角遮。裁縠巧牵黄犊路，缀铃初放白鸥家。香盈翠幛黏苔径，雨糁银河湿露芽。料得星桥延望[1]久，一般迢递怨秋花。

【注】

[1] 延望，引颈远望。形容盼望或渴慕的迫切情态。

秋　　思

风景无端又暮秋，聊持浊酒饯新愁。波翻衰草萦残梦，云冷芦花压浅流。身世依然迷燕垒[1]，功名长此愧龙头[2]。寒江夜夜催潮上，有约南皮放钓舟。

【注】

[1] 燕垒，本意指燕子的窝。引申为脆弱、紊乱之地。

[2] 龙头，科举时称状元为龙头。

秋日偕松臞郊行

日落暮云合，迎风咽露蝉。一湖秋水外，欸乃钓鱼船。独雁入深树，荒亭迷晚烟。明朝别君去，乡思隔南天。

阅邸报官军勦回匪屡次获捷贼平有日矣诗以志喜

西域界金方，妖氛起沙漠。其左接伊犁，其右邻珠壑。遗孽留貙貜[1]，游屯魂猱玃。边防戍[2]已疏，古郡敦煌削。距险布爪牙，驱民肆剽掠。天兵临九边，嫖姚[3]运三略。羽书达玉门，地图穷铁郭。铜旂夜翻熊，冰岭朝走骆。红梦[4]傍云开，朱竿动日烁。蒙公霜弩飞，蚩尤火鞭爚。八门斗阵排，一鼓爪士作。雄虺锋猝戢，狡兔窟全凿。摩旌报头功，释甲均面缚官军搜剿回庄获贼甚多。贺胜开连营，伺险遣飞蹻[5]。沙岗接金堡，中复聚毒虫。陡闻维网移，敢遽隼墉薄。叠[6]叠幻开阖，巀[7]巀拥岝崿。纵崖悬布登，飞电卷云落。彗石摧砰铿，珠砲延炙灼。爝焫阿房焦，譆[8]出宋庙熇。屯雾火作山，犁穴风扫箨官军砂岗破贼用连珠枪炮伤毙甚夥。讵知戢鸮张，又复逞虓攫。良马产大宛，腾骧闪金络。虎师霍忽来，驼车精锐却。连环肆狡谲，蒙皮宝奇咢。盪决藤缠牌，铦利刀斫脚此指官军用虎皮虎帽舞刀牌砍戳贼马事。倒戈戒其奔，勾兵兹无约。名驹縶[9]连房，粮储裹行囊。草檄达宸闾[10]，论功开戎幕。颁玉锦骈罗，量珠斛交错。辟地收疆隅，登坛拜卫霍。摩崖书淋漓，橐弓歌恺乐。灰经化沙虫，师匪驻猿鹤。毋使鹗[11]在林，当令凤巢阁。

【注】

[1] 貙罴，指貙和罴两种猛兽。这里用以比喻匪之凶悍。

[2] 戊，疑应为"戍"字。

[3] 嫖姚，也写作"票姚""剽姚""骠姚"等。汉代对将军的称号。此处应是泛指军中的将领、将军。

[4] 梦，繁盛、茂密。

[5] 蹻，同"跷"字。

[6] 曡，古同"叠"字。

[7] 巇，古同"巇"字。

[8] 譆，古同"嘻"字。

[9] 縶，即"系"字。

[10] 宸闾，帝王所居皇宫的正门。借以指代朝堂、宫廷。

[11] 鹗，鸟名。即俗称的鱼鹰。

甲申仲冬十一月高堰[1]水决淮扬一带淹为泽国邵伯低窪被害尤剧余坐水乡窘急无绪愁怀怅惋形诸诗篇作歌告哀用以记其实云尔

寒云狂卷风，涛头涌飞雪。荡激不终朝，已报高堰决。我思湖水旺，当在伏秋节。胡为及归壑，浩瀁[2]越常辙。宣防有重臣，督师誉邦杰。临事眩众议，先时计匪哲。淮扬冬告灾，降割兹为烈。分谤及蛟龙，蛟龙避弗屑。治河负方略，不足当一嗤。茫茫望下游，作歌为愁绝。下游地窪湿，众流集其上。腾泆势已无，水与水相抗。六时丈有奇，再日即淹涨。长官促张示，闸壩[3]即启放。不恍荡析艰，但祈宣泄畅。尔民亦何辜，丁此洪流漾。秋禾幸见获，春麦又奚望。阴雷激昏衢，横溃大川壮。重门夺奇险，澥沥危无当。嗟哉谢公埭[4]，危堤时作障。北风撼危堤，危堤一线强。湖水日冲激，崩坼为民殃。事机值匆卒，官弁皆仓皇。公饷耗私用，所恃惟空囊。空囊卒何济，剜肉难补创。健者鸠众起，集金为之倡。分程覈勤惰，逐日志扫椿。担泥并束草，增筑食弗遑。堤增水骤溢，水涨堤则伤。迁延巽[5]旦夕，补塞资保障。横流厄官弁，乃以民力当。徘徊顾民居，庐舍嗟汤汤。

民居汩困瀞，窬发居寒月。北风夜不作半月无北风，奔注犹未歇。罍牆[6]峭石揞，架木平地捐。迁乔费弗继，入坎力易竭。退遂两不能，性命介毛发。浮尸蔽江来，荦角蛇蜕骨。三更幻燐火，波涛间出没。我时覩此景，惊魂坐兀兀。死者既销烁，生者亦颠蹶。大水无津涯，卒岁忧掇掇。

卒岁日轮迫，生意皆凋残。蔽体无完衣，充肠无朝食。啼号杂妇子，悽恻心悲酸。搜索及空箧，弃置弗再看。出门见河水，浩瀚云漫漫。荒村绝人行，称贷良复难。辗转遘艰窘，泣涕挥汍澜。昨闻司马署，歌舞彻夜阑。黄金付豪掷，不恤饥与寒。狂飙荡四宇，朔雪生濛霮。哀鸿集中泽，哀鸣纷无端。谁输太仓粟，慰彼黍谷叹。

太仓聚粟米，旧为荒年储。节使闵[7]凶歉曾宾谷中丞时为赈米筹费首捐三千金，倡义筹捐输。飞云集粱粲[8]，设局临通衢。穷黎色然喜，朝旦闻招呼。形而绘鸠鹄，筐筥蔽道途。手携间肩负，归程日西晡。藉兹斗升贶，暂令魂魄苏。寒云羃丛木，嚄唶鸣饥乌。饥乌尔何悲，觅食怀孤雏。微躯不可保，且为忍须臾。惨戚听弗卒，懔冽砭肌肤。流离恤下民，请睋监门图。

流离适外乡，迁徙去邦土。河流驶惊波，舟航驾飞艚。饥驱葬鱼腹，旋渊震雷鼓。闲关断餱[9]粮，道路畚豺虎。膏血既已戕，残息与讐[10]忤。天心割慈爱，时会迫艰苦。艰苦望生还，生还究无补。田庐荡为墟，毂米败於虫。河伯靳西江，涸鲋[11]委宿莽。我怀杞人忧，涕下纷如雨。愿移杜陵厦，芘覆万间溥。虚愿偿何时，薄酒忍斟鲁。

鲁酒[12]不解忧，寸心为愁缚。稍稍水势杀，魂梦得自若。戚友暂过从，吊慰闲语作。前闻河水激，鹪枝靡有托。全家寄漕艘，游息狎蛟鳄。中道设冲溃，生死无定著。事过痛思痛，时作十日恶。家居逼岁暮，呼天惨弗乐。吟啸生悲音，风霜动惊魂。请仿春陵行[13]，泚笔[14]绝雕削。

【注】

[1] 高堰，即高家堰，原名为洪泽湖大堤，指今江苏省淮安市高堰村附近的淮河堤防。

[2] 浩溔，水无际貌。

[3] 壩，即“坝”字。

[4] 谢公埭，即邵伯埭，亦作“召伯埭”。今为扬州市的邵伯镇。《嘉庆扬州府志》载：“晋太傅谢安出镇广陵，修筑湖埭，民思其功，以比邵伯，故名。”

[5] 兾，即“冀”字。

[6] 牆，即“墙”字。

[7] 闵，古同“悯”字。

[8] 粱粲，指上等的白米。

[9] 鍭，即“糇”字。

[10] 讐，即“雠”字。

[11] 涸鲋，涸辙之鲋的省称。本指干涸水沟里的小鱼。后用以比喻处于困境、急待救援的人。典故出自《庄子·外物》：“周昨来，有中道而呼者。周顾视车辙中，有鲋鱼焉。”

[12] 鲁酒，鲁国出产的酒，其味淡薄。后常用来作为薄酒、淡酒的代称。

[13] 春陵行，中唐诗人元结的诗作。诗中借催租的场景来表现百姓生活的困窘和悲惨。

[14] 泚笔，用笔蘸着墨(写文章)。

梅花岭谒史阁部[1]祠

国势偏安后，扪心唤奈何。孤城飞铁骑，王室泣铜驼。望断徵师表，诚通返日戈。梨园初进御，燕子唱新歌。

残局东南尽，江山半壁虚。三年苏武节，一纸福王[2]书。慷慨登陴日，仓皇告糴初。围城刁斗震，谁为护储胥。

已痛金瓯碎，伤哉国步艰。残骸沉武水[3]，浩气接文山[4]。剑缺寒锋蚀，书成血泪殷。招魂傍江浒，化鹤几时还。

邗水崇祠古，灵旗卷暮霞。寒风摧劲草，残雪冷梅花。胜国收灰劫，荒原噪乱鸦。至今瞻仰际，慷慨赋怀沙[5]。

【注】

[1] 史阁部，指明末抗清将领史可法。其曾官拜礼部尚书兼东阁大学士，故有此称。

[2] 福王，即南明开国皇帝弘光帝朱由崧。北京城被攻陷后，史可法拥立明福王(朱由崧)，继续与清军作战。

[3] 武水，据传史可法守扬州失败后，投水自尽而亡。武水，未知其具体所在。或为与下句中“文山”相对而作此语。

[4] 文山，指南宋抗元被俘不屈的文天祥。其号为文山。后世亦称其为“文山”。

[5] 怀沙，指战国时楚人屈原所作《怀沙》。据传为其绝笔之作。即怀抱沙石以自沉之意。

瓜州访淳于棼[1]遗宅

古渡西风警暮愁，萧萧遗宅枕荒邱。恰逢瓜浦乘潮日，忽忆槐阴[2]入梦秋。

世事无端幻虫豸，功名有分占蚍蜉。寒云飒瑟南柯老，述异同徵[3]海外洲。

【注】

[1] 淳于棼，唐代李公佐所著传奇小说《南柯太守传》中的主人公。

[2] 槐阴，《南柯太守传》中载淳于棼宅前有古槐树，淳于棼酒后醉卧于此，梦入槐安国。

[3] 徵，即“征”。探求、征求。

泛舟至倚虹园[1]

画船低傍绿杨根，石齿回环水抱门。满地碧云沉鹤梦，一簾红雨静花魂。楼台倒影春分艳，兰芷皴波淡有痕。遥指江城图画里，隔林新月又黄昏。

【注】

[1] 倚虹园，清代扬州名园之一，乾隆皇帝曾为该园题名，然其址现已不可确证。阮亨《广陵名胜图记》有记：“倚虹园，在虹桥东南，奉辰苑卿衔洪徵治建，其子候选道肇根重修。”

春日偕徐柏台[1]梁砚卿嵩庆放舟至小金山[2]

杨柳搓絮飞，落花浸春水。楼台入波心，中流石齿齿。夙约践琳宫，绿阴一舟舣。脩竹补疏林，新萍漾清沚。禅关荫层云，人在画图里。风流徐孝穆，清谈挥麈尾。山僧进卖莽，徘徊日移晷。忽然寒飙生，墨云天半起。舟子催我归，双桨拨蘅芷。胜游不可常，人情贵知止。风波转瞬间，世事尽如此。回首望平山，苍茫夹云峙。

【注】

[1] 徐柏台，即徐梁，但其家世、生平经历皆不详。

隋　　堤

昔日繁华地，风流已半非。只今堤畔路，杨柳尚依依。远水催花落，春风逐絮飞。玉钩亭上望，林际送斜晖。

重至寓园有感

作客无端滞异乡，名园花事斗春芳。交联白社才三载，梦醒黄粱又一场。南国风华怀逸士管印轩归常州，东京词赋忆中郎谓蔡绣涛。残宵旅邸凄凉甚，风雨催愁倍断肠。

怨女吟

桃李春江上，几枝深浅红。含情淡将夕，回首怨东风。水流凄以清，花落少颜色。流水与落花，一去无消息。

平西域凯歌

万帐鲸鲵一扫空，扶桑指日挂雕弓。金星剪彗重轮外，铁弩销芒古栈中。战垒飞旗缠百道，和门叠鼓起三通。八营将士争传贺，丞相淮西早奏功。

羽檄飞驰达九阍，两墀干羽肃遐方。龙墀日丽珠囊燦，雉尾云开宝箓[1]昌。恩溢新疆供宝马，风清重塞靖天狼。竚[2]听乐府徵歌日，璈管[3]和鸣贺凤凰。

壮士长歌入玉关，合围万骑度天山。铜焦夜静罴师肃，铁岭春深风诏须。鳌令游魂强弩末，鸦军铙吹大力环。鳌山灯火椒花颂，拜舞呼嵩庆百蛮[4]。

圣德如天覆海隅，投醪[5]乐意协趋凫。三霄命锡[6]辰阊宴，百斛辉连亥既珠。金镜书铭分上将，玉衡赞化翊神枢。西陲无事安耕凿，景附重开益地图。

【注】

[1] 宝箓，原指神话传说中凤凰授予黄帝和尧帝的图箓。后用以代指国祚、天命。

[2] 竚，同"伫"字。

[3] 璈管，即弦管。代指美乐。

[4] 百蛮，古时南方少数民族的总称。亦用来泛称其他少数民族。

[5] 醪，未经过滤的浊酒。

[6] 锡，同"赐"字。

送人从军

玉关天远赋长征，十万军屯细柳营[1]。千里秋风新画角，三边寒月古长城。坏云压阵旂翻豹，飞砲轰雷血溅鲸。输尒[2]韬钤多将略，封侯何必不书生。

早岁书城负壮猷，龙纹黯黯剑云浮。请缨又厉终军志，投笔今无定远愁。战垒霜寒金匼匝[3]，秦关秋冷铁兜鍪。天涯柳色萧疏甚，莫更深宵望女牛时新纳姬人。

【注】

[1] 细柳营，指西汉文帝时大将周亚夫驻扎在细柳（今陕西省咸阳市西南）的军营。典故出自司马迁《史记·绛候周勃世家》："文帝之后六年……以河内守亚夫为将军，军细柳，以备胡。"

[2] 尒，古同"尔"字

[3] 匼匝，周围环绕的意思。

客有询余近况者诗以答之

又向湖干赋隐居，西风消息早秋初。闲从白社招狂客，懒写黄庭诵道书[1]。诗老空囊分酒债，故侯荒圃课邻蔬。蓬门近喜无车马，盘石垂竿坐钓鱼。

【注】

[1] 黄庭诵道书，即《黄庭经》，又称作《老子黄庭经》，是道家的养生修仙著作。据传作者是汉时人魏华存（魏夫人）。

答程怡然

年来壮志怯幽探，鹗荐无因只自惭。世味只如荼共苦，闲心偶许蔗分甘。燕巢云冷迷花北，雁信秋迟隔斗南。自笑过从无熟客，不妨佳趣黑甜[1]谙。

【注】

[1] 黑甜，指熟睡、酣睡。宋人魏庆之《诗人玉屑》："南人以饮酒为软饱，北人以昼寝为黑甜。"

小山秋吟坐月迟汪春崖不至

秋风入疏簾，秋月澹如洗。河汉远无云，漠漠烟飞起。黄叶下空階，萧萧薄罗绮。汪伦[1]期不来，相思界春水。

【注】

[1] 汪伦，以唐代诗人李白《赠汪伦》诗中的朋友汪伦，来代指所等候的友人汪春崖。

三十六湖櫂歌

澄湖漾漾生秋烟，大波小波远接天。芦花两岸白如雪，铁笛一声停钓船。

玩珠亭上月如霜，玩珠亭下水一方。淼淼湖心最深处，秋云低覆双鸳鸯。
隐隐盂城垂暮霞，采莲人去又啼鸦。西风一夜催零落，瑟瑟寒潮浸苇花。
扁舟踏浪水云隈，吊古苍茫夕照催。惆怅文游人寂寂，只馀秋草满荒台。
平湖日日戏鸥凫，傍水人家种翠芙。为报今年潮信上，家家奢愿十鱼租。
万点秋云薄似罗，年年秋思逐烟波。侬家夫壻打鱼去，虾菜生涯祝浪婆。
双双柔橹踏歌行，万顷苍茫一镜平。遥指暮云红半角，淮春楼上落霞明。
云涛叠雪泛回澜，湖上芙蓉浥露残。解事何人赋烟雨，烟濛濛外不胜寒。

蔡绣涛词丈自松江归以云间杂诗见示和二陆草堂[1]怀古一首

千山云接天，危峰峙岝[2]崿。言访幽人居，野花被岩壑。当昔典午时，国运卒倾落。二陆起云间[3]，翩翩秀棣萼。仕吴典父兵，雅歌静莲幕。山河化灰劫，将践烟霞约。徵书下郊坰[4]，轻装入京洛。挥尘谒司空[5]

【注】

[1] 二陆草堂，指魏晋间陆机、陆云的年少读书之地。旧址在松江小昆山（今上海市松江区）西北。

[2] 岝，山石高峻的样子。

[3] 云间，松江府的别称，即今上海市松江区一带。因陆云自称为云间陆士龙（其字士龙）而得名。

[4] 郊坰，郊外的天地。指二陆乡间读书之地。

[5] 此诗收于《北京师范大学图书馆藏稀见清人别集丛刊》第二十五册第236至237页，但此后所录文字为“杏花中云量白堕落三升价春曳青旗一剪风记取徵歌亲画壁深林隐隐夕阳红”，似非同篇。特此注明。

海山楼晚眺作歌

沉沉匹练横长空，西云倒掩澄霞红。蛟龙吸雾海水立，霁烟九点摇青铜。海山之楼一千尺，凌云直上何穹窿。我来此地一凭眺，云梦八九吞胸中。狂飙飒飒迅霆走，飞潮欲卷冯夷宫。天吴[1]掉尾荡云日，苍茫俯眡沧瀛东。鲸波万叠滉[2]虚牖，银山一线排青虹。云车风马不可以辨识，但见阳冰阴火磅礴而沖瀜[3]。蜃楼有时幻变出奇景，赪红绀紫纷玲珑。朱旗十丈亘天阙，旷如真宰窥鸿蒙。孤峰矗立混远碧，巉岩崱屴搜神工。秋烟百道蔽四野，离离设色涂丹枫。昔闻海上事征战，旌旗猎猎飞艨艟。箭羽枪缨一百万，远惊雷鼓声鼍逢。方今岭峤静烽火，水仙屏伏如沙虫。老渔理榜住烟渚，奔涛濑泪垂钓筒。寒声嘹唳破空去，唧芦催起汀州鸿。忽焉奇思落天外，放怀径欲凌苍穹。百川东流不复返，日销月铄将焉穷。既不能楼船濑水建伟绩，又不能扬帆破浪乘长风。胡为辕驹终岁伏枥下，拔剑四顾忧忡忡。行将胜境踏员峤，仙鬟缥缈波亭泓[4]。西访安期历蓬岛，东谒广成游崆峒。丈夫有志未及遂，不如浮家泛宅[5]携渔僮。安得长绳系此西飞之白日，使我乘云劲挽扶桑弓。

【注】

[1] 天吴，又名开明兽，海神、水神的代称。《山海经》中有载："朝阳之谷，有神曰天吴，是为水伯。其为兽也，人面八首八足八尾，皆青黄，吐云雾，司水。"

[2] 滉，水深而广。

[3] 泱瀜，形容水面平静、深远的样子。

[4] 泓，指（水流）宽广浩大。

[5] 浮家泛宅，指以船为家，漂泊无定的水上生活状态。《新唐书·张志和传》载："颜真卿为湖州刺史，志和来谒，真卿以舟敝漏，请更之。志和曰：'愿为浮家泛宅，往来苕、霅间。'"

东风作阴霖雨竟夜新蔬半亩弥望如云顾而乐之采撷入馔春韭秋菘洵无多让读东坡雨后行菜诗[1]景具高致仿作一首

三更断梦惊，小园一夜雨。晨兴着屐来，菜甲绿侵户。欣欣具生意，湿翠杂云组。太常时作斋，小摘满筠篓。盘餐佐春厨，和酱味登蒟[2]。村醪盈十觞，围茵坐花坞。呼童尽馀杯，浩歌音激楚。韬晦感英雄，闭门安老圃。事业寄流水，身与菜佣伍。慨然传冰壶，荠甘胜荼苦。

【注】

[1] 东坡雨后行菜诗，苏诗名《雨后行菜圃》。

鲙　残

东风二月飞柳花，渔人理榜艇作家。柔丝罥流水在网，散入春江云盎盎。春江荡漾萍花舒，春波绿映策策鱼。新苗逐队散绮线，笺名只合呼王馀[1]。天涯残月孤舟夕，佐以茭菰荐芳席。洗出云痕一片青，浇残雪艳三分白。淼淼淮流客思增，南云飘泊感难胜。江乡风味银鱼好，一样莼鲈忆季鹰[2]。

【注】

[1] 王馀，比目鱼的别称。南朝梁时萧统《文选·左思》中有曰："双则比目，片则王馀。"

[2] 莼鲈忆季鹰，即《世说新语·识鉴》篇中所载晋张翰思乡事。

题阮梅叔[1]珠湖渔隐图

珠湖月，海上来。珠湖珠，夜光开。泛轻舟兮溯洄，怀美人兮湖之隈。美人垂钓坐盘石，老鱼跳波小鱼策。一声铗笛飞斜阳，绿蓑青笠烟波客。烟波漾漾停渔船，画图占隐年复年。苍骊荐瑞孕奇彩，会有遗珠起沧海。

【注】

[1] 阮亨，字梅叔，号仲嘉，绘《珠湖渔隐图》。焦循、陶澍、姚燮等诸多名家为其作题跋。

淮阴寄寓三载有半客居之乐暂遣幽忧之疾日甚当兹春暮残花在林时物递迁怅触无已用东坡集和子由记园中草木韵成诗十一章叙事阐情感今忆昔同心订好广为和之可也

名区狎尘寓，文章集华彦。风花幻陈迹，旷念烟云变。吁嗟烟与云，迁转无时倦。太空散霏霏，丹黄押残卷。东风二三月，百卉发华婉。排日相招邀，为乐以时遣。欢宴未及半，复此新愁蔓。凄凄鸟鸣花，孑孑虫齧畹。过时不自惜，怅望芳韶晚。

芳韶感永夕，景物怀故林。小园量点缀，花柳色自矜。离云竚南望，思之日弗任。昔游眷朋好，览胜敷袵襟。惬处并朝暮，吉语笙盍[1]簪。淮山暮苍莽，淮水春浅深。山水两间阻，苶[2]然病弗兴。洗心习禅静，吾将师南能。

朝花矜艳姿，容华暮已老。譬若失意人，事会遘潦倒。残因卷丝缚，幻想炊黍造。造化驱飙轮，迫兹拙与巧。脂血靡一斗，日夕为愁耗。画图占生意，欣欣览庭草。

牡丹植芳园，延赏誉清拔。主人爱残蕊，贮水浸花插。清游宾从集，痛饮酣麴蘖[3]。酒国催离愁，已过十日约。红英风片凋，绿叶雨丝泼。太息香城孤，花开幽花落。

寻春放烟艇，盈盈生绿蒲。湿云漾新翠，潜水笼香须。丛阴雨黯黯，方苑犹未枯。采针饫鲜脆，风味如莼湖。地力感硗薄，生计哀辛劬[4]。愿言召瘦沈谓苐云，添绘放鸭图。

春来忧已迟，春去又嫌早。即事遣豪情，慨念东风老。笙歌送岁月，纨绣被衰槁。素衣染缁尘，辗转化为阜[5]。豪情感飘泊，愁然伤孤抱。孤抱渺无寄，弥望飞云缟。

素丝罥飞云，漠漠依芍厅。秋娥醒尘梦，玉楼无故钉。忆昔踏花肆，歌舞陈中庭。香心托窈默，瘦影增竛竮。重来堕尘劫，一片苔痕青。徘徊盼永夕，窗竹寒泠泠。

东风入毗陵，芳讯来淮南时印轩文有信并红豆一函见赠。盈手赠红豆，一味相思甘。霏霏绛霞积，磊磊茜实涌。美人界天末，采撷分筠篮。温言慰憔悴，薄植奚由堪。琼瑶报何日，远道徒增惭。

贯生负豪气子胥常州人名鹏程，碧城邀我游篆香楼道室榜曰碧城。壶天辟胜境，泉石窈以幽。名花罥苔砌，流水萦春沟。檀烟间茶篆，霭霭灵丝抽。披函检云笈，金碧辉龙虬[6]。丹台允作镇，毋使曼倩偷。

朝行过竹林，香苞坼满目。呼童劚[7]鲜笋，钉钉畲岩麓。湿翠褪数层，森峭班列玉。尝新忆故园，猗猗秀寒绿。春秋迭寄赏，下莳泉明菊。好风披径来，清音和筝筑。快携冰雪文，高吟破蜷曲。

客心抱幽绪，幽绪人弗知。尾春占消息，迟暮增叹悲。棠湖三百里，远隔淮水湄。莼鲈话西风，迢递秋为期。临流讽骚雅，采采芷与蘺[8]。庶几藉归梦，少慰渴复饥。

【注】

[1] 盇，同“盍”字。

[2] 茶，疲倦、精神不振的样子。

[3] 麹蘗，酒的代称。

[4] 劬，劳苦、辛勤。

[5] 阜，同“皂”字。

[6] 虯，同“虬”字。

[7] 劚，砍、挖掘的意思。

[8] 蘺，一种香草的名字。

妾命薄

春宵旅馆独坐无绪，从绣涛先生处借阅唐四杰七言歌行，挑灯玩诵不欲暂释。

适汪子春崖以凤珠事来告，闻而哀之，拟其体作妾命薄一首，貌袭而未能神似也，质之绣翁以为然否。

妾命薄，薄如花。花枝片片经风斜。妾命薄，薄如絮，絮影霏霏无定处。自从十五嫁王昌，簾楼画阁遥相望。晓妆懒启红鸳幔，翠被浓薰紫麝香。曾折庭前合欢草，曾窥池上双栖鸟。香国初开连理枝，绿云镜里春缭绕。缥缈长堤住绣车，年年荡子去天涯。骊驹按谱填金缕，莺语催人隔绛纱。天南地北新愁漾，带罗宽褪增惆怅。玳瑁簾前燕未归，胭脂山下人空望。缓缓徵歌绮思除，登临竟日采蘼芜。波迟水国沉鱼信，风转邮程滞雁书。三秋月，照离别。三春花，趁攀折。秋月春花易断肠，金钗宛宛纷成列。十二金钗结队偕，鸾笙凤笛遣闲怀。屏开翡翠辉银烛，座列氍毹[1]衬锦階。荡子别离年月久，贱妾空闺伤独守。挂壁甯孤绿绮琴，破愁罢饮黄柑酒。锦席银灯黯暮薰，萧萧暗蹙远山纹。可怜永夜芭蕉雨，卷尽空階薝蔔云。云雨飘愁催永诀，芳情辗转炉香歇。钿头云映褪红酥，絮语分明春病怯。春病侵魔断梦残，朝来临镜避新寒。药奁尘涴娇呼婢，彩蝶花翻扇引栏。想见依依望无已，相思冉冉随流水。牛女星桥会面难，采鸾甘为多情死。惓眷多情幻境过，湘缥碎粉怅何如。班姬团扇[2]吟霜雪，转入秋风委逝波。逝波杳，纤云弱，徘徊愁听春归乐。太息离云唤不回，何时得践连枝约。吁嗟乎，妾命薄。

【注】

[1] 氍毹，毛织的毯子。古时演戏时候铺设于地上。

[2] 班姬团扇，亦作“班姬咏扇”。《昭明文选·乐府》中《怨歌行》诗前序：“昔汉成帝班婕好失宠，供养于长信宫，乃作赋自伤，并为怨诗一首。”诗中有“新裂齐纨素，鲜洁如霜雪。裁为合欢扇，团团似明月”句，故也称为《团扇诗》。

古近体诗一百贰拾捌首

贱子沦落人，才调羞黄绢[1]。十年作赋无知音，更中禁郤琉璃碗[2]。鸾芭凤采愁剪钿，羡君健翮拢青冥。高词秀句满江国，彩毫五色瞻华星。频年游兴恣幽访，楚殿吴宫富文藻。举觞酹酒吊春申，珠腹三千只宿草。昨日春从天上来，诗怀欲共桃花开。碧纱小舫系堤柳，春波倒影浮楼台。示我客游草清瑟，和者空留花影飞。碧天曲度仙云睇，我诵一二在人口。酣放人间亦何有，舍杯落枕眩眼花，犹把君编不离手。词坛满眼争浮名，独崇大雅蜚英声。手招孤月出海底，豁然万象生共明。览君佳句心如醉，离合情悰两难慰。淮浦书来驿柳青，金陵宫合钟山翠。

见君别君愁已多，君今又对唱骊歌。落花吹入东风去，聚散无端奈远和。（奉题云斋六兄大集兼以道别　松䕨弟张鸿林　题稿）

【注】

［1］黄绢，即“黄绢幼妇”或“绝妙好辞”的典。指美妙的文辞、高超的才学。典故出自《世说新语·捷悟》中“魏武帝过曹娥碑下”事。

［2］硗，土质坚硬，不肥沃。

南鸿集(后集)

【注】依《北京师范大学图书馆藏稀见清人别集丛刊》第二十五册所收录,《南鸿集》于第105—182页(前集)、第256—363页(后集)分别出现,集中所载诗作文字亦存有不同。此处为原收于《北京师范大学图书馆藏稀见清人别集丛刊》第二十五册第256—363页的诗作,若与前集所录文字存有不同之处,将作以简要说明。

瓜浦阻风

【注】诗作文本见前集所录。

渡　江

霞绮横空接翠微,插天帆影透晴晖。波涛万里排云远,芦荻三秋捲浪飞。南去金焦遮面面,东来溟渤望依依。长江流尽英雄恨,铁[1]锁销沉霸业非。

【注】

[1] 铁,前集作"鏁"字。

登燕子矶

【注】诗作文本见前集所录。

陈后宫曲

西风吹云叶乱舞,卷起黄蒿作人语。土花晕碧苔花红,旧是陈宫一片土。忆昔南朝全盛时,六宫奉诏选蛾眉。君王妙制临春曲,狎客从歌[1]玉树词。望仙结绮遥相向,甲煎沉薰[2]九华帐。绣幰侵寒夜月迟,珠簾窣地春风漾。第一才人张丽华,当筵解唱后庭花。楚门阿监催鹅管,花禁宫姝走凤车。同时龚孔承恩遇,舞衣宛宛凌波步。更写宫中学士图,江山总被无愁误。江上雄师[3]百万来,楼船风急鼓如雷。石城高竖降旛字，电转兴亡剧可哀。烽烟四面琼楼圮，罗绮飘零随逝水。胭脂井冷花不春，美人曾向此中死。绣匣珠襦感慨多，繁华萧瑟恨如何。一杯谁酹中宫酒，千载空馀子夜歌。残碑断碣生莓黛，迷离锦雨金鹅慨。铜瓦飘残白奈花，间堦长遍瓢儿菜。惆怅陈宫旧梦醒，六朝金粉笑零星。红心草茁蘼芜冷，留伴青山万古青。

【注】

[1] 从歌，前集作“停歇”。

[2] 薰，前集作“熏”字。

[3] 雄师，前集作“貔师”。

长干曲

请停长干吟，听我长干曲。长干女儿年十五，春风绰约人[1]如玉。射雉郎君正少年，五陵裘马自翩翩。一朝瀚海从军去，肠断琵琶出塞篇。暮云黯黯长干柳，昔日繁华竟何有。明月何时飞上天，破镜应悲别离后。金粉飘零怨奈何，儿家门巷落花多。青溪水接秦淮水，永夜凄凄白紵歌。

【注】

[1] 人，前集作“颜”字。

野望

长干一带暮云遮，疏柳萧萧隔岸斜。十里楼台寒玉树，六朝宫阙满苔花。荒原落日嘶征马，古渡西风噪暮[1]鸦。有客天涯惆怅甚，好将旧恨诉琵琶[2]。

【注】

[1] 暮，前集作“乱”字。

[2] 有客天涯惆怅甚，好将旧恨诉琵琶，前集作“谁把后庭歌一曲，凄凉重与诉琵琶”。

桃叶渡

远天沉沉黯云雾，六朝金粉秦淮渡。不见渡江人，惟见隔江树。三月渡口桃花飞，秦淮女儿学画眉。盈盈一片胭脂水，流到前溪[1]怨别离。

【注】

[1] 溪，前集作“谿”字。

登雨花台

晓出城南门，驾言游广陌。怪石峙连蜷，去天近咫尺。浮图插半空，楼台凝绀碧。仰眺石头城，繁华感今昔。俯瞰大江流，莽莽一线窄。孤云黯疏林，黄叶带霜赤。言访支公庐，迥与尘嚣隔。寒泉水泠泠，石乳转虚白。煎茶漾炉烟，清风生两腋。古寺送钟声，去去日将夕[1]。

【注】

[1] 古寺送钟声，去去日将夕，前集作“山水有真赏，奚必为形役。古寺送钟声，尘虑消无迹”。

江上闻雁

【注】诗作文本见前集所录。

舟中偶成

【注】诗作文本见前集所录。

黄天荡[1]

江左徵[2]师日，曾停赤鹢舟。三千浮壁垒，百万走貔貅。一自将军去，空馀战舰秋。平沙沉折戟，不尽古今愁。

【注】

[1] 前一首诗作文本同前集，故不重录；第二首诗中文字与前集不同处，作以简要说明。

[2] 徵，前集作“屯”字。

江阴道中[1]

苍莽菰蒲外，孤村近水涯[2]。疏篱晴种竹，枯树晚栖鸦。倚棹迷烟浦，沽春傍酒家。夜深眠不得，愁听络绵车[3]。

【注】

[1] 前一首诗作文本同前集，故不重录；第二首诗中文字与前集不同处，作以简要说明。

［2］涯，前集作“崖”字。

［3］夜深眠不得，愁听络绵车，前集作“何人抱幽怨，凄咽诉琵琶”。

琴台舟次

【注】诗作文本见前集所录。

山塘晚泊

【注】诗作文本见前集所录。

虎邱绝句

【注】诗作文本见前集所录。

剑　池

【注】诗作文本见前集所录。

真　娘　墓

【注】诗作文本见前集所录。

蕊宫仙史曲

情天历劫罡风起，澄霞黯黯彩云死。蕊宫深处玉人居，天花散落飞红紫。玉人旧是薛琼枝，画阁朝裁绮丽词。绝代容华艳桃李，羞眉熨贴破瓜时。阿翁作守杭州去，风帆直指西兴路。红树青山转画桡，杳如洛水凌波步。山水依依有夙缘，问花楼外柳如烟。绿荫缥缈虾鬚护，细按珠琴第五絃。筑居更傍澄湖曲，湖外鸳鸯隔花宿。十里晴漪荡碧空，湖波照见双蛾绿。手植闲增百本兰，花时宛转倚阑干。碧城十二春如海，香国仙心沁露寒。东风暖漾仙心逗，密叶重花杂绮绣。不数隋家甲煎香[1]，盈盈馥郁黏衣袖。隐约低徊惜后身，冷香逸韵最宜春。相思别有伤心处，回首三生感镜因。妆台日夕脩花谱，教焚龙脑迷朱户。蝶袂纤纤衬凤凰，远山螺黛娇眉妩。最是春宵风日清，中流自在放舟行。青青一带苏堤柳，合与杨枝诉旧盟。西湖三月花绕郭，扣舷低唱江南乐。悄把春荑点玉笙，闲情早自怜飘泊。清夜横空月似霜，紫衣乌帽艳红妆。五花马簇雕鞍软，百宝钗分绮玦香。相逢侍女真殊绝，累骑从行去飘瞥。压领春衫宝[2]镜明，横腰宝剑秋云掣。箫管参差画舫中，仙姝吹下广寒宫。芙蓉花放秋江外，搀入馀霞映晚红。晚红楼阁三霄迥，白纻歌成放烟艇。夜深忽作水龙吟，栖鸟归林惊梦醒。鸳珮珊珊褪舞衣，太阿出匣电光飞。白虹一掷江潮立，金粉迷离黛雨霏。万舟如蚁江亭外，三五明星夜未艾。解珮人疑洛浦来，扣簪地敞瑶池会。芳草萋萋旧恨侵，红笺自写断肠吟。六桥日暮花成雪，从此春愁结[3]寸心。萧萧疏雨蘼芜院，落英飘砌飞如霰。絮果兰因忏此生，含情无语羞人见。病骨支床怨未消，故园归路望迢迢。碧油何处凄凉道，红泪偷弹湿镜潮。调脂旋作簪花引，丹青点染空房静。更写仙装入画图，五铢绰约凌虚境。题罢云鬟着意看，蚕丝辗转惜春残。云魂杳杳蓬莱阙，阆苑宵开七宝栏。雾鬟垂臂春思重，管领花城作云从。回首山河已劫灰，南朝罗绮成秋梦。素水相邀踏海山，亲骑猛虎叩云关。天风環珮泠泠下，琼阙珠田指顾间。杨生好作扶鸾戏，醉描香案簪花字。暮雨空江杜若斜，依依无限生前思。宋玉飘零易感秋，埋香梦断泣荒邱。冬青树老胭脂冷，啼彻空原杜宇愁。

【注】

[1] 香，前集作"熏"字。

[2] 宝，前集作"玉"字。

[3] 结，前集作"托"字。

金阊[1]寓斋逢宋兰圃夔龙[2]夜话

夜深独酌酒千杯，风雨论心旧梦回。澄海楼台化妖蜃闽海之变君时在抚军幕中，孤山风雪问寒梅君集中有忆梅诗数十首。高情薄日凌虹气，健笔干云起[3]凤才。趁晓扁舟别君去，残更早听戍楼催。

【注】

[1] 前集无"金阊"二字。

[2] 前集无自注"夔龙"二字。

[3] 起，前集作"吐"字。

寄家吟茳伯

【注】诗作文本见前集所录。

匏寄轩分和杜工部四韵消寒第一集

【注】诗作文本见前集所录。

题李氏三忠集[1]

侍御廷硕先生

早岁声名震帝乡，埋轮壮志竟谁偿。柏台霜老悲乌府，桂水风寒怨马场。密诏有时飞白简，残骸何处伴青阳。招魂落日空山外，愁[2]绝离骚第二章。

【注】

[1] 前二首诗作文本同前集，故不重录；第三首诗中文字与前集不同处，作以简要说明。

[2] 愁，前集作“凄”字。

再题三忠附录

【注】诗作文本见前集所录。

穆天子宴春宵宫图消寒第二集

【注】诗作文本见前集所录。

寒雁谣消寒第三集

【注】诗作文本见前集所录。

枯　鳞　曲

【注】诗作文本见前集所录。

丹阳道中[1]逢王芷卿[2]兰畴

匹马西风里，相逢且驻鞍。暮云千里合，朔雪一天寒。身世因愁误，关山失路难。蓬瀛消息近，红杏满长安。

【注】

[1] 此首，前集未见。

[2] 王芷卿，即王兰畴。其家世与生平经历不详。

赠张二松臞即题其集[1]

吾生蕴壮怀，久作壮游想[2]。不遇同心人，谁寄尘外赏。张生倜傥鸾鹤群，健笔独扫千人军。文章之妙足千古[3]，妥帖排奡无其伦。酒酣白眼邈四海，千杯万杯浇礧磈[4]。呵壁狂歌欲问天，元气淋漓泣真宰。花月沉沉思悲痛，白雪幽兰托吟讽。吊怨哀离无限情，繁华回首成春梦。春梦飘零泣梦婆，愁鸿饥凤天边多。床头金尽壮气短，张生张生将奈何。去年棘闱贡秋赋，西风鹗荐排云路。尘海渐无仙筏迎，美人自古伤迟暮。迟暮亦何悲，凄凄多苦音。夜深雄剑射[5]秋水，寒芒倒卷愁人心。愁人所在无不有，君诗自是射雕手。万丈精光[6]烛星斗，天风飒飒蒲牢吼。我读君诗长太息，引杯欲饮无颜色。焦桐将作爨下灰，世无中郎焉能识。吁嗟乎，男儿生当早作云霞骞，何为穷途犹受狍鸮怜。元音不作后夔死，兀兀独抱停云篇[7]停云阁君集名。

【注】

[1] 此篇，前集题为“赠张二松臞即题其停云阁集后”。

[2] 此二句，前集作“吾生好壮游，束发走天下”。

[3] 文章之妙足千古，前集作“文章俊愚轹侪辈”。

[4] 礧磈，前集作“磈礧”。

[5] 射，前集作“抱”字。

[6] 精光，前集作“光铓”。

[7] 男儿生当早作云霞骞，何为穷途犹受狍鸮怜。元音不作后夔死，兀兀独抱停云篇，前集作“男儿生当云骞复霞举，何为穷途犹受狍鸮侮。龙门杳杳元音哀，坐使淮阴哙等伍”。

春晚偕松臞野望

【注】诗作文本见前集所录。

感兴自述和松臞作[1]

鞍马匆匆岁月过，胜游空自阻关河。楚词哀怨悲山鬼，香国繁华付梦婆。不为风尘摧傲骨，独馀憔悴泣商歌。天涯多少飘零感[2]，饥凤愁鸿奈若何。

隐隐[3]天门訞荡开，谪居无复住蓬莱。宝刀夜月苍鲸吼，铁[4]勒西风赤骥哀。合座但招长揖客，十年空愧倒绷孩[5]。眼看朋辈青云上，谁是梁园作赋才。

早岁[6]淮山作壮游，风霜早敝黑貂裘。曾经废垒哀枚叔，独倚空台吊故侯。白社烟花偕日丽，黄河波浪与云浮。信陵已死宾朋散谓书槐程君，衰草斜阳满目愁。

对酒高歌剑气寒，朔云冉冉上阑干。深林莺鸮增啾唧，天外鹓鸾卷羽翰。若箇奇文识绵竹，有人空谷操猗兰[7]。离絃萧瑟黄粱醒[8]，一样霄衢浩劫叹。

【注】

[1] 前集有组诗题作"感兴"，共三首，其中文字与本组作品前三首略有不同，已注出并作以简要说明。此处第四首诗作前集未录。

[2] 感，前集写作"恨"字。

[3] 隐隐，前集写作"远见"。

[4] 铁，前集作"銕"字。

[5] 合座但招长揖客，十年空愧倒绷孩，前集作"挥麈谁招分芋客，屠龙应惜倒绷孩"。

[6] 早岁，前集作"记向"。

[7] 操猗兰，即琴曲《猗兰操》，也称作《幽兰操》。据传《幽兰操》最早为孔子所作。

[8] 黄粱醒，黄粱梦醒的省称。即"黄粱一梦"的典故。

南塘花艇谣

湖光潋滟波含烟，东风三月柳脱绵。桃花萦絮黏琼缕，春草涂绡上钓船。花草迷离带愁思，长堤十里停歌吹。有客低徊忆旧游，凄凉重说当年事。当年此地聚群花，蛱蝶迷芳笑语譁。画舫盈盈未蜀锦，疏簾隐隐护江纱。风流选丽留深春，几处芸妆障娇面。卢女韶年未破瓜，秦娥镜阁曾开宴。绿酒红灯伴寂寥，熏炉点[1]雾夜焚椒。剧怜拇阵传呼里，细点春[2]葱按六幺。六幺按拍歌声续，寻絃赴节娇丝竹。已听琵琶裂帛音，又闻箫管流珠曲。歌罢缠头落舞衣，轻鞾窄袖斗芳菲。鸳鸯索爱遗钿盒，翡翠通巢压绣帏。绣帏钿盒纷无数，朝云暮雨巫山路。戏綵争夸贴地腰，踏流[3]群美凌波步。宛转兰桡结队游，银河淡扫月如钩。只缘别绪怀鸾凤，哪有闲心惜鹭鸥。秋风一夜催萧索，盟誓三生感飘泊。西子传闻去五湖，枉教天上悲香诺。剩粉零脂觅断踪，湖边冷露泣芙蓉。楼台写怨鞋留谶，苕玉前身不再逢。远渡沉沉隔葭水，红桥一带随烟圮。冷月霜罗入画图，斜阳衰草凋罗绮。我亦频年梦彩裙，天涯回首忆蘅云。珊鞭金勒寻春去，豆蔻梢头散锦纹。估舟日暮迎潮上，古寺钟声送残响。散鸭人归蒲作帆，打鱼客至丝为网。不见前番窈窕娘，沿流曲曲认迴肠。何时再结蘼芜约，占尽温柔住此乡。

【注】

[1] 点，前集作"含"字。

[2] 春，前集作"纤"。

[3] 流，前集作"青"字。

舟次三汊河

【注】诗作文本见前集所录。

江上阻风

【注】诗作文本见前集所录。

金山夜泊

【注】诗作文本见前集所录。

京口望江[1]

战舰排空历怒涛，牙旗猎猎阵云高。芙蓉秋水凝寒锷，雕鹗西风拥节旄。玉帐朱竿摩日月，海门银线卷弓刀[2]。天涯惯作封侯梦，浊酒分红上锦袍。

【注】

[1] 前一首诗作文本同前集，故不重录；第二首诗中文字与前集不同处，作以简要说明。

[2] 弓刀，前集作"刀弓"。

吊钱元镇之鼎年丈[1]

旧恨茫茫逝水流，无端残梦逐沙鸥。荪兰迢递灵均恨，花月飘零杜牧愁。占镜功名催去鸟，迷云[2]身世泣沉虬。风流雅忆秦淮海，膏馥珍藏一卷留[3]无锡秦小岘侍郎将为君刻遗集[4]。

【注】

[1] 前集题作“京口吊钱元镇年丈之鼎”。

[2] 云，前集写作“蕉”。

[3] 膏馥珍藏一卷留，前集作“碑版文章一代留”。

[4] 无锡秦小岘侍郎将为君刻遗集，前集阙。

舟中读离骚

【注】诗作文本见前集所录。

京 岘 山

【注】诗作文本见前集所录。

促 织

梧荫清如水，西风露草侵。孤吟托绮怨，永夜续秋心。申以缫丝恨，催残断杼[1]音。凄凄蓬径里，和月咽衣砧。

已罢回文织，刀环百感生。不堪明月夜，忽送断肠声。我亦飘蓬[2]梗，天涯寄远情。孤灯倩花卜，愁听候虫鸣。

【注】

[1] 杼，前集作“杵”字。

[2] 飘蓬，前集作“飘萍”。

六 夕

【注】诗作文本见前集所录。

七 夕

星汉横斜淡欲秋，长空缥缈月如钩。罗云卷尽占花梦，锦水飘残卜镜愁。残夜几曾托香怨，闲心[1]宛尔证灵脩。参媒氏妁荒唐甚，乞巧空馀鸩鹊楼。

【注】

[1] 心，前集写作“情”。

八 夕

【注】诗作文本见前集所录。

采 菱 曲

【注】诗作文本见前集所录。

古诗十章寄答鹿苹词丈并简里中同社诸子[1]

论诗宗汉魏，鄙哉耳食言。宋唐别门户，役役空自烦。末流窃馀习，藉托韩杜尊。神龙戢首尾，炫目窥爪鳞。要为秉圭的，独力写本原。乃能畅华藻，雕削搜灵根。元精诉真宰，葆一驱冥昏。风云助[2]奇色，穮秾扬飞[3]尘。勉旃慎趋步，可以息众喧。（第一首）

吾乡盛风雅，中道久[4]歇绝。槃敦委荆榛，蛙鸣间蚓穴。先生起蓬庐，枷芟慎区别。险势凿五丁，秋隼凌空掣。镌劖暨窔幽，膏馥葆香洁。寸管持骚坛，乃争砥柱烈。独恨知音希，韶华去飘瞥。香草抱孤芳，西风送萧屑。感此劳中肠，喟焉慕前哲。（第二首）

罡风日夕吹，吹我下蓬瀛。神山不可即，时有回风生。墨云蔽潜蛟，碧海歼长[5]鲸。霓裳咏天上，魂梦牵瑶京。干将郁奇气，四顾忧烦萦。烦萦独何为，襆被将远行。河干赋折柳，江树延离情。转蓬无定踪，啼鸾无端声。孤篷带明月，去去指蓉城。（第五首）

旧游已如尘，新愁复如雨。吾生感蜉蝣，天涯独凄苦。宛马厄其羁，饥凤铩其羽。神剑摧[6]雄锋，肝胆泣蛩駏。空谷锵元音，虚怀纳钟庚。芝林擢春华，蕙室采秋杜。骚雅叩真师，□□薄狐鼠。请葆岁寒心，黾勉敦古处。（第九首）

【注】

[1] 前集亦有此题，与此处第一首、第二首第五首及第九首中文字有不同，故注明。

[2] 助，前集作“铸”字。

[3] 飞,前集作“其”。

[4] 久,前集作“义”字。

[5] 长,前集作“巨”。

[6] 摧,前集写作“埋”。

读双花阁词稿[1]

秋水文无寄远情,酒旗歌板证前盟。惯逢[2]张角迷琼月,别有韶华冠玉京。荳蔻春深花作市,芙蓉香暖锦为城。梁园赋雪新词唱,赢得青毡百感生。

【注】

[1] 前集亦有此题,此处第二首后自注“绣囊笙谱”,第三首后自注“酒边人语”,第五首中文字有不同,下引注明。

[2] 逢,前集作“馀”字。

题东江渔者手书五律四十四首后

【注】前集亦有此题;此处题后自注“渔者沈谦字去矜明末人”,前集阙。

噉毒行

蝍蛆性制蛇,蜥蜴善缘壁。两虫适相值,鼓锐慑劲敌。辟砂逞搏噬,蹑足运攻击。如为蛮触争,遽作蚌鹬阋。须臾一军歼,股栗告败绩。近宂孚易占,剥肤有馀戚。蝍蛆布凶德,致蝥竞凌轹。有客循階除,祛热展良觌。睨壁呼骇观,数典诧历历。蜮以蚶弩侵,蜎以腹矢彀。蝮蛇产南方,齧草戕甘沥。毛虫蚀花背,截刺旋丝羃。凡兹毒蛊溃,动如发中的。主人逌尔笑,舒辞疑允迪[1]。天地物生万,历劫互推激。螣蚜斗震霹,猗[2]彼机械深。造物难为力,惟以毒制毒,乃能快荡涤。譬如圣明世,群丑结狼獥。兵戈兆欃枪,玉石罹火焱。馀孽乘反间,讨罪告飞檄[3]。廓清见宇宙[4],羽翼逞剪剔。至哉理不移,已矣心如惄。书之作灵符,无为名巫觋。

【注】

[1] 疑允迪,前集作“遣尘惑”。

[2] 猗,前集作“翳”字。

[3] 讨罪告飞檄,前集阙。

[4] 廓清见宇宙，前集阙。

闻 雁

【注】诗作文本见前集所录。

蕉

【注】诗作文本见前集所录。

夜 坐

【注】诗作文本见前集所录。

雨夜读昌谷集

商飙驱云化残暑，老鸮夜静作人语。孤灯黯黯煎澄膏，深房笼雾窜苍鼠。古诗一卷荡绮愁，空山魑魅悲清秋。摩天健笔补造化，盘盘宝气凌斗牛。羲和浴日出瑶阙，倒骑踆乌逐明月。南弧东壁神曳烟，银潢一泻水为竭。太行西来云瞩霄，潜虬卷瀑翻银潮。巨灵入海斗河伯，飞仙踏剑星辰摇。[1]黄尘匝地羃荆棘，九龙啣烛没西极。猰貐磨牙虎传翼，巫阳叩阍剪妖魃。云[2]车下召排惊霆，紫[3]泥镂篆神效灵。神旂欻艳[4]蔽天半，呼星驭鬼烟气青。骏骨查牙压车毂，和璧在山瓔荫縠。紫皇睒电收诗兵，下与词坛剖鱼目。我生甘受熊虺吓，乌兔鞭轮惜虚掷。玉楼拔地千百尺，安得捐珮去谒长爪客。

【注】

[1] “飞仙踏剑星辰摇”句后，前集有“土花剧碧破幽梦，昆鼎蟠螭泣枯风。鉴色遣招青眼胡，鼪鼯謍血凿苔洞”四句，此处阙。

[2] 云，前集作“雷”字。

[3] 紫，前集作“芸”字。

[4] 神旂欻艳，前集写作“绛旗欻纷”。

漫兴和松臞韵

【注】前集题仅“漫兴”二字，其下文字同。

秋日郊行

秋思无端昼掩关，登临转拟破愁颜。湿云白酿千林雨，落日红遮一[1]面山。隐隐芙蓉连水阔，依依鱼雁寄书艰。十年[2]牢落天涯客，咫尺琼楼未许攀。

【注】

[1] 一，前集作“半”字。

[2] 十年，前集作“只今”。

里巫曲

【注】诗作文本见前集所录。

月夜寄怀里中诸子

【注】诗作文本见前集所录。

题孟鱼矼起凤负瓢图

【注】前集题中无“起凤”二字，诗中文字同。

美人蕉

【注】诗作文本见前集所录。

题梧溪集后用郏仲义题旧稿韵

席帽上人[1]逞高寄，风义卓立无与侔。文星堕地作诗史，奎林华宝兼为收。弱冠妙誉满天下，时有豪气凌九州。梧溪作字表先泽先生以祖母徐夫人手植双梧於横河之上因自号梧溪子，布衣抗节徵儒[2]脩。岂令遗泽混尘滓，莺鸠一笑嗤群流。堂奥骎骎辟汉魂，平生著述轻[3]韩欧。五门献瑞上天子，河清颂与参军俦。大臣荐之不受职，烟江泛棹寻渔讴。伪吴开邸集宾从，公卿滥爵膺貂裘。景贤楼高矗云起，吴陈入幕资宦游元至正间献河清颂於朝大臣荐之辞不受时张氏开邸姑苏招贤礼士先生远引终始不汙一命。先生超然作凤举，避兵坐刺乌泾舟。是时海内竞烽火，群雄赤手争王侯。真主提剑起淮泗，戈船百道临沧洲。一朝国祚倏烟灭，钓竿独拂珊瑚钩。海天空阔白云杳[4]，闲星有似沙鸥浮洪武初有以先生荐於北上者召之甚急亦以老病固辞。诗歌写歌亦事馀[5]，词坛健笔风飉飂。黍离满地羃荆棘，入山拟叱王冕牛。阐彝禩幽出至性，叙[6]事婉直追春秋。杜陵风雅有继述，鲸鱼跋浪珠光留。澄江地僻不归去，结庐小隐东海沤。兴来慷慨寄悲痛，茫茫身世哀江头。铗崖镌序属心赏，玉峰冰雪盈双眸。我来展卷快披读，宣磁巧击玲珑瓯。深情远韵此为最，奚假饾饤贻人羞。惜哉槃敦就销歇，蟪蛄在野鸣啁啾。槃槃大集足千古，如公於世诚何尤。梅花古院吊陈迹，筑亭结榜[7]名休休。怀贞卓谊并日月，糟醨餔啜非所忧。仲连蹈海有如此，叙言请证番阳周番阳周伯琦序梧溪集末云异时如传逸民吾必以原吉为鲁仲连之列。

【注】

[1] 上人，前集作“山人”。

[2] 徵儒，前集作“觇纯”。

[3] 轻，前集作“追”字。

[4] 海天空阔白云杳，前集作“徵车下诏辞不就”。

[5] 事馀，前集作“馀事”。

[6] 叙，前集写作“综”。

[7] 结榜，前集作“便拟”。

十二月二十九日申耆夫子招祀东坡先生於暨阳书院之聚星楼即席和毛申甫[1]岳生万字韵五古一首

风霆植奇节，摩穹遘险困。微生秉耿介，鄙俗召嫌怨。昔读海外文，灵怪起方寸。公乎厄世网，岭峤远迁遯。春梦化幻泡，祸机中千万。猗嗟蛟与鳄，钩党竞滋蔓。披发诉阊阖，元气散飞坌。灵垣瞩奎曜，宝鼎古香喷。桂酒酌兕觥，并起肃拜献。云旗凌朔风，占月已丑建。高论千古名，宴酣破沉闷。慷慨历[2]蝎磨，游戏毳饭。南飞有遗曲，感此寄深绻。别思托暮云，迢迢散尘愿。请持介寿尊，离筵互酬劝时申甫将归嘉定[3]。

【注】

[1] 前集作“生甫先生”。

[2] 历,前集作“痛”字。

[4] 时申甫将归嘉定,作者自注,前文阙。

白　桃　花

洗尽残红露点浮,疏花一角倩魂留。空江月上迷春渡,古洞云对放钓舟。宛宛[1]闲情黏粉黛,凄凄残梦袅银钩。玄都观里重回首,惆怅刘郎已白头。

【注】

[1] 宛宛,前集作“隐隐”。

红　桃　花

浅黛依依隔水村,红墙宛转仅消[1]魂。芸脂一抹春窥镜,人面重寻昼掩门。别院笼纱浮绮[2]縠,天台过雨衬霞痕。绝怜庾信探幽日,望断湘洲醉眼浑。

【注】

[1] 消,前集作“销”。

[2] 绮,前集作“浪”字。

兕觥归赵歌

灵犀镌巨觥,古色鉴彝卣。卓哉文毅公,直节允不朽。粤明[1]神宗朝,江陵弼左右。夺情断至性,天变示儆纠。寒蝉噤不鸣,瑟缩玷官守。惟公秉大义,谔谔斥其否。雷霆斗逆鳞,金锳贯两肘。涕泣辞午门,仓皇纳簪绶。同时许文穆,都亭饯杯酒。文羊角鬖鬖,斑纹浸沉黝。临歧沐琼德,高谊佩良友。白虎古有尊,庶几垂永久。沧桑幻云烟,摧廓落滓垢。呵护遣甲丁,蠹蚀靖群丑。风尘遘奇会,流转归曲阜。赵君眷祖泽,寤寐抱慄懔。道路界山海,傧绍倩谁某。覃溪翁学士,寓书饬下走。菌云蟠胥衢,倏忽宫换丑。完璧西辞秦,再拜别鲁叟。天机互循环,圆散数匪偶。惟此孝思笃,廼见先德厚。庙享卜吉日,豆籩间清酸。乡贤秉正祀,兹器衰然首。更有腊[2]赀藏,忠烈纪人口。远配岳祠爵,近规秘府白。

【注】

［1］明，前集作“昔”字。

［2］腊，前集作“宿”字。

欹器图

欹器为宋宣仁赐傅伯寿之物。端绪制度载：蒋记嘉庆戊辰虞山赵君邠亭同岐宰晋江，阅泉州郡志有傅氏今尚宝藏之语。访之，则已归曾氏矣。因从曾工部约严乞观，工部即以为赠。张兰渚中丞见之，谓非近今珍玩所及。赵君仿造，以银为之，用之祭祀以传不朽。予就原序节录其半，略存梗概焉[1]。

昔[2]闻兕觥褒尽忠，荐馨承祀先德隆。何年欹器沐遗泽，上侔斋室躅酒同。[3]赵君作守宰闽越，威风一羽凌霄翀。公馀辑志证史传，琴堂春静官烛红。旧传環宝出傅氏，云烟历劫归南丰。寓书乞观遣下走，欲以摭𡑎徵倕工。元精耿耿落天半，欵如凤盌辞罍宫。摩挱检视动光采，灵瑜椮绿包篆虫。猗与琮玖拜嘉贶，断金铭德缶纪功。浙西中丞运精鉴，辨事有若针芥融。流传[4]敬拟错刀赠，时见宝气蟠金虹。惟公卓识冠人代，请规矩度昭群矇。鹁青贯月烛[5]星斗，宣炉铸火迎丰隆。传之孙子守型典，雷纹沉黝镌鼎钟。岁时庙享卜吉[6]日，蘋蘩展敬圭臬崇。[7]大贤手泽衍馀庆，谁其禄美兹益共。卓哉令子善继述，舒忱秉孝敦父风。云帷剔蠹补残帙，蓼莪寄痛心冲冲。良工制锦擅绝技，摹形点笔图玲珑[8]。芝华[9]古色削鬼斧，两旁欒耳玉琢璁。旃楠镂匣贮寝庙，不令铜仙石鼓埋荒丛。词坛褒阐著其实，庶几兕觥铭寿相始终。

【注】

［1］前集无此自序。

［2］昔，前集作“我”。

［3］前集此句后有“覆虬砺角字镂背，以形合范磨青铜”二句，此处阙。

［4］流传，前集写作“流转”。

［5］烛，前集作“瞩”字。

［6］吉，前集作“柔”。

［7］前集此句后有“芝华育秀结云纽，飑觚鱼洗争玲珑”二句，此处阙。

［8］摹形点笔图玲珑，前集作“模图点笔妙手空”。

［9］芝华，前集写作“团雾”。

梦鸳词[1]

霜径零烟羃翠苔，闲闺人去梦寥寥。莲虫灯烬蛾脂薄，宝月香残蠹粉消[2]。春恨十年萦豆蔻，秋心几点碎芭蕉。蓬山万里星河远，灵鹊空填宛转桥。

怅望棠階浥露迟，天涯消息问何之。龙飞药店空馀骨，凤去梧台未[3]染脂。流水迷云烟黯黯，残绡萦砌雨丝丝。不堪潘鬓凋霜日，又听人间锦瑟词。

愁计残更下漏签，错教比翼问鹣鹣。招巫仅有徵兰信，证梵从无握蕙占。十二韶春怜水逝，三千锦幄误花拈。琼芝转瞬归天上，香海何因觅断缣。

低徊重叩绿章灵，独盼天街忆女星。楼阁虚无灰化劫，珮环迢递月横屏。也知黄壤都归幻，误向缁流唪[4]拜经。最是伤心临别语，年来盼断换衫青[5]。

平生不羡百花妍，澹泊能教绮思捐。荼苦荠甘供食品，翠寒珠冷负华年。闲怀总为经愁少，薄命何曾惜福延。却恨黄粱催醒后，金鱼伴梦益萧然[6]。

妆罢依依傍镜台，略从平面拂轻埃。疏花有样凌晨仿，奇字关心隔夜猜。差幸人天钟慧业，独怜尘海送孤荄。残笺剩幅飘零甚，尽箧牵蛛未忍开。[7]

芳讯频年隔故都，酌罍空自忆文无。清寒门第骄龙鬼，辛苦齑盐话女媭。乞水未能分薄润，典衣时或佐闲需。凄凉剪纸招魂日，望断云旗泪眼枯。[8]

【注】

[1]《澄江小草》集中有《梦鸳词并序》一首，此处无序；二者文字不同者，下引注明；"一觉华胥"等后五首与《澄》集无异，故不再引出。

[2] 消，《澄》集作"销"字。

[3] 未，《澄》集写作"不"。

[4] 唪，《澄》集作"乞"字。

[5] 此末句，《澄》集阙。

[6]《澄》集无此首。

[7]《澄》集无此首。

[8]《澄》集无此首。

野鹰来

【注】诗作文本见前集所录。

秋日书感[1]

无端残劫落尘寰，珠斗星旗射血殷。谁遣鲗[2]云蒸白日，致令蜃[3]雾羃青山。天边城郭苍茫外，海上楼台变灭间。欲向灵巫问消息，又看狂豹驭风还。（第一首）

天府雷霆戢巨魁，日边星使斗车催。坐看霖雨施鸿野，岂料贪泉诱鸩媒。热客钦金曾作市，冷商避债已无台。愿分河伯西江水，洒向云衢化宿[4]埃。（第五首）

拯弊[5]曾无济世谋，索瘢推[6]垢费持筹。章封吃回天听语[7]，泽靳灵膏散鬼愁。争说卢循屯海国，笑他吉甫在扬州。书生经济都如此，却累天涯泣楚囚。

（第六首）

【注】

[1] 前集题作“秋日杂感”；其第一首、第五首及第六首文字与前文不同，下引注明。

[2] 鲗，前集作“红”字。

[3] 蜃，前集作“黑”字。

[4] 宿，前集作“梦”。

[5] 弊，前集作“獘”。

[6] 推，前集作“求”字。

[7] 章封吃回天听语，前集作“章封吃语回天听”。

观音寺古柏行

西风卷叶烟濛濛，拏云直上摩长空。此树婆娑不知几百载，结根乃在莲台东。我从去年渡桃港，苍茫吊古春申封。珧簪珠履久星散，残岩踏遍荆榛丛。东城古寺绝幽寂，旃檀缥缈金人宫。空堂昼锁浸深黑，秋苔缘壁凋霜红。旁有劲柏势蟠屈，峭立千丈何童童。灵根转地结蜗篆，翻枝倒掩[2]摇青铜。一株下视荫华盖，一株突起凌虬龙。雷霆劈云劫火死，独留孤干尘埃中。夜深爽籁落天际，须臾散入钟楼钟。浮尘掉尾荡烟雾，闲云野鹤棲孤踪。老僧不解述时代，茫茫桑海将焉穷。吁嗟乎，茫茫桑海有时易，惟尔凌寒卷叶撑西风。

【注】

[1] 掩，前集写作“卷”。

秋暑不解拟古热行

【注】前集题中有自注“未抄”二字，此处阙；诗中文字同。

题江襟三词丈僑竹千竿一老人图

【注】诗作文本见前集所录。

和德子浚明府宣咏经参军克勒马作[1]

健儿骑马如乘船，风云踔踸谁与前。传闻叱拨出西极，朝刷瀚海宵并燕。和门相骏获拱璧，雄姿飒爽空九边。拳毛转漆怒晴朗，霜蹄转电雷般阗。騂青骍赤出其下[2]，匈秣不羡禾百廛。团云羃发尾稍铁[3]，元玉照耀黄金鞯。龙媒声价此为最，雕鹗突兀凌秋天。使君旧隶羽林籍，滇南万里骖骊騔明府有滇海南归图。故应一顾有神契，摩髋镂髆惊腾旋。方今雷对展骥足，御繁以约无迂牵。王良伯乐两相值，行将排阖扬珊鞭。独不见宝马登歌汗血新，蒲梢入贡天厩驯。

【注】

[1] 前集题作“和德明府咏经参军克勒马作”；诗中文字亦有不同，下引注明。

[2] 騂青骍赤出其下，前集作“赤骍青騂厕其下”。

[3] 铁，前集写作“銕”。

惆　怅　词

【注】诗作文本见前集所录。

钱　神　歌

矞云䯄欻金作穴，九星煌煌丽琼阙。天风飒奕灵旗开，上清童子五铢结。昔闻经仲联文昌，又闻墨神散瑶屑。何哉兹神以钱贵，铜臭[1]逼人为气烈。群真朝天幻玉节，鹌金融火铸飞雪。错契纳赂乞九遷，仙吏上跻[2]名器窃。人间[3]仕宦太薰炙，坐令神灵灼中热。昌黎五鬼曳柳船，穷海泛行[4]截黑湟。投刺饬谒闭珠库，嚄嚄啃啃强掉舌。朱旂彗日蔽地来，霞裾闪色错紫玦。前驱飞蚨昴旆旋，后骑王邓马勒□。金刀脱佩招天魔，钧乐三终帝阍彻。震雷驭阊百里惊，巫咸衔诏拥鸾辙。命遣甲丁清贪泉，秽德沃汤就消灭。方今四宇日再中，小丑匿阴荡苞蘖。多士兢兢石砺操，屏赇完素葆介洁。离明瞩电暨窔幽，敢以丧宝诮箴亵。嗟乎尔神亶不聪，爪牙吞攫逞饕餮。锱铢布算积危穽，作踊示后伏遗孽。又况字体从金旁转戈，杀机巧中精气竭。季奴骄纵灾剥肤，桑孔析毫败罹铁[5]。尔胡弗示人以作善之祥、饬簠之哲。而乃据膏盗腴肥其家，使智[6]者昏达者拙。吾生读书却世网，画易俟命奉真诀。朝夕营计囊赀捐，左右支诎耗心血。咄哉[7]势利达冥漠，独於贫富善区别。吾将使[8]尔煎念涤虑去滓秽，木枕制闲戒蹉跌。去官选一绍会稽，不与谋甒竞私肖颃颉，持盈秉镒惩厚亡。日昃月蚀理寄捩，谨以此语大书深刻置奎壁，爰使吴濞沈充之辈化鄙劣。

【注】

[1] 铜臭，前集作“得毋铜臭”。

[2] 仙吏上跻，前集作“上跻仙吏”。

[3] 人间，前集作“胡为”。

[4] 穷海泛行，前集写作“行泛穷海”。

[5] 铁，前集作“銕”字。

[6] 智，前集作“知”字。

[7] 咄哉，前集作“咄咄”。

[8] 使，前集作“遣”字。

招 香 词

东风杨柳围珠楼，流莺含絮催离愁。当筵忽送断肠曲，宛转飘零忆旧游。东家有女十三四，灵犀一点牵愁思。梅额先春娇[1]惹红，芸脂压鬟新涂翠。阿母平康负[2]盛名，秋娘老去擅风情。鸳衾留约嫌更短，鸡枕迷香索笑迎。无奈寻春狂蛱蝶，偷窥欲寄氤氲牒。哪识姮娥喜独居，定情无梦题红叶。苦恨良媒触素怀，玉人深锁静兰堦。蕉[3]窗掩月描鸾镜，画帐涂云落凤钗。残妆隐隐分[4]罗绮，绝代容华艳桃李。仙国迟逢解珮踪，有人怅望银河水。年去年来恨不禁，蚕丝辗转病魔侵。唾痕碎溅相思草，染尽猩红伴绿阴。薄命殷切寄深喟，愿洗闲愁入莲界。粥鼓斋鱼证法缘[5]，烟花从此消残债。公子王昌有俊才[6]，良宵选艳箔云开。隔簾一见倾心许，双袖垂珠纳镜台。深情缱绻从头诉，参氏芳讯[7]通云路。桑海低徊乞绿章，肯留后约将人误。明年夫壻去天涯，回首西陵油壁车。何日双棲同命鸟，何时开出并头花。转瞬泥金胜文战，粉署仙郎转乡县。门巷依然衬[8]落英，秋雨沉沉闭深院。深院惊寒梦寂寥，偷弹香泪湿冰绡。灵巫占谶呼难起，一把东阳瘦沈腰。沈腰瘦削春魂懔，霜蕤黯黯凋孤枕。鸿術拈剂冷未工，蚕头咽水寒先噤。

浩劫沉烟怨未胜，兰房香雾晕千层。罢烧丹篆长生箓，枉爇红膏续命灯[9]。北邙入夜西风疾，芙蓉萧瑟悲初日。天上人间感[10]夙因，招魂空觅回生术。孤榇曾闻寄梵宫，哀猿和血泣秋蓬。无端啼粉飘脂怨，又向荒郊续断蛩。有客拈毫叙芳洁，新诗宛宛[11]增凄咽。更写长康留视图，传神顾影双愁绝[12]。杜牧经年感慨多，浮云西北望如何。绿珠缥缈无消息，怕听江南白紵歌。

【注】

[1] 娇，前集作"淡"字。

[2] 负，前集写作"有"。

[3] 蕉，前集作"芸"。

[4] 分，前集写作"飘"。

[5] 证法缘，前集作"伴此生"。

[6] 有俊才，前集作"负壮才"。

[7] 参氐芳讯，前集作"参媒氐妁"。

[8] 衬，前集作"锁"字。

[9] 沈腰瘦削春魂懔，霜蕤黯黯凋孤枕。鸿術拈剂冷未工，蚕头咽水寒先噤。浩劫沉烟怨未胜，兰房香雾晕千层。罢烧丹篆长生箓，枉爇红膏续命灯，前集未见。

[10] 感，前集作"断"。

[11] 新诗宛宛，前集作"公瑾新诗"。

[12] 传神顾影双愁绝，前集作"镌华仅许夸三绝"。

和申甫先生食河豚元韵

荻芽短短春洲生，渔师结网如列城。江潮渤澥雪吹上，险窜巧中偕鲂□。腥风过市散尘坌，侏儒诧述鲱鲱名。老饕阅顷动食指，圆鞠计数夥捭抨。歼腮去颊肖奇诡，斑纹镂碧琼贝莹。良工剔腹荡蛊血，寒云瞥过霜刃轻。长日融阳灶觚净，蒌蒿菘笋加溉烹[1]。家人卷舌亟呼莫，奈何冒死鳞逆撄。屠门大嚼且快意，肠胃延爽甘饫英。即如膨胀亦偶尔，岂容执一互较衡。彭殇生促注斗籍，胡不析理持其平。而乃[2]鄙劣域管见，坐视膏馥瞰鬼惊。或云触物竞嗔斗，伺隙有若鹬蚌争。饥蛟破浪掉锯尾，逆逞犷悍蟠九兵。雾留蔽星脱机彀，长驱潜鳄戕华缨。毒螫臓劙置危地，遗孽喧哄鲸钟铿[3]。天刀圻肉胆未慑，鲲鲵踞冗相兼并[4]。圣灵替勳遏雄虓，掣石投卵剋芭萌。於时窜莽伏矫捷[5]，混珠之目毋乃盲。惊霆排电震□穴，屏慄郁缩息憿惝。鲮蛇踑跀剥铠甲，沸汤就灼销残酲。吁嗟群丑翦羽翼，正奇辟酖溃厥成。况兹鲵鲐佐食品，夹箸奚啻眥枭羹。不须咄咤命投畀，筋脉摇动嗤娱娱[6]。吾生旷达恣饱啖，左矛右盾五岳横。熊蛙肥瘦古所训，融精奕奕变态呈。中孚占信孕阳气，群阴摧朽当耨耕。毛君镌析[7]暨毫末，碧海駈击掣巨鲸。敬请篆石榜愚谷，口蜜腹剑惩幻盈。

【注】

[1] 加溉，前集作"拙火"。

[2] 而乃，前集作"何哉"。

[3] 遗孽喧哄鲸钟铿，前集作"遗孽藉口传阴铿"。

[4] 相兼并，前集作"合沓并"。

[5] 於时窜莽伏矫捷，前集作"犹且窜莽恃矫捷"。

[6] 娱娱，前集作"嗔娱"。

[7] 析，前集作"妙"字。

元日书事[1]

猛虎凌风作怒吼，阶下追逐狐兔走。招朋引类夺门去，一兔逡巡落其后。爪牙四起竞拏攫[2]，兔兮乃为虎所殴。须臾毛血飞尘埃，猝以残躯饱毒手。在野未闻凿三窟，径逞狼贪玷厥守。矜雄争冒敢死名，膏腴自剥职谁咎。呜呼法网天下疏，遗患时启腋与肘。雷霆斗劫慎巧避，伏戎于莽聚群丑。牲牲麌麌鹿走险，荡荡潏潏鱼纵笱。噫嘻尔兔计事拙，狡犷动为成见狃。想其屏慄窜息时，沃甘巧惑作媒诱。及乎机败率蝟逃，召祸乃曰兔斯首。尔时揲朔[3]不敢前，险穽構危如伏杻。惊魂震慑洮入颡，并力驱之落堑薮。虎威咄咄来逼人，时且匿阴瞰党偶。惟[4]苞有蘖实厉堦，下使茅[5]芹去稂莠。闲检踰荡请鉴兹，临财敬勉得毋苟。

【注】

[1]《澄江小草》集中有此题，二者文字不同处，下引注明。

[2] 拏攫，《澄》集作"攫拏"。

[3] 朔，《澄》集作"蒴"。

[4] 惟，《澄》集作"维"字。

[5] 茅，《澄》集写作"藻"。

读娵隅集[1]

荡荡默默气幂兀，诘诘曲曲凿[2]山骨。夜深灵怪腾精光，径招韩杜入词窟。

先生年少负盛名，曹王抗手扬华英。天马脱羁入薇省，群公倒屣兰台迎。禁阑蜚语谴奇困，祸机巧中不盈寸。坡老身宫坐蝎磨，尘埃颠蹷堕藩溷。天星一夜落天狗，穷边万里惊失守。将军秉钺诏出师，匹马短衣孑无偶。初行滇南后蜀游，山川奇胜销烦忧。雷洄百道激飞弩，剑门千丈蟠高秋。绝域从来少人迹，猩啼猿啸竟终夕。王阳转驭夸父死，诗境到此乃开辟。是时羽檄方交驰，强贼伺险无敢窥。双手兀兀不持铁[3]，箭丸鎗雨[4]空尔为。风沙沉雾静莲幕，雄思驱慑振磅礴。短兵阻隘竞相接，顽山顿遣五丁凿。吁嗟乎！方隅管见止睫毛，纵有健笔穷劖[5]雕，谁其窔邱阴岭恣游历。亦且批旌夺槊摩弓刀，乃知窠臼新翻入超旷。必乘绝险去宿障，雷霆走锐作怪声。灵气上与造化抗，空堂白战勇绝伦，伟特不惧俗眼瞋。毛君行箧贮善本，读之奕奕如有神。独怪雄才厄灭劫，残星在天就销灭。败鬼瞰人鼙鼓骄，夜深倒溅髑髅血。丈夫所志在报国，沙场裹革气不折。文昌孕精植忠烈，岂独潮海荡涵斗雄杰[6]。

【注】

[1]《澄江小草》集有此题，二者文字不同处，下引注明。

[2] 凿，《澄》集作“露”。

[3] 铁，《澄》集作“銕”。

[4] 箭丸鎗雨，《澄》集作“鎗丸箭雨”。

[5] 劖，《澄》集作“镵”。

[6] 杰，《澄》集无“杰”字。

人日君山观野烧[1]

穷崖闭群动，万物干凝严。怒霆运劫火，天地开甑鬲。孤光破电闪，上薄蒸琼奁。枯荄化残梦，翻使溪湿霑。昨闻赤熛怒，下令驱蜚[2]廉。激荡遏元气，阴阳争并兼。败野下黄血，霜气凝锋铦。腐石起荧烧，爝焆灼败蔹。炮炮金在镕，熚熚井炽盐。熊熊象奔燧，焱焱鱼制棱。祝融驻绛节，騂马垂龙髯。戈兵捽雷车[3]，中女飞朱幨。雷斧击壬水，阳德参离炎。彤霞亘霄阙，幽域惊摩阎。焦爇剥其肤，神鬼遁且潜。况复□飕盛，山猝腾岭尖。尘沙蔽浩浩，涸泽无由汗。腥涎薄怪蛟，灵甲钻腾蚺。鸷鸟弃危巢，骇兽援乔枯。尝论生尅理，五行时共占。北坎乘丑律，肠胃中割砭。五龙入幽穴，虹翔惊复熸。维时木德肇，迷密将尽歼。烈焰助清廓，星烛搜芥纤。元门秘扃钥，生气逆出阽。凶飙化凯谷，乃戢逼处嫌。我来骇奇观，如日窥嵫崦。磨摆幻光怪，纡郁避守谦。轩渠盼焚燎，兀坐恒病痁。作诗踵韩苏，小言嗤詹詹。

【注】

[1]《澄江小草》集亦有此题,二者文字不同处,下引注明。

[2] 蜚,《澄》集作"飞"字。

[3] 车,《澄》集作写"舆"。

踏 灯 词[1]

星毬币[2]雾络秦珠,海上鱼龙出绛都。涩翠悭红看不了,碧空碾碎赤珊瑚。(第二首)

曲曲罘罳饶[3]画廊,惊春蛱蝶误寻香。侬家巧结莲星愿,乞取琼脂奏绿章。(第六首)

【注】

[1]《澄江小草》集亦有此题,其第二首、第六首文字与《澄》集有不同,下引注明。

[2] 币,《澄》集作"团"。

[3] 饶,《澄》集作"拥"。

独 忆

【注】诗作文本见《澄江小草》所录。

扬州寓斋晤程小芗祥芝

【注】《澄江小草》集亦有此题,题中无"祥芝"二字;诗中文字见《澄》集。

读靖海纪事题后[1]

靖海纪事者,纪襄壮公施琅讨郑逆时事也。道光壬辰余客江阴从南陔高先生观国[2]处借阅数日。其诸疏稿剖析剀切[3]、洞中情事,[4]择而录之。因各系一诗於后,凡[5]以记实云尔[6]。

忧疑渍国政,猜忌挠兵谟。震雷驭天外,赫怒戕潜狐。是时贼负险,虐焰盛一隅。鞭朴暨兵卒,歼戮无完肤。群雄竞解体,翘首歌[7]来苏。当此执成见,迁避如骀驽。匪惟[8]耗廪饷，坐饱滋縻虚。亦且昧成算，后效奚能图。貔罴日蕃育，穷岛遗根株。招延纳亡命，并力为前驱。噬脐酿隐祸，咄哉行致痡。窃维日中戒，先发乃令模。沸腾屏众议，精锐肆剪[9]屠。楼船下濑水，一队当澎湖。操纵备掌握，挫击戢觊觎。冒严乞宸断，韬略规灵枢。巍巍嵩[10]阊寄，夫岂同拘迂此决计进剿疏也疏中谨陈郑逆解体根株宜尽之策。

哲王御区夏，舒惨恒竝[11]施。賔服达辽绝，实建无外规。比闻窜林鸟，詟慄居海陲。在昔肆寇乱，煽惑尘魅魑。皇威肃春霆，赫奕命出师。将军落天上，电扫[12]靡孑遗。及今患穷蹙，进退每召疵。面缚诣和门，浩浩觇洪慈。撤兵示诚款，具表藉辑绥。良由圣明世，秉德烛[13]四维。逆则制其命，顺则释其羁。干羽有显化，芭蘖无重滋。从今亿万代，绵历巩帝畿台湾就抚疏。

天险界重洋，地势阻幽窔。其北近吴会，其南通粤峤。山川互绵亘，藩篱杂荒徼。自古绝王享，弃之聚狼獥。窥伺生兵机，纠结[14]抗明诏。方今寰宇清，威稜逞锄擞。纳土奉帝命，陬澨景华曜。胡为竞屏绝，致蹈养癰诮。窃虑无籍徒，伏莽资聚啸。潜招走险鹿，爰集攫丛鷂。红毛结外援，乘机纵劫剽。虽有十全算，恒难禁其嫽。我皇握金绳，四海遍临照。兹土本上隅，方物占区奥。设官守门户，隐患靖荡摇。屯卒与戍兵，一一从裁较。实以重防御，亦以免租调。举凡濒海民，靡不被声教。利害鉴前辙，又安廑后效。良臣经世模，规画洞窾窍此恭陈台湾去留疏也疏中谨陈去留利害之策。

雷斧击狼彗，窜息争慑伏。允宜沛雨露，奠居示息沃。群盲赞密谟，申言散其族。庶使勾[15]结患，一旦靖海曲。臣愚乞借箸，循势尽全局。闽疆昔凋敝，黔赤如几肉。圣聪殛巨枭，推恩宥屠戮。镌誓入肌臆，生气乃可复。侧闻命迁驻，艰瘁向谁告。稽册徵官粮，签役卫征舳。驿[16]骚届旁郡，流亡日相续。哀哀此遗民，丁会何太酷。水火遘疮痍，衽席被荼毒。敢请释厉禁，推心并置腹。天地开蘧庐，万物企乾覆。土著及子孙，旅寄谢爻卜。始知高厚中，默造黎元福此移动不如安静疏也时有议将伪官兵安插附近各省者公上疏力止之。

神禹治水后，作贡同雍梁。肥硗辨土性，暴敛时致防。况以未辟地，兵燹哀痍疮。流民率轻徙，禾野秋无粮。及兹土著者，膏血皆见戕。计臣拜帝命，诛税来穷荒。爪牙掠杼柚，妇子谨[17]盖藏。称贷一不给，猝致肤剥伤。豪侠奋袂起，纠乱为之倡。纵横薄险要，士马精且强。官吏苦无策，太息谋非臧。吁嗟治安计，思患在预[18]防。生聚示宏略，蠲租泽一方[19]。衢尊饫醲化，圣德周海疆。规陈析时弊，邦本廑久长。请献康乐书，敬以登朝廊此壤地初辟宜沛皇仁疏也疏中谨陈闽疆初定赋敛宜轻之策。

中原患戎马，岛屿绝商贾。下令诏四海，开禁通区宇。霈泽沾群生，窃以财贿聚。乘风破[20]高浪，波涛历重阻。其中莠与秕，搆衅争门户。匿险无敢窥，勾招启伏虏。东埔横兵艘时伪镇杨彦迪黄进聚艘百馀号，乌洋萃楼橹时房锡鹏刘会集艘数千恣行海洋。声势众所畏，关津未易堵。蓄舶竞交市，帆樯集如雨。瞰阴搆瑕衅，出入结豺虎。海戍徵兵符，截流作窮拒。天威界地险，敢与文德仵。要之弭患谟，覆辙当先覩。兴贩准定期，科额秉常矩。民生即兹遂，国用以为补。疆圉颂永清，奚复忧外侮。圣鉴握权衡，淳化被中土此海疆底定疏也疏中谨陈海禁宜严预策后患之计。

贰师刺大宛，耿恭拜疏勒。精诚所感通，飞泉乃澌汃。公时佐[21]平卫，一泉佐军食。年深荡灵膏，古光浸黝色。作醎靡所资，胥潮逆侵蚀。荐疏告神明，稽拜祝嘉德。须臾万斛源，团花入云直。辘轳转峻崖，悬溜钟地力。浮甘酌醇醴，往来日万亿。信乎感格灵，湛恩允无忒。丁甲备驱佐，卫精剪蟊贼。大书仿柳记，命工镌贞玏公驻军平海卫其地斥卤旧惟一井仅供百家以迁界泉涸多年军中艰於得水公就军拜祷甘泉立湧足供万灶炊因勒石作师泉记[22]。

【注】

[1]《澄江小草》集亦有此题，诗前序与此处即有不同；其下诗作在文字、自注形式等方面亦有差异，尤以《决计进剿疏》《恭陈台湾去留疏》《移动不如安静疏》《壤地初辟宜沛皇仁疏》《海疆底定疏》《师泉井记》诸首为明显，下引注明。

[2]《澄》集无“观国”二字。

[3] 剖析剀切，《澄》集作“剀切剖析”。

[4]《澄》集中“情事”二字后有“余”字，此阙。

[5] 凡，《澄》集作“亦”。

[6] 尔，《澄》集作“而”。

[7] 歌，《澄》集作“觇”。

[8] 惟，澄》集作“唯”。

[9] 剪，《澄》集作“翦”。

[10] 耑，《澄》集作“专”。

[11] 竝，《澄》集作“并”。

[12] 扫，《澄》集作“扫”。

[13] 烛，《澄》集作“觇”。

[14] 结，《澄》集作“踞”。

[15] 勾，《澄》集作“钩”。

[16] 驿,《澄》集作“绎”。

[17] 谨,《澄》集作“捐”。

[18] 预,《澄》集作“豫”。

[19] 生聚示宏略,蠲租泽一方,《澄》集作“蠲租示宽大,生聚招五方”。

[20] 破,《澄》集作“驾”。

[21] 佐,《澄》集作“驻”。

[22]《澄》集中有“师泉井记”之题,此处阙。

吃梦歌江阴土俗凡省试初回者邀同人聚饮数日谓之吃梦又谓之不见天[1]

秋士善洗愁,秋宵竞催梦。梦长梦短不可知,且过屠门大嚼论凿空。酒人豪气夸拍浮,凭高独对青山秋。兴来吞海作鲸饮,尘襟荡涤消烦忧。霓裳天上赋高会,钧乐三终乐未艾。孤城神剑凝精铓,茫茫愁思生天外。天外飞来春梦婆,令人日日游南柯。华胥仙国入缥缈,风云幻忽侵睡魔。吁嗟乎!还丹非奇遣,曝鳃亦常事。胡为颠倒如盲聋,卜巫占谶无时置。我来接侣开华筵,鲜肥杂进排尊前。拇阵喧呼点白雨,夜深明月横长天。此时高趣遣宿抱,此时残梦飞电扫。何来[2]催租人,败兴亦草草时有俗客在座。书生作事错忤多,无怪梦魂太萦恼。鳌背三山拥海东[3],炊粱一霎醒谁早。

【注】

[1]《澄江小草》集亦有此题,文字有不同,下引注明。

[2] 何来,《澄》集作“何哉”。

[3]《澄》集中,“鳌背三山拥海东”句前有“君不见”语,此处阙。

辗　　转[1]

辗转孤怀不自持,西风宾雁去迟迟。梦如霜草初残候,愁是江湖欲上时。采菊且斟陶令酒,坐桐聊拟杜陵诗。金台瞥眼迷天上,蘅杜凄凄抱怨思[2]。

【注】

[1]《澄江小草》集亦有此题,文字略有不同。

[2] 抱怨思,《澄》集作“抱远思”。

坎 春 曲[1]

莺雏黯黯泣香国，东风桃李无颜色。落花如雨吹作烟，愁云下幂澄江北。澄江有女貌倾城，旧是瑶京第一人。兰蕙春归寻旧梦，芙蓉秋老证残因。残因辗转怀春渡，湘妃巧结凌波步。娇鸟依人罥浅红，珠簾香结围云树。有客经年赋壮游[2]，相思无计托琼钩。碧城[3]望断纫脂约，张角占星误蹇脩。徐娘日夕矜才艺，惊鸿结队偕佳丽。绀雪初黏飞燕裾，黛云先上鸣蝉鬓。宋玉曾通一顾缘，左芬未订三生誓。婉转墙阴拾断翅，低徊山外凝空睇。风雨飘零日易昏，楼台缥缈伴销魂。有时莲瓣移天上，笑索鸳鸯倚院门。匆匆孤櫂催离别，蘼芜赠远空呜咽。回首长亭散绮霞，踏青又是湔裙节。芳草依稀似昔时，碧桃如雨柳成丝。江南听罢怜侬曲，砚北删馀写怨词。花营锦幛移瑶阙，晴虹作市骄明月。宝马香车午夜催，六街人静笙歌歇。相见依依欲断肠，芸脂憔悴减容光。可怜蝶袂迎风舞，不及初逢堕马妆。东邻阿翠明朝至，凄凉细说坎春事。卜吉传闻中雀屏，珊珊仙管题红字。夫婿曾非田窦家，伤心彩凤怨随鸦。钿钗零落胭脂湿，无复金铃护梦花。闲闺从此悲蚕缚，绣阁萦愁下疏箔。金屋争教赋月姻，银河枉许通星妁。红泪侵晨湿镜潮，自将小影寄生绡。铜盘屡试煎茶水，瘦骨支床恨未消。今年灯事城中盛，阿母同来散缠病。说到牵丝倍可哀，玉台怕忆温家聘。女伴招邀驻绣軿，夕阳斗草步空庭。蘅绡茜锦迷残思，惆怅红楼梦未醒。闲情私祝消尘劫，合欢心事惊魂怯。偷问莲台乞暮云，未侬忏悔来生业。吊怨歌离一梦过，南塘罗绮问如何。不堪重借瑶琴诉，金粉沾尘委逝波。杜牧寻春醉花宴，蕊宫消息凭团扇。重拟仙坛观彩鸾，仙城迢递留深春[4]。剧奈风尘旧恨侵，哀蝉写怨入秋阴。孤舟夜雨蓉湖外，醉粉零脂何处寻。

【注】

[1]《澄江小草》集亦有此题，文字有不同，下引注明。

[2] 壮游，《澄》集作"浪游"。

[3] 碧城，《澄》集作"天涯"。

[4] 仙城迢递留深春，《澄》集作"碧城迢递回深春"。

赠萧吟白女史[1]

东风水荡双蛾绿，香径花飞碧山曲。金粉围云入画楼，中有娉婷人似玉。玉人生小住燕台，绣阁群推织锦才。塞上胭脂春选色，名花长傍望湖开。修眉宛宛腰支细，内家妆束容华丽。桃雨分红上凤袍，柳烟飘绿堆蝉髻。凤袍蝉髻斗芳妍，缥缈如逢洛浦仙。宝镜凝寒空写怨，何时新缔蕊宫缘。宣城词伯人中杰，青骢饱看天山雪。笑掷黄金买艳归，琼枝从此连环结。珠箔香浓拂素纨，湘波卷笔貌丛兰。猗猗写出便娟态，明月霜罗着意看。低徊染黛矜才思，蚕笺重写[2]簪花字。闻说银钩学最精，芸脂露粉镌霞腻。图画天然点缀工，雕犀镂篆更玲珑。谢家中妇分明认，嵌入芝泥押印红。华堂夜静灯花落，斜掩春葱弄纮索。漻栗催残塞北愁，翩绵弹遍江南乐。夫婿年年怨别离，天涯红豆寄相思。海门烟雨扬州月，总是闲闺肠断词。肠断良宵薄罗绮，文园善病呼难起。亲叩灵坛乞秘方，通神合进苏仙水。嚼蕊团纱破寂寥，占铃有信衮师骄。不期桓郡威名重，强炙鸧鹒妒未消。平地风波生顷刻，哮声怒激刀光逼。俊眼偏能拒狡谋，顿教彩凤翔双翼。一霎惊魂断梦苏，曲房无恙护凰雏。阿谁更诉摧花恨，此亦人间女丈夫。墕来艺苑觇兰界，描芸独步荃昌派。都市争寻楚畹春，有人曾购传神画。我昔披图问国香，丹青妙笔记萧娘。秋风拟拜朱栏赠，空谷留云伴夕阳。

【注】

[1]《澄江小草》集亦有此题，文字略有不同。

[2] 写，《澄》集作“仿”字。

明妃琵琶

【注】诗作文本见《澄》集。

太真琵琶

【注】诗作文本见《澄》集。

黑黑琵琶

【注】诗作文本见《澄》集。

商妇琵琶

【注】诗作文本见《澄》集。

摩诘琵琶[1]

新声缥缈冠云璈，贵主曾闻一字裒[2]。玉轸双移翻紫凤，银台独步上金鳌。平生胜赏璇宫永，夜月羌絃铁[3]拨高。却怪终南留捷径，至今争说郁轮袍。

【注】

[1]《澄江小草》集亦有此题，文字有不同，下引注明。

[2] 裒，《澄》集作“褒”字。

[3] 铁，《澄》集写作“銕”。

段师琵琶

【注】诗作文本见《澄》集。

龟年琵琶[1]

古塞风高捲戍笳，梨园子弟散天涯。无端[2]渭北飘残谱，又向江南问落花。絃柱摧云[3]哀掩抑，关山留梦断繁华。崔澄旧第岐王宅，回首东都别恨赊。

【注】

[1]《澄江小草》集亦有此题，文字有不同，下引注明。

[2] 无端，《澄》集作“如何”。

[3] 摧云，《澄》集作“几经”。

对山琵琶[1]

【注】见《澄江小草》；另，《澄》集此作前有《贺老琵琶》《昆仑琵琶》二首，此处无。

六月二十三日申耆师招同人荷亭消夏即和观莲小集元韵[1]

绿阴缥缈送新凉，小坐闲知午荫长。只和水云寄真赏，仅[2]馀风露占韶光。尘缘已尽空濛色，诗思能清自在香。明日观莲是佳节，一番[3]樽酒聚欢场。

曾结清池锦绣堆，连珠宛宛缀琼瑰[4]。独饶灏气凌波赏，为有仙心浥露开。阅遍繁华流水淡，悟馀空色幻泡催。翛然[5]吟兴闲中得，多少春风上讲台。

依依望断故园花，欲咏蒲兰枉自嗟。怨托苦心留梦永，香飘残恨寄情赊。阅[6]时踪迹联萍梗，向晚光阴又绮霞。记得荷觞徵韵事，画图长此胜游夸师乙酉岁招仝人观莲小集张君怀白绘讲院荷觞图[7]。

超然高格问谁先，根钝难参最上禅。曾是吟朋招白社，希将仙韵[8]步青莲。芸华露洗三升酒[9]，品字云霏十样笺[10]。我愿年年祝花寿，踏流重证镜中天。

【注】

[1] 前集题作“六月二十三日申耆先生招饮即和其观莲小集元韵”；文字亦有所不同，下引注明。

[2] 仅，前集作“定”字。

[3] 一番，前集作“不妨”。

[4] 连珠宛宛缀琼瑰，前集作“几回珠艳缀琼瑰”。

[5] 翛然，前集作“羡他”。

[6] 阅，前集作“计”字。

[7] 前集无此自注。

[8] 韵，前集作“字”。

[9] 芸华露洗三升酒，前集作“清心已饫三升酒”。

[10] 品字云霏十样笺，前集作“拨闷惭呈十样笺”。

落　叶　诗

【注】诗作文本见《澄》集。

延陵季子碑篆歌[1]

峭帆落日度申浦，幽渊隐隐激雷鼓。松杉僵蚀烟云寒，巍然独见遗墓古。穹碑截嵲三丈高，其下截立蟠螭鼇。雷回镂篆字奇伟，上瞩霄汉异彩畴能韬，摩挲坐读表贞刻。呜呼十字屏藻饰碑篆曰呜呼有吴延陵季子之墓宣圣书，此真游夏[2]所莫赞。约章微显立其则，胡为欧阳氏[3]著录参犹疑？谓圣四国历车辙，勾吴风教时所遗。又疑字大逾简牍，邮缄赍递之役谁则司？纷纷聚讼鲜定论，畴从金石穷纤厘。昔闻南吴末造天地否，弟昆屠翦干世纪。季子达节贞其常，千乘之国弃如屣。子让避篡两不居，翛然遁迹延陵里。表幽乃得宣圣笔，磨琼阐德无与比。红羊换劫搜甲丁，垂精植仆排风霆。不与左林右泉之文访遗篆，常有掩义罗宿之气冲寒星。

君不见姒禹刊德崆峒籀，龙蛇著象神窃佑。又不见周宣纪猎岐阳碣，韩苏审典斗高揭。而此吉光片羽占僻壤，叙赞寥寥神怅惘。自唐□[4]宋互摹勒，亦复云烟过眼少真赏。我请淋漓大笔书贞珉，潮海荡潏摧秋尘。更愿仿搨万本贮墨宝，斗牛之上奕奕生威神。

【注】

[1] 前集有《延陵十字碑》，与此作及诗中文字存有较大不同。

[2] 游夏，孔子的弟子子游（言偃）与子夏（卜商）的合成。因两人均长于文学，故有此称。三国魏时曹植《与杨德祖书》中即有“昔尼父之文辞，与人通流。至于制《春秋》，游夏之徒乃不能措一辞”的语句。

[3] 欧阳氏，指唐代书法家欧阳询。

[4] □，原字疑为“凫”。

题独立大师禅话后[1]

西方极乐界，其下诸佛国。了了明真如，廼能悟空色。大师服上[2]禅，信受网[3]或忒。妙谛彻三昧，元言秉其则。独立阐筏喻，搏象运全力。花水澄虚怀，静观皆自得。智慧放光明，木乂戒为式。巾瓶契静[4]因，箭机两相值。演梵证菩提，迦耶表孤特。一切诸障碍，屏弃不我即。一切诸妄想，生灭不我惑。现身说宝法，微妙畴能测。般若波罗蜜，是谓善知识。仆如[5]行脚僧，拓盋谢家食。谈禅逞华辞，参真摄内德。我师具达观，盪灵众私克。窃愿蠲尘心[6]，斋祓[7]游净域。合十依蒲团，六道去蟊贼。

【注】

[1] 前集亦有此题，文字存有不同，下引注明。

[2] 上，前集作“初”字。

[3] 网，前集作“罔”字。

[4] 静，前集作“净”。

[5] 如，前集作“也”。

[6] 窃愿蠲尘心，前集作“窃愿却红尘”。

[7] 祓，前集作“心”。